古典文獻研究輯刊

三　編

曾永義　主編

第28冊

林琴南古文理論研究

呂立德　著

國家圖書館出版品預行編目資料

林琴南古文理論研究／呂立德 著 — 初版 — 新北市：花木蘭
文化出版社，2011〔民 100〕
目 4+256 面；19×26 公分
（古典文學研究輯刊 三編；第 28 冊）
ISBN：978-986-254-568-3（精裝）
1. 林琴南 2. 學術思想 3. 古文 4. 文學理論
820.8   100015027

ISBN-978-986-254-568-3

古典文學研究輯刊
三 編 第二八冊   ISBN：978-986-254-568-3

林琴南古文理論研究

作   者 呂立德
主   編 曾永義
總 編 輯 杜潔祥
出   版 花木蘭文化出版社
發 行 所 花木蘭文化出版社
發 行 人 高小娟
聯絡地址 新北市永和區中正路五九五號七樓
         電話：02-2923-1455 ／傳真：02-2923-1452
網   址 http://www.huamulan.tw 信箱 sut81518@ms59.hinet.net
印   刷 普羅文化出版廣告事業
初   版 2011 年 9 月
定   價 三編 30 冊（精裝）新台幣 48,000 元

林琴南古文理論研究

呂立德　著

作者簡介

呂立德，1963 年生，臺灣澎湖七美人，國立臺灣師範大學文學博士。作者於就讀高雄師範大學國文研究所碩士班期間，師事王更生教授，撰成「《文心雕龍‧時序篇》研究」；攻讀臺灣師範大學國文研究所博士班期間，師事張高評教授，撰成「林琴南古文理論研究」。曾任正修科技大學講師、副教授兼教學發展中心主任，現任正修科技大學副教授兼通識教育中心主任，主要研究領域為古文學與古典文學理論。作者另主編《大學國文選》（2007，三民），並參與編著《實用中文》（2010，三民）。

提　要

　　中國古典散文，俗稱古文。不僅源遠流長，而且名家輩出，佳篇迭湧，堪稱文苑之長青樹。然綜觀學術界對古文之研究，顯然不及古典詩歌之熱絡，尤其古文理論之研究，更是缺乏關注。考察中國古文理論之發展，至有清一代，匯粹眾長，可謂集通變之大成。其中桐城一派，主導清代散文文壇，作家之多，流衍之盛，歷來絕無僅有。降及清末，以時運之交移，外有西學之沛然東來，內有文體改革呼聲之高漲，傳統古文遭受此兩股洪流衝擊下，遂漸趨式微，與清世國運相終始。值此關口，厥有林琴南，為力延古文一線之脈，仍孳孳謹守古文義法，靠攏於桐城，為桐城張目，以形成砥柱中流，與新文學思潮對抗，期能力挽狂瀾，振起頹勢。其為古文所付出之心力，除積極投入古文創作外，更有豐富之古文理論問世。然而學術界對林琴南古文理論之探討，於深廣度上，尚嫌不足，更遑論全面性之掌握。職是之故，本論文以「林琴南古文理論」為研究範圍，試圖探討林琴南古文理論之生成論、文體論、創作論；釐清其與桐城派文論之糾葛，分析其學派之趨向，掌握其文論之旨歸，冀能瞭解近代新舊文學交替下，林琴南所扮演之角色。

　　本論文所採用之研究資料，以林琴南諸古文理論著作為主，其次參考今人研究林琴南之著作與單篇論文，再旁及相關之古典詩文集、詩文評，以及今人文學史、文體學、修辭學、文論方面之著作。

　　本論文運用知人論世法、歷史流變法、比較異同法，對論題作共時性之剖析，及歷時性之研討，以之詮釋文本，解讀文獻。先對林琴南之時代背景、生平、交遊，作一歷史考察；再就林氏之古文理論，探原究委，旁推交通，轉相發明，以建構林琴南古文理論體系。

　　本論文之研究成果大抵有六：一、林琴南古文理論之形成，得力於依經附聖之傳統思想、師法並擷取古人創作之精華、承繼並修正桐城文論，而清末民初文學思潮之激盪，更激發其力守古文營壘、積極投入古文理論創作之決心與毅力；尤其借鑑西土小說之優長，以古文雅潔之筆譯介西土文學名著，其欲將西土小說「漢化」、「義法化」之用心，由諸多譯述序跋中可知，此舉實已開啟比較文學之先聲。凡此，皆為其古文理論生成之助力。二、林琴南古文文體論之理論基礎，實建構於源遠流長之文體發展史中，遠則祖述劉勰《文心雕龍》，近則紹承姚鼐《古文辭類纂》。然林琴南身處文體論定之晚清，對於劉勰未及見之唐宋古文名家，自有見前人所未見，發前人所未發之處，其《畏廬論文‧流別論》可謂繼《文心雕龍》之後，另一部極具系統之「分體文學史」。尤其《選評古文辭類纂》之分體選文，詳加評批，多可見其精析源流，洞見利病之學養與識度。其所選評之作家與作品，與其推崇韓、柳、歐、曾之文，若合符節。三、古文創作論為林琴南用力最多者，其內容以《畏廬論文》為核心，考其〈應知八則〉之提示創

作要則，雖本桐城劉大櫆「神氣」說、姚鼐「神、理、氣、味、格、律、聲、色」說而來，然屏棄考據，特重文章意境與聲情之古文藝術美；〈論文十六忌〉之講明創作避忌，亦秉方苞「義法」說，雖法條林立，禁忌繁多，然〈忌直率〉則修正曾國藩偏重「陽剛」、「雄直」之論，強調古文之陰柔美；〈用筆八則〉之謀篇安章之方，詳述各種筆法之運用；〈用字四法〉之字句鍛鍊法，明示練字要法，並以少總多。檢視林琴南其他古文選評著作，皆見其古文理論之落實與一貫。四、清末民初之文學思潮，造成新舊文學之衝突，中西文學之融合，在追新求變下，林琴南窮究畢生之精力研治古文，捍衛傳統古文，企圖延續其命脈，成就斐然，被譽為「古文殿軍」。另一方面，面對西學之東漸，林琴南非但不排拒，更以古文大量譯介西方文學名著，將溝通中西文學之窗口打開，使國人一新耳目，開拓視野，進而助長新文學之急速發展，亦被推為「新文學不祧之祖」。如此既捍衛舊學，又催生新學，隱然為中流砥柱之用心，顯而易見。五、經由本論文之探究，林琴南與桐城派文論之分合，及其文論歸趨，應可獲得清晰之觀念；學術界皆將林琴南劃歸桐城派，然卻不明彼此文論之異同，本論文應可獲得解決。六、在「桐城謬種」、「桐城餘孽」、「冥頑不靈」、「頑固保守」之譏彈中，對林氏之評價，學術界多避而不談，不免令人遺憾。細究林琴南之時代背景，再檢視其融合中西之用心，實應還其更公允、客觀之評價。本論文之探究，重新評估林琴南之歷史定位，對於學界探討桐城派之流變及清代之古文理論，自有裨益。

目

次

第一章　緒　論

　　本論文以清末民初林琴南之古文理論爲研究範圍，企圖探究林氏古文理論之生成論、文體論及創作論。

一、研究動機與現況

　　有清一代之文學，論者以爲乃是「幾千年來各種舊體文學之總結」，〔註1〕更被治學術史者號爲「文藝復興」〔註2〕時代。中國文學於歷經漫長歲月之演變，至清代而匯粹諸長，造成各體文學爭奇鬥妍之盛況。及至晚清，政治劇變，內憂外患，紛至沓來，有識之士，急欲改良社會，或提出政治主張，或主張引進西學，或進行文體改革。面對外來西方文化之洗禮，內有改革舊文體之呼聲高漲，新文學之興起，遂因勢乘便，風起雲湧而生，使古典文學漸入黃昏，尤以對古文之衝擊爲甚。而桐城一派，主導清代文壇，其支派流衍廣盛，實歷代所罕見。然於新文學之衝擊下，仍不免氣息漸弱。論其中能作中流砥柱者，厥爲林琴南者，仍孳孳謹守古文義法，雖非桐城派中人，尙肯爲延續古文命脈，而靠攏於桐城，期能形成堅不可摧之壁壘，與新文學對抗，其捍衛古文，維護傳統之用心，實可欽可敬。

　　其次，其爲古文所投注之心力，亦具體落實於理論撰述、編選評批古文、實際創作及招生講學之中，其著作如林，內容宏富，成績斐然可觀。尤其於

〔註1〕　劉大杰《中國文學發展史・清代文學的特質與文風的演變》，頁 1145～1146，
　　　　台北：華正書局，1984 年 8 月。
〔註2〕　梁啓超《清代學術概論》，頁 3，台北：華正書局，1984 年 2 月。梁氏所謂「文藝復興」與歐洲之全面性改革之「文藝復興」有別，乃專指有清一代文學之蓬勃發展而言。

桐城主流地位墜失之清末民初，琴南之努力，不啻爲傳統古文之押陣大將，更是當時文壇之耀眼明星。因此，遂得「古文殿軍」〔註3〕之譽。

再者，當西學東漸，琴南除一方面保存國故，另一方面更以古文義法雅潔之文筆譯介西洋文學名著，將古文運用推廣至西土小說，打開中西文學之窗口，傳播嶄新之時代思潮，對五四新文化運動提供催生之助力，因此被譽爲「新文學的不祧之祖」。〔註4〕既能維護傳統，又催生新學，儼然成爲當時新舊文學之一股中流砥柱。凡此，皆足見琴南於清末民初新舊文學交替中，所扮角色之重要。然而，歷史顯然對琴南極不公平，不僅被譏爲「桐城謬種」，〔註5〕更成爲文白相爭下之眾矢之的，終至遺憾而終。今日細究其作品與理論，及一生爲捍衛古文之付出，實應還其更公允、客觀之評價，此正爲本文研究動機所在。

檢視歷來研究林琴南之研究著作，可供借鑑參考者多，今擇其中較彰明顯著者，分四方面論述之。

其一，側重於身世、學行上之闡發，屬於此方面之著作多以年譜、簡譜、傳記爲主。如胡爾瑛《畏廬先生年譜》、朱羲冑《貞文先生年譜》、張俊才《林紓年譜簡編》、《清史稿·林紓傳》、陳衍《林紓傳》、與齡《林琴南傳略》、曾憲輝《林紓》、林薇《林紓傳》、張俊才《林紓評傳》等，此類著作提供豐富詳實之生平、交遊資料，以裨助後學研究琴南之生平，而本論文敘及林琴南之生平與交遊，即得力於前述之文獻。

其二，側重翻譯文學之研究，如曾錦漳《林譯小說研究》、沈乃慧《林琴南及其翻譯小說研究》等，對於林氏譯作小說之介紹及譯述之得失，均有深入之探討。

其三，爲古文創作之研究，如孔祥河《論林琴南文學》、王瓊馨《林琴南古文研究》等，對林琴南之古文創作，就內容與藝術特色，作細膩之分析。

其四，重在古文理論或文章學之研究，如王瓊馨《林琴南古文研究》中特立「林琴南的古文理論」一章，雖於古文理論有所涉獵，然並非書中之主要研究內容，仍顯立論不足。再如林淑雲《林琴南先生的文章學》，應是首先全面探討琴南古文理論之著作，然主及《畏廬論文》，罕及林琴南相關之古文

〔註3〕張俊才《林紓評傳》，頁220，天津：南開大學出版社，1992年3月。
〔註4〕同上，頁117。
〔註5〕錢玄同〈寄胡適之〉，載張若英編《中國新文學運動資料》，上海：光明書局，1934年5月。

理論著作，因此於深、廣度上尚有繼續挖掘與開拓之處。

今觀琴南之著作，當以理論與選評之書最爲豐富，從中不難發現，較具系統者如《畏廬論文》與《文微》兩書，書中總結歷代古文藝術特點與創作技巧，實爲當前「中國最爲系統、全面的古文藝術論著作」，〔註6〕尤其黃侃對《文微》評價甚高，謂「彥和以後，非無談文之專書，而統紀不明，倫類不析，求如是書之籠圈條貫者，蓋已稀矣。」〔註7〕除此之外，選評諸書如《左傳擷華》、《韓柳文研究法》、《選評古文辭類纂》及譯書序跋之諸多珍貴評析，亦透顯其古文理論，皆足以相互發明者，如此其古文理論之全貌，方能具體掌握，免於掛一漏萬之失。然檢視研究琴南之著作，或缺而不論，或語焉不詳，或只執一端，未見全豹，實在可惜。因此爲建構琴南古文理論之完整性，乃以「林琴南古文理論研究」爲題，期能發明其古文理論，以作爲今日辭章學之借鏡。

二、研究範疇與方法

縱觀中國古文理論的發展，濫觴於先秦兩漢，自覺於魏晉南北朝，革故鼎新於隋唐，至宋元的分藥而後繁茂，明代的復古激發新變以至清代的集通變之大成。〔註8〕至其理論之建構，實以文章爲主要研究對象，今人有所謂「文章學」者，蓋著眼於此。〔註9〕以「文章學」爲著作名稱者，如蔣祖怡《文章學纂要》、周振甫《中國文章學史》、張會恩《文章學史論》、張會恩、曾祥芹主編《文章學教程》、曾祥芹主編《文章學與語文教育》等，可見彼岸研究「文章學」之成果豐碩。至於台灣目前對「文章學」之研究，王師更生頗致力於此，並指導學生林淑雲以《林琴南先生的文章學》爲題，王師欲發「文章學」之苦心孤詣，可見一斑。

本論文命以「古文理論」，並非刻意與之區別，實則異名同實也。只是基於爲琴南古文理論開拓者之角度，並爲凸顯琴南一生爲「古文」所付出之心

〔註6〕黃霖《近代文學批評史》，頁226，上海：上海古籍出版社，1993年2月。

〔註7〕黃氏原文不見，此引自朱義冑《林琴南學行譜記四種·春覺齋著述記卷二》，頁6，台北：世界書局，1965年4月。

〔註8〕朱世英、方道、劉國華《中國散文學通論》，頁17～163，合肥：安徽教育出版社，1995年12月。

〔註9〕林淑雲《林琴南先生的文章學》，有「文章學義界」一節，對文章學之發展、流變及其研究範疇有極精詳之論說，可參。國立台灣師範大學國文研究所碩士論文，1987年6月。

血，捍衛傳統「古文」之努力，以及大量之「古文」理論著作，因此以「古文理論」為名，或較貼近其成就。至於本論文之研究範疇，則以其古文理論之著作為主，以《畏廬論文》作為研究之核心，並就其內容所提及之〈流別論〉，衍為「古文文體論」一章；〈應知八則〉、〈論文十六忌〉、〈用筆八則〉、〈用字四法〉，衍為「古文創作論」一章，以此為綱，再聯繫《文微》、及選評之作如《左傳擷華》、《韓柳文研究法》、《選評古文辭類纂》、譯作序跋中之論點，以求相互發明。而由於重在抉發古文理論，於是創作作品中，有助於輔證者，亦參考引用，至於林氏古文創作之內容則不在研究之列。上列相關古文理論之著作，採用之版本如下：

一、林紓《畏廬論文・文集・續集》，台北：文津出版社，一九七八年七月。

二、林紓《畏廬文集・詩存・論文》，台北：文海出版社有限公司，載入沈雲龍主編《近代中國史料叢刊第九十四輯》，一九七四年七月。

三、林紓《文微》，載於李家驥、李茂肅、薛祥生整理之《林紓詩文選・附錄（一）》中，北京：商務印書館，一九九三年十月。

四、林紓《左傳擷華》，高雄：復文圖書出版社，一九八一年十月。

五、林紓《韓柳文研究法》，台北：廣文書局，一九八○年七月。

六、林紓《選評古文辭類纂》，杭州：浙江古籍出版社，一九八六年三月。

七、錢杏邨輯《晚清文學叢鈔・小說戲曲研究卷》，台北：新文豐出版公司，一九八九年四月。此將《林譯小說》序跋網羅詳盡。

八、朱羲胄《林琴南學行譜記四種》，台北：世界書局，一九六五年四月。

九、舒蕪校點《論文偶記・初月樓古文緒論・春覺齋論文》，北京：人民文學出版社，一九五九年十一月。

林琴南之古文著作豐富，其理論粲然可觀者，不僅止於《畏廬論文》等著作，尚有《林氏選評名家文集》共十五冊十六種，〔註10〕對古文作家作品

〔註10〕分別為：《後山文集選》（宋・陳師道）、《嘉祐集選》（宋・蘇洵）、《元豐類稿選本》（宋・曾鞏）、《虞道園集選》（宋・虞集）、《唐荊川集選》（明・唐順之）、《汪堯峰集選》（清・汪琬）、《譙東父子集》（魏・曹操、曹丕）、《震川集選》（明・歸有光）、《淮海集選》（宋・秦觀）、《歐孫集選》（唐・歐陽詹、孫樵）、《柳河東集選》（唐・柳宗元）、《劉賓客集選》（唐・劉禹錫）、《蔡中郎集》（漢・蔡邕）、《劉子政集選》與《劉子駿集選》（漢・劉向、劉歆，此二種合為一冊），諸作於政府遷台後，多所亡佚，難窺全貌。藏於國家圖書館者，僅有《方望溪集》、《元豐類稿》、《汪堯峰集》、《歐孫合集》、《劉子政集》等五冊六種而已。

之選評，頗有參考價值。然其中多星散於大陸，雖極力搜羅，仍力有不逮，殊屬遺憾，此亦爲本論文研究上之局限。所幸其後蒙張師高評贈與《選評古文辭類纂》一書，如獲至寶，欣喜若狂。書中對古代名家名篇，一一詳加評批，對於前書之不得，實有補缺之功。該書對本論文之裨益，不可言喻。

　　針對上述主要古文理論著作，皆先從原典切入，然後詳閱諸書，熟讀作品，擘肌分理，條別歸納，以能忠實呈現其古文理論爲研究鵠的。其中運用知人論世法、歷史流變法、比較異同法，對論題作共時性之剖析，及歷時性之研討，以之詮釋文本，解讀文獻。至於研究之步驟，首先廣爲搜羅林琴南之原著，及研究林琴南之相關著作與單篇文章，藉以了解目前研究現況與研究成果。其次對琴南所處之時代背景、家世、生平、交遊情形，作一考察，以達知人論世之效果。再者考察林琴南所有古文理論著作，深入原典精髓，將琴南諸古文理論著作，相互聯繫，就其內容，鉅細靡遺，探原究委，分析比較，轉相發明，以建構林琴南之古文理論體系，冀能對琴南之古文理論有全面之掌握。

　　本論文之組成，首章「緒論」及次章「林琴南生平及其時代背景」，屬於本論文之第一部分，皆爲進入本論前之準備。其中「林琴南生平及其時代背景」一章，前賢研究甚豐，此章得力於朱羲冑《林琴南學行譜記四種》、林薇《林紓傳》、王瓊馨《林琴南古文研究》、林淑雲《林琴南先生的文章學》甚多。至於第三章「林琴南古文理論形成之因緣」、第四章「林琴南之古文文體論」、第五章「林琴南之古文創作論」等三章，爲本論文研究之重心，佔論文極大之篇幅，於其中用力最深，著墨尤多，此三章之論述，爲筆者致力發明林琴南古文理論處。

　　琴南一生勤學不輟，著述如林，其中蘊含豐富之古文理論，雖矢志專研，卻囿於學力，難免有粗淺掛漏之失，尚祈方家不吝指正。

第二章 林琴南著述背景及其生平

　　早在先秦，孟子即有「知人論世」〔註1〕之說，強調誦詩、讀書首以「知人」爲本，欲「知人」則須先論其世也。有清一代，章學誠更明確指出：「不知古人之世，不可妄論古人文辭也；知其世矣，不知古人之身處，亦不可遽論其文也。」〔註2〕是以「知人」、「論世」爲學術研究追本探源之首要工作。所謂「世」即指時代背景也。劉勰《文心雕龍・時序》所謂「文變染乎世情」〔註3〕之論，舉凡政治隆污、社會治亂、學術思想者，靡不影響作家之文思。〔註4〕本章有鑑於此，乃先明琴南所處之時代背景，次敘其生平大略，再論其交遊概況，以介紹其一生之梗概。

第一節　時代背景

　　有清一代，至乾嘉後期，由盛轉衰，於政治、經濟、文化諸方面已無法擺脫困境，逐步走入歷史。及至鴉片戰爭後，國勢日頹，西方之思潮挾其船堅砲利之淫威，以雷霆萬鈞之勢，沛然東來。中國從此便由穩定轉爲動蕩變革，面臨前所未有之政治變局與文化危機，新舊文學思想之嬗變，亦與世遷

〔註1〕 《孟子・萬章》云：「誦其詩，讀其書，不知其人可乎？是以論其世也，是尚友也。」見《十三經注疏》八，頁 188，台北：藝文印書館，1982 年 8 月。
〔註2〕 章學誠《文史通義內篇二・文德》，頁 61，台北：華世出版社，1980 年 9 月。
〔註3〕 劉勰《文心雕龍・時序》，見范文瀾《文心雕龍注》，頁 675，台北：學海出版社，1980 年 9 月。
〔註4〕 拙著《文心雕龍・時序》研究，第二章「文變染乎世情」，頁 11～37，國立高雄師範大學國文研究所碩士論文，1990 年 5 月。

移。琴南生當清季，面對如此巨大之蛻變，對其人其文之衝擊頗大。以下試就政治與社會、文學風尚二方面，以明外在環境對琴南之衝擊。

一、政治與社會

晚清政治之急遽變化與內憂外患之交相夾擊，促使中國舊有之政治、社會結構，加速蛻變。茲就「政治劇變」與「社會環境」說明之。

（一）政治劇變

中國近代之世變，若自傳統歷史經驗中體察，與春秋戰國之變局，遭遇頗相類。舊制度解體，傳統禮俗崩壞，一切社會秩序顛倒錯亂，而道德規範、價值觀念，皆顯現新舊脫序現象。其中尤複雜者，為西方勢力之衝擊。當鴉片戰爭（1840～1842）失利後，簽訂喪權辱國之南京條約，帝國主義向中國之侵略已有初步成效，蠶食鯨吞之野心逐漸擴大，中國近代多舛之命運，隨之揭開序幕。之後於咸豐六年（1856）、咸豐十年（1860）接連二次英法聯軍之役，當國勢日益傾頹，對外交涉與用兵連連挫敗，外力不斷入侵，嚴重的危機意識促使知識份子展開前所未有之覺醒運動。如魏源所謂「師夷長技以制夷」，〔註 5〕當時奕訢、文祥、曾國藩、李鴻章等人亦秉此主張，展開一連串之洋務運動。其後甲午戰爭失敗，證明洋務運動成效不彰，於是有心之士改倡維新變法，然因保守勢力之大力阻撓，並未成功。光緒二十四年（1898）年梁啓超鼓吹「立憲運動」亦波折四起。光緒二十六年（1900），因義和團事件導致八國聯軍之禍，種下中國百年動盪之因。終於在宣統三年（1911），政權瓦解，然民國肇建，軍閥弄權，外敵覬覦，政局仍混亂如昔。

清末民初之政治，面臨如此內憂外患之困窘局面，連年對外戰事失利，邊藩完全喪失，對外賠款導致債台高築，列強更食髓知味，急欲瓜分中國之野心，顯而易見。而中國知識分子為振衰起弊、救亡圖存，由知變到應變，義無反顧去對抗時代，具體表現於洋務運動、維新變法、立憲和革命運動之上。此改良中國之方法，亦逐漸受西化而轉變，其轉變過程卻飽受挫折。蕭公權《中國政治思想史》嘗言：

> 根深蒂固之閉塞風氣，非自身力量所能打破，必俟外患頻來，痛懲
> 深創，然後天朝之迷夢，始憬然以覺。首以鴉片戰爭，繼之以英法

〔註 5〕魏源《海國圖志・敍》，見鄭振鐸編《晚清文選》，頁 12，上海：上海書店出版社，1987 年 6 月。

聯軍，與甲午之役，加以台灣、琉球、安南、緬甸、膠州等地之喪
失：江寧、天津、馬關諸辱國條約之簽訂，天朝尊嚴，損失無遺。
外夷富強，有證可睹。於是「天朝百餘年之法度」在環境迫脅之下，
不得不稍有更張。……四海之表，縱有生民，無不過夷狄之屬，當
為中國所撫有，而不能與我相抗衡，故秦漢以來之政論皆以天下為
其討論之對象，二千年中，未嘗改移。及至道咸以後，中國向所賤
視之夷人，忽起而陵犯天朝。彼強我弱之事實，昭然可睹，而無可
隱諱。於是昔日自尊自滿的態度，始為之一變。使節往還，是承認
列國之並存也；設館留學，是承認西法之優良也。二千年之天下觀
念，根本動搖，而現代國家之思想，遂有產生之可能。(《中國政治
思想史・戊戌維新》)

蕭氏將當時為改良政治，而逐次西化之過程，寫得簡明扼要。政治之腐敗，促
使知識份子之醒覺運動，逐次展開，力求改革，惜諸多改革運動並未成功，然
已一改自尊自滿之心態，打破保守閉塞之風，引入西學。然而面對時代巨變，
當如何應變？此所當在意者。因「變之所知有其範圍與程度的不同，應變的理
念與行動方式亦有所差異，於是而有極其繁複紛歧的時代風貌。」〔註 6〕故有
人雖深知其變，仍頑強抵抗，此乃以中國為本位之文化觀念深植人心，此種傳
統性格，一旦遭遇外力挑戰，往往形成堅閉固拒之保守態度。王闓運認為「中
外之防，自古所嚴」，〔註 7〕此種保守立場之形成，實基於傳統性格。而求變求
新者，乃自民族存亡之危機意識中醞釀而成。如譚嗣同所言：「歐美二洲，以好
新而興；日本效之，至變其衣食嗜好。亞、非、澳三洲，以好古而亡。」〔註 8〕
譚氏表現出強烈求新意圖，或講西學，或接受西化言論，然其中亦經歷演進過
程中之劇烈震盪。

　　琴南生於咸豐二年（1852），值鴉片戰爭爆發（1840）後之第十二年，
此時戰亂頻仍，國勢傾頹，其出生地福州又於鴉片戰爭後闢為通商口岸，因
而對於民族危機，便有首當其衝之感受。清廷政治腐敗與積弱不振，常令琴
南百感交集，甚而痛心疾首。因此，琴南常思改革以圖自強之道，充分表現

〔註 6〕 李瑞騰《晚清文學思想論》，頁 7，台北：漢光文化事業股份有限公司，1992
　　　　年 6 月。
〔註 7〕 王闓運《湘綺樓文集卷二・陳夷務疏》，頁 8 上，錄於《近代中國史料叢刊第
　　　　六十輯》，台北：文海出版社，1974 年 7 月。
〔註 8〕 譚嗣同《譚嗣同全集》，頁 36，台北：華世出版社，1977 年 6 月。

其愛國之熱忱。如光緒二十三年（1897），德國強占膠州灣，翌年琴南與高鳳歧、宗室壽伯弗三赴御史台，請求皇帝下詔罪己，並陳籌餉、練兵、外交、內治四策以圖自強，惜未被採納，〔註9〕因此琴南憤而作〈出都與某侍御書〉，〔註10〕提出「救國良策在通變，豈抱文章守長株。」〔註11〕以喚起知識份子之覺醒。

面對政治劇變之時代，琴南抱持知識份子之良心，思求自強之道，愛國之熱忱，體現無遺。觀其作品，或傷時感亂，或議論國事，或體患時弊，皆起於救世之弊，均為政治劇變下之產物。

（二）社會環境

晚清之際，除外患交相入侵之外，內憂亦層出不窮。蓋以清廷政治腐敗，官吏貪污，財力匱乏，復以地方勢力日益壯大，自嘉慶以下，上下因循欺矇愈盛，國勢日趨衰退，〔註12〕其間叛亂四起，幾無寧日。其間較大之內亂事件，計有咸豐十年（1860）前之回亂，道光三十年至同治元年（1850～1862）太平天國之亂，咸豐元年至同治七年（1851～1868）之捻亂，及咸豐五年（1855）後雲南、陝甘、新疆等地之回亂。每起動亂幾遍及全國，徹底動搖大清帝國之國本。復以連年對外戰爭失利，巨額賠款令人咋舌，更令清廷外債高築，致危機四伏。直至民國更元，依舊戰亂四起，各地軍閥強徵稅捐，於大肆搜括之下，人民苦不堪言，遂起而爆發抗捐、抗稅風潮。時民生凋弊，前所未有之經濟危機，正於中國社會蔓延。

面對經濟之困厄，時勢之阽危，知識分子便以知變應變之理念，起而力圖富國強兵之道。故經世致用之思想遂以「經濟」為前提，「重商主義」便應運而生，成為清末民初思想界之特色，究其目的無非是欲解決中國迫在眉睫之經濟危機。惜為時已晚，面對西方資本主義之侵略與壓迫，並未因重商主義之抬頭，而使中國之經濟獲得改善。雖是如此，琴南曾為文大聲疾呼：

> 強國者何恃？……曰恃學生之有志於國，尤恃學生人人之精實
> 業。……西人之實業，以學問出之；吾國之實業，付之無知無識之

〔註9〕 事載於林紓《畏廬文集・金台話別圖記》，頁51下，台北：文津出版社，1978年7月。

〔註10〕 林紓《畏廬文集》，頁9下～10上，台北：文津出版社，1978年7月。

〔註11〕 林紓《閩中新樂府・破藍衫》，原詩不見，此錄自林薇《林紓選集・文詩詞卷》，頁288，成都：四川人民出版社，1988年7月。

〔註12〕 傅樂成《中國通史》下冊，頁675，台北：大中國圖書公司，1971年7月

儉荒，且目其人、其事爲賤役，……今日學堂幾徧十八行省，試問商業學堂有幾也？農業學堂有幾也？醫學學堂有幾也，朝廷之取士，非學法政者，不能第上上，則已視實業爲賤品。……嗚呼！彼人一剪、一線、一針之微，尚悉力圖工，以求售於吾國，吾將謂此小道也不足較，將聽其涓涓不息爲江河耶？此畏廬所泣血椎心不可解者也。（林紓《愛國二童子傳・達旨》，見錢杏邨輯《晚清文學叢鈔・小說戲曲研究卷》卷三）

琴南以爲唯有學生心懷救國之大志，重視實業，發展工商，以厚植國力。如無知之人，視實業爲賤役、賤品；求本之大事，卻以爲雕蟲小技，丈夫不爲，此將有斷送經濟命脈之虞。彼時彼刻，當以「經濟」爲首要，讀書雖爲明理，然終須經世致用，以求國家之富強。「實業」即使是小道末技，亦有可觀者，觀中國之所以積弱不振，國勢日頹，正由於鄙視此小道末技，而任由西方資本主義國家之剝削與壓榨使然。有識之士欲起而救之，時積弊已深，仍無法挽救大清帝國滅亡一途。而民國改元，情勢依舊，政黨憲政之失敗，洪憲帝制曇花一現，遂造成軍閥割據、兵荒馬亂之局；民生之疾苦，時局之不安，較清季猶有過之。諸多時代現象，於琴南之著作中亦多所反映。

二、文學之風尚

　　文學代有升降，清末民初之際，中國文壇之變化至鉅，實由於西學引入中土，傳統文學遭受前所未有之衝擊。有識之士向域外尋求維新救亡之道，從閉關自守而面向世界之社會變革，文學變革必然相應而起。總體而言，清末民初之文學風尚，主要表現於內容、文體、語言方面之變革。以下分就此三方面言之，以大體掌握當時文學所呈現之風貌。

（一）就內容而言

　　晚清之際，外有帝國列強之侵略，民族危機四伏；內有朝廷政治之腐敗，國勢傾頹，人民生活痛苦，知識分子乃從中覺醒，體驗到個己與群體間共辱共榮之依存關係，便思以文學爲武器，宣傳政治理念，期能救亡圖存。因此，此時期之作品內容，便忠實反映時代，與社會現實息息相關，尤其封建專制之解體，使得傳統文人尊奉之儒家道統，不敵西學思想之衝擊。由於「文以載道」、「代聖人立言」之文學觀，已脫離現實，其謹守格律、抱持「義法」之文學形式，已無法適應風雲變幻之時代需要。使傳統文學於「道所不存，不可以爲文」

〔註13〕之環境下，陷入「無道可載」之窘境。

當西學東漸，中西文化之交流日益頻繁，不少作家於傳統文學基礎上，再採擷學習西方文學，促使清末民初之文學，得以吸納西學，走向世界舞台。復以國內遭受空前之民族危機，人民反帝、反封建之情緒日趨高漲，社會改革之呼聲此起彼落，迫切要求文學改革。例如散文界之「維新」，即是在歷史不可不然之情況下，而形成之新文學。此種思想是基於國族危機於甲午戰後所形成之民族自覺運動，於是「演外來文化於傳統之間架」，〔註14〕此思想一入於文學領域，散文界自然走上維新之路。因此，散文內容除介紹新思想、新知識外，舉凡世界景物、海外風雲均灑落筆下，令人眼界大開。

次以詩歌言之，為首先衝破樊籬，要求文學變革者，如龔自珍即批判「天下無巨細，一束之于不可破之例」〔註15〕之惡習，黃遵憲亦認為唯古是崇，一味摹擬之文風，不足取法。提出「我手寫吾口，古豈能拘牽」〔註16〕之文學主張，嘗被胡適之譽為「很可以算是詩界革命的一種宣言」，〔註17〕其主張正式拉開「詩界革命」之序幕。其內容更是突破國界，吟詠他國山川風物，英雄豪傑與聲光電化，開拓「直開前古不到境，筆力縱橫東西球」之新理想、新意境。此種作品已打破傳統儒家詩教所謂「溫柔敦厚」、「怨而不怒」、「思無邪」之詩旨，將西洋之風物，入於詩歌中，開前人未闢之境。

再以小說言之，一向被中國知識階層視為「致遠恐泥」之「小道」，〔註18〕古來一直鄙視其價值。相對於詩文傳統，如被遺棄之嬰兒，卻能以無比之韌性茁壯長大，終成為二十世紀最被重視之文類。小說地位之抬頭，實是外國力量滲入後之產物。知識份子為傳播新思想、改革舊體制，便以小說作為傳播媒介與改革之具體利器，擴大小說之社教功能，其描寫對象為「目前人人共解之理，人人習聞之事」，〔註19〕強調小說寫實主義之精神；至於翻譯小說，以嚴復與林

〔註13〕魏源《魏源集・國朝古文類鈔敘》，頁229，台北：漢京文化事業有限公司，1984年7月。

〔註14〕汪榮祖〈論晚清變法思想之淵源與發展〉，載《晚清變化思想論叢》，頁85，台北：聯經出版事業公司，1983年3月。

〔註15〕龔自珍《定盦全集・明良論四》，台北：台灣中華書局，1966年。

〔註16〕錢仲聯《人境廬詩草箋注》，頁14，台北：河洛出版社，1975年5月。

〔註17〕胡適《五十年來中國之文學》，載《胡適文存》第二集・第二卷，頁96，台北：遠流出版事業股份有限公司，1986年4月。

〔註18〕班固《漢書・藝文志・諸子略序》，台北：藝文印書館，1982年。

〔註19〕楚卿〈論文學上小說之位置〉，載錢杏邨輯《晚清文學叢鈔・小說戲曲研究卷》

紓爲最，前者介紹西洋思想，後者引入西洋文學，尤其林紓之譯述，將西方小說與中國小說較論，開中國比較文學之先河，從而分析西洋小說之題材與表現手法，頗有借鑒之意義。

綜觀當時文學革新者，雖以西方文學改造中國文學，試圖融中西爲一片。然主要仍爲舊形式之採用與改造，此乃因文學變革通常從內容開始，而「新」的內容往往不得不暫時包孕於舊形式之中，再逐步蛻變爲新形式。至於內容上之特色仍爲文學與時代之相互結合，且更趨緊密。

（二）就文體而言

清末民初爲中國文學發展之轉捩點，因正值新舊文學交替時期，傳統之文學思想、文學體式何以逐漸萎縮與隱退？而創新文體又如何逐漸萌生？其間有何對立？又有何互動？皆爲當時文學所面臨之問題。至於新舊文體之區分，李瑞騰先生以爲「在舊的方面，有桐城（湘鄉）派、文選（駢體）派以及同光體詩人的宋詩運動；在新的方面，有詩界（和小說界）革命，有「新文體」，有白話文運動。〔註20〕新舊文體之間，有極其複雜之對立關係，因其所涉及之層面甚廣，不僅是人的問題、文學主張之不同，甚或學術派別、政治立場之迴異，而相互對抗，此正爲當時文學所呈現之特殊現象。

桐城派主導清世散文文壇，其勢力之龐大，遠超過其他派別之上。然桐城至於末流，其內在體質已變，面對西學昌明，內部又有解除文體束縛之呼聲，桐城派散文便成爲衆矢之的，非但主「新文體」者以「新」反桐城，即同爲保守派之文選（駢體）派亦反桐城，桐城派面臨前所未有之衝擊，而此種對立關係一旦形成，加上西學之引入，文學主張亦即受到影響。「新文體」便以改革文體爲號召，強調文體之解放、務求平易暢達、淺白質樸之新文體，行之於報章雜誌，廣爲遍佈。因此，桐城派散文之主流地位，就此易主。然桐城派陣營並未被摧毀，其餘波流衍，直至民初新文學運動之際，仍在做最後之反撲，也難怪會引來「桐城謬種」〔註21〕之批判。而於一片反桐城之聲浪中，琴南仍極力爲桐城辯護，至終不敵文學思潮之大勢，於求新求變之下，

卷一，頁29，台北：新文豐出版公司，1989年4月。

〔註20〕李瑞騰《晚清文學思想論》，頁108，台北：漢光文化事業股份有限公司，1992年6月。

〔註21〕「桐城謬種」與「選學妖孽」爲一起出現之批判語，當時頗爲流行，前者指桐城派，後者指文選派。見錢玄同〈寄胡適之〉，載張若英編《中國新文學運動資料》，上海：光明書局，1934年5月。

桐城派乃走入歷史，代之而起者爲五四以後之白話文學。

（三）就語言而言

文體之改革，尙須與平易暢達之語言配合，以便能普及市井小民與窮鄉僻壤，如此方可促進文學之繁盛。觀晚清之文學語言，仍以文言行文，然從整體趨勢而言，是往通俗化、淺白化發展。無論是詩歌、或是散文，均是如此。因此，隨著文體之改革，提倡「崇白話而廢文言」、「言文合一」之呼聲高漲，反映於作品中，文學語言亦由文言之典雅深奧，轉爲適俗趨勢、淺顯平易之語言；文章中不避方言俚語、外國名詞、外國語法、藉以豐富漢語之詞彙與表達能力，尤其新名詞之輸入，不僅予清末民初文學增添新思想、新內容，且使其於形式上產生相應之變化。而新名詞之入文，對當時桐城派散文衝擊頗大，動搖桐城「義法」之格局，從而促進文體之改革。

第二節　生平述略

林琴南，名紓，號畏廬，又曰群玉、徽及秉輝，福建閩縣（今福州市）人。因居閩之瓊水，所居多楓樹，取「楓落吳江冷」詩意，自號「冷紅生」。〔註22〕客居杭州，又自號六橋補柳翁。民國更元，自號蠡叟，晚號踐卓翁。民國二年，閩縣、侯官併爲閩侯縣，學者遂稱之爲「閩侯先生」。生於清咸豐二年壬子九月二十七日（1852 年 11 月 8 日），卒於民國十三年十月九日（1924年 9 月 11 日），享年七十有三，死後百日，門人私諡曰「貞文先生」。

據〈冷紅生傳〉及〈貞文先生年譜〉所載，〔註23〕琴南祖籍金陵，自始祖對墅公方遷居定閩，世代爲農。然至祖父輩時，已「輟耕治藝于城中」，〔註24〕但收入不豐。其父林國銓，字雲漢，曾隨鹽官在閩北建寧辦鹽務，勤勞儉樸，略有積蓄，遂於閩縣玉尺山典得房屋居住。其母陳蓉，爲清太學生陳元培之女。其上有伯姊，下有二妹一弟，其中二妹生而觴，弟耀又於十九歲時以疾卒於臺灣。

綜觀琴南生平，略可分成以下三期，一曰寒門少年，刻苦求學。二曰宦

〔註22〕林紓《畏廬文集・冷紅生傳》，頁 25 下，台北：文津出版社，1978 年 7 月。
〔註23〕〈冷紅生傳〉同上，〈貞文先生年譜〉載朱羲冑《林琴南學行譜記四種》卷一，頁 2，台北：世界書局，1965 年 4 月。
〔註24〕林紓《畏廬續集・先大母陳太孺人事略》，頁 48 下，台北：文津出版社，1978年 7 月。

途失意，感憤時事。三曰曠世譯才，清介自守。茲就此三者概述其生平大略。

一、寒門少年，刻苦求學

琴南幼時，父親因辦鹽務薄有薪資，以此差可安居度日。一日，其父租賃運鹽船二艘往建寧，鹽船不幸觸礁沉沒，父只得傾其所有，賠償官鹽。〔註25〕從此家道中落，父親被迫離家至臺謀生。又拙於謀生，致回鄉之旅費無著，長久流落海外。琴南於文集再三敘及當時之貧寒：「先君客遊於臺，貲盡不能歸，一家九人咸仰母孺人，及長姊鍼黹以自給，一日再食，至不能舉」，〔註26〕「自五歲後，每月不舉火者，可五、六日」，〔註27〕其後，原本所剩典屋，又被人硬行以低價強行贖回。〔註28〕全家便遷回福州城南之橫山老屋，琴南便於此三楹陋室中，度過童年與青年時代。此時，家中境況淒苦萬分，直至父親於台灣謀得差事，按月寄錢回家，闔家才勉強得以溫飽。〔註29〕

幼時之清貧，並未阻撓琴南奮發向上之心志。五歲時，琴南寄食於外祖母家，外祖母鄭太孺人嘗告「童子不能以慧鈍決所成，但觀立志，觀志即在所羨者。若見衣食而慕，其成就終當為恆人矣。」〔註30〕揭櫫童子以志向決定成就，不患無美食，而患無大志，對琴南多所啓發。琴南自十一歲始，從同里薛則柯先生習歐陽修古文及杜甫詩，由於先生「長髯玉立，能顚倒誦七經，獨喜歐陽公文及杜子美岑嘉州詩」，〔註31〕故每日教導琴南誦習古詩文，並勉其胸懷開闊。經薛先生之啓蒙，琴南對閱讀古詩文產生極為濃厚之興趣。因此，琴南愛好讀書，刻苦自勵。偶得叔父所藏之《毛詩》、《尚書》、《左傳》、《史記》，日夜諷誦，尤其酷愛《史記》，對太史公龍騰虎躍之文字，及悲壯嗚咽、慷慨淋漓之筆調，頗受其吸引，〔註32〕並曾於牆上書一棺木，署曰「讀書則生，不則入棺」，〔註33〕作為座右銘，終生惕勵。琴南嗜書如命，每一書至手，即愛不忍釋，然因「少貧，不能買書，日積數錢向破書之肆，購買零

〔註25〕事見同上，頁49上。
〔註26〕林紓《畏廬文集・母弟秉耀權厝銘》，頁46下。
〔註27〕林紓《畏廬續集・示兒書》，頁18下。
〔註28〕事見註24。
〔註29〕林紓《畏廬文集・先妣事略》，頁31下。
〔註30〕林紓《畏廬文集・謁外大母鄭太孺人墓記》，頁53下。
〔註31〕林紓《畏廬文集・薛則柯先生傳》，頁23下。
〔註32〕林紓《畏廬文集・叔父靜庵公墳前石表辭》，頁50上。
〔註33〕朱義胄《林琴南學行譜記四種・貞文先生年譜卷一》，頁5。

星不全之子史一兩卷讀之。自十一歲至於十六，積書三櫥之多。」〔註34〕琴南幼年貧苦，並未動搖勤奮讀書之心志，自十三歲至二十歲間，已校閱殘籍不下二千餘卷，博學強記，學問日益精進。苦讀如此，記誦自多，直至晚年仍歷歷在目。〔註35〕

十六歲時，琴南至台灣淡水，隨侍父親，〔註36〕處理商業簿記之事。十八歲回閩，娶同里劉有棻之長女劉瓊姿為妻。婚後不久，家中喪事接踵而至。先是十九歲時，父親身染沈疴，自臺歸養，臥病四十日竟溘然長逝。此年，琴南祖父母亦皆先後下世，〔註37〕琴南猝遭凶喪，哀毀骨立，身染肺病，自二十歲至三十歲咯血不斷。〔註38〕然其意志堅強，繼續發憤讀書，又從石顛山人陳文台學繪畫，山人驚異其穎悟，其後成為一代丹青妙手，絕非偶然。此段艱苦歲月，琴南嘗言：「余自二十至三十，此十年中，月或嘔血斗餘，不親藥，疾亦弗劇，然一日未嘗去書，亦未嘗輟筆不畫，自計果以明日死者，而今日固飽讀吾書，且以畫自怡也。」〔註39〕此可謂一生中最坎坷顛沛之歲月：貧病交迫，老母在堂，幼兒相繼出世，嗷嗷待哺，而家中生計日蹙，親戚厭其貧薄，知交故舊見而奔避，每令其感嘆人情澆薄，世態炎涼。〔註40〕然恃其強韌之生命意志，克服身心之病痛，矢志向學，始終奮力不懈。可見早年之清貧淒苦，未嘗動搖其學習之腳步，琴南依然刻苦力學。此一心志，為將來文學道路奠定厚實之學養基礎。

二、宦途失意，感憤時事

清光緒八年壬午（1882），時琴南三十一歲。鄉闈得意，高中舉人，領有鄉薦，家境日益寬裕。是年，遷居瓊河，再遷蒼霞州，建有精舍。後又出資建構龍潭精舍，讀書其中，並與閩地文友結交，組成「福州支社」（詩社），〔註41〕

〔註34〕林紓《畏廬續集‧文科大辭典序》，頁 10 上。

〔註35〕林紓《畏廬續集‧周養庵籌燈紡織圖記》云：「橫山老屋，樹古鴟啼，星火熒然。紓挾卷就母姊刺繡之燈讀，必終卷始寢，視養庵城北隅故宅，機聲雜書聲至於夜午，景物歷歷印合。」頁 53 下。

〔註36〕林紓《畏廬三集‧黃笏山先生畫記》，頁 64 上，台北：文海出版社有限公司，1974 年 7 月。

〔註37〕同註29，頁 31 下～32 上。

〔註38〕林紓《畏廬三集‧述險》，頁 2 上。

〔註39〕林紓《畏廬三集‧石顛山人傳》，頁 16 上。

〔註40〕林紓《畏廬文集‧告王薇菴文》，頁 69 下～70 上。

〔註41〕詩社成員除林紓外，尚有李宗言、李宗禕、陳衍、高鳳岐、周長庚等十九人，

每月活動數次，專賦七律，吟詩唱和。

　　壬午中舉後，外祖母嘗有教訓云：「孺子不患無美食，而患無大志」，琴南一直銘記在心，坎坷命運所鍛鍊成自勵自強之性格，憎惡炎涼世態與鄉里騶儈之徒，決心出人頭地、改變貧寒窘境之願望，亦期能博取功名以上報朝廷，下安黎庶。若是之心志，促使琴南數次走出閩中，北上京城，渴望摘取「進士」之桂冠。然事與願違，從三十二歲至四十七歲之間，即使「七上春官」，〔註42〕仍未及一第。此種屢試屢敗之打擊，終令其心灰意冷，絕意仕進。尤其人生最寶貴之十五年，竟如此虛擲於科場之中，令人久久無法釋懷。而且，官場之腐敗，更令琴南宦情掃地，嘗云：「己亥客杭州，陳吉士大令署中，見長官之督責吮吸僚屬，彌復可笑，余宦情已掃地而盡。」〔註43〕琴南有感於官場之爭權奪利，爾虞我詐，如此污濁，又豈容木直梗傲之人。爲官敢於直言進諫者，無不落於貶官撤職一途，有感於此，遂斷絕仕進。如光緒二十七年（1901），同鄉禮部侍郎郭曾炘器重其文才，以琴南入薦備特科，琴南便連夜作〈侍郎辭特科不赴書〉，委婉謝絕郭曾炘之好意，表達堅決不赴試之決心。光緒二十八年十二月（1903年1月），好友郵傳書侍郎陳璧又寫薦疏，準備向皇帝舉擢琴南爲侍中，琴南聞訊後嚴辭峻拒，此事亦不了了之。其後，清史館聘琴南爲名譽纂修，一般人視之爲無限榮耀之事，琴南竟笑而拒之，琴南之宦情掃地，可見一斑。

　　綜觀此一期間，即令宦途失意，然於不斷應試過程中，奔走南北，出入士林，廣交社會名流，對時風世勢、民族危機，皆有極深層之體認。因此當光緒十年（1884）中法「馬江之役」失利後，福州城一片愁雲慘淡，琴南聞訊，便與好友林崧祈於福州街頭相抱痛哭。而當欽差大臣左宗棠抵福州督辦福建軍務時，琴南便與好友周辛仲奮筆疾書，草擬狀詞，攔道遞狀，控告船政大臣何如璋貽誤戰機之罪，林、周二人並相誓：「不勝，赴詔獄死耳！」〔註44〕再如光緒二十一年（1895）春，馬關條約簽訂後，琴南適在北京，與陳衍、高鳳歧等上

　　支社活動約十年之久，至一八九三年周長庚去世，李宗言、李宗禩離開福州後解體。參張俊才〈林紓年譜簡編〉，載薛綏之、張俊才編《林紓研究資料》，頁18，福州：福建人民出版社，1983年6月。

〔註42〕林紓自言「七上春官」，然陳寶琛於〈林紓七十壽序〉中卻言：「六試禮部不遇，則援徒奉母，充然自得。」張俊才之考訂爲六次，其時間張氏言之甚詳，可參張俊才《林紓評傳》，頁34，天津：南開大學出版社，1992年3月。

〔註43〕林紓《畏廬續集・元兒書》，頁18下。

〔註44〕林紓《畏廬續集・告周辛仲先生文》，頁70上。

書清廷，抗議日本侵占遼東半島及臺、澎等地。對於康有爲上書提出變法之呼聲日益高漲，琴南亦極興奮，每日與朋友商討新政，指責時弊。其後有謂「每議論中外事，慨嘆不能自已。畏廬先生以爲轉移風氣，莫如蒙養，因就所得發爲詩歌，俄傾輒就。」〔註45〕此即琴南《閩中新樂府》三十二首之由來，詩仿白香山諷諭詩體，以訓蒙歌訣之形式，寫成新樂府三十二首，詩中內容或憤念國仇，大聲疾呼以喚醒民眾救亡圖存；或抨擊八股，主張學習西方，開啓民智；或揭露晚清官場吏治之腐敗；或鼓吹變法維新，反對拘執守舊，大抵皆感憤時事之作。因此，絕意仕進，憑才學謀生，投入於文學創作，更積極去關懷社會，將知識分子之責任與價值，展露無遺，對琴南而言，是憾事亦是幸事。

三、曠世譯才，清介自守

　　光緒二十三年（1897），琴南之夫人劉瓊姿病逝，喪妻之痛，情緒不免抑鬱，終日牢愁寡歡。適逢友人王壽昌自巴黎歸來，與其縱談巴黎小說家，論及小仲馬《茶花女·馬克格尼爾遺事》，王氏遂請琴南共同翻譯此書，由王壽昌口述，琴南筆錄，書成名爲《茶花女遺事》，此乃琴南首度嘗試譯書工作，更爲西土小說入華之首筆。譯此書時，琴南將懷念愛妻之深情，融入書中，因此情隨文至，文以情生，譯筆格外生動感人，嚴復嘗贊其「可憐一卷《茶花女》，斷盡支那蕩子腸」，〔註46〕備加推崇。一時吟詠其事者，不計其數，博得讀者廣大之迴響，一時「不脛走萬本」，〔註47〕「紙貴洛陽，風行海內」。〔註48〕此書翻譯之成功，引發琴南對西方小說之高度興趣，開啓《林譯小說》成功之鑰。晚清時代，翻譯外國小說者，非僅琴南一人，然能有如此成功者，卻只琴南一人而已，實由於琴南才情俱佳使然。往後歲月中，便投入大量精力於譯述國外小說名著，數量多達二百四十六種，〔註49〕以英作居多，旁及

〔註45〕《閩中新樂府·跋》，原文不見，此引自林薇選注《林紓選集·小説卷上》，頁300，成都：四川人民出版社，1985年12月。

〔註46〕嚴復〈甲辰出都呈同里諸公〉，見《嚴復集》第二冊，頁365，北京：中華書局，1986年5月。

〔註47〕陳衍〈林紓傳〉，見《福建通志·文苑傳》第九卷，頁26。

〔註48〕寒光《林琴南》，北京：中華書局，1935年2月。

〔註49〕林譯小說之數目，因年代久遠，各家之統計迭有出入。今據張俊才〈林紓著譯作品補遺〉，原刊《聊城師範學院學報》1982年第二期，頁31～38。後收入《中國大陸傳記資料》第九八冊〈林紓〉部份，頁33～40，上海：上海師範大學圖書館，未著年月。

法、俄、美、日等十多國家之作。凡譽滿全球之作，皆由其譯述，方得以馳名中國文壇。其曠世譯才，令人折服。

光緒二十七年辛丑（1901），應聘入京，主金台書院講席。〔註50〕時於書院主講席者，多為退休之六卿或翰林，僅琴南為布衣受聘，〔註51〕自此定居京師。隨後又應五城學堂之聘，任總教習，講授修身、國文，於是文章學問漸受重視與稱許。及至辛亥革命前後，已成為名重一時之文章泰斗。民國改元，琴南仍於北京大學文科講席，大力提倡古文。唯此時有魏晉文派與唐宋文派之爭，「大抵崇魏晉者，稱太炎為大師；而取唐、宋，則推林紓為宗盟。」〔註52〕民國二年，琴南與北京大學中魏晉文派勢力不合，乃憤而堅辭教職。

離開北大後，琴南長日閉戶，澆花作畫，清介自守，以賣文鬻畫為生。其間袁世凱屢徵其為高級顧問，並擬委以參政之職，特派徐樹錚前往致意，琴南固辭四日，至第五日則不耐糾纏，極其憤怒曰：「請將吾頭去，此足不能履中華門也。」〔註53〕又如段祺瑞任國務總理時，親至琴南家拜訪，欲聘為顧問，琴南即席賦詩，〔註54〕明示「邦無道則隱」之素志，亦當面拒絕。可見琴南面對袁世凱之稱帝與段祺瑞之執政，仍一本素志，清操自守，不為所動。其實，於清覆亡後，琴南即欲效法明末遺民孫奇逢，以舉人終其身，嘗言：「紓又身領鄉薦，既為我朝之舉人，即當如孫奇逢徵君，以舉人終其身，不再謀仕民國。」〔註55〕又曾先後十度恭謁光緒陵，每謁陵均作淒涼之謁陵詩，以示赤膽忠誠。民國七年，為國會議員議裁減優待清室經費案，亦曾上書參眾兩院議員，為清室大力陳言，〔註56〕此種「忠臣不仕二姓」之思想，已使琴南成為忠貞之清室遺老。

〔註50〕朱義冑《林琴南學行譜記四種・貞文先生年譜卷一》，頁 26。
〔註51〕同上，卷二，頁 47。
〔註52〕錢基博〈林紓的古文〉，原文不見，載入薛綏之、張俊才編《林紓研究資料》，頁 175，福州：福建人民出版社，1983 年 6 月。
〔註53〕朱義冑《林琴南學行譜記四種・貞文先生年譜卷二》載〈答鄭孝胥書〉一文，頁 58。
〔註54〕琴南即席賦詩，見林紓《畏廬詩存・段上將屏從見枉即席賦呈》，詩云：「乍聞丞相徵從事，果見元戎蒞草堂。九詣誰識劉尹薄，一家未為武安忙。到門鑒我心如水，謀國憐君髮漸霜。雲霧江天長寂寞，何緣辨取客星光。」卷上頁 22 下～23 上，台北：文海出版社有限公司，1974 年 7 月。
〔註55〕林紓《畏廬三集・上陳太保書》，頁 32 上。
〔註56〕同註53，頁 28～29。

觀其一生，未曾涉足官場，然始終勤奮刻苦，自食其力，以「傲骨原宜老布衣」自詡。〔註57〕民國初年，琴南已是享有盛譽之一代文章宗師，門生故舊中顯貴者極多，但仍不屑收納不勞而獲之金錢。直至七十多歲之高齡，仍每日屹立畫案前，作畫六、七小時，勞作不止，允為骨髓清介、不苟富貴之學者。尤其古文命脈將絕之際，仍奮髯抵抗，挺身而出，遂成眾矢之的，然其維護傳統之決心，令人佩服。民國十三年（1924），懷抱遺民之忠誠與沒落之悲哀，遺恨而終，得年七十有三。

第三節　交遊概況

彥和嘗謂：「才有庸雋，氣有剛柔，學有淺深，習有雅鄭，並情性所鑠，陶染所凝，是以筆區雲譎，文苑波詭者也。」〔註58〕由於作家先天之才能、氣質與後天之學養、習染互有殊異，下筆為文遂有千姿百態之風格。所謂「才有天資，學慎始習」，〔註59〕才氣固然由於天賦，但學習可以相輔。學力、習業既為後天之環境陶染所成，因此學習過程中之師友、學侶，自然益形重要。諸如學業、言行，莫不受其陶染。荀子所謂：「蓬生麻中，不扶而直；白沙在涅，與之俱黑。」〔註60〕學習環境對人之影響，可以想見。尤其生平交遊人士，對人之德行與文章，均有舉足輕重之影響層面。琴南一生刻苦力學，交遊無數，與其論學結友者，多為文壇上知名人士，且情誼甚篤。茲就其師承、學侶、生徒三方面，擇其重要者，加以敘述，以明其一生交遊之概況。

一、師　承

人之師承，足以影響德行、治學之成敗。尤其啟蒙之教，更是關鍵。於師承中，影響琴南最深者，莫過於薛則柯先生。先生諱錫極，字則柯，為閩

〔註57〕林紓〈畏廬七十壽辰自壽詩十八首〉其一，詩云：「畏廬身世出寒微，顛頓居然到古稀。多病幾無生趣望，奇窮未受倫人靰。回頭安忍思家難，傲骨原宜老布衣。今日王城成小隱，修篁影裡掩柴扉。」載入李家驥等編《林紓詩文選》，頁168，北京：商務印書館，1993年10月。

〔註58〕劉勰《文心雕龍·體性》，見范文瀾《文心雕龍注》，頁505，台北：學海出版社，1980年9月。

〔註59〕同上，頁506。

〔註60〕《荀子·勸學第一》，見王先謙《荀子集解》，頁3下，台北：藝文印書館，1977年2月。

縣望族。琴南曾作〈薛則柯先生傳〉一文，以緬懷此位貧寒正直之啓蒙教師，文字娓娓道來，情深意摯，師生之情溢於言表。據文中所言，薛先生「長髯玉立，能顛倒誦七經」，然性格卻「抗直好忤人」，性情鯁直，不屑與俗俯仰，阿世取容，言多忤人，不善交遊，更不喜仕進。其族里同輩中三人中進士，光宗耀祖，入仕榮身，薛先生並不心動，移家橫山歸隱，終日鑽研經書，學問益深，且以課蒙自娛。

　　薛先生治學尊經，旁及諸家集，「獨喜歐陽公文，及杜子美、岑嘉州詩」，因此於課蒙時，重歐陽修之古文與杜甫之詩，並要求「務於精熟」，〔註61〕不講讀書應試之制舉文（八股文），其課蒙之見解與主張頗爲開明，琴南云：

> 自爾視紓益重，其課紓歐文與杜詩亦益急，曰：「吾不爲制舉文，若熟此，可以增廣胸次，且吾嘗見鄉之貢士矣，以時文博科第，對案至不能一札，設聞之，得毋以我爲悖耶？」（《畏廬文集・薛則柯先生傳》）

薛先生以歐文、杜詩，求琴南能熟讀精思，自己體會，以培養琴南之學問胸襟，卻不以八股文束縛其心智，勇氣可嘉。受薛先生觀念之影響，琴南乃知拋去束縛，就性之所近，熱愛傳統古文；而先生清貧自守之品格，亦爲琴南立身之典範。師生性格相投，皆耿直倔強，因此感情日篤。

　　薛先生教授琴南古文與詩，然爲免耽誤琴南前程，屢勸其從朱葦如習制舉文，蓋以科舉時代，欲施展抱負，光宗耀祖，舍此路莫由。因此，琴南乃從朱葦如學八股文，前後兩年。朱、薛二人具爲窮苦不遇之士，無緣進身，然皆能固窮貧賤，不改其樂，培養讀書人不爲標榜，不近功利之淳厚風氣，對琴南之成長，影響頗大。可見薛則柯先生，是經師，亦是人師，琴南拳拳服膺而弗失之，〈薛則柯先生傳〉所謂「嗚呼！其將何以報先生也？」云云，可謂表露無遺。

二、學　侶

　　琴南一生中，相與講學論交者，爲數不少，於詩文書信中涉及重要人物亦幾近百人。〔註62〕無法一一臚列陳述，僅就交往甚密者，敘述如下：

〔註61〕以上所引，具見《畏廬文集・薛則柯先生傳》，頁23下，台北：文津出版社，1978年7月。

〔註62〕李家驥等編《林紓詩文選》附錄（二）有「林紓詩文書信中涉及有關重要人物的簡介」，文中介紹之人多達八十五人。頁407～414，北京：商務印書館，

（一）王灼三

字薇庵，福建閩縣人。薇庵住於琴南啓蒙教師薛則柯家附近，兩人上學常相遇，彼此熟識。琴南謂其「孝友誠篤，出於天性。」〔註63〕琴南自十三歲起，從薛則柯先生之建議，兩人同隨朱葦如先生習制舉文。此後二十餘年，兩人筆硯相親，成爲生死至交。

琴南自兒時即極喜歡薇庵溫厚安詳之風度，〔註64〕稍長後，琴南正以「狂悖頑鈍」而致謠諑蝟集，痛苦如昏如聾，得薇庵片語溫解，則煦如春煦，驅散愁雲。〔註65〕唯薇庵於光緒十三年英年早逝，其妻因家貧關門自縊，琴南聞訊，破窗救出，籌措「四百金」供其使用。又薇庵死前雖未託孤，但琴南仍義無反顧爲其撫育孤兒弱女，凡十三年。迨其子女長成，爲其女出資擇善而嫁，其子王元龍則課以詩書，後中舉人，以詩鳴於時。琴南之仗義重情由此可見，兩人交誼之事蹟具載於琴南〈王灼三傳〉及〈告王薇庵〉兩文中。

（二）林述庵

名崧祁，福建侯官人，清光緒乙酉舉人，爲南社詩人、書法家。爲極有才華之近代詩人，著有《林述庵遺詩集》一卷傳世。詩集中有諸多與琴南唱和之作，足見兩人情誼深厚。〔註66〕光緒十三年（1887）述庵不幸死於瘟疫，英年夭逝，時年方三十有六，如此天不假年，琴南奔走哭弔，哀痛逾恆之餘，亦爲其撫孤。其子名之夏，字復生，後爲同盟會會員。

兩人相識於光緒三年丁亥（1877），琴南嘗敍及初識之情狀：

> 余時鬱伊，接人多傲猾，親故稍稍引去，余益憤而自肆。見述庵乃慷慨恣哭，長跽不起。各引滿三巨觥，旁人相顧愕眙。漏四下，述庵已爛醉，約余同歸瓊河寓齋，乃各赤足循河埭以行，登劉公橋，坐樹蔭中望水際墜月。（林紓〈林述庵哀辭〉，見林薇選注《林紓選集・文詩詞卷》）

當琴南抑鬱不可自聊之際，一旦得遇風塵知己，不禁慷慨恣情一哭，長跪於地

1993 年 10 月。

〔註63〕林紓《畏廬三集・王灼三傳》，頁 16 下，台北：文海出版社有限公司，1974年 7 月。

〔註64〕同上，琴南云：「余悅其風度凝遠，即思友之。」

〔註65〕林紓《畏廬文集・告王薇庵文》，頁 69 下。

〔註66〕林述庵〈觀琴南作石頗有所悟〉詩，有「偶描色相存眞品，太露鋒稜已不才」之句，刻劃兩人共同傲骨嶙峋之本色。詩見陳衍《近代詩鈔》第十六卷。

不起，片言相契，訂爲金石之盟。而後歌哭狂飲，爛醉如泥，兩人惺惺相惜，相見恨晚。翌日，兩人長哭狂醉之事，傳揚開來，城中大嘩，以爲咄咄怪事，有好事者又添油加醋，肆意醜詆，以爲瘋子，聽者人人捧腹噴飯，挾爲談資笑料，視爲狂生。陳衍即言：「光緒初年，福州有三狂生，皆林姓，一畏廬，一述菴(松祁)，一某。」，〔註67〕自此以後，「三狂生」之名噪遍鄉里。琴南曾慎書其事言：「夫士當坎壈之日，得一善己者而喜，喜極而哭，皆本之中情無足怪者，而必騰謗至此，薄俗之用心可悲哉！」〔註68〕性情之自然流露，本難能可貴，何以爲怪。琴南爲文本性情，以血性爲文章，亦得力於眞情實性使然。

琴南與述菴之交情，一如薇菴，皆爲貧賤之交。而一諾千金，生死不渝，琴南之義骨俠腸，頗受稱許。

（三）陳　衍

字叔伊，又字石遺，福建侯官人。清光緒八年（1882）與琴南同科中舉，後官至學部主事。著有《石遺室叢書》十八種，《石遺室詩集》九卷，《石遺室詩話》三十二卷、續編六卷，並編有《近代詩鈔》。光緒七年（1881）琴南與陳衍相識，並結爲朋友，兩人志趣相投，次年便邀陳衍等詩友，結爲吟社，命名福州支社。每月三四集，專賦七律，互相唱和。與會者共十九人，皆爲閩中之時彥名流，花下聯翩，飛觴醉月，極一時之盛。但因時值國家多事之秋，吟詠「皆含悲涼激楚之音」，〔註69〕兩人一生交往極多，陳石遺（衍）與琴南同時任教京師大學，錢鍾書作《石語》一文，記石遺老人談說，於琴南多微辭，如稱其爲學有「鹵莽滅裂」，「不免有空疏之譏」；「琴南最怕人罵，以其中有所不足也」；「任京師大學教習時，謬誤百出」云云，〔註70〕陳氏如此評琴南，又豈一個「文人相輕」了得？雖是如此，琴南卒後，陳衍並爲之作《林紓傳》，載於《福建通志‧文苑傳》第九卷。

（四）吳汝綸

字摯甫，安徽桐城人，同治四年進士，授內閣中書，師事曾國藩，與張裕釗、黎庶昌、薛福成並稱「曾門四弟子」，曾國藩奇其文，曾以漢禰衡相

〔註67〕陳衍《石遺室詩話》卷二九，頁1，台北：台灣商務印書館，1929年5月。
〔註68〕林紓〈林述菴哀辭〉，原文未刊，此引自林薇選注《林紓選集‧文詩詞卷》，頁104，成都：四川人民出版社，1988年7月。
〔註69〕林紓《畏廬詩存‧自序》，頁1，台北：文海出版社有限公司，1974年7月。
〔註70〕錢鍾書《石語》，頁31～34，北京：中國社會科學出版社，1996年5月。

比。後又得李鴻章賞識，爲其幕僚，「時中外大政常決於國藩、鴻章二人，其奏疏多出汝綸手。」〔註71〕曾國藩歿後，吳汝綸儼然成爲桐城後期之大宗師。

光緒二十七年，琴南初入京師五城中學堂，遇京師大學堂（北京大學前身）總教習吳汝綸，一見如故。汝綸贊賞琴南之古文，以爲得韓文神韻，蘊藉深厚，返樸歸眞，「是抑遏掩蔽，能伏其光氣者。」〔註72〕其法眼評鑑如此。二人談論《史記》，竟日不倦，觀點相近，眞所謂英雄所見略同。琴南亦稱吳文：「繁而不涉猥釀，簡而弗流疏牾」，〔註73〕適時日本伊藤氏問漢文高師爲誰時？吳氏答曰：「吾見惟林琴南孝廉紓。」〔註74〕兩人之相知相惜，溢於言表如此。琴南自年少即熟讀《左傳》、《史記》、《漢書》以及韓、柳、歐、曾之文，四十餘年不輟。尤其每日必讀韓文，反復吟詠，遍讀十多遍，用功至深。琴南數至汝綸家，見吳亦由博返約，案上但有韓文一卷，隨時誦讀。吳氏文章，琴南亦一眼知其手法技巧之出處。吳汝綸更以珍藏之曾國藩《古文四象》抄本，委請琴南校勘，將琴南視爲文章知音。舊說以兩人爲師生關係，〔註75〕然據琴南「摯甫先生與余聚京師累月，旋亦物故。」〔註76〕之說，似難斷定兩人有正式之師生關係。但爲文章知音、相互欽惜，自不待言。

（五）馬其昶

字通伯，安徽桐城人。嘗學古文於吳汝綸，汝綸介見張裕釗，業乃大進。年方二十一，意氣邁往，自以爲能守先正之法，遂輯《桐城古文集略》，文名日高。三十以後，專治群經，旁及子史，編纂撰述，數十年如一日，著有《抱潤軒文集》，又有《韓昌黎文集校注》等。

光緒三十二年，琴南於北京會見桐城派古文家馬其昶，琴南與桐城文人之關係，錢基博之言可供參考：

〔註71〕《清史稿》，卷四八六，頁 13443。

〔註72〕林紓《畏廬續集·贈馬通伯先生序》，頁 25 上，台北：文津出版社，1978 年 7 月。

〔註73〕林紓《畏廬續集·贈馬通伯先生序》，頁 25 上，台北：文津出版社，1978 年 7 月。

〔註74〕錢基博《現代中國文學史》，頁 165，台南：唯一書業中心，1975 年 9 月。

〔註75〕胡適《胡適作品集·五十年來中國之文學》，頁 67，台北：遠流出版公司，1986 年 4 月。

〔註76〕林紓《畏廬續集·送姚叔節歸桐城序》，頁 25 上。

> 初紓論文持唐宋，故亦未嘗薄魏晉。及入大學，桐城馬其昶、姚永
> 概繼之；其昶尤吳汝綸高第弟子，號爲能紹述桐城家言者；咸與紓
> 懽好。而紓亦得桐城學者之盼睞爲幸；遂爲桐城張目，而持韓、柳、
> 歐、蘇之說益力！（錢基博《現代中國文學史》）

琴南與桐城派古文家馬通伯、姚永概相投契，不但推崇桐城之文，且合力抨
擊各種詆毀桐城派之言論，將詳述於第三章第三節。琴南與其昶結爲文友，
其昶對琴南文章之揄揚，較之吳氏，實有過之而無不及，因此常相互以古文
請益，亦師亦友，關係至深。

（六）姚永概

　　字叔節，號幸孫，安徽桐城人，光緒十四年舉人。著有《愼宜軒文集》、
《愼宜軒詩集》等。馬其昶爲其妹婿。爲人孝友篤至，時人甚推重。曾師事
方宗誠、張裕釗、吳汝綸學古文，爲桐城派末期後起之秀。

　　宣統二年，琴南與叔節於京師結識，兩人同任北京大學文科教席，講授
古文法。後因與魏晉文派章太炎不合，故於民國二年同辭北大教職。琴南於
〈與姚叔節書〉中即大力抨擊魏晉文派之「意境義法，概置弗講」，[註77]兩
人於論文歸趣，同出一氣。琴南並曾作〈贈姚君詩〉，以述兩人情誼，詩云：

> 天下爭傳姚氏學，八年聚首向長安。文名盛極身何補？世難嘗深膽
> 共寒。永日戀田偏在客，經時修史未成官。較量終勝閩南叟，江上
> 無家把釣難。（《畏廬詩存・贈姚君詩》卷上）

姚氏文名盛極，卻於身無補，慨嘆可謂至矣。琴南抒情述懷，誠摯無限，兩
人之情深意摯，可以想見。

（七）嚴　復

　　原名體乾，改名崇光，字又陵（一作幼陵）；後又改名復，字幾道，福建
閩侯人。十一歲從黃昌彝治經，飫聞宋元儒先學行。家貧寒，十四歲喪父，
適沈葆禎初創福州船政學堂，往試奪魁。光緒三年，派赴英國留學，此期間，
並接受西方政治文化思想。學成回國後，殫心著述，所譯名著，力求信達雅，
風行海內。中日甲午戰後，鑒於民族危機嚴重，便主張向西方學習，提倡新
學，實行改良，表現出先進之思想與愛國熱情，故大量譯刊西洋名著，介紹
西方思想，以開擴國人心胸，改變頑固保守觀念。

〔註77〕林紓《畏廬續集・與姚叔節書》，頁 16 上。

琴南與幾道爲譯林之友，互相稱譽譯著。琴南譯述《巴黎茶花女遺事》畢，一時風靡，嚴復稱其「可憐一卷《茶花女》，斷盡支那蕩子腸」，予琴南莫大之鼓舞，開啓琴南之譯書生涯。其後光緒二十八年，琴南亦爲嚴復繪〈尊疑譯書圖〉，撰述〈尊疑譯書圖記〉，文中推崇嚴復譯《群學肄言》一書，並言：「不母乎名數諸學，其窮理也無程，範物也鮮度」，對新學抱持歡迎態度。嚴復譯述諸書，爲介紹西洋思想入中土之第一人；琴南譯述更夥，爲介紹西洋文學入中土之第一人，二人均以譯書聞名於世，皆相互勉勵如此。康有爲曾賦詩謂：「譯才並世數嚴、林，百部虞初救世心。」〔註78〕爲後人公認之社會定評。

三、生　徒

綜觀琴南一生，除著述如林外，幾以招生授徒爲務，嘗自言「余自京師十四年，其掛名弟子籍者，千七百餘人，散處四方。」〔註79〕又云：「計余自辛丑就徵至京師，主金台講席，莅學者可四百人。主五城講席十三年，先後畢業幾六百人，主大學講席九年，先後畢業者千餘人，又實業學校二百七十人，今之正志學校，又四百人。」〔註80〕可見其門生之眾，眞可稱桃李滿天下矣。弟子朱羲冑於民國十五年撰有「林氏弟子表」〔註81〕一文，羅列三百九十六人，因弟子人數頗繁，無法一一臚列，僅以琴南著作中較多言及者，敘述如下：

（一）姚梓芳

字君愨，又字覺盦，廣東揭陽人，著有《覺盦叢稿》一卷。琴南嘗言及梓芳云：「有頎然美髯鬚，端視聳聽於余講座之下者，則揭陽姚生梓芳也。生簡峻能文章，罷講常造余。」〔註82〕姚君外形俊美，專注學問，極得琴南喜愛。至其爲人，則「不劫於庸妄，不沮於囂競，其視謗毀譙詈，夷然無動，一以古自勵。」又云：「當此微言垂熄之際，而生以韓、柳、歐、曾爲師法，而蘄至於古之立言者，壯哉生也。今茲吾且與之日講韓、柳、歐、曾之所以

〔註78〕康有爲〈琴南先生寫萬木草堂圖，題詩見贈，賦謝〉，原詩不見，此引自林薇選注《林紓選集・小說卷上》，頁315，成都：四川人民出版社，1985年12月。

〔註79〕林紓《畏廬續集・贈王林二生序》，頁27下。

〔註80〕林紓《畏廬三集・贈張生厚載序》，頁14上。

〔註81〕「林氏弟子表」爲朱羲冑所編《林琴南學行譜記四種》之一，台北：世界書局，1965年4月。

〔註82〕林紓《畏廬續集・清中憲大夫揭陽姚公墓志銘》，頁30上。

爲道者矣。」〔註83〕琴南講學，徵聖立言，蘄使學子師法古人之道，以擴學子之胸襟氣度。至於梓芳爲文簡峻，其「所爲文章往往棘於有司之目，恆不得售」，〔註84〕琴南卻贊其不隨波逐流，幾近於韓、柳、歐、曾之道。

（二）劉復禮

字洙源，四川中江人。姚、劉二生，均畢業於大學者，兩人相互切磋，有文名於世。劉氏因姚氏之故而請益於琴南，琴南於其文推崇備至，以爲其文「固知塗轍之所從入，義法之所從出者也。」並盛讚其人「智足以周事，能足以復古，量足以涵眾，語足以起懦。」〔註85〕又以爲眾多生徒中，「陟通貴而享重名者多，獨揭陽姚君愨，成都劉洙源，以古文鳴。」可見對姚、劉二氏古文之器重。唯兩生於大學卒業後，「咸落拓於江湖間，而劉先生尤窮蹙可憫。」〔註86〕淒慘際遇如此，滿腹才學竟不見容於當世，令人不勝悲嘆。

（三）李宣龔

字拔可，一字觀槿，福建閩侯人。爲李宗褘之子。清光緒二十年甲午舉人，工詩，著有《墨巢詩集》，詩風「沈遠方重，悲慨時事，風旨多見諸言外。」〔註87〕琴南嘗作〈贈李拔可詩〉，詩云：「觀槿才逾姚合清，偶傳片紙藝林驚。風懷懺盡歸逋峭，格律嚴中寓性情。海上十年看世變，中書一出負時名。千秋不墜辛夷業，天予聰明俾早成。」〔註88〕拔可之詩，頗有盛才，詩中多關乎世變，悲慨時事，要皆出乎性情，頗爲琴南所稱譽。

（四）黃　濬

字秋岳，一字哲維，福建閩侯人。爲黃笏山先生文孫。工詩，善駢體文。所爲「古近體詩，鮮榮修盈，偉爲詞傑，雖海內老輩，不復能過。」駢文之作「不假緣澤，自極淡麗，乃吾鄉特出之秀。」〔註89〕陳衍稱其：「秋岳年幼劬學，爲駢體文，出語驚其長老。」〔註90〕可見秋岳之詩與駢體文兼擅，其才情卓越，頗受世人推崇。著有《花隨人聖盦隨筆》。

〔註83〕以上兩引具見林紓《畏廬續集‧贈姚君愨序》，頁 24 上。
〔註84〕同　　，三十下。
〔註85〕以上兩引具見林紓《畏廬續集‧送劉洙源赴嶺南序》，頁 24 下。
〔註86〕以上兩引具見林紓《畏廬三集‧贈張生厚載序》，頁 14 下。
〔註87〕林紓《畏廬文集‧贈李拔可舍人序》，頁 13 上。
〔註88〕林紓《畏廬詩存卷下‧贈李拔可》，頁 16 下。
〔註89〕以上兩引具見林紓《畏廬三集‧黃笏山先生畫記》，頁 64 下。
〔註90〕朱羲胄《林琴南學行譜記四種‧林氏弟子表》所引，頁 3。

（五）朱羲胄

　　字心佛，別號悟園，湖北潛江人，祖籍安徽當塗。爲琴南晚年入室弟子，著有《悟園文存》一卷。琴南爲其題辭云：「極力摹古，善轉善折，年來古文一道，幾絕響矣，不圖竟見悟園也。」〔註91〕朱氏爲古文能手，延續古文命脈，頗得琴南稱揚，又著有《悟園詩存》三卷。琴南逝世後，朱氏即著手搜集琴南生平資料，編爲《林畏廬先生學行譜記四種》，內容分別爲：《貞文先生年譜》、《春覺齋箸述記》、《貞文先生學行記》、《林氏弟子表》，書於民國三十八年，世界書局出版，民國五十年台北世界書局翻印，易名爲《林琴南學行譜記四種》。就編輯態度言，頗爲謹嚴，內容取材，至爲宏富，提供若干佚文，多爲第一手資料。尤其《貞文先生年譜》，更見編寫之用心，朱氏嘗言：「《貞文先生年譜》二卷，備志其生平，凡其學藝之淵源博洽，行之內外洪纖，靡不廣裒溥蒐，稱分悉載。」〔註92〕此書提供琴南研究之重要文獻，撰寫年譜者尤可取法。

〔註91〕同上，頁5。
〔註92〕朱羲胄《林琴南學行譜記四種・貞文先生年譜自序》，頁1。

第三章 林琴南古文理論形成之因緣

　　琴南古文理論之形成，並非嚮壁虛造，言談無根；其中自有傳統文論之取精用宏。加以清末民初文學思潮，追求新學，捨棄舊古，予琴南衝擊頗巨。其文論之提出，雖不免受時代之左右，然捍衛傳統，進而形成豐富之古文理論，亦有其時代意義。本章試分「依經附聖之傳統思想」、「師法並擷取古人創作精華」、「對桐城派之承繼與修正」、「清末民初文學思潮之激盪」四節，以探討琴南古文理論形成之內因與外緣。

第一節　依經附聖之傳統思想

　　古文一道，實非粗淺俗學所可爲者。考察中國古代散文之發展，往往以「時運交移，質文代變」〔註1〕爲原則，或爲主流，或爲伏流。然各代文家湧現，佳篇迭出，代有名作。其間名家名篇之所以至今仍膾炙人口者，除有高明之藝術技巧外，尚須有豐富之內涵，以成文質兼備之文。是以文章之技法，必先有根柢槃深之思想內容，始能表現。此思想內容爲何？亦即徵驗於聖哲與根柢於經書之傳統思想。琴南文論之形成，乃植基於此，故頗多顛撲不破之理。並以此落實於評騭文章之中，以定其優劣。本節擬就「徵聖立言」與「鎔經鑄史」兩目，以論述琴南思想之依經附聖。

一、徵聖立言

　　爲文需徵驗於聖人，此何以也？蓋以文章之事，原於自然，然對此一包

〔註1〕劉勰《文心雕龍・時序》，見范文瀾《文心雕龍注》頁 671，台北：學海出版社，1980 年 9 月。

羅萬象，充塞天地之間之自然，若非聖人，不能體察其廣大精微；若非聖人，
無法垂文明理。而聖人之所以爲聖，乃由於其具有「鑑周日月，妙極機神，
文成規矩，思念符契」〔註2〕之潛能。故能「原道心以敷章，研神理而設教」，
〔註3〕蓋以其具備識鑒周密，妙識悟解、垂文不朽、暗合神理之能力，此爲常
人所不可企及之修養，故其爲文有「或簡言以達旨，或博文以該情，或明理
以位體，或隱義以爲用」之特色，可見聖人之文，雅麗兼備，華實互用；當
繁則繁，當簡則簡，當隱則隱，當顯則顯。是以「聖文之雅麗，固銜華而佩
實者也。」〔註4〕聖人之文，內容典雅，形式華麗，蔚爲「經典」之文。此彥
和所以於《文心雕龍》設〈徵聖〉之旨意。彥和所謂「道沿聖以垂文，聖因
文以明道」，〔註5〕已說明彥和《文心雕龍》前三篇依序爲〈原道〉、〈徵聖〉、
〈宗經〉之理，蓋無聖人即無由明道，無聖人即無由垂文，〈原道〉之文，欲
轉化爲〈宗經〉之文，〈徵聖〉便爲其中之關鍵。〔註6〕琴南論文，認爲「《論
衡》及《抱朴子》與《文心雕龍》爲最古論文之要言」，〔註7〕故彥和〈徵聖〉、
〈宗經〉之論，予琴南之影響，自不待言。琴南又謂：「由積理厚，凡所吐屬，
皆節節依經而附聖」，〔註8〕足見「依經附聖」爲其論文之基本思想。

　　琴南論文，徵驗於聖哲，以明正言體要之本，如云：

　　　　《文心雕龍·徵聖第二》有曰：「正言所以立辯，體要所以成辭。」

　　　　是言一本於《易》，一本於《書》，推而言之，則知此者，作文乃無

　　　　死句，論文亦得神解。何謂正言？本聖人之言，所以抗萬辯也。何

　　　　謂體要？衷聖人之言，所以鑄偉辭也。（《畏廬論文·述旨》）

琴南稱引《文心》之語，以爲聖人之文，具正當之言論，可確立辨別事物之
基礎；意旨充實，正爲文辭成功之因素。文辭若能以充實簡約爲貴，則可以

〔註2〕 同上，〈徵聖〉，頁15。

〔註3〕 同上，〈原道〉，頁2〜3。

〔註4〕 以上兩引，同註1，〈徵聖〉，頁5〜6。

〔註5〕 同註1，〈原道〉，頁3。

〔註6〕 對於《文心雕龍》之〈原道〉與〈宗經〉中間，何以須設〈徵聖〉，王師更生
　　　 有其獨到之見，其說云：「〈原道〉是指文學原於自然，〈宗經〉是指「中國文
　　　 學」要祖述經典。而自然與經典，本屬兩個不相關連的元素，如果沒有『聖
　　　 人』加以串連，幾乎找不到他們彼此結合的因子。」見《中國文學的本源》，
　　　 頁8，台北：台灣學生書局，1988年11月。

〔註7〕 林紓《畏廬論文·述旨》，頁1下。

〔註8〕 同上，頁3上。

避免標新立異、空洞無物之流弊，此說《尚書》即已明言。〔註9〕是以唯語「衷聖人之言」，方能臻於「雖取鎔經旨，亦自鑄偉辭」〔註10〕之特色，並能善得奇正相生之法。至於辨別事物正確，言論便能正當，修辭方能臻於完美之境地，此說本之於《周易》。〔註11〕故必以正當之言論，與精深之義理彼此為用，方能獲致徵聖立言之精髓。是以如能以聖人之文，作為立言之依據，則離作品之「雅麗」，雖不中亦不遠矣！但若語不徵聖，學無根柢，則妄談高論，施之文辭，便游談無根，故意做作，滿紙浮誇，或文入呆滯，莫知窮變之法。

然言亦有難言者，琴南以為當求析理之精，始有言正之語，其說云：

> 論道之書質，質則或絀於采；析理之言微，微則坐困於思。古之文章家，本盡備各體，不必各體中皆寓以理學之言。劉勰之贊〈徵聖〉亦曰：「精理為文，秀氣成采。」大率析理精，則言匪不正，因言之正，施以詞采，秀氣自生。（《畏廬論文・述旨》）

琴南之言以為：各文章體類，各有其獨具之作法與風格，不必生搬硬套，一成不變。如理學家論道之書重質，卻短於文采；析理至微，自屬其特色。然如記事、抒情之類，又何能全篇施以理學要言。是以必如彥和所言，出以精義妙理，以成不朽之文，以靈秀之氣質，譜成錦繡之辭采，妙哉！彥和之言。故琴南以為析理精妙為言正辭秀之先決條件。據此，琴南以為司馬光雖「無意於為文，而文皆精貴近理，不必施采，而自琅琅可誦，亦不必恃口辯，而人自不能屈。」〔註12〕蓋以其精於析理之故。然而對韓愈〈諱辯〉，卻以為「昌黎之言雖正，而辯亦不立。……果有所見於中，淘淅以先聖之理，詎無文字可為？」〔註13〕非韓愈之言不正，乃時人以為多矯激之語使然。至於琴南贊《孟子》之「皆切於時變，關乎正學」，亦得精於析理之妙。是以為文徵之於聖，從中獲致精妙義理，吐辭屬篇，言必充實簡約，文辭亦可臻於完美。期能範以聖賢之言，以使文章具雅麗兼備，華實互用之特色，此乃琴南為文徵聖立言之旨意。

〔註9〕　《尚書・畢命》云：「辭尚體要，不惟好異。」見《十三經注疏》一，頁291，台北：藝文印書館，1982年8月。

〔註10〕劉勰《文心雕龍・辨騷》，見范文瀾《文心雕龍注》，頁47。

〔註11〕《周易・繫辭下》云：「辨物正言，斷辭則備。」，見《十三經注疏》一，頁172。

〔註12〕同註7，頁4下。

〔註13〕同上，頁4下～5上。

聖人開發智慧，垂示文章，並藉由文章，以闡明儒家仁義之道。琴南以為聖人必因文見道者，此「道」亦即唐宋諸家之「仁義」之道。蓋琴南論文宗桐城，承唐宋諸家餘緒，以古文號召天下，篤守「文道合一」之說。此即琴南徵聖立說之所由，其言曰：

> 唐之作者林立，而韓、柳傳；宋之作者亦林立，而歐、曾傳。正以此四家者，意境義法皆足資以導後生而進于古，而所言又必衷之道，此其所以傳也。孔孟之徒傳之勿替者，以其善誘也。（《畏廬續集‧與姚叔節書》）

> 由韓之道而推及《左》、《莊》、《史》、《漢》，靡有不得其奧。（《畏廬三集‧答甘大文書》）

> 歐、曾二氏，不得韓亦無能超凡入聖。（李家驥等編《林紓詩文選‧桐城派古文說》）

琴南古文理論傳承桐城義法，強調內容充實，形式完備之作，蓋所以謀「文統」與「道統」之密切結合。因此為落實「文」、「道」合一，必徵之於聖，所謂之「聖」，即唐之韓愈、柳宗元及宋之歐陽修、曾鞏，此四者為文家習文之模範，蓋以其立言必正，語衷於道，故能傳之後世，永垂不朽。尤其四家之文，滿生意境，餘韻無窮，且為義法經緯，華實相備之文，故足以「導後生而進于古」，開後世無限法門，並引導入於古人之階梯。琴南嘗言「轍之所從入，義法之所從出。」〔註14〕蓋以學韓愈為關鍵，以韓文為法程，上溯《左傳》、《史記》，以此途徑，一窺聖人堂奧，以得聖人「仁義」之道，仁義蓄積於中，析理方精，立言始正，是以文家創作必以「仁義」為本。琴南云：

> 澤之以《詩》、《書》，本之以仁義，深之以閱歷，馴習久久，則意境
> 自然遠去俗氛，成獨造之理解。（《畏廬論文‧應知八則‧意境》）

蓋《詩》、《書》乃泛指一切經典，必求鎔鑄；仁義為文家之道德修為，必求根柢；閱歷則為文家耳之所聞、目之所見之生活經驗，琴南以此三者為文章創作之基本條件，如能多所關注，蓄積於平時，則吐文屬篇，必戛戛獨造，自有神會，文之意境自高，必能「遠去俗氛」，趨於雅正。是以「本之於仁義」者，即本儒家思想，強調德性修養之重要，而此「仁義之道」乃由聖人之立言而來，此所以必驗諸聖人之理也。

〔註14〕林紓《畏廬續集‧送劉沬源赴嶺南序》，頁 24 上，台北：文津出版社，1978年 7 月。

　　文章爲經國之大業，不朽之盛事，是以古之聖人，必求修德立行，充於中而形於外，此在先儒早已揭示，如《論語》中所謂「有德者必有言」，〔註15〕《周易》所謂「吉人之辭寡，躁人之辭多，誣善之人其辭游，失其守者其辭屈。」〔註16〕是欲知文家之道德修爲，必驗之於言辭。揚雄所謂「君子言則成文，動則成德，……以其弸中而彪外者。」，〔註17〕即是認爲文家必先養德於內，情動於中而形於言，作品自能不凡。王充更言「外內表裡，自相副稱」〔註18〕之理，即言作者若內德充實，形之於言，文質乃稱。劉彥和於《文心雕龍》專列〈程器〉一篇，以明作品優劣與作家修養之密切關連，且言及理想文人應是「蓄素以弸中，散采以彪外，楩柟其質，豫章其幹」，〔註19〕強調充實文德於內，散發文采於外之對應關係，琴南視王充與劉彥和之論爲「古文論之要言」，故兩人之主張，對於琴南徵聖立言之觀點，多所啓發。

　　有唐一代，韓愈既爲琴南習文之典範，冀以此爲力追古學，徵聖立言之憑藉。韓愈倡古文運動，力求「文以載道」之目標，故強調道德修養之重要，其云「夫所謂文者，必有諸其中，是故君子愼其實；實之美惡，其發也不揜。」〔註20〕此「實」即謂文家之思想與道德修爲，必充實其「實」，方有載道之言。又其〈答李翊書〉，爲闡述「文以載道」之重要文獻，文中闡述自身以「古之立言者」，爲效法企慕之鵠的，欲達此目標，當「無望其速成，無誘於勢利」，必「養其根而俟其實，加其膏而希其光」，因「根之茂者其實遂，膏之沃者其光曄；仁義之人，其言藹如也。」此已明示仁義其內，藹言其外，以「仁義」爲文章寫作之根本。韓愈並以自身「行之乎仁義之途，游之乎《詩》、《書》之源，無迷其途，無絕於源，終吾身而已矣。」〔註21〕認爲唯求聖人仁義之道，並鎔經鑄史，則文章之事，乃能粲然大備。琴南言「澤之以《詩》、《書》，本之於仁義」，其師法韓愈之處，顯而易見。

〔註15〕《論語・憲問第十四》，見《十三經注疏》八，頁123。

〔註16〕同註11，頁177。

〔註17〕揚雄《法言・君子》，北京：中華書局，1985年。

〔註18〕王充《論衡・超奇》云：「有根株於下，有榮葉於上，有實核於內，有皮殼於外，文墨辭說，士之榮葉皮殼也。實誠在胸臆，文墨著竹帛，外內表裡，自相副稱。」頁143，台北：宏業書局，1983年4月。

〔註19〕劉勰《文心雕龍・程器》，見范文瀾《文心雕龍注》，頁720。

〔註20〕馬其昶《韓昌黎文集校注・答尉遲生書》，頁145，上海：上海古籍出版社，1987年6月。

〔註21〕以上所引版本同上，〈答李翊書〉，頁169～170。

及至宋世，歐陽脩亦重視道德修爲，嘗言：「其所以爲聖賢者，修之於身，施之於事，見之於言，是三者所以能不朽而存也。」〔註22〕此本乎《左傳》以爲言，〔註23〕強調立德、立功、立言，爲聖賢所備者。又謂「聖人之文，雖不可及，然大抵道勝者，文不難而自至也。」〔註24〕極其強調道德修養充實於內，而後方能窺聖門文章之奧妙。有清一代，魏禧〈答施愚山侍讀書〉亦言「論人必先器識，文必從根柢。」此根柢者何？即儒家「仁義」之道也。又於〈答蔡生書〉言「文章之本，必先正性情，治行誼，使吾之身不背于忠孝仁義，發之言者，必篤實而可傳。」〔註25〕本之性情，不違仁義，以之垂文，則道自現。凡此，皆著重道德修爲之重要。

琴南論文，本於儒家「仁義」之道，傳承聖人之旨，徵之於評文中，亦可見其受古人影響之跡，益明其徵聖立言之宏旨，試擷取《文微》諸說以爲證：

> 文須有體裁，有眼光，有根底。

> 昌黎謂非聖人之志，不敢存。凡自蘄躋古之立言者流，當皆如是。（以上具見《文微・通則第一》）

> 古人之文，多足匡性情而長道德。（《文微・籀誦第三》）

琴南強調爲文須有根柢，即根柢於作家之道德修爲、仁義之言。並認爲徵聖立言之文，皆足以使性情端厚，道德增長。韓愈以「非聖人之志不敢存」，〔註26〕以求躋於「古之立言」之境，其徵聖立言之思想，自然受琴南所推重。蓋聖人之志，志高識遠，文本性情，心存仁義，自然道充德厚。琴南嘗評韓愈〈原道〉謂：

> 昌黎於〈原道〉一篇，疏瀹如導壅，發明如燭闇，理足于中，造語復衰之法律，俾學者循其塗軌而進，即可因文以見道。（《韓柳文研究法・韓文研究法》）

韓愈〈原道〉，旨在推究「道」之本源。其所謂「道」，究其核心，實爲孔孟「仁義」之道。蓋崇儒學，辟佛老，爲退之一生之志事。觀本文爲儒學

〔註22〕《歐陽脩全集・送徐無黨南歸序》，台北：世界書局，1963年4月。
〔註23〕《左傳・襄公二十四年》云：「太上有立德，其次有立功，其次有立言，雖久不廢，此之謂不朽。」見《十三經注疏本》六，頁609。
〔註24〕《歐陽脩全集・答吳充秀才書》。
〔註25〕以上魏禧〈答施愚山侍讀書〉與〈答蔡生書〉兩文，具見《魏叔子文集》卷六，台北：台灣商務印書館，1973年。
〔註26〕馬其昶《韓昌黎文集校注・答李翊書》，頁170。

立論，批判佛、老，立論與駁詰相結合，逐層展開，深入論證。推原仁義之道，如水之疏導，而見暢流；發明儒家義理，如燭照黑暗，而見光明。何以致此？蓋由於韓愈平日蓄理於中，必求古人法度，後學若能遵其途徑，便可入於古人之道。是以琴南對韓愈之推原大道，力辟佛老之舉，如此盛讚，此又何嘗不是琴南處於新舊文化交替，欲力延古文一線，語衷於聖人之道之心理投射。琴南亦贊韓愈〈答李翊書〉「取法上，擇術端」、「行仁義，游詩書，不是大言，是立言到此地位，自然力臻上流，道之無止境，猶文之無止境。」〔註27〕蓋為文必取法乎上，以聖人之仁義道德為依歸，以「道」與立言相應，立言確當，而道寓其中，以道為旨，則文可因道而明。是以處處立言，在在是道。再者，柳宗元亦以析理擅長，琴南贊云：「柳州聰明，讀古書，能以理析之」、「造語極古，而析理又極明達」，〔註28〕蓋語有根柢，析至精，文中之精妙義理自現，則言必正，詞采之靈秀必生。

綜上所論，琴南以為「道」須仰賴聖人立言，始克展現。因此聖人之言，仁義道德已寓乎其中，故必驗諸聖人。觀其傳承傳統文論，並落實於評論古文之中，所謂「徵聖立言」之傳統思想，實處處可見。

二、鎔經鑄史

琴南以《文心雕龍》為「古文論之要言」，而《文心雕龍》於〈徵聖〉之後，再專設〈宗經〉一篇，以明中國文學之本源，實在於「經典」，所謂「詳其本源，莫非經典」也，〔註29〕故文必宗經，以明文學之源頭活水，藉以探本溯源，進而日新其業。彥和嘗感嘆時文「離本彌甚，將遂訛濫」，必「振葉以尋根，觀瀾而索源」，否則「不述先哲之誥，無益後生之慮」〔註30〕其所謂「本」、「根」、「源」、「誥」，實則即為「經典」。以彥和當時，駢文興盛，文風日趨淫靡，專務雕章琢句，以追求豔麗辭藻為能事，於作品之本源與內涵，則輕忽不顧。於此，琴南乃提出針砭，期能振衰起弊。王師更生嘗有申說，以明中國文學理論，必尋波討源，扣緊「經典」立說，方有益後生之慮。〔註31〕

〔註27〕林紓《韓柳文研究法・韓文研究法》，頁21，台北：廣文書局，1976年4月。
〔註28〕林紓《韓柳文研究法・柳文研究法》，頁75。
〔註29〕劉勰《文心雕龍・序志》，見范文瀾《文心雕龍注》，頁726。
〔註30〕以上引文同上。
〔註31〕王師更生云：「在此劉勰不但肯定了『經典』是中國文學的本源，同時，還進一步強調，人之行文謀篇，如脫離本源，而任情泛濫的話，很可能如洪水橫

　　何以文必宗經？茲因「經典」具有「恆久之至道，不刊之鴻教」之重大意義。且有「象天地，效鬼神，參物序，制人紀，洞性靈之奧區，極文章之骨髓。」﹝註32﹞之效用。是以經典不但於思想上可陶冶性情，於語言形式上，更可作爲寫作之規範。是故《文心雕龍》全書，無論是本原論、文體論、創作論、批評論，莫不是論出有根，原之於宗經思想之落實。再觀琴南古文理論，靡不如此。

　　再以「史書」而論，彥和所謂「左氏綴事，附經間出」、「轉授經旨，以授于後」、「依經以樹則，附聖以居宗」，﹝註33﹞此論具爲琴南論「史傳」一體所擷取。蓋「傳」者，輾轉傳遞之謂。即將經文之意旨，以傳示後學。如《左傳》雖名爲經，卻主記事，而成爲聖文之輔翼，史籍中之翹楚。故史傳之作，必遵照經傳來樹立準則；又須依附先聖之言論爲宗旨。今觀歷代史書，或考史事之變革，或辨人間之是非善惡，或對人物褒揚與貶斥。其間得失、興衰、成敗，靡不備載。是以史家秉筆，流傳萬世，其力量之大，眞可謂驚心動魄。而「史」之比附經義，往往迭出於字裡行間，故經傳並行，實有相互發明之功。琴南之古文理論，多有從中汲取養分者，由此益見其鎔經鑄史之思想。

　　經史之爲典籍，或爲恆久不變之原理，與不可磨滅之偉大教示；或爲以傳比附經義，傳授經文之意旨，以爲經書之輔翼，兩者對中國文論之影響，既深且遠。觀歷代文學家、史學家莫不鎔鑄經史，以爲「邁德樹聲」、「建言修辭」之準則。琴南爲一介傳統文人，其鎔經鑄史之思想與言論，於著作之中多有具體落實，如以下《文微》中所述：

> 凡文字不由經籍溯源而出，未有不流於雜家者也。
>
> 自六經來，乃爲眞文。（以上具見《文微·通則第一》）
>
> 讀經可濬來源，讀史可廣識見，然後參以今世之閱歷，而求其會通。如此爲文，則有根柢，而不迂固。
>
> 古文之味皆自經來，然必自古文學起，漸次而讀經，經高妙而古文平淡，如此拾級以進，乃序順而可有功。（上兩則具見《文微·籀誦第三》）

　　流，猛獸出柙，對自己不但犯了訛濫之病，對讀者更造成思想上的傷害。」見《中國文學的本源》，頁5。

﹝註32﹞劉勰《文心雕龍·宗經》，見范文瀾《文心雕龍注》，頁21。

﹝註33﹞以上所引版本同上，〈史傳〉，頁284～286。

以上，琴南總論經史之重要。琴南研治古文，推本《六經》，主張讀經典，方可探本溯源，語歸雅正，不入駁雜；識史書，方可增廣識度，獨具隻眼；再輔之以閱歷，求其會通經史之道，如此則根柢槃深，枝葉峻茂，免於迂腐固執之弊。若文本六經，語有根底，則文之「眞味」乃現。琴南並以爲先自古文學起，進而讀經，循序漸進，則文之平淡，方能淡中有「眞味」，此實得自經典之助也。至於琴南所謂之「經史」，究指何書，觀其文論、文集，便可窺得其意，如以下論述：

> 不讀《史記》則氣不舒；不讀《漢書》則語不雅；不讀《左傳》則不善調度、驅駕。熟斯三者，文無不善。

> 能自《史記》、《漢書》、《左傳》、《禮記》、《詩經》中求根柢，再以八家法度學周、秦及其它經文，乃有把握。（以上兩則具見《文微・籀誦第三》）

> 五經之中，《易》太高妙，《書》極古茂，後世治碑文者，自當取則斯焉。〈雅〉、〈頌〉、《左氏傳》善間架，《禮記》饒滋味而腴美。（《文微・周秦文平第六》）

> 說道理，《禮記》爲勝；窮變化，《左傳》爲勝。

> 寫人狀物須唯妙唯肖，各當其實，如畫肖象，靡眞弗顯，千古能此者，惟左氏、司馬長、班孟堅三家而已。（以上兩則具見《文微・雜平第九》）

> 天下文章，能變化陸離，不可方物者，只有三家：一左、一馬、一韓而已。（《左傳擷華・序》）

> 《詩》、《禮》二經及程、朱二氏之書，篤嗜如飲粱肉。（《畏廬三集・答徐敏書》）

觀上列引文，琴南論文推本六經。然經典之中，由於體製不同，其文學特質亦各有異，此點彥和已有明言。〔註34〕琴南對上舉經典，各有評述，以爲《易》之高明巧妙，《書》之樸質古雅，具爲碑文文體所取法。觀琴南論「碑」體之

〔註34〕劉勰《文心雕龍・宗經》揭示五經之文學成份云：「《易》惟談天，入神致用。……《書》實記言，而詁訓茫昧，通乎《爾雅》，則文意曉然。……《詩》主言志，詁訓同《書》，摛風裁興，藻辭譎喻，溫柔在誦，故最附深衷矣。《禮》以立體，據事制範，章條纖曲，執而後顯，採擿片言，莫非實也。《春秋》辨理，一字見義。」見范文瀾《文心雕龍注》，頁21～22。

風格，便以此為創作之準則。至於《詩》、《禮》則為琴南所「篤嗜」者，因
其所嗜，故深入其中，採擷其華實，以為《詩經》如建屋，於文之結構，多
所用心；《禮記》一書，以明理取勝，因其記禮，禮備則理足，內涵豐腴，能
美化行止，故饒富滋味，可見琴南對《詩》、《禮》，較之《易》、《書》，傾心
於前者。又於《左傳》一書，更是琴南極為推重者，其比附經義，經傳並行，
申明聖文之經旨，頗具特色。文中記事，如主帥指揮調遣，駕馬驅之，吐屬
自如，極其千變萬化之妙。讀《左傳》當可領略行文之巧妙，一立主意，便
窮變化之筆法，指揮若定。琴南贊譽左氏之文云：

> 昔人稱《左氏》如冶女良娼，每心怪其言。今乃知盲左文章，固有
> 媚人伎倆也。（《左傳擷華》卷下，〈齊侯朝晉〉評語）

> 《左氏傳》如富人庖廚，甘肥淡蔬皆備，任人取食。天下間無問何
> 種關鍵，何種體裁，何等風光，何若妙趣，左氏之文皆備之。（《文
> 微・周秦文平第五》）

琴南以為《左傳》備眾各體，不特記事，其於論事說理，記人抒情上，靡不
善者。非但為後世習文之重要關鍵，於各種文章之風格與妙趣，均有涉獵。
如富人庖廚，甘肥淡蔬，一應俱全，無所遺漏，琴南之推崇備至，於此可見。
再觀其特作《左傳擷華》，以研治《左傳》，期能發微闡幽，以抉發其中之妙，
進而有益後生。其次，司馬遷《史記》一書，能化《左傳》編年為列傳，成
正史之傳體，創體之功，亦為琴南所肯定。《史記》之記人敘事，琴南以為「千
古善學《左傳》者，止《史記》」，〔註35〕觀《史記》於寫人狀物上，極其傳
神，亦求實情，讀之如歷歷在目，躍然紙上，令人心怡目暢，神清氣舒。再
次為班固《漢書》，亦見其描繪人物唯妙唯肖之能，其用語雅馴，與《史記》
自然平易之風格不同，讀《漢書》能出語雅正，不落俗氛。《史記》善用奇筆，
以富於變化，語出平易；《漢書》出以正筆，多古穆之語，語出典雅，兩書歷
來並稱，皆應熟讀，以悟得作文奇正相生之道。

　　綜上所論，琴南以為經史之作，辭約旨豐，事近喻遠，對《詩》、《禮》、
《左傳》、《史記》、《漢書》等書，從中抉發其內蘊與特色，期能內化為創作
之沃壤，以見鎔經鑄史之功。其中尤以《左傳》、《史記》最為琴南所推重。

〔註35〕林紓《文微・雜平第九》，《文微》係朱羲胄據聽林紓講課時的筆記整理而成。
　　　　原書不見，載入李家驥等編《林紓詩文選》末之「附錄（一）」，頁403，北京：
　　　　商務印書館，1993年10月。

由此可知，琴南古文理論之形成，實根基於依經附聖之傳統思想，觀其文體論與創作論，皆架構立論於此基礎之上，進而開展出周密而具系統之理論。

第二節　師法並擷取古人創作精華

琴南論文，承桐城遺緒，講究義法經緯之文。然為文而義法兼備，誠難能而可貴，故必以師法古人，學習古人入手，從中領略作文之法，並擷取前人創作之成果，以為己用，進而豐富本身之古文理論。本節擬就「師法古人為文之法度」及「擷取前人創作之精華」二端，以探究琴南文論形成之因由。

一、師法古人為文之法度

琴南論文崇尚法度，故以師法古人為圭臬，其說云：

> 為文而不師古人，直不燭而行闇，雖心識其塗，而或達焉，則必時構虛懾之象，觸物而震，無復坦行之樂。（朱羲冑《林琴南學行譜記四種・春覺齋著述記》卷二）

琴南以為為文若不師法古人，如燭之不照其光，所言所行將昏暗不明，即便內心深識其途，然達之或難。又如虛擬一憂懼之景象，觸及景物，便驚心不已，將何以坦然？是以師法古人，以古人為師，如光之燭照，指引迷津，方能入古文之堂奧。故師法古人為習文之捷徑，琴南以為「古人程法如此，欲極力避之，亦無可避。」〔註36〕由此可知，千變萬化之文法既已包孕於古文中，若能用心揣摩，自可獲致作文之奧祕。

前已論及韓愈為古文之法中，承前啟後之關鍵人物，由韓愈而上溯《左傳》、《史記》，則先秦兩漢之創作法則，便可探求得之。蓋以先秦兩漢著作，辭達旨豐，如《左》、《史》之變化陸離，皆有其法可循，琴南於其中技法實多所抉發，並內化為古文理論之良田沃土。如明代之歸有光，琴南以為能「悟得《史記》者」，〔註37〕對於歸氏之《史記》評點法，推崇備至，認為「震川之用心處，亦為《史記》文法之宜研究處」，〔註38〕琴南並作〈震川《史記》評點發明〉以抉發《史記》之章法與義蘊，對於文中之伏、應、斷、續等謀

〔註36〕林紓《畏廬續集・書黃生箚記後》，頁13下，台北：文津出版社，1978年7月。
〔註37〕林紓《文微・雜平第九》，原文不見，此據李家驥《林紓詩文選》之「附錄」，頁403，北京：商務印書館，1993年10月。
〔註38〕林紓《畏廬論文・述旨》，頁1下，台北：文津出版社，1978年7月。

篇安章之法，逐一歸納分析，以明筆法運用之靈活。可見琴南是透過歸氏之評點，直探《史記》之精髓所在。

　　至於韓愈以下，歐陽脩、曾鞏、歸有光、桐城諸家，得力處皆在學韓，蓋以韓愈論文、論道，均切中其旨；故後世師法者頗多。然長於師古者，如水中著鹽，必使人讀之不知其所師，如韓師孟，不見其爲孟也；歐學韓，不覺其爲韓也。若亦步亦趨，如邯鄲學步，但求其似，鄙陋便生。蓋師法古人，借鑒古代作家作品，必以吐故納新爲能事。故琴南以爲「學文當肖自己，不當求肖古人。」〔註39〕學古人，切忌拘泥不化，不知變通，必知從中學其法而變其貌，即韓愈所謂「師其意，不師其辭」，〔註40〕能會通古人，便可生出新作。可見師法若能入能出，亦屬創造；若字字模擬，句句因襲，則與抄襲何異？是以師法前人古文之法，爲進行文學創作之前提與基礎，桐城派文論所謂「有所法而後成，有所變而後大」，此言不虛。琴南所謂「學古人當取契神髓，不惟襲其風貌」，〔註41〕即開示後學習古文之法，當於臨文之際，明白「會其神而離其跡」之理。

　　總之，琴南古文理論之形成，乃於古人爲文之法中汲取養分。觀《左傳》、《史記》、韓、柳、歐、曾之文，其創作法則，實已粲然大備，若能於其中師法創造，一本「變則可久，通則不乏」之通變觀，則古文之事，當可日新其業。此種師法古人爲文之法，借鑒古代作家作品之觀點，對琴南文論之形成，頗具關鍵。

二、擷取前人創作之精華

　　先秦兩漢，經學昌明，史籍大備，後世各種文章體類，多由五經而出。史傳之發展，於《左氏》以後，更開出無數記事法門。尤以唐宋兩代，古文創作更是登峰造極，盛況空前。其間名家輩出，名作如林；創作體裁，兼備各體，成果輝煌。其沾溉後世文人，至深且鉅。琴南生於晚清，故以此期之古文創作爲其選評古文之重心。冀能上溯先秦兩漢經史之創作法則，以樹立

〔註39〕林紓《畏廬論文・論文十六忌・忌剽襲》，頁34上。
〔註40〕馬其昶《韓昌黎文集校注・答劉正夫書》，頁207，上海：上海古籍出版社，1987年6月。
〔註41〕林紓《韓柳文研究法・韓文研究法》評韓愈〈送孟東野序〉文，以爲此文「最岸異，然可謂之格奇而調變，不能謂爲有道理之文。……如此等體，仿效至難。」頁23～24，台北：廣文書局，1976年4月。

後世爲文之軌範。

　　先秦兩漢之《左傳》、《史記》行文之千波萬巒，變化萬千，一直爲琴南所激賞。尤以《左傳》一書，琴南沈潛體味頗深，而作《左傳擷華》一書，其於《左傳》評點之識見，令人由衷贊嘆。筆者從中總結出無數之創作要則與技法，已詳於「古文創作論」一章中。若無如此傑出之《左傳》，又何來琴南如此之遠識卓見。此所以助其文論形成之基礎也。

　　降至唐宋，古文成就向以唐宋八大家爲代表，琴南嘗論述唐宋時期古文源流，其說云：

　　　《全唐文》一部，浩如淵海。何以後人不宗燕、許而宗韓、柳？南北宋文家，亦人人各有所長，何以後人但稱歐、曾、王、蘇六家？（朱羲胄《林琴南學行譜記四種・貞文先生年譜》卷二）

　　　唐宋之文盛矣！而享世大名者，推韓、柳、歐、曾。（《畏廬續集・贈姚君懋序》）

　　　唐之作者林立，而韓、柳傳；宋之作者亦林立，而歐、曾傳。（《畏廬續集・與姚叔節書》）

唐宋八大家之文，各體兼備，文家各見擅場，皆有獨特之風格與特色。諸家創作至豐，後世讀者多憑其性之所好，或側重某家，或博涉各家，選文誦讀，亦皆能得其美者，是以明代茅坤乃有《唐宋八大家文鈔》之作，以爲初學古文者習文之範本。琴南以其研治古文之心得，博涉諸家，定其去取，於八家之文中，尤重韓、柳、歐、曾。蓋以此四家之「意境義法，皆足資以導後生而進於古，而所言又衷於道，此所以傳也。」〔註42〕「惟其有義法，則文字始謹嚴，不至有儇佻傖俗諸弊；惟有意境，則文字始飫衍，不至有險惡怪誕者之弊。」〔註43〕琴南爲文頗講法度，由〈論文十六忌〉之各種創作避忌可知。「義法」爲琴南文論之核心，乃承自桐城遺緒，以四家之文，義經法緯，華實兼備，因嚴謹有度，故能免於輕儇之弊；「意境」爲古文創作之前提，文有意境，則辭約旨豐，言近意遠，不致身蹈險怪之失。「義法」與「意境」已成爲琴南選文、評文優劣之依據。而此四家之文，在此一標準下，所以脫穎而出，亦以其足堪後世矩範之故。

〔註42〕林紓《畏廬續集・與姚叔節書》，頁 16 下。
〔註43〕朱羲胄《林琴南學行譜記四種・貞文先生年譜》卷二，頁 10，台北：世界書局，1965 年 4 月。

　　唐宋韓、柳、歐、曾四家中，尤以韓愈之古文，最令琴南傾心，將之與
左、馬並列，蓋持以爲上溯左、馬文章精華之塗軌。其古文備眾各體，筆法
靈活，風格獨具，琴南便由其中汲取精華，以歸結古文理論。其於《洪罕女
郎傳・跋語》〔註44〕云：

　　　　若韓愈氏者，匠心尤奇。……伏流沈沈，尋之無跡，而東雲出鱗，
　　　　西雲露爪，不可捉捫。由其文章巧於內轉，故百變不窮其技。蓋著
　　　　紙之先，先有伏線，故往往用繞筆醒之，此昌黎絕技也。

韓愈爲文運筆之奇，獨具匠心。尤以伏筆之用，最具高明。蓋文章最忌一語
道盡，如此則索然無味，韓愈之文，伏線處處，極具變化，然不著痕跡，令
人捉摸不定，又善於用縈繞曲折之筆點醒，輔足文章之氣勢。琴南又以爲：

　　　　紓治韓文三十年，能解韓文，而不能爲韓文，……嘗語諸生，韓公
　　　　之文，武夷之溪，玉華洞之泉聲也。武夷山溪，每曲輒變，玉洞之
　　　　泉，則伏流于石片之下，雖繁其耳聽，固未嘗得泉。（《畏廬三集・
　　　　百大家評選韓文菁華錄・序》）

琴南研治韓文三十年，始能得其神解，卻無法爲文如韓，實則爲文若似韓，
便有違琴南「會其神而離其跡」之旨。韓氏之文，靈活變化，伏筆高妙。如
武夷山溪之曲折變化；玉洞泉水之伏流不現，縱耳聽繁華之音，仍未得泉之
所從出。韓愈除善用奇筆，用字造句，琴南更贊其「用字古，結響高，拼字
稱，爲古來文家所罕及」〔註45〕凡此，皆提供琴南文論豐厚之養分，於此大
體言之，將另闢「古文創作論」一章，詳而論之。

　　再者，韓愈之文，各體兼備，琴南於《評選古文辭類纂》中所選韓愈之
文，涵蓋各體，其中尤以「贈序」一體，所選尤多，〔註46〕對韓氏「贈序」
一體，琴南嘗盛讚云：

　　　　唐世一有昌黎，以吞言咽理之文，施之贈序中，覺唐初諸賢對之，
　　　　一皆無色。韓集贈送之序，美不勝收。（《畏廬論文・流別論》）

「贈序」一體晚出，唐宋以後，創作尤夥。韓愈之文，倡「載道」之言，並以

〔註44〕錢杏邨輯《晚清文學叢鈔・小說戲曲研究卷》卷三，頁 225，台北：新文豐出
　　　　版公司，1989 年 4 月。
〔註45〕林紓《文微・唐宋元明清文平第八》，頁 400。
〔註46〕琴南於《選評古文辭類纂》中之「贈序類」，選有作家八人計三十四篇作品，
　　　　其中韓愈即佔十九篇，不僅於此類作家中最多，更是各類中最多者，可參本
　　　　文第四章中第三節之圖表。

入於贈送之序，含而不露，文極吞吐，較之唐初諸賢，實獨具一格，頗具特色。琴南於〈流別論〉中便以之爲「贈序」體之代表作家，擷取其「贈序」之精華，除論文體之風格外，觀琴南本身之創作，「贈序」亦不在少數，〔註47〕於此益明琴南擷取前人精華之處。

　　至於柳宗元之古文成就，斐然可觀，與韓愈並稱，其古文，除踵繼韓愈「文道合一」之理念外，山水遊記之作，更是專擅。琴南於《選評古文辭類纂》中，列「雜記」一體，柳氏之山水遊記，選入頗多，〔註48〕琴南並盛稱：「記山水，則子厚爲專家，昌黎所不及也。」〔註49〕琴南以之爲遊記之正宗，擷取其創作成果，予以析評，再觀之琴南本身創作，以「雜記」文最多，〔註50〕足證其理論與實踐之結合。

　　綜上所論，前人之古文創作，可師法、借鑑者頗多，《左傳》、《史記》外，唐宋文家之創作成果，亦爲琴南極力擷取者。縱使琴南與桐城文人相善，仍倡言：「即桐城一派，亦豈能超乎韓、歐而獨立耶？」〔註51〕可見其對唐宋古文家之推崇備至，嘗自言於「韓、柳、歐三氏之文，楮葉汗漬，近四十年。」〔註52〕琴南窮畢生精力，浸淫其中，翕然神會，於是擷取精華，發爲鴻議。其《畏廬論文》、《左傳擷華》、《韓柳文研究法》、《選評古文辭類纂》、《文微》諸作，立論皆植基於前人創作，擷精取宏，足證其文論形成之由來。

第三節　對桐城派之承繼與修正

　　古文發展至清代，厥有桐城一派，主導清代散文文壇。雖能承繼傳統，發揚古文之華實，唯時運交移，西學引入，文壇思變，傳統古文不敵新思潮之衝擊，終究欲振乏力，與清世國運相終始。琴南身處清末新舊文化交替之

〔註47〕王瓊馨《林琴南古文研究》曾統計琴南文集中各類作品篇數，琴南「贈序」文計有四十四篇，僅次於「雜記」之六十五篇，與「碑志」之四十五篇。頁291～296，國立中興大學中文研究所碩士論文，1996年7月。

〔註48〕琴南於《選評古文辭類纂》中之「雜記類」，選有作家九人計二十九篇作品，其中柳宗元即佔十篇，非但於此類作家中最多，更爲各類中最多者，參考同註46。

〔註49〕林紓《畏廬論文・流別論》，頁20上。

〔註50〕同註12。

〔註51〕林紓《畏廬論文・述旨》，頁4上。

〔註52〕林紓《畏廬三集・答徐敏書》，見《畏廬文集・詩存・論文》二，頁678，台北：文海出版社有限公司，1974年7月。

際，為力延古文命脈，乃挺身捍衛古文，靠攏於桐城，企圖以桐城之力與排山倒海而來之新文學對抗，雖功虧一簣，但其力挽狂瀾之用心，可以想見。至其古文理論之形成，除對傳統之繼承外，與有清一代之桐城派亦頗有淵源，大抵是對桐城派之修正。故本節先論林琴南與桐城派之淵源，次論林琴南對桐城文論之繼承，末論林琴南與桐城派之異調，以明琴南與桐城文人關係之密切，及兩者於古文理論上之分合。

一、林琴南與桐城派之淵源

琴南和桐城派的淵源頗深，且關係極為密切，致後人將之視為桐城，如陳炳堃云：

> 嚴復、林紓同出吳汝綸的門下，世稱林、嚴。他們的古文都可以說是桐城派的嫡傳，尤以林紓自謂能謹守桐城義法。(《最近三十年中國文學史》)

此說直視琴南為桐城派之衣缽傳人，也代表著後世多數文學史家之定見。然此說並不可靠，容後再討論。另有顧鳳城謂林紓：「善古文辭，但頗反對桐城派。」(原文不見，載入《中外文學家辭典》) 不知所據為何？琴南對桐城派或傳承或修正，但從未言反對桐城，對此，寒光曾提出質疑云：

> 他（指顧鳳城）所謂「頗反對桐城派」的話，恰與一般人目林氏為桐城者相反。據我們所知道，林氏雖自己聲明否認他為桐城派，但也不曾有過反對桐城派的論調，只不知顧氏何所據而云然呢？(寒光《林琴南》)

基於上述的不同看法，為澄清疑慮，有必要考其本末終始，只有正確得知琴南與桐城派的關係，方能予以琴南正確公允的評價。因而特立「琴南與桐城文人相善」、「推崇方、姚之文並為桐城辯護」、「反立派別並屢言桐城無派」三目，藉以窺知琴南和桐城派之關係，從而證明琴南並非歸屬桐城。

（一）琴南與桐城文人相善

光緒二十七年（1901），琴南於北京五城學堂首次晤會桐城末代宗師吳汝綸。琴南持古文向其請益，吳氏大為讚賞，琴南嘗提及此事云：

> 余治古文三十年，恆嚴閉不以示人。光緒中，桐城吳摯甫先生至京師，始見吾文，稱曰：是抑遏掩蔽，能伏其光氣者。(《畏廬續集‧贈馬通伯先生序》)

琴南會見吳汝綸之前，治古文已三十年，但「恆嚴閉不以示人」而已。張僖
亦云：

> 獨其所爲文，頗祕惜，然時時以爲不足藏，摧落如秋葉，余深用爲
> 憾。（《畏廬文集・序》）

張氏對琴南的文不足藏，深以爲憾事。吳汝綸對琴南之文亦讚譽有加，以蘇
明允稱韓退之之「抑遏掩蔽」之語，贊揚其文能斂氣蓄勢。〔註53〕之後兩人
相見恨晚，結爲知音，時時相互論文。琴南云：

> 摯甫先生與余聚京師累月，旋亦物故，晚交得通伯，以上書論時政
> 不合，息息亦遇亂歸桐城，計可以論文者，獨有一叔節，而叔節亦
> 行且歸，然則講古學者旣稀，而二三良友，復不得常集而究論之。（《畏
> 廬續集・送姚叔節歸桐城序》）

琴南除與吳汝綸聚京師相互論文外，又與桐城派文人馬通伯、姚叔節切磋文
事，並視之爲良友。琴南嘗云：

> 辛丑入都，晤吳摯甫先生於五城學堂，論《史記》竟日，先生深韙
> 吾說，……余尊先生如師保，……，且其沈酣於《史記》，識見乃高
> 余萬倍矣。（《畏廬續集・桐城吳先生點勘史記續本序》）

兩人論《史記》竟日，相互切磋，琴南尊之如師，非眞正師事吳汝綸，但爲
論文之友而已。其它若稱吳氏爲「亡友」、「亡友吳摯甫先生」可證。〔註54〕

　　琴南執教於京師大學堂，與姚永樸、姚永概、馬其昶等桐城文人結爲「道
義之友」，三人常以文相往來，琴南曾云：

> 而來書所舉之二姚及通伯，又皆僕道義之友，通伯謙德無尚，每得
> 一篇，必走而就商於僕。（《畏廬三集・答甘大文書》）

馬其昶商請琴南爲其改文，相互切磋，乃桐城派古文家的傳統美德，不僅如
此，也以文章相標榜，如琴南云：

> 余尊先生如師保，讀其遺文，繁而不涉猥釀，簡而弗流疏悟，系出

〔註53〕蘇洵〈上歐陽內翰書〉云：「韓子之文，如長江大河，渾浩流轉，魚黿蛟龍，
萬怪惶惑，而抑遏蔽掩，不使自露。」見《嘉祐集》，頁2，台北：台灣商務
印書館，1977年6月。另林紓《畏廬論文・應知八則・氣勢》，亦引蘇洵贊韓
愈之語，並云：「此眞知所謂氣勢，亦眞知昌黎之文能斂氣而蓄勢者矣。」，
頁24上，台北：文津出版社，1978年7月。

〔註54〕林紓《畏廬三集・答甘大文書》云：「亡友吳摯甫爲桐城適傳。」，頁679，台
北：文海出版社有限公司，1974年7月。又林紓《畏廬論文・論文十六忌・
忌陳腐》云：「亡友吳摯甫先生，謂馬通伯說理之文最不易作。」，頁44下。

桐城，仍韓法也。(《畏廬續集‧桐城吳先生點勘史記讀本序》)

琴南盛讚吳汝綸文之繁簡得宜，宗法退之。又推崇馬氏之文云：

> 通伯文方重飫衍，析理毫芒之間，而咸擷其精。
>
> 吳先生既逝，世之歸仰桐城者，必曰是馬通伯。(具見《畏廬續集‧
> 贈馬通伯先生序》)

馬其昶爲文之析理入微，擷精取實，更是繼吳汝綸之後的桐城巨擘。琴南又讚姚永概之文云：

> 叔節家世能文，爲惜抱之從孫，所著慎宜軒文若干篇，氣專而寂，
> 澹宕而有致，不矜奇立異，而言皆衷於名理，是固能補其祖矣！今
> 日微言將絕，古文一道，既得通伯，復得叔節，吾道庶幾不孤乎！
>
> (具見《畏廬三集‧慎宜軒文集序》)

琴南對於姚永概承繼家學，並能踵事增華，深表肯定。

經由上述引論，知琴南將吳汝綸、馬其昶、姚永概視爲師友、同調，並極力贊美其文，其間的淵源頗深，關係至密，但若因此將其歸入桐城，則有欠妥當。

（二）贊方、姚之文並爲桐城辯護

琴南論文宗桐城，尤其推崇方望溪、姚姬傳之文。嘗盛讚方望溪之文云：

> 望溪祖述六經，寢饋程朱，發而爲文，沉深處不病其晦，主斷處一
> 本之醇，道論能發明容城之所長，亦不護姚江之所短，堂堂正正，
> 讀之如飲佳茗，如飫美膳，震川後一人而已。(《方望溪集選‧序》，
> 載入錢谷融主編《林琴南書話》)

對於方望溪之「祖述六經，寢饋程朱」，琴南尤其讚嘆；並認爲於歸震川之後，方氏獨能繼其遺緒。至於評姚姬傳之文，琴南也時有盛讚之詞，如云：

> 陽湖諸老，復各樹一幟，爭爲長雄。惜抱伏處鍾山，無一息曾與競，
> 不三十年間，諸子光焰皆熸，而天下正宗尊桐城焉。(《畏廬三集‧
> 慎宜軒文集序》)

姚姬傳對桐城之貢獻在於能揚其精華，致當時與之相競的陽湖派趨於式微，使桐城成天下之正宗。〔註55〕又云：

〔註55〕陽湖派產生於乾隆末至嘉慶時期，是繼桐城派之後，合創作和批評爲一的文
學流派。該派以惲敬、張惠言爲首，其文論既有接受桐城派之影響，共同壯
大古文之聲勢；又對桐城派進行批評，於當時與桐城相抗。詳參鄔國平、王

> 僕生平未嘗言派，而服膺惜抱者，正以取徑端而立言正。若弗務正，
> 而日以捃扯餖飣震炫流俗之耳目，吾可計日而見其敗。(《畏廬續集‧
> 與姚叔節書》)

琴南對於惜抱之「取徑端而立言正」極力推重，以其能本於前賢的學行，發
而爲文，有雅正之語。正由於琴南與桐城派文人多有投契，且對方、姚之文
頗多稱頌，故而對於各種詆毀桐城派之言論，乃大力抨擊，爲其辯護。如云：

> 後生小子，於古文一道，望之不知津涘，乃詆毀桐城，不值一錢，
> 余既歎且笑。(《方望溪集選‧序》，載入錢谷融主編《林琴南書話》)

琴南對於後生小子不知古文一道，因而詆毀桐城，頗置不滿，蓋由於琴南與
桐城派確有互通聲息之處。再者，對於當時的新文風，持反對之立場，如云：

> 天下唯有眞學術、眞道德，始足獨樹一幟，使人景從，若盡廢古書，
> 行用土語爲文字，則都下引車賣漿之徒所操之語，按之皆有文法，
> 不類閩廣人爲無文法之唧啾，據此則凡京津之稗販，均可用爲教授
> 矣！(《畏廬三集‧答大學堂校長蔡鶴卿太史書》)

由於文學立場乃推崇古文，極力反對白話文，因而以爲若提倡白話文，恐將
盡廢古書，古文之緒不存。在新文學的洪流下，目睹古文將成絕響，慨歎「吾
清之亡，亡於廢經」，〔註56〕琴南極力爲桐城辯護，並非因己是桐城中人，但
爲維繫古文傳統而已。

　　基於上述，琴南對方望溪、姚姬傳之文的稱頌與服膺，復以後生小子的
不識古文之道，致力於延續古文之命脈，遂與桐城文人站在同一營壘，極力
爲桐城辯護，但斷不能因此而將之劃歸桐城派。

（三）反立派別並屢言桐城無派

　　琴南論文，忌率襲庸怪，文必己出，故主行文之要，須積理養氣，敷文
明道，且不宜劃分統系派別，其文云：

> 古文惟其理之獲與道無悖者，則味之彌臻於無窮，若分劃秦、漢、
> 唐、宋，加以統系派別，爲此爲彼，使讀者炫惑其目力，莫知其從，
> 則已格其途而左其趣矣。(《畏廬文集‧國朝文序》)

鎮遠《中國文學批評通史——清代卷》中「陽湖派的文論」一節，頁612～626，
上海：上海古籍出版社，1996年12月。

〔註56〕林紓《畏廬三集‧與唐蔚芝侍郎書》，頁674，台北：文海出版社有限公司，
1974年7月。

可見琴南論文雖持唐宋，亦未嘗薄魏晉，透露其對古文之獨特見解。除反對派別門戶之見外，並屢言桐城無派，其云：

> 桐城之派，非惜抱先生所自立，後人尊惜抱爲正宗，未敢他逸而外軼，輾轉相承，而姚派自立。（《畏廬續集‧與姚叔節書》）

琴南不承認文中有派，而桐城之爲派，實由於輾轉相承，以姚惜抱爲正宗而成，非有意立派也。又云：

> 世所謂桐城派者，多私淑桐城之人，非桐城自立一派，使人歸仰而仿效之。（《方望溪集選‧序》，載入錢谷融主編《林琴南書話》）

由於後人的歸仰仿效，致使桐城成派，非有意爲之。琴南又再度重申云：

> 夫桐城豈眞有派？惜抱先生亦力追古學，得經史之腴，鎔裁以韓歐之軌範，發言既清，析理復粹，自然成爲惜抱之文，非有意立派也。學者能溯源於古，多讀書，多閱歷，範以聖賢之言，成爲堅確之論。韓歐法程自在，何必桐城，即桐城一派，亦豈能超乎韓歐而獨立耶！
>
> （《畏廬論文‧述旨》）

足見惜抱得自經史、韓歐之助，爲文自成一家，非有意立派。琴南亦勉學者推本於古，徧讀群籍，豐富閱歷，自能不囿於派別，立言傳世。琴南更有明確的論調云：

> 古文固無所謂派，襲其師說，因以求炫於世，門戶始立。古文之道，轉從而衰。亡友吳摯甫，爲桐城適傳。僕數造其廬，則案上陳韓文一卷，韓者，惜抱文字之所從出也。摯甫，桐城人，又桐城之適傳，胡以舍惜抱而趣韓？則知桐城固無所謂派。其以派名之，實不知文；即其自命爲桐城者，而亦不謂之擅於文也。（《畏廬三集‧答甘大文書》）

極言古文無派，若囿於門戶，以派名之，將有不知文、不擅文之譏，古文一途，轉而趨衰。由以上之論證，琴南認爲桐城無派，實已至顯。

琴南非但屢言桐城無派，並曾表示「吾非桐城弟子」，〔註57〕尤其反對別人言其古文學桐城，否認自己爲桐城派作家，其云：

> 古之倡爲師說者，唯韓昌黎，而方望溪復作〈廣師篇〉，是二公者，皆信其文足以師天下，然當韓世而已受攻於人，而桐城一派尤爲後生小子所詬病，今生固不病，余正恐因生之勤余，而余轉爲後生小

〔註57〕林紓《畏廬三集‧慎宜軒文集序》云：「吾友桐城姚君叔節，恆以余爲任氣而好辯，余則曰：『吾非桐城弟子爲師門扞衛者。』」，頁628。

子之所病。(《畏廬續集・送劉洙源赴嶺南序》)

琴南不願己之有派,恐蹈桐城覆轍,而為後生小子所譏彈。況其古文造詣,自有聲望,不必挾桐城以自重。又云:

> 亦有稱余之文學桐城者,某公斥余不應冒入此途。余至是既不能笑,亦不復歎,但心駭其說之奚所自來也。(《方望溪集選・序》,載入錢谷融主編《林琴南書話》)

文中「某公」實指康有為,琴南曾記載云:

> 夫文字安得有派?學古者得其精髓,取途坦正,後生遵其軌轍而趨,不知者遂目為派。然則程、朱學孔子,亦將謂之曲阜派耶?……辛酉五月,余晤康長素於滬上,長素曰:「足下奈何學桐城?」余笑曰:「紓生平讀書寥寥,左、莊、班、馬、韓、柳、歐、曾外,不敢問津。于歸震川則數周其集,方、姚二氏,略為寓目而已。」長素憮然。(《震川集選・序》,載入錢谷融主編《林琴南書話》)

琴南否認文學自桐城,表明其古文淵源係「取法乎上」,[註58]並非系出桐城。又指出:

> 為文當肖自己,不當求肖古人,有古人之志願問學,加以磨治,吐屬間不期古而自古,必分門別派,謂吾為某家香火門人,步步剽襲,即到汪道昆、陳與郊地位,又何益者?(《畏廬論文・論文十六忌・忌剽襲》)

由此可見,琴南主張學古而能變化,通古方可變今,不願依傍他人門戶,期能自成一家,足證其反立統系派別之主張,以及不願被視為桐城派之用心。

二、林琴南對桐城文論之繼承

琴南雖屢言桐城無派,然桐城之有派,信而有徵,桐城派中興功臣曾國藩曾詳述桐城派之淵源流衍,其言云:

> 乾隆之末,桐城姚姬傳先生鼐,善為古文辭;慕效其鄉先輩方望溪侍郎之所為,而受法於劉君大櫆,及其世父編修君範。三子既通儒碩望,姚先生治其術益精。歷城周永年書昌為之語曰:「天下之文章,其在桐城乎!」由是學者多歸嚮桐城,號桐城派,猶前世所稱江西詩派者也。姚先生晚而主鍾山書院講席,門下著籍者,上元有管同

〔註58〕林紓《畏廬論文・述旨》,頁4上,台北:文津出版社,1978年7月。

異之、梅曾亮伯言，桐城有方東樹植之、姚瑩石甫四人者稱爲高第
弟子，各以所得，傳授徒友，往往不絕。(《曾文正公文集‧歐陽生
文集序》)

此段文獻對於後世治文學史者，極具參考價值。藉此亦可得知桐城派的來龍
去脈，而桐城之有派，已爲不爭之論。琴南基於反對門戶派別及否認古文學
自桐城，故而再三聲稱桐城無派。

有清一代，於古文理論與古文創作上影響最爲深遠之流派者，厥爲桐城
派。桐城派承繼唐宋諸家餘緒，以古文號召天下，篤守「文道合一」之說。
初祖方望溪爲古文，標舉古文義法，謀「文統」與「道統」的密切結合，力
求「文」與「道」的合一，以標舉爲文之宗旨，並開示其準的，嘗云：「學行
繼程朱之後，文章介韓歐之間。」〔註59〕欲以程朱義理，合韓歐之文而爲一。
而其所倡之「義法」論，卻也建立了桐城文論的架構。方望溪云：

春秋之制義法，自太史公發之，而後之深於文者亦具焉。義即《易》
之所謂言有物也，法即《易》之所謂言有序也；義以爲經，而法緯
之，然後爲成體之文。(《望溪先生文集‧書貨殖傳後》)

方氏以爲「義」在求「言之有物」，「法」在求「言之有序」，蓋爲文「有物」，
則內容思想充實完備；「有序」則形式技巧精煉美妙，如此義法經緯，乃爲成體
之文。近人姚永樸對「義法」也頗有論說，〔註60〕實有助於對「義法」之了解。
雖說方氏「言之有物」、「言之有序」的「義法」論，只是桐城文論的粗坯，然
已具體而微，而前修未密之處，正有待乎後出之轉精。望溪之後，劉海峰提出
「神氣」論，強調風神格調、精神氣脈諸問題以補方氏之不足；〔註61〕姚姬傳
更以爲：「只以義法論文，得其一端而已」，「望溪所得，在本朝諸賢爲最深，然
較之古人則淺」，進而提出「神理氣味，格律聲色」以光大其說。〔註62〕故而方

〔註59〕兆符《望溪先生文集‧序》，台北：台灣商務印書館，1984 年 8 月。
〔註60〕姚永樸《文學研究法‧綱領》論「義法」頗詳：《易‧家人卦大象》曰「言有
物」；〈艮六五〉又曰「言有序」；物即義也，序即法也。《書‧畢命》曰：「辭
尚體要」；要即義也，體即法也。《詩‧正月》曰「有倫有脊」，脊即義也，倫
即法也；《禮記‧表記》曰：「情欲信，辭欲巧」；信即義也，巧即法也；《左
氏‧襄公二十五年傳》曰「言以足志，文以足言」；志即義也，文即法也。台
北：廣文書局，1971 年 8 月。
〔註61〕劉大櫆《論文偶記》，見舒蕪校點《論文偶記》，北京：人民文學出版社，1959
年 11 月。
〔註62〕姚鼐《惜抱軒文集‧與陳碩士》，台北：文海出版社有限公司，1984 年 7 月。

苟被推爲桐城派的初祖，與劉大櫆、姚鼐合稱「桐城三祖」。〔註63〕姑且不論方氏的「義法」論能否範圍桐城文論的全部內容和最高準則，然劉、姚之後的桐城文人，大抵植基於此而又多所發明，遂使「義法」之內容漸趨完備精密，因而擴大了桐城派的堂廡。至於方氏之爲古文，乃推本於《六經》、《語》、《孟》，頗究心於《春秋》，用力於《史記》，尤深得太史公之微旨。〔註64〕主繼程朱之學行，學韓歐之文章，桐城文人承其遺緒，即使自認不屬桐城的琴南，也一本依經附聖之思想，在其文論中展現對桐城文論的繼承。此節將以「古文之主張」和「學古文之法」兩目以見琴南對桐城文論的繼承之處。

（一）古文之主張

琴南治古文推本於《六經》，主取徑於秦、漢、唐、宋，馬、班、韓、歐，嘗自云：

> 僕四十五以內，匪書不觀。已而八年讀《漢書》，八年讀《史記》。近年則專讀《左氏傳》及《莊子》（讀莊非醉其道，取其能變化也）至於韓、柳、歐三氏之文，楮葉汙漬，近四十年矣。此外則《詩》、《禮》二經及程朱二氏之書，篤嗜如飫粱肉，他書一無所嗜。（《畏廬三集・答徐敏書》）

琴南自幼授受傳統的道德教育，個性忠貞，復以拜謝章鋌爲師，研讀漢、宋兩代的儒學經典，經學得以大進，〔註65〕於孔孟之道、程朱義理，已深植於心。故而爲古文一本宗經，反對雜而不純，於《元豐類稿選本・序》中云：

> 凡文字不由經籍溯源而出，未有不流於雜家者。（載入錢谷融主編《林琴南書話》）

琴南極力強調爲文本於經籍的立場，如此方能使思想純正。又於《文微》中更言：

> 自《六經》來，乃爲眞文。（《文微・通則第一》）
>
> 能自《史記》、《漢書》、《左傳》、《禮記》、《詩經》中求根柢，再以

及《古文辭類纂・序目》，台北：華正書局，1983 年 6 月。

〔註63〕有關「桐城三祖」之論定，及桐城派之確立，始於方東樹，其《儀衛軒文集》卷五〈劉悌堂詩集序〉論之顯明。詳參許結〈論方東樹在桐城派文學理論建設中的作用〉，載《古代文學理論研究》十三輯。

〔註64〕有關方苞之「義法」說，張師高評論之甚詳，參《清代經學國際研討會論文集》中〈方苞義法與春秋書法〉一文，頁 245～246，台北：中研院文哲所。

〔註65〕張俊才《林紓評傳》，頁 46，天津：南開大學出版社，1992 年 3 月。

八家法度學周、秦及其它經文，乃有把握。(《文微・籀誦第三》)

此種根柢於經的古文主張和桐城派的重視六經，基本上是前後相通的。其次，桐城派學文的圭臬，應屬《左傳》、《史記》、韓、歐之文，而琴南也極其重視，其言：

> 天下文章能變化陸離，不可方物者只有三家，一左、一馬、一韓而已。……《左傳》之文，無所不能，時時變其行陣，使望陣者莫審其陣圖之所出。(《左傳擷華・序》)

足見琴南和桐城派文人對《左傳》的推重，方苞曾撰《左傳義法舉要》及《史記評語》二書，以彰其「義法」可證。琴南又云：

> 俗士以古文為朽敗，後生爭襲其說，遂輕巇左、馬、韓、歐之作，謂之陳穢，文始輾轉日趨於敝，遂使中國數千年文字光氣，一旦闇然而熸，斯則事之至可悲者也。(《畏廬續集・送大學文科畢業諸學士序》)

> 向見吳摯甫先生案頭日置韓文一卷，時時讀之。以桐城人師桐城之大師，在理宜讀姚文，不宜取徑於韓，且曾文正亦力主桐城者，乃日抱韓文不去手。(《畏廬論文・述旨》)

琴南對後生小子輕巇左、馬、韓、歐之作為陳穢，不知古文一途，頗感悲嘆。至於桐城文人吳摯甫、曾文正者，雖是桐城嫡傳，亦上取韓文以得其文之精醇。足見琴南和桐城派共同服膺和嚮往者，應是左、馬、韓、歐之文。

琴南為文本於經籍，蓋經籍內容義理明備，故而於古文內容的主張首在獲理適道。其云：

> 吾人平日熟讀經史及儒先之書，須熔化為液，儲之胸中。臨文以簡語制斷之，務協於事理，此便是道；然斷非剿襲偽託，始臻此詣。(《畏廬論文・論文十六忌・忌陳腐》)

> 獲理適道，亦不惟多讀書、廣閱歷而然，尤當深究乎古人心身性命之學，言之始衷於理，且與道合。(《畏廬文集・國朝文序》)

琴南以為學之經籍，深究聖哲之用心，如此則出之有本，言方寡要，故而意在言先，期能臻於外質中膏，聲希趣永之境。琴南又云：

> 綜言之，古文者先義理而後言詞，義理醇正，則立言必有可傳。(《林琴南學行譜記四種・春覺齋著述記・元明文序》)

> 義理明於心，用文詞以潤澤之，令讀者有一種嚴重森肅之氣，深按
> 之又彌有意味，抑之不盡，而繹之無窮，斯名傳作。（《畏廬論文·
> 論文十六忌·忌輕儇》）

對於古文內容的要求，提出「先義理後言詞」的主張，一本儒家之仁義，參
之以生活歷練，潤之以文詞，令讀者深思細繹其無窮之韻味，以成佳篇名作。
而琴南之主張更與桐城文人如出一轍，如姚姬傳云：

> 夫文無所謂古今也，惟其當而已。得其當，則六經至於今日，其爲
> 道也一。（《古文辭類纂·序目》）

姚氏的「文無古今」與琴南的反立統系派別的主張一致，此已具如前述。要
求理之明當，古今之文則一。故而姚氏更言「陳理義必明當」（〈復魯絜非書〉）
可見琴南的「獲理適道」乃承傳了姚氏之觀點。

　　再者，桐城派文人於古文禁忌上已頗爲嚴明，如方苞主張「忌語錄中語
及魏晉六朝人藻麗俳語，詩歌中雋語，南北史俳巧語」〔註66〕和「忌佛氏語，
宋五子講學口語」（《方望溪全集·答程夔州書》）。又如方東樹所言：

> 當力避陳言，忌語雜氣輕，忌陳腐散漫輕滑，忌平鋪直衍冗絮迂緩。
> （《昭昧詹言》）

曾文正亦云：

> 竊聞古之文，初無所謂法也。《易》、《書》、《詩》、《儀禮》、《春秋》
> 諸經，其體勢聲色曾無一字相襲，即周秦諸子，亦各自成體。……
> 後人本不能文，強取古人所造而摹擬之，於是有合有離，而法不法
> 名焉。若其不俟摹擬，人心各具自然之文，約有二端：曰理曰情。（《曾
> 文正公文集·湖南文徵序》）

桐城文人所提出的古文禁忌在琴南文論中得到了更大的發揮，於其中亦可見
繼承之跡。琴南於《畏廬論文·論文十六忌》中，揭示了爲文的十六種禁忌，
即忌直率、忌剿襲、忌庸絮、忌虛枵、忌險怪、忌凡猥、忌膚博、忌輕儇、
忌偏執、忌狂謬、忌陳腐、忌塗飾、忌繁碎、忌糅雜、忌牽拘、忌熟爛。可
見琴南於寫作「技法」的規定上，顯比桐城文人嚴格且具體。前於《畏廬論
文·論文十六忌·忌剿襲》已提及琴南主張爲文貴乎創造，學古而能變化，
反字句模擬，陳陳相因，一味剿襲之文。琴南又云：

〔註66〕沈廷芳《隱拙軒文鈔》卷四〈方望溪先生傳〉後附〈自記〉，原文未見，此引
　　　　自《中國歷代文論選》第三冊，頁 401，上海：上海古籍出版社。

何謂牽拘？牽于所見，拘于成法也。文之入手，不能無法；必終身束縛于成法之中，不自變化，縱使能成篇幅，然神木而形索，直是枯木朽株而已，不謂文也。……入者，師法也；出者，變化也。守一先生之言，宗一先生之教，固是信服之篤；然有師而無我，有古而無今，仍不能抉出文中之妙。(《畏廬論文・論文十六忌・忌牽拘》)

「法」不在於摹擬，要能入能出，以期思想和感情之眞實，從而成「自然之文」，曾文正和琴南之見解可謂前呼後應。另外，忌文之「陳腐」，亦爲桐城文人所講求，方東樹如此，琴南亦然。其說云：

平心而論，古文無不由道理而出，當先辨此道理是否陳腐，有道理本非陳腐，一出冬烘手筆，即成陳腐者。……唯醇故不陳，唯精故不腐。(《畏廬論文・論文十六忌・忌陳腐》)

爲文力求精醇，忌陳腐散漫，此點又與方東樹所言前後互通。琴南也強調爲文當力求簡潔，繁簡得當，其說云：

質言之，眞庸絮者，由於不學理，不厚積，言之易盡，不能不取常用之言，足成篇幅。蓋讀時不悟古文繞筆複筆之訣，以爲非至再補義，文理便不圓足。須知有法以駕馭之，則靈轉圓通，宜節處便節，宜繁處即繁。若不省用筆之法，故丁寧反覆，伸明已說，此未有不流於絮者。……故洗伐嚴淨，自無庸絮之病。若不講行文之法及文之意境，則先無去取之能，即有先輩之名言，古書之辭義，亦何從使之道達得出？……苟無其學，雖有名言，亦不能達而使晰也。故爲文者，知避庸絮，則當知學。(《畏廬論文・論文十六忌・忌庸絮》)

文筆的雅潔，自來爲桐城文人奉爲寫作之準則，因而桐城文人極力積學儲寶，酌理富才，以爲文之用。但若不出於此，則文流於平舖直敘、冗章冗句、連篇累牘，終將一無是處。爲忌庸絮之文，琴南力主「嚴淨」以救其弊：

蓋文體之嚴淨，不特佛氏之書不宜入，即最古如《老子》、《莊子》亦間能偶一及之，用爲大道之證。若專恃老莊之理，又豈足以成文？

(《畏廬論文・論文十六忌・忌糅雜》)

思想力求嚴淨，也是《畏廬論文・論文十六忌》中企圖欲彰顯之文論。欲達思想之純正，須潤澤以六經文字、程朱思想，始克有功。至於老莊文字，但能爲大道之證，不能專恃其理，而佛氏之書則萬不可入。凡此，皆承繼方苞以及方東樹之文論，而加以發揚光大。而桐城初祖方苞論文著重「雅潔」，也

爲琴南所承繼，如云：

> 士大夫談吐，一涉鄙俗，即不足以儕清流，矧文章爲嚴重之器，奈
> 何出於凡猥？……去俗本無他法，但有讀書、明理、宗道三者而已。
> 讀書多，則聞見博，無委巷小家子之言；析理精，則立言得體，尤
> 無飾智驚愚之語。……若立言，則萬萬吐棄凡近，不能著以塵相。(《畏
> 廬論文・論文十六忌・忌凡猥》)

古文用語的禁忌，方苞以爲「藻麗俳語」、「雋語」、「俳巧語」不能入古文，
琴南也提出「鄙俗語」、「凡賤語」、「委巷小家子言」不能入古文，目的在於
使古文臻於「雅」的要求。不僅如此，琴南曾從明代公安派首領袁中郎文集
中摘引出「徘徊色動」、「魂銷心死」，「時妝淡服，摩肩簇舄，汗透重紗如雨」
等詞語，指斥云：「文體之狎媟，至於無可復加」、「破律壞度，此四字足以定
其罪矣。」〔註 67〕其中可見琴南大體沿襲方苞「雅潔」之說，並對於用語之
「潔」有更明確之見。

（二）學古文之法

　　琴南的學古文之法，與桐城派頗有相通之處，此又是琴南文論傳承自桐
城之證。姚姬傳嘗云：

> 文士之效法古人，莫善於退之，盡變古文之形貌，雖有摹擬，不可
> 得而尋其跡；其他雖工於學古，而跡不能忘，楊子雲柳子厚於斯，
> 蓋尤甚焉，以其形貌之過於似古人也。(《古文辭類纂・序目》)

琴南亦云：

> 讀時神與古會，作時心與古離，神會則古人之變化離合，一一解其
> 用心之所在，至於行文，必自攬己意。不依倚其門戶。……韓之學
> 孟，無一似孟；歐之學韓，無一似韓；即會其神而離其跡。(《畏廬
> 三集・答徐敏書》)

姚氏主張學古人在得其神理，不可襲其面貌，故而韓愈效法古人之手法，勝
過揚雄、柳宗元。琴南更主張學古人文章，當取其神而離其迹，不可一味剽
襲，學古而能變化，出入便可自得，也讚嘆韓愈、歐陽脩之文，能掌握住「神
會而迹離」之原則，展現高超之技法。

　　其次，桐城派古文家自來以「熟讀古文」、「因聲求氣」爲學文不傳之秘。

〔註 67〕林紓《畏廬論文・論文十六忌・忌輕儇》，頁 40 下至 41 上。

〔註68〕此見解自劉海峰啓其端：

行文之道，神爲主，氣輔之。曹子桓、蘇子由論文，以氣爲主，是矣。
然氣隨神轉，神渾則氣灝，神遠則氣逸，神偉則氣高，神變則氣奇，
神深則氣靜，故神爲氣之主。（《劉海峰文集》卷首〈論文偶記〉）

劉氏以爲「神氣」乃根植於作者才情稟性、精神品格，而呈現於文章之中的
神采風貌、氣勢韻味。其中以「神」爲首要，氣隨神轉，作家精神氣質體現
於文中即爲「神」，而表現此種精神氣質所形成的文章氣勢和風格則爲「氣」。
至於文章的「神氣」如何展現，劉氏認爲「音節」與「字句」是其中關鍵：

神氣者，文之最精處也；音節者，文之稍粗處也；字句者，文之最
粗處也；然論文而至於字句，則文之能事盡矣。蓋音節者，神氣之
迹也；字句者，音節之矩也。神氣不可見，於音節見之；音節無可
準，以字句準之。（《劉海峰文集》卷首〈論文偶記〉）

文章的「神氣」以通過「音節」、「字句」體現，故而學古文宜由「音節」、「字
句」中尋求「神氣」。其中以「神氣」爲文之精；「音節」、「字句」爲文之粗，
然而粗者有規矩可準，而精者卻無迹可尋。因此劉氏特強調格調音節，其云：

學者求神氣而得之於音節，求音節而得之於字句，則思過半矣。其
要只在讀古人文字時，便設以此身代古人說話，一吞一吐，皆由彼
而不由我。爛熟後，我之神氣即古人之神氣，古人之音節都在我喉
吻間，合我喉吻者便是與古人神氣音節相似處，久之自然鏗鏘發金
石聲。（《劉海峰文集》卷首〈論文偶記〉）

以「音節」作爲領會文章神氣之基，進而體會古人作品的神理氣韻。故劉氏
特別注重誦讀之效，認爲「文章最要節奏，譬之管絃繁奏中，必有希聲窈渺
處」（〈論文偶記〉），此「因聲求氣」之主張，成爲桐城文人所傳承，且奉爲
不二法門。其後姚鼐亦云：

詩古文各要從聲音證入，不知聲音，總爲門外漢耳。……學古文者必
要放聲疾讀，又緩讀，祇久之自悟，但若能默看，即終身自作外行也。
急讀以求其體勢，緩讀以求其神味。（《惜抱軒尺牘·與陳碩士》）

〔註68〕「因聲求氣」四字乃張裕釗之語，《張濂卿先生詩文手稿·答吳摯甫書》云：
「欲學古人之文，其始在因聲以求氣，得其氣則意與辭往往因之而並顯，而
法不外是矣。」台北：文海出版社有限公司，1974年。而此理論實始自劉大
櫆，之後的姚鼐、曾國藩直至吳汝綸、張裕釗仍強調此點。

姚氏非但認爲聲音是把握文章之關鍵，同時亦提倡誦讀古文之法。繼姚氏之後，方東樹倡「精誦」，〔註69〕張裕釗標榜「因聲求氣」說，琴南也依循此說，並專論「聲調」云：

> 時文之弊，始講聲調，古文中亦不能無聲調，蓋天下之最足動人者，聲也。試問易水之送荊軻，文變徵之聲，士何爲泣？及爲羽聲，士又何怒？本知荊軻之必死，一觸徵聲，自然生感；本惡暴秦無道，一觸羽聲，自然生怒耳。（《畏廬論文・應知八則・聲調》）

琴南以易水送別爲例，說明聲調之轉換，情感亦隨之悲怒，音律與情韻相融相合，相互生輝。又云：

> 變風、變雅之淒屬，鄙人每於不適意時，閉戶讀之；家人雖不知詩中之意，然亦頗肅然爲之動容。……韓昌黎〈答李翊書〉言：「氣盛則言之長短、聲之高下皆宜。」張濂亭先生恆執「因聲求氣」之言，用以誨人。（《畏廬論文・應知八則・聲調》）

言明「聲調」爲古文中之不可或缺，並明「聲」之感人至深，隨宮、商、角、徵、羽而感受各異。音樂如此，文章中之聲調亦復如是，但憑誦讀之聲調，即便不解文中涵義，也大略可由聲調中尋得其中情意之深切。古之作者雖已不在，但卻使吾心與古人契合，「因聲求氣」不失爲良方。琴南並引韓退之之語及張裕釗之論佐證。無怪乎琴南謂「古來名家之作，無不講聲調者」（〈聲調〉）其重聲調，辨聲調之佳處，正是桐城諸家乃至於琴南所倡者。

　　再者，劉海峰以爲神氣爲文之精，音節字句爲文之粗的理論，其後在姚姬傳的文論中得到了更大的開展，姚氏云：

> 神、理、氣、味，文之精也；格、律、聲、色，文之粗也。然苟舍其粗，則精者亦胡以寓焉？（《古文辭類纂・序目》）

姚氏所謂「神、理、氣、味」無疑爲劉氏「神氣」之擴充；而「格、律、聲、色」顯然是「音節」、「字句」之發展。此精粗之主張，後世桐城文人更是相沿不墜。

　　琴南在此基礎上，於《畏廬論文・應知八則》中除「聲調」外，尚有「意境」、「識度」、「氣勢」、「筋脈」、「風趣」、「情韻」、「神味」之提出，以作爲

〔註69〕方東樹《儀衛軒文集》卷六〈書惜抱先生墓誌後〉云：「夫學者欲學古人之文，必先在精誦，沉潛反覆，諷玩之深且久；闇通其氣於運思置詞抑拒措注之會，然後其自爲之以成其辭也，自然嚴而法，達而藏。」

古文所追求的藝術境界。其中「意境」爲古文藝術美之前提，因「一切奇正之格，皆出於是間」；〔註70〕而「識度」爲古文藝術美之靈魂，因「世有汗牛充棟之文，令人閱不終篇，即行舍置，正是無識度，規以無精神，所以不能行遠而傳後」〔註71〕，再輔之以「氣勢」、「聲調」、「筋脈」、「風趣」、「情韻」，自可獲致耐人品鑒之「神味」，而「神味者，行文之至境也」。〔註72〕主次分明，綱舉目張，所論皆前有所承，其傳承桐城文論之跡至爲明顯。

三、林琴南與桐城派之異調

琴南對桐城文論傳承之處頗多，但非一味盲從，其中自有見解，自有開展。修正桐城文論處，可得而言者，約有「師法之異調」及「文論之異調」兩端，具如下述，以見琴南與桐城派文論不同之處。

（一）師法之異調

桐城派古文家於《左傳》、《史記》、韓昌黎用力殊深，琴南亦復如是，此點於前已闡明，此不再贅言。然對於《漢書》、柳宗元與歸有光文的愛好程度，桐城文人顯然不及琴南。桐城文人，對漢書不甚重視，如方望溪認爲「班史義法，視子長少漫矣」（《望溪先生文集‧書漢書霍光傳後》）。又評云：

> 甚哉！班史之疏於義法也。……用此知韓、柳、歐、蘇、曾、王諸文家，敘列古作者，皆不及於固，卓矣哉，非膚學所能識也。（《望溪先生文集‧書漢書禮樂志後》）

方氏將《史》、《漢》相較，認爲《漢書》文章卑近，且疏於義法，並引評載王莽之事爲例，無益於後世，有乖於正道，故不符合「義」之標準。〔註73〕其後曾國藩編《經史百家雜鈔》，將經史子集一併選入，雖也兼重《漢書》，但仍云：「班氏閎識孤懷，不逮子長遠甚」，〔註74〕曾氏以爲班固雖見識閎通，襟懷卓絕，但仍不及司馬遷遠甚。琴南則視史漢爲同等，研治《史記》和《漢

〔註70〕 林紓《畏廬論文‧應知八則‧意境》，頁22下。
〔註71〕 林紓《畏廬論文‧應知八則‧識度》，頁23下。
〔註72〕 林紓《畏廬論文‧應知八則‧神味》，頁32上。
〔註73〕 方苞《望溪文集‧書王莽傳後》云：「其鉤抉幽隱，雕繪眾形，信有肩隨子長，而備載莽之事與言，則義焉取哉？莽之亂名改作，不必有徵於後也。其姦言雖依於典誥，猶唾溺耳，雖用文者無取也。徒以著其譎張其幻，則舉其尤者以見義可矣；而喋喋不休以爲後人詼嘲之資，何異小說家駁雜之戲乎？」頁17上，台北：台灣中華書局聚珍倣宋版。
〔註74〕 曾國藩《曾文正公全集‧聖哲畫像記》，頁120，台北：世界書局，1985年5月。

書》皆發八年時日，〔註75〕其評《史》、《漢》云：

> 不讀《史記》則氣不舒，不讀《漢書》則語不雅。(《文微・籀誦第三》)
>
> 漢文，如馬、班之所爲者，其調度靡不盡善。(《文微・漢魏文平第七》)

又評《漢書》之特色及影響云：

> 讀《漢書》當學其采色，學其造語之能絜。(《文微・籀誦第三》)
>
> 班孟堅之文，有如故家子弟，而又多財，衣冠整齊，步履大方。(《文微・漢魏文平第七》)

由上所引，足見琴南以馬、班並論，各具特色，故同等重視。可見桐城文人之揚《史》抑《漢》，與琴南的《史》、《漢》並列，其愛好之程度，頗有差距。

其次，桐城文人不喜柳文，鄙薄柳文，尤以方苞爲最。方望溪曾云：

> 余嘗以古文義法，繩班史柳文，尚多瑕疵。(《望溪先生文集・光祿卿呂公墓誌銘》)
>
> 子厚自述爲文，皆取原於六經，甚哉其自知之不能審也。彼言涉於道，多膚末支離而無所歸宿，且承用諸經字義，尚有未當者，蓋其根源雜出周、秦、漢、魏、六朝諸文家，而於諸經特用爲采色聲音之助爾。故凡所作，效古而自汨其體者，引喻凡猥者，辭繁而蕪、句佻且稚者，記序書說雜文皆有之，不獨碑誌仍六朝初唐餘習也。
>
> 其雄屬悽清釀郁之文，世多好看，然辭雖工尚有町畦，非其至也。(《望溪先生文集・書柳文後》)

方氏以「言有物」、「言有序」的「義法」說權衡諸古文，理論是否允當，姑且不論，然影響桐城文人頗爲深遠。對柳子厚的批評，可謂苛細，認爲子厚之文承繼六朝、初唐語言風格，因而用語龐雜，未能雅馴。然子厚之文，自具特色，乃能千古傳誦，後世文家頗有得之於子厚者，而方氏義正詞嚴，苛責至此，恐失公允。對此，章士釗於《柳文探微》中頗有微辭，極力爲子厚辯護。〔註76〕

〔註75〕林紓《畏廬三集・答徐敏書》，頁678。

〔註76〕章士釗《柳文探微・通要之部》卷五〈評林下〉「方望溪之視柳集」云：「吾觀其首責子厚『承用諸經字義，尚有未當』，繼謂『辭繁而蕪，句佻且稚者，記序書說雜文皆有之』，義正詞嚴，讀者爲之舌撟。夫文家得子厚，三代而還，

　　琴南雖承繼桐城諸多文論觀點，然卻極喜柳子厚之文，前文已提及琴南研習韓、柳、歐三氏之書近四十年，又云：

　　　　余生平心醉者，韓、柳、歐三家，而於柳之遊記，顛倒尤深。(《柳河東集選本·序》，載入錢谷融主編《林琴南書話》)

琴南對於子厚之山水遊記，頗爲激賞，約有下列數條以爲佐證：

　　　　柳州西山諸記，外寫山狀水，景極肖，內寫生平極悲。

　　　　子厚記山水，色古響亮，爲千古獨步。

　　　　柳州〈永州萬石亭記〉，專寫石而不寫景，爲別一格調。

　　　　柳州〈至小邱西小石潭記〉，用字、寫景、描神皆妙，見其心胸潔，意氣高，手腕活。

　　　　柳州〈袁家渴記〉，專寫草木，用《漢書·西南夷傳》而變化其法。

　　　　(具見《文微·唐宋元明清文平第八》)

對於子厚的遊記佳作，琴南大力稱頌，無論是外在的寫景狀物，以及內在的抒情寫意，皆堪稱能手。而琴南對子厚山水遊記之文的傾服備至，方望溪仍不免有所譏彈，認爲子厚所記永柳諸山，是荒陬中一邱一壑，乃經長期觀摩，故寫來易工；若描寫浙江雁蕩、安徽桐山，則又另當別論。〔註77〕其實融情於景，方可情景交融，方氏之批評，或有失允當。

　　再如歸有光之文，琴南和桐城派的看法頗有差異，如方望溪云：

　　　　震川之文，於所謂有序者蓋庶幾矣，而有物者則寡焉。又其辭號雅潔，仍有近俚而傷於繁者，豈於時文既竭其心力，故不能兩而精與？抑所專主於爲文，故其文亦至是而止。(《望溪先生文集·書歸震川文集後》)

方氏認爲震川之文，合於「義法」者頗少，文仍不及雅潔之處，故而有所批評。其後姚姬傳對歸震川的古文義法以及其「肆訾宋儒之非」頗有不滿，〔註78〕但在其《古文辭類纂》中所選以唐宋八大家之作爲主，上溯戰國秦漢，下以歸有

　　　　亦可以歎觀止矣，而望溪苛責乃爾，此誠不知望溪熟精經典，用字一掃繁蕪佻穉之迹，功力之超軼於子厚者，究有幾許？至此方得自欹於堂上，而將子厚雜置於堂下，手執教刑，目送經文，一一條分件繫而攻之，顧如實乃大謬而不然。」，頁1523，台北：華正書局，1981年3月。

〔註77〕方苞《望溪先生文集·雁蕩遊記》，台北：台灣商務印書館。

〔註78〕姚鼐《惜抱軒文集》中〈張貞女傳〉頁111，及〈復休甯程南書〉頁78，台北：世界書局。

光、方苞、劉大櫆爲終結，此寄寓姚氏建立文統之意圖。方東樹曾明確強調此
點，認爲桐城派文統是由歸有光通往唐宋八大家，並進一步與秦漢古文傳統相
銜接。〔註79〕是故《古文辭類纂》中選歸氏之文不少，可見歸震川之文自有其
價值。相較於桐城，琴南對於歸震川之文則頗爲折服，與方、姚看法有異，其
云：

> 明人之文，吾於震川爲無閒矣。(《林琴南學行譜記四種・春覺齋著
> 述記》卷二〈元明文序〉)

> 熙甫文長於述舊，以能舉瑣細之事爲長，似學《史記》、《漢書》之
> 〈外戚傳〉。故敍家庭細瑣之事，頗款款有情致。(林紓《選評古文
> 辭類纂・周弦齋壽序》評語)

> 要在中間自述念妻，亦冀其子之念母，尋常語其中含有無窮悲梗之
> 言，淡淡寫來，而深情若揭，此是震川長處。(同上書〈二子字說〉
> 評語)

琴南認爲歸震川之文是有明一代無可挑剔之文家，其文之長在於敍家庭細瑣
之事，注入眞情之語，文雖平淡無奇，卻能感人肺腑。故對歸氏之文，極爲
推重。也曾爲震川被評爲「文無大題目」而反駁曾國藩云：

> 曾文正譏震川無大題目，余讀之捧腹。文正官宰相，震川官知縣轉
> 太僕寺丞。文正收復金陵，震川老死牖下。責村居之人，不審朝庭
> 大政，可乎？(《震川集選・序》，載入錢谷融主編《林琴南書話》)

以曾文正的位高權重，功勳彪炳，譏一位低權輕，老死牖下之文人「無大題
目」，恐有不妥。可見桐城派古文家對歸震川頗有微詞，然琴南對震川則相當
青睞。

（二）文論之異調

　　琴南文論除頗多承襲桐城之處外，對桐城文論又有開拓與進展，故無法以
桐城文論範圍之。首先，方望溪所標舉的古文義法，如前所述，是欲將「文以
載道」說桐城化，故方苞認爲古文內容應「本經術而依於事物之理」，〔註80〕
「載道」之目的甚明。其後劉大櫆更試圖對方望溪文論大力開展，《清史稿・文

〔註79〕方東樹《儀衛軒文集》卷七〈答葉溥求論古文書〉云：「往者姚姬傳先生纂輯
　　　　古文辭，八家後於明錄歸熙甫，於國朝錄望溪、海峰，以爲古文傳統在是也。」
〔註80〕方苞《望溪先生文集・答申謙居書》云：「若古文則本經術而依於事物之理，
　　　　非中有所得，不可以爲僞。」

苑傳》曾較論兩者之文云：

> 大櫆雖游方苞之門，所爲文造詣各殊。苞蓋擇取義理於經，所得文者義法；大櫆並古人神氣音節得之，兼集《莊》、《騷》、《左》、《史》、韓、柳、歐、蘇之長，其氣肆，其才雄，其波瀾壯闊。嘗著〈觀化〉篇，奇詭似《莊子》，其他言義理者又極醇正，詩能包括前人，熔諸家爲一體，雄豪奧秘，揮斥出之。

由此可知劉大櫆之文以奇詭雄豪見長，不同於方望溪之文的簡潔深厚。在方苞特重「義法」下，劉氏更以「義理」以擴充古文內容。劉氏認爲「義理、書卷、經濟者，行文之實」，〔註81〕以「義理」即「道」爲前提，擴大方望溪「義法」的範疇。至於姚姬傳則主張古文應義理、考證、文章三者兼具，其云：

> 余嘗論學問之事，有三端焉，曰：義理也，考證也，文章也。是三者，苟善用之，則皆足以相濟；苟不善用之，則或至於相害。（《惜抱軒文集》卷四〈述庵文鈔序〉）

強調義理、考證、文章三者不可偏廢，都有各自存在的需要和價值。其所主張的「義理」與劉氏前後呼應，對古文的內容皆有所開展。對於方望溪僅止於「義法」說，評云：

> 望溪所得，在本朝諸賢爲最深，而較之古人則淺，其閱太史公書，似精神不能包括其大處、遠處、疏淡及華麗非常處，止於義法論文，則得其一端而已。（《惜抱軒尺牘・與陳碩士書》）

前修未密，後出轉精，姚氏的三者合一，正能突破桐城之藩籬，以擴桐城文論之堂廡。及至曾國藩出，雖不反對義理，卻正式提出「經濟」，主「有義理之學，有詞章之學，有經濟之學，有考據之學」，「此四者缺一不可」，〔註82〕並將此四者與孔門德行、文學、言語、政事四科聯繫，〔註83〕以增其權威性。其說云：

> 義理者，在孔門爲德行之科，今世目爲宋學者也。考據者，在孔門爲文學之科，今世目爲漢學者也。辭章者，在孔門爲言語之科，從古藝文及今世制義詩賦皆是也。經濟者，在孔門爲政事之科，前代

〔註81〕舒蕪校點劉大櫆《論文偶記》，頁3，北京：人民文學出版社，1959年11月。

〔註82〕曾國藩《曾文正公全集・求闕齋日記類鈔》，台北：世界書局，1985年5月。

〔註83〕《論語・先進》云：「德行：顏淵、閔子騫、冉伯牛、仲弓。言語：宰我、子貢。政事：冉有、季路。文學：子游、子夏。」十三經注疏本，台北：藝文印書館。

典禮政書及當世掌故皆是也。(《曾文正公文集・勸學篇示直隸士子》)

四者的涵義闡之甚詳，然對四者的重要性卻認爲「義理之學最大，義理明則躬行有要，而經濟有本。詞章之學，亦所以發揮義理者也。」又云：「苟通義理之學，而經濟該乎其中矣。」及「義理與經濟，初無兩術之可分，特其施功之序詳於體而略於用耳。」〔註84〕足見曾氏以義理爲體，統帥經濟；經濟爲用，落實義理。再加以考據多聞，文章之充實，自不待言。

琴南論古文，基本上遵循「義法」之說，在涉及古文思想內容的論述上，非但絕口不談自劉大櫆以來，尤其是曾國藩所強調的「經濟」，亦不重視姚姬傳所倡導的「考據」，但考據之風的盛行，不容有諱，曾文正嘗言其盛況云：

> 當乾隆中葉，海內魁儒畸士，崇尚鴻博，繁稱旁證，考核一字，累數千言不能休，別立幟志，名曰漢學，深擯有宋諸子義理之說，以爲不足復存，其爲文尤蕪雜寡要。(《曾文正公全集・歐陽生文集序》)

對於漢學家旁徵博引，累萬言不能止的考據風氣，琴南便提出批評云：

> 庸妄鉅子，剿襲漢人餘唾，以掊撦爲能，以飣餖爲富。補綴以古子之斷句，塗堊以說文之奇字；意境義法，概置弗講；侈言於眾：吾漢代之文也！(《畏廬續集・與姚叔節書》)

認爲不講意境，不重義法，徒補綴古人斷句，塗堊說文奇字，即引考據入古文，絕不能入古文之殿堂。於此可見琴南力斥考據學之態度，又云：

> 厲太鴻詩詞，均爲鄙人生平所服膺，唯其散文，則無篇不加考據，縱極精博，亦第便人尋索，如求饌於廚門，充腹即已，謂能使人久久留其餘味於胸中耶？(《畏廬論文・述旨》)

對厲鶚散文的「無篇不加考據」，將嚴重破壞文中之意味，從而失其餘韻，不無微詞。因而琴南特重發明「義理」，且反復強調，屢屢陳述，有關「先義理後言詞」之主張，已具如前述。蓋「義理」是作文之根本，琴南云：

> 蓋文者，運理之機軸；理者，儲文之材料。不先求文之工，而先積理，則亦未有不工者。(《畏廬論文・述旨》)

唯有先積理，文方可大備。故對有清一代爲文不以理爲本者，頗不以爲然，其說云：

> 世之治古文者，初若博通淹貫，即可名爲成就。顧本朝考訂諸家林立，而咸有文集，陸離光怪，炫乎時人耳目，而終未有尊之爲眞能

〔註84〕《曾文正公家書》卷四〈致諸弟〉，北京：古籍出版社，1995年。

古文者，則攟播之家，第侈其淫麗，於道莫適也。(《畏廬文集・國
朝文序》)

足見琴南對當時的「考據」頗為不滿，於是主以義理統帥考據，方稱真能古
文。彥和所謂「時運交移，質文代變」，桐城派古文及其理論發展，與清朝的
盛衰命運，可謂息息相關。姚姬傳處於「乾嘉盛世」，考證大盛，學術昌明，
因此姚氏期望以「考據」輔助「義理」。及至曾國藩時代，清由盛轉衰，但統
治者困獸猶鬥，仍做「中興」之想。尤其以「同治中興」的功臣，躊躇滿志，
高倡經世致用的「經濟」之說。至於琴南所處時代，清廷已病入膏肓，學術
衰微，國難日亟，人心思變，於此，「考據」、「經濟」均不切世情，只能退而
侈談「義理」。所以外在的客觀環境足以左右文人的學術思想，自古皆然。然
文人內在的條件和特點，也有所局限，如曾國藩為封疆大吏，官拜宰相，因
此較輕視空洞的「義理」，而相對重視實用的「經濟」。而琴南僅是一介文人，
無權無勢，自然無力倡言「經濟」，此實是「非不為也，實不能也」。〔註 85〕
由時代背景而至文人本身之條件去分析，或可了解桐城文人及琴南文論形成
之因緣。而琴南獨主「義理」，進而多所發明，正可顯其特色。

琴南所主之「義理」，最終則落實於「道」、「理」之上，如云：

歐公曰：「大抵道勝，文不難而自至。」王臨川亦曰：「理解者，文
不期工而自工。」曰「至」，曰「工」，原非易事，然大要必衷諸「道」
「理」。純從「道」「理」上講究，加以身體力行，自然增出閱歷。
以「道」「理」之言，參以閱歷，不必章絺句飾，自有一種天然耐人
尋味處。(《畏廬論文・應知八則・神味》)

須講究在未臨文之先，心胸朗徹，名理充備。(同前，〈意境〉)

欲察其識度，捨讀書明理外，無入手工夫。(同前，〈識度〉)

凡此皆足證琴南以「道」「理」為本，將儒家義理修養視作古文家創作之根本，
正是在桐城文論的基礎上，展現其不凡的見解。

其次，對於劉海峰的「因聲求氣」說，琴南雖有前承，然亦有創新。劉
氏強調誦讀古文，並由文中之音節、字句去求得神理氣味，已詳如上述。琴
南也認為古文之聲調，最足以動人，且知於抑揚頓挫的誦讀中，去領會古人
之神氣，其中自有承襲劉氏處，但卻也提出自己之見解云：

〔註85〕張俊才《林紓評傳》，頁 229，天津：南開大學出版社，1992 年 3 月。

　　實則講聲調者，斷不能取古人之聲調揣摩而摹仿之。在乎情性厚，
　　道理足，書味深。凡近忠孝文字，偶爾縱筆，自有一種高騫之聲調。
　　試觀〈離騷〉中句句重複，而愈重複愈見悲涼，正其性情之厚所以
　　至此。(《畏廬論文‧應知八則‧聲調》)

強調若文人之性情、道理、書味深厚，縱筆爲文，聲調自屬高騫，作品自然
動人，讀之當可得其神氣。又云：

　　專於桐城派文，揣摩其聲調，雖幾無病之境，而亦必無精氣神味。(《文
　　微‧造作第四》)

可見琴南對於劉氏以來的「因聲求氣」說，不乏自己的發揮和創造。

　　再者，姚鼐將古文風格概括爲陽剛之美和陰柔之美兩大類：

　　鼐聞天地之道，陰陽剛柔而已。文者，天地之精英，而陰陽剛柔之
　　發也。……且夫陰陽剛柔，其本二端，造物者糅而氣有多寡進絀，
　　則品次億萬，以至於不可窮，萬物生焉。故曰：一陰一陽之爲道。
　　夫文之多變，亦若是也。(《惜抱軒文集》卷六〈復魯絜非書〉)

　　然古之君子稱爲文章之至，雖兼具二者之用，亦不能無所偏優於其
　　間。其故何哉？天地之道，協合以爲體，而時發奇出以爲用者，理
　　固然也。其在天地之用也，尚陽而下陰，伸剛而絀柔，故人得之亦
　　然。文之雄偉而勁直者，必貴於溫深而徐婉。溫深徐婉之才不易得，
　　然其尤難得者，必在乎天下之雄才也。(《惜抱軒文集》卷四〈海愚
　　詩鈔序〉)

以陰陽剛柔概說文章風格，實濫觴於《周易》，其後劉勰、司空圖、嚴羽等也以
此判分文章的不同風格和特點。〔註86〕姚氏繼承並發展了前人風格學的觀點和
理論成就，認爲由陽剛、陰柔「二端」相濟而生之文學風格，雖或有偏陽剛或
陰柔之區別，至於具體的展現則是「品次億萬」，變化無窮，多種多樣，姿態各
異。陽剛中有陰柔，陰柔中有陽剛，分別構成陽剛美和陰柔美。但兩者之間，
姚氏顯偏愛陽剛之美，在引文中明確指出陽剛風格「必貴於」陰柔風格：

　　西漢人文，傳者大抵官文書耳，而何其雄駿高古之甚。昌黎官中文
　　字，止用當時文體，而即可漢人雄古之意。歐、曾、荊公官文字，

〔註86〕　《易‧說卦傳》云：「分陰分陽，迭用柔剛，故《易》六位而成章。」劉勰《文
　　　　　心雕龍》中〈體性〉、〈鎔裁〉、〈定勢〉等篇已較多運用剛柔判分文章風格，
　　　　　司空圖《詩品》和嚴羽《滄浪詩話》也運用此論。

雄古者鮮矣，然詞雅而氣暢，語簡而事盡，固不失爲文家好處矣。

熙甫於此體乃時有傷雅不能簡當之病。（《惜抱軒尺牘·與陳碩士》）

此足見西漢文章「雄駿高古」和退之作文「得漢人雄古之意」，爲姚鼐所仰敬，更知其文論傾向於陽剛之美。其後曾文正更進一步發揮姚氏的「陽剛陰柔」說，並將此與「仁義」聯繫之：

西漢文章，如子雲、相如之雄偉，此天地遒勁之氣，得於陽與剛之美者，此天地之義氣也。劉向、匡衡之淵懿，此天地溫厚之氣，得於陰與柔之美者也，此天地之仁氣也。（《曾文正公全集·聖哲畫像記》）

仁氣，此天地之盛德也；義氣，此天地之尊嚴氣也，因仁以育物，則慶賞之事起；因義以正物，則刑罰之事起。（《曾文正公全集·與劉孟容》）

將陽剛的「尊嚴」、「刑罰」與陰柔的「盛德」、「慶賞」加以聯繫。然以曾氏的出將入相，位高權重，面對當時激烈時局，注重「尊嚴」與「刑罰」，是可理解的。因而在兩美之中，也如姚姬傳的傾向陽剛，其云：

若姚惜抱先生論古文之途，有得於陽與剛之美者，有得於陰柔之美者……然柔和淵懿之中必有堅勁之質，雄直之氣運乎其中乃以自立。（《曾文正公全集·與廉卿》）

將陽剛之美與「氣」聯繫，文章有氣勢方能呈現陽剛之美。又云：

大抵陽剛者氣勢浩瀚，陰柔者韻味深美，浩瀚者噴薄而出之，深美者吞吐而出之。（曾文正公庚申三月日記）

曾氏強調文章內在的氣勢，尤重陽剛之氣，作品中除「雄直之氣」語外，尚有「瑰瑋飛騰之氣」、「倔強不馴之氣」等語，〔註87〕足證文章的氣勢是判定是否具有陽剛之美的關鍵，亦可反映曾氏論文的好尚，及將古文之境細分爲八的「八字之贊」理論。〔註88〕姚、曾文論的傾向陽剛之美，也左右其後桐

〔註87〕曾國藩辛亥 7 月日記云：「奇辭大句，須得瑰瑋飛騰之氣，驅之以行，凡堆重處皆化爲空虛，乃能爲大篇。所謂氣力有餘於文之外也，否則，氣不能舉其體矣。」《曾文正公家書》又云：「予論古文，總須有倔強不馴之氣，愈拗愈深之意。」見《曾國藩家書·家訓·日記》，頁 571，北京：古籍出版社，1995 年。

〔註88〕曾國藩將古文之境細分爲八，自庚申（1860）至乙丑（1965）正月，幾經修正，最後定曰：「嘗慕古文境之美者，約有八言：陽剛之美曰雄直怪麗；陰柔之美曰茹遠潔適。」，見《曾國藩日記·乙丑正月》，頁 572。

城文人的文論與創作傾向，發展出雄健奇肆之文風。對於姚、曾偏重「陽剛」、「雄直」之論，琴南則自有獨立見解，並不一味附和，其說云：

> 文字本貴雄直，亦貴直率。鄙言以直率為忌，似易生人攻訐，不知鄙所謂直，蓋放而不蓄之謂；所謂率，蓋麤而無檢之謂。……初學入手，狃於前輩陽剛之說，一鼓作氣，極諸所有，盡情傾瀉而出，驟讀之似有氣勢，不知氣不內積，雜收糟粕，用為家珍，拉雜牽扯，蟬聯而下，外雖崢嶸，而內無主意，無主意便無剪裁，此即成直率之病。（《畏廬論文・論文十六忌・忌直率》）

琴南以為文章奔放而不知收斂，粗略而不知約束，即犯直率之病。而初學古文之人，由於習於姚、曾陽剛之說，入手便但知放而不收，遂以糟粕為家珍，外雖剛強，內則柔弱，實不解斂氣蓄勢之道。琴南為文，亦講「氣勢」，但比曾氏更為明確，提出「斂氣蓄勢」之說，其云：

> 文之雄健，全在氣勢。氣不王，則讀者固索然；勢不蓄，則讀之亦易盡。故深於文者，必斂氣而蓄勢。然二者，皆須講究於未臨文之先，若下筆呻吟，於欲盡處力為控勒，於宜伸處故作停留，不惟流於矯偽，而且易致拗晦。（《畏廬論文・應知八則・氣勢》）

氣不王，則讀來乏味；勢不蓄，則讀之易盡，毫無情韻、神味可言，故須斂氣以蓄勢。然並非臨文時一味呻吟，至該伸、該盡處而故作控勒、停留，如此將有矯偽、拗晦之病。至於文章之氣勢何由而得？琴南認為：

> 凡理足而神王，法精而明徹，一篇到手，已全盤打算，空際具有結構矣，則宜吐宜茹，宜伸宜縮，於心了了，下筆自有主張。（《畏廬論文・應知八則，氣勢》）

道理足備，神氣旺盛，精於法度，明白通徹，自具氣勢。臨文之先，已作全盤打算，下筆自有主張。但求文章之氣勢，並非一味求其奔放，琴南舉駑馬和騏驥之例說之云：

> 駑馬和騏驥共馳於康莊，其始亦微具奮迅之概，漸而衰，久則竭矣。雖然即名之為騏驥者，亦不能專恃其逸足以奔放。須知但主奔放，亦不能指為氣勢。（《畏廬論文・應知八則・氣勢》）

良如騏驥，欲求千里，亦須知控勒，方可致遠。可知欲得陽剛之氣者，並非一味的剛強極致，須能曲能直，能放能收，始克有成。故而琴南要求「于命局製詞時在在經心，於讀古人文字時亦在在經心」（《畏廬論文・論文十六忌・

忌直率》),方可避免「放而不蓄」、「饞而不檢」之弊,相較於姚、曾先輩,
琴南顯較具系統與全面。除此,琴南對桐城派也有所批評:

> 歐陽文學韓,而能淡永,故外枯中膏,桐城諸文學歐陽而僅得其淡,
> 故氣息柔弱。(《文微·唐宋元明清文平第八》)

> 然論文不能不取法乎上。須知桐城之文不弱也,以柔筋脆骨者效之,
> 則弱矣。(《畏廬論文·述旨》)

足見琴南雖與桐城派中人交厚,亦欣賞其文。然也窺出桐城古文之病在於「氣
息柔弱」,認爲當「力追古學,勿流連今學而不反」(《畏廬論文·述旨》),只
有師古而能變化,博涉諸家,定其去取,方有可觀之文。實則形諸於文字,
桐城之文並不弱,要在學者根基太淺,以致於一沉溺其中,便成薄弱,琴南
探本溯源之用心,顯而易見。

　　本節側重探究林琴南和桐城派之關係。由於桐城派與清代王朝統治相終
始,其支流繁多,餘波漫衍,直迄「五四」之後才逐漸銷聲匿跡。時間之長、
作家之多,影響之大,歷來僅見。故而本文於選取桐城文家上,絕無法一一
臚列,僅就其中較具代表性者,與琴南較論,以明其分合。

第四節　清末民初文學思潮之激盪

　　文學與時代之相互激盪,互爲影響,已是文學本身不得不然之規律。彥
和早已提出所謂「文變染乎世情,興廢繫乎時序」之論點。〔註89〕以爲與時
代相關之政治、學術、世俗等「世情」,均足以左右文學創作之取向;反之,
文學內容亦反映、批判時代之諸多現象。此種現象即顧炎武所謂「詩體代降」,
〔註90〕王國維所謂「一代有一代之文學」,〔註91〕此乃文學發展之自然演變,
試檢視歷代文學,靡不如此。文學發展至清末,可謂「三千年來各種舊文學、
舊文體的總結,同時孕育二十世紀中國新文學的萌芽」,開啓「中國新舊文學
交界的關口」,〔註92〕然而新舊文學如何交替?當時文人如何面對?皆是此一

〔註89〕劉勰《文心雕龍·時序》,見范文瀾《文心雕龍注》,頁675,台北:學海出版
　　　　社,1980年9月。
〔註90〕顧炎武《日知錄·詩體代降》,見《原抄本顧亭林日知錄》卷十一,台北:文
　　　　史哲出版社,1979年4月。
〔註91〕王國維《宋元戲曲史·自序》,頁1,台北:台灣商務印書館,1968年8月。
〔註92〕以上兩引具見劉大杰《中國文學發展史》,頁762,台北:華正書局,1984年

時期之大關鍵。琴南身處清末民初，新文體之產生，傳統古文逐漸式微之際，竟高舉忤時逆勢之大旗，力保傳統古文，企圖延續古文命脈。再者，西學東漸，民智漸開，琴南因時乘勢，借鑑國外小說，以古文義法譯西書，令國人得以接觸西土名著。所作諸多序跋，往往對西洋小說創作題材與技法作精闢分析。凡此，皆可窺出其文論之形成，除內因之外，尚有時代環境衝擊下之外緣因素。本節擬立「力延古文一線之脈」與「借鑑西土小說之長」二目，以闡明其古文理論形成之因緣。

一、力延古文一線之脈

　　主導清代散文文壇之桐城派，自桐城三祖—方苞、劉大櫆、姚鼐以降，至清末民初之嚴復、林紓、吳闓生、馬其昶等人，源遠流長，蔚為傳統散文之正宗。其於學術思想上，主張「學行繼程朱之後，文章介韓歐之間」，〔註93〕意在兼容義理、詞章；姚鼐增一「考據」，則思調和折衷漢學（主考據）與宋學（主義理）之爭。曾國藩於三者之外，復提出「經濟」，急欲彌補桐城派只局限於文學範疇之缺陷。但若單以文學而言，「義法」即為桐城文論之核心。然桐城派發展至清末，面對紛至沓來之西學，遂產生動搖。誠如專研中國近代思想史之張灝所言：

> 甲午以後，思想上的變化不但是「量」的，而且是「質」的：不僅只是西學的散播，而更重要的是：思想內容上起了激烈的變化。（《晚清思想發展試論・晚清思想》）

甲午之後，桐城已至末流，時桐城派之領導者如吳汝綸，於古文創作之餘，亦頗有新學之觀念，其後嚴復、林紓便以古文譯述西學，或有質變，然仍不足以對應外在，應付世局，直至後學，其弊乃生。李詳〈論桐城派〉一文，曾大力批評云：

> 自四君（指張裕釗、吳汝綸、黎庶昌、薛福成）歿後，世之為古文者，茫無所主，僅知姬傳為昔之大師，又皆人人所指名，遂依以自固，句摹字劃，……此則種種駭怪，尾閭之泄，漸且涸焉，無涓滴之潤，源既竭矣，派亦何有？思之足為寒心。……古文無義法，多讀古書，則文自寓法；古文無派，於古有承者，皆謂之派。（載《國

8月。
〔註93〕方苞《望溪先生文集》之王兆符序，台北：台灣商務印書館，1979年6月。

粹學報》第四十九期）

指出桐城末流，人人但知姬傳，並奉爲大師，拘執不通，步步剽襲，以致令人驚駭，文涉險怪而不自知，水乾源竭，自絕生路，無益後生。如此猛烈之批評，實與其爲「文選派」（駢體）大師之文學立場有關。〔註94〕蓋桐城派與文選派雖同代表舊文體，〔註95〕然一主散文，一主駢文，相爭不下，互相詆毀。故李氏之抨擊，或有失客觀。

甲午戰敗後，維新變法之思想乃激烈開展，爲傳播思想，普及理念，一種淺易明白之「新文體」便於報章雜誌中應運而生，此即爲譚嗣同與梁啓超等所倡之新文體。梁啓超曾言：

> 啓超夙不喜桐城派古文，幼年爲文，學晚漢魏晉，頗尚矜鍊。至是自解放，務爲平易暢達，時雜以俚語韻語及外國語法，縱筆所至不檢束，學者競效之，號爲新文體。老輩則痛恨，詆爲野狐，然其文條理明晰，筆鋒常帶感情，對於讀者，別有一種魔力焉。（《清代學術概論，二十五》）

梁氏以本身之創作經驗，作文體改革之推手，以桐城派古文爲改革之對象。此種改革後之「新文體」，遂成民初新文學運動之先驅。此種「新文體」雖如雨後春筍般之興起，直接動搖桐城派散文正宗之地位，然桐城陣營之堡壘仍堅實如昔，未因此而遭摧毀。但氣勢卻大不如前，主流地位亦逐漸動搖。

由此可見，文學語言之解放，已對桐城派講究義法之散文造成衝擊，可爲琴南力延古文一線之用心作鋪墊，進而明其於古文日漸式微之下，爲維繫古文命脈所作之努力。

琴南一生中，奉古文爲無上至尊，當講究雅潔之桐城義法，受到梁啓超「新文體」之衝擊時，其所崇拜之《左》、《史》、韓、柳之文，便後繼無人，因而原先不承認爲桐城中人之琴南，便不自覺靠攏於桐城，期能形成堅不可摧之堡壘。觀其與桐城文人吳汝綸、姚永概、馬其昶之相互請益，彼此投契

〔註94〕錢基博《現代中國文學史》謂之爲「江淮選學大師」，頁114，台北：唯一書業中心，1975年9月；吳文祺《近百年來的中國文藝思潮》亦謂之爲「文選派的結束人物」，目次頁，台北：台灣崇文出版社，1974年7月。

〔註95〕晚清文學思想可用新舊加以區分，舊的方面有桐城（湘鄉）派、文選（駢體）派以及同光體詩人之宋詩運動；新的方面有詩界（和小說界）革命，有「新文體」，有白話文運動。詳參李瑞騰《晚清文學思想論》第四章「古文學思想所受的衝擊」，頁108，台北：漢光文化事業股份有限公司，1992年6月。

可知。然究其主要目的，乃在與當時新興之散文文體對抗。

及至民初，以章炳麟（太炎）爲代表之魏晉文勢力，進入京師大學堂，遂有魏晉文派與唐宋文派之爭。大抵崇魏晉者，以章太炎爲宗師；尊唐宋者，推林琴南爲盟主。魏晉派古文好用僻字，古奧艱澀，若以藝術而論，實遜於桐城古文之雅潔。兩派之間，相互詆毀，乃爲常事，然章太炎爲革命元勛，其古文頗富桀驁不馴之戰鬥精神，此又爲桐城古文所不及。因此，桐城派古文再次遭受衝擊，琴南與姚永概乃憤而辭去大學講席。辭職後，姚永概悵然南歸，琴南臨別贈序，別後又作書痛詆魏晉文派：

> 敝在庸妄鉅子，剽襲漢人餘唾，以撏撦爲能，以鈲餖爲富，補綴以古子之斷句，塗堊以《說文》之奇句，意境、義法概置弗講，侈言于眾：「吾漢代之文也！」儓人入城，購擂紳殘敝之冠服襲之，以耀其鄉里，人即以擂紳用之，吾弗敢信也。（《畏廬續集・與姚叔節書》）

琴南以爲魏晉文派之古文，以庸妄之才，自以爲富，於漢人之文，亦步亦趨，專逞生僻字爲能，爲文講究用典，艱澀怪僻，盡用僻字奇句，以此炫富。然不重意境，不講義法，以襲漢文自炫，如儓人衣殘破之官服，不解者或被其所惑，而內無實才，文無意境、義法，如何立名於天下？琴南如此嚴厲之批評，實因兩派之激烈對立有關。再者，乃爲維護桐城派古文，且對抗新文體之崛起與魏晉文派之排擠而努力。

於京師大學堂期間，除爲桐城張目，與魏晉文派對壘外，尚孳孳致力於古文，如《中國國文讀本》之出版，精選先秦以迄清代之古文，且逐篇評注，此乃近代文人編選古文中，最具影響力之一套古文選本；又如《畏廬文集》之出版，將自己所創作之古文凡一〇九篇，集結成書，於當時實屬罕見。凡此，皆可看出其對古文所投注之心力。由於「新文體」之勢力如排山倒海而至，琴南於京師大學堂學生畢業之際，爲之作序送別，文中仍力倡古文，其說云：

> 嗚呼！古文之敝久矣。……其尚恢宏者，則又矜多務博，舍意境，廢義法，其去古乃愈遠。歐風既東漸，然尚不爲吾文之累，敝在俗士以古文爲朽敗，後生爭襲其說，遂輕議左、馬、韓、歐之作，謂之陳穢，文始輾轉日趣于敝，遂使中華數千年文字光氣，一旦闇然而燼，斯則事之至可悲者也。……則諸君力延古文之一線，使不至於顛墜，未始非吾華之幸也。臨別鄭重申之以文，余雖篤老，尚欲與諸君共勉之。（《畏廬續集・送大學文科畢業諸學士序》）

琴南於文中慨歎江河日下，世風不古，既痛心疾首，又期勉有加。以爲唯講意境、守義法之古文，方能顯「中華數千年文字光氣」。並以爲西風之東漸，非古文之累。其病在於俗士以古文爲陳穢，盡棄優秀傳統，「古文乃日趨於敝」，故呼籲學生「力延古文之一線」，並言己雖「篤老」，卻願與青年學子共同努力。其保古之心，可見一斑。

其後，爲「國學扶輪社」編纂《文科大辭典》，序言有云：

> 綜言之，新學既昌，舊學日就淹沒，孰于故紙堆中覓取生活？然名爲中國人，斷無拋棄其國故而仍稱國民者。僕承令大學文科講習，猶兢兢然日取《左》、《國》、《莊》、〈騷〉、《史》、《漢》、八家之文，條分縷析，與同學看之。明知其不適於用，然亦所以存國故耳。（《畏廬續集‧文科大辭典‧序》）

西學昌明，傳統古文日趨式微，琴南仍立於保古之心，力主保存國故。並實踐於教學中，將先秦兩漢著作、唐宋八家之文，兢兢業業，研治不輟，授與學子。此種將古文進行整理、保存、繼承，乃至發揚之心，固然值得肯定。然以新學之蓬勃氣勢，其急欲保古之心，終與時代悖離，而回天無力。

時代之文學思潮，予琴南之衝擊，造成因深懼古文命脈之凋喪，而益加固守桐城藩籬，力倡古文義法。爲「力延古文之一線」，除諄諄教誨門生從事於古文創作外，琴南以身作則，爲古文付出無數之心力。總歸其於古文創作與古文理論之投入，約略如下：

一者，爲親自創作，如《畏廬文集》、《畏廬續集》、《畏廬三集》共計二百八十五篇之作品，前後耗時約四十餘年，幾已窮畢生精力於此。作品兼備各體，頗爲可觀。

二者，爲編選評批，如《選評古文辭類纂》、《左傳擷華》、《莊子淺說》、《林氏選評名家文集》十六種，其編選評論浩繁，足證其爲「力延古文」之不遺餘力。

三者，建構古文理論，堪稱畢生嘔心瀝血之成果。耗費數十年之功夫精研古文之精髓妙理，可謂「沈浸濃郁，含英咀華」〔註96〕者，每於古文之精氣神味，體會獨到，發微情妙旨於筆墨蹊徑之外。如《韓柳文研究法》，具見琴南對韓、柳古文之研究與評論，抒發見解之文。次如《畏廬論文》，爲代表

〔註96〕馬其昶《韓昌黎文集校注‧進學解》第一卷，頁46，上海：上海古籍出版社，1987年6月。

桐城末期文論之重要專論，全書涉及論文旨歸、文體論、創作論等重要之古文理論，爲一部自成體系之文論著作，亦爲傳統古文理論之總結。再如《文微》其中除「論詩詞」一部分外，其餘九部分皆爲論述古文，或評或論，益增其古文理論之完整性。

四者，爲招生授徒，或爲門生講授，或四處講演，或編輯教材，爲「力延古文命脈」四處奔忙。期求自己之努力，能使岌岌可危之古文，重現曙光。

觀章炳麟魏晉文之「割裂古子，填寫古字」〔註97〕對桐城派古文之打擊，及梁啓超之「報館文字」〔註98〕對傳統古文之衝擊，以琴南之努力，古文雖日漸式微，然尚能保有一線生機。唯「五四」新文化運動之後，琴南則將生命之主要精力投入「文白之爭」。此時已屆琴南晚年，且其文論早已於五四之前形成，故琴南只是扮演傳統古文殿軍之角色，爲力保古文地位，而與新文化陣營對壘而已。是以「文白之爭」之言論，實無助於其古文理論之形成，只是琴南以其殘年餘生，試圖力挽狂瀾，作最終之一搏。

就文學發展之規律而言，清末文風「時運交移，質文代變」，〔註99〕乃勢有必至，理有固然。琴南卻力守傳統，愈是衝擊，其保古之心志，便愈發鞏固。然若無當時文學思潮之激盪，又何能激化出如此豐富之古文創作、古文選評、古文理論？又何能提供後世治文論者之皐壤？可見其「力延古文一線」對其文論形成，裨益實多。若以彥和所謂「望今制奇，參古定法」〔註100〕之標準，其「參古定法」之功，應予贊賞。至於「望今制奇」上，於「力延古文一線」或有不足，然其借鑑西土小說之長，又何嘗不是最佳之註腳。

二、借鑑西土小說之長

在傳統古文受到衝擊之際，琴南雖勇於捍衛古文，然對當時西學東漸，琴南則欣然接受，以爲有助古文「文境」之開展，因而贊成學習西方，引進西學。如琴南所言：

> 於講舍中敦諭諸生，極力策勉其恣肆於西學，以彼新理，助我行文，則異日學界中定更有光明之一日。或謂西學一昌，則古文之光燄熠矣，余殊不謂然。（林紓《洪罕女郎傳·跋語》，見錢杏邨輯《晚清

〔註97〕林紓《選評古文辭類纂·序》，頁1，杭州：浙江古籍出版社，1986年3月。
〔註98〕同上，頁2。
〔註99〕劉勰《文心雕龍·時序》，見范文瀾《文心雕龍注》，頁671。
〔註100〕劉勰《文心雕龍·通變》，同上，頁521。

文學叢鈔・小說戲曲研究卷》卷三）

顯而易見者，琴南以文學家之立場，將「文學美」之追求置於首位，吸收「道」以助行文之「境」，學習西方之「新理」，乃欲助己行文，以求作品更加完善。是以西學之昌明，琴南不以為累及古文，反而有所開拓。琴南所反對者，為中土內部「庸妄鉅子」不解古文之神髓者。而為求開展古文之文境，琴南乃以古文義法翻譯西土小說。由於不識外文，故所譯述諸作，具經他人口譯，再以雅潔古文行之。此種譯述方式，頗為獨特，或有缺陷，然瑕不掩瑜，對其翻譯文學之探討者，著作頗多，且多深入，此不贅述。而究其翻譯之內在動機，則企圖以西方作品啟迪民智，〔註101〕然亦因其譯述西土小說，掀開中國閉關之窗口，使中國人民得以接觸到西洋文學。錢鍾書嘗言：

> 林紓的翻譯所起的「媒」的作用，已經是文學史上公認的事實。……
> 商務印書館所發行的那兩小箱《林譯小說叢書》，是我十一、二歲時
> 的大發現，帶領我進了一個新天地，一個在《水滸》、《西遊記》、《聊
> 齋誌異》以外另闢的世界。……接觸了林譯，我才知道西洋小說會
> 那麼迷人。（錢鍾書《林紓的翻譯》）

東、西方文化交流之窗口，因《林譯小說》而揭開；彼此文學之交流，亦因《林譯小說》而熱絡。《林譯小說》之「觸媒」作用，令當時諸多文學家拓展眼界，廣其識度。錢杏邨亦言：「他使中國知識階級，接近了外國文學，認識了不少的第一流作家，使他們從外國文學裡去學習，以促進本國文學發展。」〔註102〕可謂贊譽備至。可貴者，為琴南由譯述中，領悟西洋小說之創作技巧，有可資師法借鑑者，急欲「合中西二文鎔為一片」〔註103〕之心，可以想見。而其借鑑西土小說之處，散見於譯述小說之序跋中，頗為珍貴，從中當可得知其文論形成之因緣。以下試就「創作題材」與「創作技法」兩方面，以闡明琴南於文學思潮之激盪下，借鑑西土小說之所在。

（一）創作題材

文學作品選擇題材，往往與作者之生活經驗息息相關。西洋小說之內容，

〔註101〕林紓《譯林・序》云：「吾謂欲開民智，必立學堂；學堂功緩，不如立會演說；演說又不易舉，終之唯有譯書。」原文不見，此轉引自林薇《百年沉浮～林紓研究綜述》，頁170，天津：天津教育出版社，1990年10月。

〔註102〕錢杏邨《晚清小說史》，頁182 台北：天宇出版社，1988年9月。

〔註103〕林紓《洪罕女郎傳・跋語》，見阿英輯《晚清文學叢鈔・小說戲曲研究卷》卷三，頁225，台北：新文豐出版公司，1989年4月。

豐富多采，尤其顯著，如於下層社會、市井小民之事，多所關注，此類作品，
琴南尤推重迭更司，其說云：

> 從未有刻劃市井卑污、齷齪之事，至於二、三十萬言之多，不重複、
> 不支離，如張明鏡於空際，收納五蟲萬怪，物物皆涵滌清光而出，
> 見者如憑闌之觀魚鱉蝦蟹焉。則迭更司者，蓋以至清之靈府，敘至
> 濁之社會，令我增無數閱歷，生無窮感喟矣。(《孝女耐兒傳·序》，
> 見錢杏邨輯《晚清文學叢鈔·小說戲曲研究卷》卷三)

迭更司此作，豐富琴南之目光。蓋以此文刻劃下層社會之事，極盡細微，篇
幅雖大，卻無累贅之語，其窮形盡相之能，可謂善矣！琴南並以之與《石頭
記》相較，以爲「中國說部，登峰造極者無若《石頭記》。敘人間富貴，感人
情盛衰，用筆縝密，著色繁麗，製局精嚴，觀止矣！」〔註104〕認爲《石頭記》
有其特色，然卻「雅多俗寡，人意不專屬於是。」琴南以爲此兩書體現不同
之文學風貌，歸其原因，則在於彼此選取之題材不同。迭更司爲「掃蕩名士
美人之局，專爲下等社會寫照。」而《石頭記》雖「其間點染以清客，門雜
以村嫗，牽綴以小人，收束以敗子」，〔註105〕然非其主要，僅於點染、陪襯而
已。其或不如迭更司之「專意」爲之，因此迭更司之作「筆舌所及，情罪皆
眞，爰書既成，聲影莫遁。」〔註106〕將下層社會之生活景況，極其傳神、客
觀、細微之呈現，頗爲琴南所贊賞。

摹寫之窮形盡相，善於體物，爲琴南評文、選文之標準。如琴南本身之
〈趙聾子小傳〉、〈僮遂小傳〉之「傳記」體散文，亦均是摹寫下層社會、市
井小民之作。〔註107〕林薇嘗盛稱：「琴南是五四時代寫實主義、平民文學之先
聲。」〔註108〕洵爲知言之論。

其次，琴南亦關注西洋小說對家常瑣事之描繪，極具特色，爲選擇題材
上之另一傑出成果。如於《塊肉餘生述·前編序》云：

> 若是書，特敘家常至瑣至屑無奇之事蹟，自不善操筆者爲之，且懨
> 懨生人睡魔，而迭更司乃能化腐爲奇，撮散爲整，收五蟲萬怪，融

〔註104〕林紓《孝女耐兒傳·序》，同上，頁252。
〔註105〕以上引文具見上註。
〔註106〕林紓《滑稽外史》短評數則，同上，頁275。
〔註107〕林紓〈趙聾子傳〉與〈僮遂小傳〉具見《畏廬文集》，頁27下及28下，台北：
　　　　文津出版社，1978年7月。
〔註108〕林薇《百年沉浮——林紓研究綜述》，頁237。

匯之以精神，眞特筆也。（見錢杏邨輯《晚清文學叢鈔‧小說戲曲研究卷》卷三）

於平凡之生活中述情，出以眞摯之語，即使瑣屑無奇之事，仍能情韻綿邈，耐人咀嚼。狄更司於平凡無奇中，竟能化腐朽爲神奇，聚集散亂，融成整片，將天下萬般神怪，聚精會神融合匯集於小說中，筆法至爲奇特。其次，琴南再以《史》、《漢》敘婦人瑣事之「綿細可味」，〔註109〕與《石頭記》「緯之以男女之艷情，而易動目」之長篇相較，乃強調唯「長篇可以尋繹」，「以迴應扣緊狄更司此『二十餘萬言』之長篇小說，更值得尋繹、玩味之主題來。」〔註110〕以瑣屑小事記之，卻不引人生厭。琴南盛稱歐陽脩〈瀧岡阡表〉、歸有光〈項脊軒記〉，以爲其「瑣瑣屑屑，均家常之語，乃至百讀不厭，斯亦奇矣。」〔註111〕前人並未明言此種取材之角度，如「究竟史公此等筆墨亦不多見，以史公之書亦不專爲家常之事發也。今迭更司則專意爲家常之言，而又專寫下等社會家常之事，用意著筆爲尤難。」〔註112〕由此可見，琴南借鑒迭更司「專意」爲之，不避家常瑣事之觀點，以返觀中國文學，主張就平凡之題材作細緻之描繪，情眞語摯，則文必可動人。五四之後，作品多強調日常生活瑣屑、平凡之事，或是琴南此一觀點之闡揚。

綜上所論，琴南於創作題材上借鑒於西洋小說處頗多，由其中而引來中、西小說題材之異同，此已涉及比較文學範疇，超乎本論文所探討之範圍，故只約略言之。本文所論，只在琴南借鑒西土小說，以助其文論形成部份。

（二）創作技法

西洋小說之創作技法，亦爲琴南所借鑒者。在其譯述西方作品中，往往秉其深厚之學養與敏銳觀察，與作者靈犀暗通，從中領略作家之巧妙玄思，故有「天下文人的腦力，雖歐亞之隔，亦未有不同者。」之體會。〔註113〕蓋

〔註109〕如《史記‧外戚世家》竇廣國自述當年與其姊竇皇后分別，姊「丐沐沐我，請食飯我，乃去」一事，琴南評云：「此在情事中特一毫末耳，而施之文中，覺竇皇后之深情，竇廣國身世之落漠，寥寥數語，而慘狀悲懷已盡呈紙上。」見《畏廬論文‧述旨》頁2下，台北：文津出版社，1978年7月。

〔註110〕張師高評主編《古文觀止鑑賞》下冊，林紓〈塊肉餘生述前編序〉末之「深究與鑑賞」，頁1382，台南：南一書局，1999年2月。此文爲張師高評所評析。

〔註111〕林紓《畏廬論文‧述旨》，頁2下。

〔註112〕同註16，頁252～253。

〔註113〕林紓《離恨天‧譯餘賸語》，見錢杏邨輯《晚清文學叢鈔‧小說戲曲研究卷》

文學無國界，即使千里相隔，對作品之感受，仍同出一氣，感同深受。以創作技法而言，琴南即以《史記》與迭更司之文章結構相較：

> 左氏之文，在重複中能不自複；馬氏之文，在鴻篇巨製中，往往潛用抽換埋伏之筆而人不覺，迭更氏亦然。雖細碎蕪蔓，若不可收拾，忽而井井臚列，將全章作一大收束，醒人眼目。（林紓《冰雪因緣·序》，見錢杏邨《晚清文學叢鈔·小說戲曲研究卷》卷三）

迭更司小說於結構上，運用類如《史記》抽換埋伏之手法，亦即前後聯絡、照應之謂。蓋以寫作長篇巨製，常有廣闊之生活題材，複雜之人事物，故必「得一貫串精意，即無慮委散」，〔註114〕此「精意」即為中心思想，藉此「精意」以聯絡全篇，有如「穿針引線」之前後貫串，統攝全局。是以文之入手，已全局在胸，揮筆自如，而達到「文心蕭閑，不至張皇無措」之境，〔註115〕此種謀篇安章之法，可謂中外皆同也。

再者，琴南於以下兩書之序亦云：

> 是書開場、伏脈、接筍、結穴，處處均得古文義法，則知中西文法，有不同而同者。（林紓《黑奴籲天錄·例言》）

> 紓不通西文，然每聽述者敘傳中事，往往于伏線、接筍、變調、過脈處，大類吾古文家言。（林紓《撒克遜劫後英雄略·序》，見錢杏邨輯《晚清文學叢鈔·小說戲曲研究卷》卷三）

琴南將古文義法與西方小說技法相較，發現其中有若干若符合節之處。因此，不但以雅潔之古文文筆譯述西方小說，亦以古文義法評論西方小說。觀其小說序跋中，靡不如此。誠如陳平原所言：「林紓以《史》、《漢》筆法解讀迭更司、哈爾德小說，悟出不少穿插導引的技法。」〔註116〕是以琴南於欣賞西方小說敘事結構之同時，常與我國古文作法產生靈犀通感，從而獲得啟示。

以琴南所譯述小說中，迭更司之作最受推崇，而〈塊肉餘生述〉更是迭更司「生平第一著意之書」，琴南對此書分析極其精到，首先即拈出「鎖骨觀音」式之結構手法：

　　　　卷三，頁 272。

〔註114〕林紓《斐洲煙水愁城錄·序》，同上，頁 216。

〔註115〕同上註。

〔註116〕陳平原〈「史傳」、「詩騷」傳統與小說敘事模式的轉變〉，《文學評論》1988年第一期。後輯入《陳平原自選集》，頁 76～100，桂林：廣西師範大學出版社，1997 年 9 月。

古所謂「鎖骨觀音」者，以骨節鉤聯，皮膚腐化後，揭而舉之，則
全具鏘然，無一屑落者。（林紓《塊肉餘生述・前編序》，見錢杏邨
輯《晚清文學叢鈔・小說戲曲研究卷》卷三）

「鎖骨觀音」爲中國式之結構手法，琴南以之詮釋西方小說之情節結構，可
謂小說格局之突破。而此種「鎖骨觀音」之結構究竟如何？張師高評對此曾
有申說云：「此與文章結構學強調聯絡照應、連環映帶、迴龍顧主、脈注綺交，
多有相通之處。」〔註117〕實有助於理解此種敘事結構。琴南欲以鎖骨觀音之
形象語言，比況迭更司此書結構之謹嚴與完整。如此書「伏脈至細，一語必
寓微旨，一事必種遠因。手寫是間，而全局應有之人，逐外湧現，隨地關合。
雖偶爾一見，觀者幾復忘懷；而閒閒著筆間，已近拾即是，讀之令人斗然記
憶，循編逐節以索，又一一有是人行蹤，得是事之來源。」〔註118〕琴南稱揚
迭更司之作長於開闔文法，表現於伏脈、寄託、關合、閒筆諸方面，而此正
爲「鎖骨觀音」式之結構要求。以古文義法解讀西洋小說，從其中得到借鑑，
以厚實本身之古文理論。琴南曾於《左傳擷華》中謂：

僕譯外國文字，成書百三十三種。審其文法，往往于一事之下，帶
敘後來終局，或補敘前文遺漏，行所無事，帶敘處無臃腫之病，補
敘處無牽強之跡。（《左傳擷華》卷下，〈齊使燕嬰請繼室于晉〉評語）

此其譯介西方小說珍貴之心得，體悟其中筆法運用之巧妙。因此，其筆法中
有「插筆」一法，詳論此法之運用，及其對於文章所產生之效用，並以之研
究、解讀古文。另外，西洋作品中有「以滑稽之語，發出傷心之言」〔註119〕
之幽默特質，琴南亦於譯述中細心領略，因此主張「風趣」爲創作要則，凡
此，皆可見出琴南借鑑之處。

綜上所論，琴南面對西學昌明，入於中土之思潮，非但不排斥，反能以
身踐履，投入翻譯西書一途，爲國人開一方便之門，一新耳目，接觸西方文
學。尤其以古文譯述西土名著，又爲延續古文命脈之具體實踐。至於從譯述
西洋小說中，所獲得之啓示，實無法一一臚列，要在明其借鑑西洋小說，尤
其於敘事技巧之掌握，至爲明確，對琴南文論之形成，助益頗大。

〔註117〕同註110。
〔註118〕林紓《塊肉餘生述・前編序》，見錢杏邨輯《晚清文學叢鈔・小說戲曲研究卷》
　　　　卷三，頁253。
〔註119〕林紓《旅行述異・序》，同上，頁239。

第四章　林琴南之古文文體論

　　琴南著《畏廬論文》，書中專立〈流別論〉一章，致力於探討「文體」問題。其後又有《選評古文辭類纂》之作，選定歷代古文按體分類，每類之小序，亦專論「文體」。琴南以如此鉅大之篇幅，對文體作專門而定點式之探究，自然成爲琴南古文理論中極其重要之一環，其重要性不言可喻。

　　在論述琴南之文體論前，有必要先闡明「文體」一詞之涵義，及以「古文文體論」爲名之理由。「文體」一詞，涵義甚廣，且歷代用法不同，其一，指文章體裁，如蕭統《文選序》云：「凡次文之體，各以匯聚；詩賦體既不一，又以類分。」〔註1〕有明一代如吳訥《文章辨體序說》、徐師曾《文體明辨序說》，皆屬之。〔註2〕其二，指文章風格，如劉勰《文心雕龍》爲此類之代表，〔註3〕其〈體性〉云：「若總其歸塗，則數窮八體：一曰典雅，二曰遠奧，三

〔註1〕 蕭統《文選序》，見李善注《文選》，頁2下，台北：漢京文化事業有限公司，1983年9月。

〔註2〕 吳訥《文章辨體序說・諸儒總論作文法》引宋吳思云：「文章以體製爲先，精工次之。失其體製，雖浮聲切響，抽黃對白，極其精工，不可謂之文矣。」頁14，北京：人民文學出版社，1998年5月；徐師曾《文體明辨序說・文體明辨序》云：「夫文章之有體裁，猶宮室之有制度，器皿之有法式也。……苟舍制度法式，而率意爲之，其不見笑於識者鮮矣，況文章乎？」頁77，同前。

〔註3〕 郭紹虞《中國文學批評史・第四篇魏晉南北朝》之第二章「南朝之文學批評」第三目「風格」，即直接以「風格」詮釋文體，頁122，台北：文史哲出版社，1980年9月；徐復觀《中國文學論集・文心雕龍的文體論》云：「風格一詞，是作爲文體價值判斷之結果。」故「文體一詞，可以包含風格，而風格不能包括文體。」頁13，台北：學生書局，1985年1月；王師更生《中國文學的本源》亦以「風格」釋文體，頁91，台北：學生書局，1988年11月；沈謙《文心雕龍之文學理論與批評・第三章》亦作如此主張，頁62，台北：華正

曰精約，四曰顯附，五曰繁縟，六曰壯麗，七曰新奇，八曰輕靡。」此「體」即指文章之八種風格。此外，有指時代風格者，如《文心雕龍‧時序》：「自中朝貴玄，江左稱盛，因談餘氣，流成文體。」有指作家風格者，如沈約《宋書‧謝靈運傳論》之「文體三變」，即指司馬相如「形似之言」、班固「情理之說」與曹植、王粲之「氣質爲體」。〔註4〕其三，兼指文章之體裁與風格者，如曹丕《典論‧論文》云：「夫文本同而末異；蓋奏議宜雅，書論宜理，銘誄尚實，詩賦欲麗。此四科不同，故能之者偏也；唯適才能備其體。」此「體」非但指四科之體，亦兼指四科之雅、理、實、麗之風格。其四，指文章之作法，如劉知幾《史通》：「蓋敘事之體，其別有四：有直紀其才行者，有唯書其事蹟者，有因言語而可知者，有假贊論而自見者。」其五，指文章結構者，如陳騤《文則》云：「數人行事，其體有三：或先總之而後數之，或先數之而後總之，或先總之而後復總之。」其六，指文章之修辭者，如元陳繹曾《文筌》提及「體物七法」，即「實體」、「虛體」、「象體」、「比體」、「量體」、「連體」、「影體」，所言與今之比喻、曲折、影射、側寫之修辭法相近。〔註5〕其七，指文章氣勢者，如姚鼐〈與陳碩士〉：「急讀以求其體勢，緩讀以求其神味，得彼之長，悟吾之短，自有長進也。」其中「體勢」即指文章氣勢。

　　綜上可知，古人對「文體」概念之內涵，理解紛繁多樣，並不一致，或局限於某一角度，或僅涉及文體本質之側面，晚近又受到西方流行「文體學」影響，〔註6〕生出「文類」一詞，益增其複雜性。〔註7〕然皆針對「文體」而發，

　　　　書局，1981年5月。

〔註4〕　沈約〈宋書謝靈運傳論〉云：「自漢至魏，四百餘年，辭人才子，文體三變。相如巧爲形似之言，班固長於情理之説，子建、仲宣以氣質爲體。」見李善注《文選》第五十五卷，台北：漢京文化事業有限公司，1983年9月。

〔註5〕　金振邦《文章體裁辭典‧前言》，頁2～3，長春：東北師範大學出版社，1995年11月。

〔註6〕　韋勒克‧沃倫《文學理論》云：「文體學研究一切能夠獲得某種特別表達力的語言手段，因此，比文學甚至修辭學的研究範圍更廣大。所有能夠使語言獲得強調和清晰的手段均可置于文體學的研究範疇内：一切語言中，甚至最原始的語言中充滿的隱喻；一切修辭手段；一切句法結構模式。」頁35，香港：三聯書店，1984年7月。其文體論屬於以廣義言之，頗受研究文體學者所重視。

〔註7〕　西方「文體」與「文類」，多相混淆，徐復觀《中國文學論集‧文心雕龍的文體論》已指出，其有「文體與文類的釐清」一目，可參，頁15～18。陶東風《文體演變及其文化意味‧文體與文類》指出以類別、種類、等級、風格、類型、型式來解釋「文類」，使得「文類」一詞至今尚無普遍被接受的定義。頁42，昆明：雲南人民出版社，1995年7月。

集中探究，條分縷析，論述己見，形成所謂「文體論」；或將文章分門別類，類聚群分，形成所謂「文體分類學」。「文體論」乃就大處言之，廣論文體；「文體分類」則爲便於區分，細分文章之體類。爲求論述更見全面，本節採「文體論」，又因琴南論文體分類，僅就古文文體爲例，故定「古文文體論」爲題。以論述琴南古文文體論之基礎、內容與開拓之處，進而掌握琴南古文理論之全部內涵。

第一節　古文文體論之基礎

琴南之古文文體論，有其文體分類之理論基礎，亦有紹述前人文體分類之處。本節擬就「文體分類之理論基礎」與「文體分類之紹承祖述」兩目，以見琴南擷精取宏之所在。

一、文體分類之理論基礎

爲文當「以體制爲先」，不辨體制，將「師心而匠意，則逸轡之御也。」蓋「文章之有體也，此陶冶之型範，而方圓之規矩也。」〔註8〕可見，爲文不得不究其文體，正如燒鑄陶器，鑄造鐵器之有模型，取方畫圓之有規矩。文體，即爲文章之型範、規矩，文家必先辨明，而後按體行文，始有文質兼備之文。據此，古來文家，莫不於文體上多所著力，期能寫出體完文成之文。琴南論文崇尚法度，對文章體制多所關注，其〈流別論〉歷敘各類文體，即爲此一觀點之落實，又如《文微·通則第一》開頭即謂：「文須有體裁，有眼光，有根底。」其文體論，雖不乏獨到之見解，然究其理論，實有其基礎所在。其理論基礎，實傳承自前人之文體論。爲明本末終始，自有必要先考究中國文體論之重要流變，以見其理論基礎之所從出。

古來文章，林林總總，千姿百態，其內容廣泛，形式多樣，因而形成文章本身獨特之性質，並藉以區別於其他作品。曹丕所謂「夫文本同而末異」，〔註9〕即指文章雖爲作者思想情感之表現，並爲文家之共同規律，然不同體裁之表現形式，便有各自之特點，無法相互爲輪替，若不依合適之體爲之，

〔註8〕具見徐師曾《文體明辨序說》之顧爾行〈刻文體明辨序〉，頁75。

〔註9〕曹丕《典論·論文》云：「夫文本同而末異，蓋奏議宜雅，書論宜理，銘誄尚實，詩賦欲麗。此四科不同，故能之者偏也；唯通才能備其體。」見李善注《文選》，第五十二卷。此論即指各種體裁有各自不同之特點，若非通才，無法善備眾體。

率意屬文，則易失體害文，難以呈現作品之內涵。縱觀先秦之《詩經》與《尚書》之匯編，早已明確反映當時對詩歌與散文之區別，有深入之認知。如《詩經》有風、雅、頌之分；《尚書》則有典、謨、訓、誥、誓、命等不同分類。〔註10〕前者爲我國最早之詩歌總集，詩歌之源頭；後者爲我國現存最早之歷史文獻，散文之淵源。二書之分體設篇，已透露出初步文體辨析之觀念。

魏晉南北朝之文體分類，又有空前之發展。於分類與辨體上，魏曹丕則有首創之功，其《典論‧論文》提出「奏議宜雅，書論宜理，銘誄尚實，詩賦欲麗。」之「四科八類」，其中除詩賦外，曹丕將散文分爲三科六類，並指明六類文體有三種不同之寫作特點。曹丕之分類，雖不全面，然其首次重視文體之特點與區別，對古文文體分類而言，實爲開創性之嘗試。大抵後人研究文體，多以此爲基礎，進而有所發明。

繼魏曹丕《典論‧論文》之後，西晉陸機《文賦》踵繼其後，以爲「體有萬殊，物無一量」，將文體分爲十，〔註11〕除詩賦外，古文文體亦居其八，此後，文體分類漸趨於全面，晉摯虞《文章流別論》分文體爲二十，惜書已散佚，無法窺其全豹。〔註12〕而其書名恰爲琴南取名〈流別論〉論述文體之依據。而任昉之《文章緣起》分類竟多達八十幾類，論述較詳，分類較細。此後，較具代表性者如齊劉勰《文心雕龍》及梁蕭統《昭明文選》。《文心雕龍‧明詩》以下二十篇專論文體，將文體分爲三十五類，其中屬於散文文體者，便有三十幾種。其論文體，便基於「原始以表末，釋名以章義，選文以定篇，敷理以舉統」〔註13〕之寫作原則，如此體大而慮周之文體理論專著，

〔註10〕薛鳳昌《文體論‧文體的縱觀》之第二節「三代以上之文體」，頁20～23，台北：台灣商務印書館，1968年3月。另，明吳訥《文章辨體》及徐師曾《文體明辨》、清姚鼐《古文辭類纂》皆指出《尚書》已備具某些文體，可參。

〔註11〕陸機《文賦》云：「碑披文以相質，誄纏綿而悽愴。銘博約而溫潤，箴頓挫而清壯，頌優游以彬蔚，論精微而朗暢。奏平徹以閑雅，說煒曄而譎誑。」見李善注《文選》卷一七，頁241上。陸機對文體之特點，所論較曹丕具體，然所舉文體多爲朝廷中流行之實用文體。

〔註12〕晉代摯虞《文章流別論》僅於《藝文類聚》與《太平御覽》中，略見一麟半爪，其分類爲詩、賦、頌、七、箴、銘、誄、哀辭、哀策、對問、碑、圖讖十二種，其內容有論述文體源流者，有標舉各體文章之代表作家與作品者，有闡明文體作法者，《文心雕龍》論述文體之體例，頗受其影響，後世論文體者，亦多有其沾溉之跡。可參劉渼《劉勰文心雕龍文體論研究》頁59～62，國立台灣師範大學國文研究所博士論文，1998年5月。

〔註13〕范文瀾《文心雕龍注‧序志》云：「若乃論文敘筆，則囿別區分，……綱領明

已被視為我國文體理論之標竿，對琴南之文體論提供不可撼搖之理論基礎，借鑒之處頗多。蕭統《昭明文選》除詩賦外，分散體為三十六類，〔註14〕所分雖不如《文心雕龍》集中，然於其中可見當時文體之盛，眾體皆備之繁榮局面。其影響力或不如《文心雕龍》，然以其為第一部詩文總集，恰為後世分體選文之權輿。

　　唐宋以後，文體更趨於繁富鼎盛，南宋眞德秀《文章正宗》則依表達方式分辭命、議論、敘事、詩賦四門。除詩賦外，散文僅三門，實過於籠統，然以「議論」、「敘事」分類，或能精確掌握散文之基本特徵。時至明代，文體之界限益明，文體日增，吳訥《文章辨體》分文體為五十九類；徐師曾《文體明辨》更擴而達一百二七類，其中屬於散文文體者，則多達六十種，可謂兼收並蓄，集古之大成。兩書之「分體選文」與「依體序說」，更提供清代散文集論文體之養分。

　　有清一代，桐城大家姚鼐《古文辭類纂》之文體分類，一改過去自《文選》以下詩文合集之常規，專以散文為集，按類歸體，以文示範，以避散漫蕪雜之弊，重新將散文體統歸為十三類，〔註15〕頗為嚴密恰當，〔註16〕為一般文體研究者所公認，若與明人之羅列文體，不知提綱挈領相較，已大有進步。其後桐城文人曾國藩《經史百家雜鈔》即於姚氏分類之基礎上，於類上加著述、告語、記載三門十一類，〔註17〕其分類未必合理，然卻有綱舉目張

矣。」頁727，台北：學海出版社，1980年9月。以「文」和「筆」區分文體，以為有韻者，文也；無韻者，筆也。並以四大綱領論述文體。
〔註14〕蕭統《文選》選編遠自周秦，迄於聖代之文，共三十卷，唐‧李善析之為六十卷，並為之作注。其中除詩賦外分為三十六類：七、詔、冊、令、教、文、表、上、書、啓、彈事、箋、奏、記、書、檄、對問、設論、辭、序、頌、贊、符、命、史論、史述、贊、連珠、箴、銘、誄、哀、碑文、墓誌、行狀、弔文、祭文等。
〔註15〕姚鼐《古文辭類纂》分文體為十三類，即：論辨、序跋、奏議、書說、贈序、詔令、傳狀、碑誌、雜記、箴銘、贊頌、辭賦、哀祭。專對散文作分類。
〔註16〕薛鳳昌《文體論》嘗贊云：「嚴而不濫，精而各當。」，頁11。
〔註17〕曾國藩《經史百家雜鈔》，兼收經史，以補姚氏之不足。於分體上，揭出三門十一類：一為「著述門」，含論著、詞賦、序跋各體；二為「告語門」，含詔令、奏議、書牘、哀祭各體；三為「記載門」，含傳誌、敘記、典誌、雜記各體。其中著述有如議論，告語有如抒情或說明，記載有如記敘，對後世仍多有啓發。其與姚氏不同者為增列「敘記」與「典志」兩類，將姚氏之「傳狀」、「碑誌」合為「傳誌」；將姚氏之「贈序」並入「序跋」；將姚氏之「箴銘」、「頌贊」附入「詞賦」類。

之作用。二書具爲後世論文體者，奉之爲準繩。

　　及至晚清，琴南根基於前人理論，對文體分類已有極爲明晰之觀點，前修之未密，正待後出之轉精。由於對古人文體論之擷精取宏，故特立〈流別論〉分文體有十五類，一一考其源流，立其界說，辨其風格，並標舉名篇作示範，復以琴南論文宗桐城，故以姚鼐《古文辭類纂》爲選文依據，爲便於初學，而簡省爲十一類，並於每類前加入序說，編成《選評古文辭類纂》一書。〔註18〕兩書之文體分類一多一少，實則用意不同，〈流別論〉較集中且全面論述文體，《選評古文辭類纂》因文體分類仍尊姚氏，只稍作簡省，其類前之序說，但將〈流別論〉所論該體，附於每類之前而已，但因《選評古文辭類纂》較晚出，故或有增補之處，然大體並無二致。可見無論是專論，或分體選文前之序說，皆是建構於古人文體理論之根基上，並自成系統。可見琴南之文體論，並非突如其來者，自有其對傳統文體論之洞悉，並以之爲基據，進而強化己身之文體論。

　　綜觀中國文體論之發展，在與時俱移中，其趨勢是由簡趨繁，由疏趨密，由樸趨華。然後再由繁而簡，由博返約之過程。章學誠所謂：「文章之用多而文體分。」〔註19〕由於文體之繁盛，進而促使文家對文體分類愈趨深入與細緻。整體而言，古代散文文體之分類，實「肇始於漢魏，大盛於齊梁，繁衍於宋明，論定於晚清。梁以《昭明文選》爲規範，明以《文章辨體》、《文體明辨》爲代表，清則以《古文辭類纂》、《經史百家雜鈔》爲正宗。〔註20〕然就各類文體之流變與特徵之集中論述，並系統探討者，《文心雕龍》不啻爲論文體者之鼻祖，除《文心雕龍》之外，琴南《畏廬論文·流別論》沿用《文心雕龍》之架構，又能援引劉勰所不及見之唐宋名篇佳構，對文體分類作出既簡化又合理之趨向，更是繼《文心雕龍》之後，另一部較具全面且系統之文體論著。故琴南之文體論，實得力於文體觀念發展日益明晰之下所建構，自有其探討之價值。

〔註18〕林紓《選評古文辭類纂》原名《古文辭類纂選本》，共十卷，由北京：商務印書館於 1921 年 1 月出版。後由慕容眞點校，重編易爲今名，由杭州：浙江古籍出版社於 1986 年 3 月出版。

〔註19〕章學誠《文史通義·內篇三·黠陋》；頁 94，台北：華世出版社，1980 年 9 月。

〔註20〕此乃陳必祥先生研究文體分類發展之結論，見陳必祥《古代散文文體概論》頁 30，台北：文史哲出版社，1987 年 10 月。

二、文體分類之紹承祖述

琴南於《畏廬論文》中專立〈流別論〉一目，其名雖得自摯虞《文章流別論》，但由於摯虞所論較簡，難窺全豹。故琴南論述各類文體，考源流，立界說，標名篇，辨風格，實仿《文心雕龍》文體論之架構，至其論述內容，尤多徵引《文心雕龍‧明詩》以下二十篇之言。再觀其文體分類，遠則以《文心雕龍》為鼻祖，近則以桐城姚鼐《古文辭類纂》為宗，此兩書對琴南文體論之形成，頗具關鍵，於其中更可見琴南紹承祖述之跡。

《文心雕龍》向稱「體大慮周，籠罩群言」之作，該書實集魏晉南北朝以前文論之大成，後世學者莫不奉為藝苑之祕寶，創作之南鍼。琴南文論之形成，頗有得力於《文心雕龍》者，嘗盛稱：

> 《論衡》及《抱朴子》與《文心雕龍》為最古論文之要言。(《畏廬論文‧述旨》)

劉勰《文心雕龍》既為「最古論文之要言」，自然被琴南文論所擷取與吸收，尤以文體論為然，在在皆見琴南用心紹承之處。

其次，文體分類論定於清代，蓋文體分類歷經漫長之流變之後，終歸於定型，桐城姚鼐總結前人散文文體，其《古文辭類纂》一出，後世治文體者，多奉為準繩，然大抵本於劉勰之文體分類，將性質或功用相近之文體歸併，標以足為代表此類共性之名稱，計有論辨、序跋、奏議、書說、贈序、詔令、傳狀、碑志、雜記、箴銘、頌贊、辭賦、哀祭等十三類。此已概括古文之文類，以簡馭繁，頗符實際。與琴南同時之吳曾祺嘗盛稱：

> 至國朝桐城姚惜抱先生始約之為十三類。……湘鄉曾文正公著《經史百家文鈔》，因姚氏之舊，雖稍有變易，而大致不殊，於是論文體者，莫不以此為圭臬。(《涵芬樓文談‧辨體》)

蓋姚氏之文體分類，注重文體歸納，以避列類繁瑣，而取得綱舉目張之效果。以此原則，按體選文，捨詩文合集，專以散文為主，選錄上起戰國，下迄清初之七百餘篇散文，臻於「嚴而不濫，精而各當」之境。

再觀琴南之文體分類，於《畏廬論文‧流別論》中論及文體有十五類，其類目為：辨騷、賦、頌讚、銘箴、誄碑、哀弔、史傳、論說、詔策、檄移、章表、書記、贈序、雜記、序跋。又由於琴南生於古文日趨凋弊之際，為捍衛古文，乃力守桐城義法，以身踐履，就姚鼐《古文辭類纂》加以選評，編為《選評古文辭類纂》一書，書中將姚氏之十三類歸併為十一類，慕容真嘗言：

他很推崇姚鼐的《古文辭類纂》，但這部選集篇幅繁重，不便初學，他就此基礎上，「慎選其優，加以詳評」，還酌增了姚鼐所漏選的幾篇佳作，共選文一百八十七篇，篇幅較爲適中。在文體分類上也略有改易，由原來的十三類歸爲十一類，並沿姚氏舊例，對每一類文體都作了更爲詳盡的說明。（慕容真點校林紓《選評古文辭類纂·前言》）

可見琴南乃基於「便於初學」之原則，對於極爲推崇之《古文辭類纂》擇優選評，並歸併文體爲十一類，文體之名稱，亦略作更易，然基本上皆沿姚氏文體分類之舊例，此十一類爲：論說、序跋、章表、書說、贈序、詔策、傳狀、箴銘、雜記、辭賦、哀祭。〈流別論〉之十五類與《選評古文辭類纂》之十一類，雖所分有異，卻皆分之有本，或紹承《文心雕龍》，或參酌《古文辭類纂》，由此可見琴南文體論之前承之處。

爲闡明琴南文體分類之所從出，茲將劉勰《文心雕龍》、姚鼐《古文辭類纂》、琴南之《選評古文辭類纂》及《畏廬論文·流別論》之分體分類，繪表如下，以明其間之關係：

◎劉勰、姚鼐、林紓文體分類之分合表

林紓《選評古文辭類纂》	姚鼐《古文辭類纂》	林紓《畏廬論文》	劉勰《文心雕龍》
		騷辨	
			明詩
			樂府
辭賦	辭賦	賦	詮賦
	頌贊	頌贊	頌贊
			祝盟
箴銘	箴銘	箴銘	銘箴
	碑志	誄碑	誄碑
哀祭	哀祭	哀弔	哀弔
			雜文
			諧讔
傳狀	傳狀	史傳	史傳
			諸子

論說	論辨	論說	論說
詔策	詔令	詔策	詔策
		檄移	檄移
			襌封
章表	奏議	表章	表章
			啓奏
			對議
書說	書說	書記	書記
贈序	贈序	贈序	
雜記	雜記	雜記	
序跋	序跋	序跋	
十一類	十三類	十五類	十二類

　　由上表可知，彥和因「論文敘筆」，故韻散兼論，姚氏與琴南則專論文章，故皆不錄〈明詩〉、〈樂府〉、〈雜文〉諸篇，至於〈祝盟〉、〈檄移〉、〈封禪〉等篇，因不符時代需求，姚氏不取，琴南亦宗之。於此可見，琴南之文體分類頗有參考姚氏之處，如〈贈序〉、〈雜記〉、〈序跋〉三類之立言皆本《古文辭類纂》；而〈流別論〉中之文類名稱及論述次序皆依《文心雕龍》而來，琴南文體分類之主要紹承祖述，跡象至爲明顯。

　　再就琴南〈流別論〉之行文體例觀之，亦多仿自彥和「原始以表末，釋名以章義，選文以定篇，敷理以舉統」四大綱領，亦即對每一類文體，必辨其源流，釋其名義，標舉名篇，敘其特點。如以「原始以表末」爲例，琴南論文體必考其淵源，如賦體中謂：「然其發源之處，實沿《三百篇》而來；至《楚辭》出，局勢聲響，始洪大而激楚。」〔註21〕此觀點實承自彥和《文心雕龍・詮賦》：「賦也者，受命於詩人，拓宇於《楚辭》。」皆認爲賦源自《詩三百》，至《楚辭》始拓其疆宇。又如琴南論弔體謂：「古人有哭斯弔，宋水鄭火皆弔以行人。」〔註22〕此觀點亦源自《文心雕龍・哀弔》：「又宋水鄭火，行人奉辭，國災民亡，故同弔也。」可見琴南於辨文體之源流上，頗有得力於《文心雕龍》之處。

　　再以「釋名以章義」言之，如琴南論賦之名義起首即謂：「賦者，鋪也，

〔註21〕林紓《畏廬論文・流別論》頁 6 上，台北：文津出版社，1978 年 7 月。
〔註22〕同上，頁 11 下。

鋪采摛文，體物寫志也。」〔註23〕此與《文心雕龍・詮賦》起筆言：「詩有六義，其二曰賦。賦者，鋪也，鋪采摛文，體物寫志也。」幾乎完全一致。又如琴南釋論說體之名義云：「論者，倫也；倫理無爽，則聖意不墜。此言稱論語者也。又曰：說者，悅也；故言咨悅懌，過悅必僞。」〔註24〕更與《文心雕龍・論說》所謂：「論者，倫也；倫理無爽，則聖意不墜。……說者，悅也；兌爲口舌，故言資悅懌；過悅必僞。」完全雷同，更可見琴南釋文體名義，必先徵引《文心雕龍》之言。

在「選文以定篇」上，琴南標示名篇，善採用彥和之評語，並於其後加上「確矣」、「決矣」等詞，以表認同彥和之說。如琴南論銘箴體謂：「劉勰稱蔡邕銘思，獨冠千古，以黃鉞之銘爲吐故典謨，朱公叔之鼎斤爲碑文之體，確矣。」〔註25〕又如論哀弔體謂：「劉勰曰：『不在黃髮，必施夭昏。』建安中，文帝與淄侯各失稚子，命徐幹、劉楨各爲哀詞，潘岳集有金鹿、澤蘭哀辭，金鹿，岳之幼子，又爲任子咸妻作孤女澤蘭哀辭。由此觀之，哀辭之爲體，施之夭昏，決矣。」〔註26〕從中可見琴南於標示佳篇上，亦多紹承《文心》所言。

再就「敷理以舉統」而言，琴南對於各體文章之寫作要領與風格特色，亦多援用彥和之言，如論銘箴體謂：「箴全禦過，故文資確切；銘兼褒讚，故體貴弘潤。」〔註27〕即出自《文心雕龍・銘箴》。又如論章表體謂：「章以造闕，風矩應明；表以致禁，骨采宜耀。」〔註28〕則據《文心雕龍・章表》。琴南多徵引《文心雕龍》之言以論證，以使理論基礎更形穩固，其用心可見一斑。

第二節　古文文體論之內容

琴南《畏廬論文・流別論》論及文體凡有十五，《選評古文辭類纂》則於姚鼐之基礎上，歸併文體爲十一。分類或有多寡，只因其用意不同，至於論及相同文體，內容概無差異。此實因《畏廬論文》成書在前，之後當《評選古文辭類纂》成書時，乃將〈流別論〉中敘及十一類文體論歸入每類前之小

〔註23〕同註21。
〔註24〕同上，頁13上。
〔註25〕同上，頁8上。
〔註26〕同上，頁10下～11上。
〔註27〕同上，頁8上。
〔註28〕同上，頁16下。

序，或有增補，然不影響其文體論之一致性。細究琴南論各類文體，或辨源流，或釋名義，或標舉名家名文，或評定作家作品之優劣，或論具體作法與文體風格，頗具系統，不啻爲繼《文心雕龍》之後，另一文體論之巨擘。本節擬就「考究文體之淵源與流變」、「訓釋文體之名稱與意義」、「標舉名家名篇並評優劣」、「論各體文章之修辭準則」、「論各體文章之風格特色」五目，以〈流別論〉所論十五體爲主，歸其論述文體之嚴整體例。

一、考究文體之淵源與流變

　　琴南論文體，多以歷史考察法去探究文體之淵源與流變。於辨明文體之淵源時，多追本溯源，如論賦體謂「其發源之處，實沿《三百篇》而來；至《楚辭》出，局勢聲響，始洪大而激楚。」蓋言賦體源之於《詩經》，〔註29〕至《楚辭》更將騷體入於賦中，擴大賦之疆宇。又如論頌體謂〈商頌〉、〈魯頌〉，用之以告神明。」此即追溯頌體之本原。〔註30〕再如論誄體云：「誄之最古者，凡兩見於《左傳》：一爲魯莊公之誄縣賁父，一爲魯哀公之誄孔子。」〔註31〕又於論史傳體謂「化編年爲別傳，成正史之傳體，其例實創自史遷。」〔註32〕皆見琴南將文體上追溯本原，以考究文體產生之淵源，實其來有自。

　　文體之產生，有其淵源，亦自有其流變，如琴南論頌贊體之流變云：

　　　　至訓「頌」爲「誦」，此頌之變體也。三閭〈橘頌〉，則覃及細物，又爲寓懷之作，非頌之正體。於是子雲、孟堅，用之以美趙充國、竇融，已移以頌顯人，昏而上之頌天子矣。此頌之源流也。益讚禹，伊陟讚巫咸，劉勰謂之「颺言以明事，嗟歎以助辭」，此讚體之初立者也。遷、固二書，始託讚以爲褒貶。而郭景純註《雅》，雖植物亦有讚焉；景純之讚植物，由諸靈均之頌橘，均爲變體。（《畏廬論文·

〔註29〕《詩經·毛詩序》云：「《詩》有六義焉：一曰風，二曰賦，三曰比，四曰興，五曰雅，六曰頌。」見《十三經注疏》頁15，台北：藝文印書館，1982年8月。「賦」源之於《詩》明矣。可參褚斌杰《中國古代文體學》中「賦的名稱與起源」一節，頁79～81，台北：台灣學生書局，1991年4月。

〔註30〕姚鼐《古文辭類纂·序目》亦謂：「頌贊類者，亦詩頌之流，而不必施之金石者也。」頁12下，台北：華正書局，1983年6月。

〔註31〕林紓《畏廬論文·流別論》，頁9下。又褚斌杰指出，現存最早的誄文，爲《左傳·哀公十六年》所載魯哀公〈孔子誄〉，其文僅短短幾句。《禮記·檀弓》亦載「魯哀公誄孔丘」，漢代鄭玄注云：「尼父，因其字以爲之謚。」可知此爲孔子定謚號而作。參見《中國古代文體學》「哀祭文」一節，頁441。

〔註32〕林紓《畏廬論文·流別論》頁12上。

流別論》）

前已言頌源於《詩》，以「告神明」爲其正體。稟告神明之辭義必純正美順，方爲正則。〔註33〕是以《詩》中之「頌」皆爲宗廟祭祀之正樂，而非宴請賓客之歌詠。然至屈原《九章》之〈橘頌〉出，則原來歌功頌德、祭天告神之頌辭已不復見，轉而以聯類比喻之方式寄託心志，由神明、人事，轉而拓展至細小物品。其後人事日繁，楊雄、班固又將「頌」專對人或天子之歌功頌德，甚或後代文家借物起興以寓懷，斯皆可謂之爲「頌」之變體。至於「讚」體，琴南引《文心》之言，以明益有頌揚大禹之讚詞與伊陟有頌揚巫咸禳災之讚詞，皆爲揚聲高唱以宣明事蹟，長歌詠歎以助長氣勢之作，此正爲「讚」體之正則。其後司馬遷《史記》與班固《漢書》，更將褒善貶惡之微旨，寄託於讚詞之中。及至東晉郭景純注《爾雅》，即便草木、鳥獸、蟲魚亦均附讚詞，蓋皆爲「讚」之變體。

次如琴南論「說」體云：

> 劉勰曰：「凡說之樞要，必使時利而義貞；進有契於成務，退無阻於榮身。」此爲說士言也。學人訓經釋雅，亦皆有說，皆主發明至理而言，名曰經說。近人闡明學理，亦曰學說。獨昌黎之〈馬說〉，子厚之〈捕蛇者說〉，則出以寓言，此說之變體也。（《畏廬論文·流別論》）

琴南引彥和之語以論「說」之正體，必取得有利時機，堅定正確立場。若有幸獲人主賞識，進言說辭，便能一拍即合，大功告成；反若不幸被拒，退而歸隱，亦不礙自身之榮譽。此乃專以戰國說士言之。若就文家而言，含發明至理爲主之「經說」，與闡明學理爲主之「學說」，皆爲「說」體之正則。及至韓愈〈馬說〉，此文以馬取喻，以明知遇之難。柳宗元〈捕蛇者說〉，借捕蛇者之命運，以明「苛政」對人民之摧殘與危害。觀韓、柳此文，實出之以「寓言」，因事而發，揭示問題，說明道理，此則爲「說」之變體。

他如琴南論「誄」體，舉「魯哀公之誄孔子」，此爲魯哀公爲孔子評其一生德行功過，以定其諡號之作，然琴南卻謂今多藉誄以寫哀辭，故而「哀惻而多韻」，此爲「誄之變體也」。〔註34〕後世之緣情以抒哀，既不問諡之有無，

〔註33〕范文瀾《文心雕龍注·頌讚》云：「風雅序人，故事兼變正；頌主告神，故義必純美。」頁 157。

〔註34〕以上兩引具見林紓《畏廬論文·流別論》，頁 9 下。

又不辨長幼貴賤之節，往往先敘世系行誼，末寓哀傷，此非「誄」之正則，而爲「誄」之變體。

再則，文體有其興衰，琴南之文體論亦能洞悉其動向，掌握文體發展之脈絡，如琴南論「辭賦」之興衰云：「《騷》之爲辭至悲，自屈原肇始，枚、賈、馬、楊，各出其奇麗之筆，繼踵其後。……齊梁多小賦，自是以下，小品逾多，唐、宋以後，每下愈況矣。」〔註35〕此明賦之拓宇於《楚辭》，至漢大盛，然自唐宋以後，日趨式微。其興衰之跡，琴南概括言之，至爲明瞭。

綜上所論，琴南論文體之源流、正變興衰，探討深入而完整。論起源，則知文體其來有自；論文體正、變嬗遞，則知琴南以經典爲則，以及文體自身之演化；論文體興衰之跡，則可掌握「時運交移，質文代變」〔註36〕之文學發展之律動，琴南論文重「識度」，此種深具識度之史觀，對於考察文體之源流，頗有裨益。

二、訓釋文體之名稱與意義

琴南對於文體之命名，頗多徵引《文心》之言，然亦有自己精確之詮釋，並以之彰顯文體之涵義。文體之名義界定明確，而後代表作家與作品，以及寫作之原則與風格特色，方有據依。

觀琴南論文體命名之由來，多推本經史之言，如論「頌之爲言，容也。……〈商頌〉、〈魯頌〉，用之以告神明」，〔註37〕將「頌」體之名推至《詩經》。又徵引《文心》所言：「論者，倫也；倫理無爽，則聖意不墜。」以釋「論」體之名義，琴南並言「此言稱《論語》者也。」〔註38〕蓋《論語》言有道理，行有次序，毫無差錯，則古聖先賢之微言大義，才得以彰顯，不至於偏頗失墜。再如琴南釋「箴」體云：「箴者，攻疾防患，喻鍼石也。〈夏箴〉已亡，一見於《逸周書》。〈商箴〉則見於《呂氏春秋·名類》。〈周箴〉則見於《左氏傳》魏絳告晉侯之言。所足以留爲世範者，唯一〈虞箴〉。」〔註39〕蓋「箴」體乃用以攻伐缺失，防止災禍，有如刺病治痛之針砭。而此文體之命名，實得之於夏、商、周三代之箴文。由此可見，琴南將文體命名之由來，多推原

〔註35〕同上，頁 6 下。
〔註36〕劉勰《文心雕龍·時序》，見范文瀾《文心雕龍注》，頁 671。
〔註37〕同註 6，頁 7 上。
〔註38〕以上兩引同上，頁 13 上。
〔註39〕同上，頁 9 上。

至經典,凡此皆爲彥和影響琴南之明證。

其次,琴南訓釋文體之名義,主要用訓詁之方法,因釋文體之名,頗多徵引彥和之言者,故其採用之訓釋方式亦多得自《文心》。其中有用「某者,某也」,如「賦者,鋪也。」「章者,明也。」有用「某之爲言某也」,如「讚之爲言,明也。」「傳之爲言,轉也。」又有以音訓釋者,如「誄者,累也。」「書者,舒也。」〔註40〕其例多有仿自《文心》者。

再者,琴南或根據文體名稱之訓釋加以演繹,以彰顯其涵義者,如「碑者,埤也;上古帝皇,紀號封禪,樹石埤岳,故曰碑也。」次如「說者,悅也;故言咨悅懌,過悅必僞。」再如「移者,易也,令往而民隨之。」〔註41〕言多稱引《文心》,故訓釋體例亦自存《文心》之特色。

綜上所述,琴南釋文體名義,頗有徵引《文心》所言者,彥和言必宗經,琴南亦紹承之,至如訓釋文體之方式,亦同於彥和,頗能掌握文體之特性,進而彰顯文體之涵義,可見琴南取資於《文心》之多,顯而易見。

三、標舉名家名篇並評優劣

文體之名義既已釋明,寫作之初步規範便因而確立,然由於文家之才氣各異,作品亦自有優劣之分。琴南論文體,除標舉代表作家與作品外,復評論作家與作品之優劣,如於「辨騷」評云:

> 乃知騷經之文,非文也,有是心血,始有是至言。賈誼、劉向作〈惜誓〉、〈九歎〉,皆有所感,故聲悲而韻亦長。東方、嚴忌諸人習而步之,彌不及矣。後人引吭佯悲,極其摹仿,亦咸不能似,似者唯一柳柳州。柳州〈解崇〉、〈懲咎〉、〈閔生〉、〈夢歸〉、〈囚山〉諸賦,則直步〈九章〉,而〈宥蝮蛇〉、〈斬曲几〉、〈憎王孫〉,則又與〈卜居〉、〈漁父〉同工而異曲。惟屈原之忠憤,故發聲滿乎天地;惟柳州之自歎失身,故追懷哀咎,不可自已,而各成爲至文。(《畏廬論文・流別論》)

彥和嘗讚屈〈騷〉之作爲「酌奇而不失其眞,翫華而不墜其實。」〔註42〕即以爲屈〈騷〉能酌取奇麗之文辭,而不失其本意;翫味華艷之外貌,而不失

〔註40〕以上舉例,具見林紓《畏廬論文・流別論》中,六處引文之頁數依次如下:頁6上、頁16下、頁7上、頁11下、頁9下、頁17下。

〔註41〕同上書,三處引文之頁數依次如下:頁9下、頁13上、頁16上~16下。

〔註42〕劉勰《文心雕龍・辨騷》,見范文瀾《文心雕龍注》,頁48。

其實質。是以「騷」體以「眞」與「實」爲貴，屈原之文，出自血性，既遭放逐，思君念國憂心罔極，一片忠憤，發而爲文，情摯聲哀，回環吐茹，聲滿天地。賈誼之〈惜誓〉與劉向之〈九歎〉或能得其眞實。然東方朔與嚴忌雖極力求似，仍不可得。唯柳宗元能善得屈〈騷〉之眞實者，觀柳宗元諸賦，亦皆屢遭貶謫，以抒其激憤幽憂之情。《舊唐書‧柳宗元傳》稱柳宗元「既罹竄逐，涉履蠻瘴，崎嶇堙厄，蘊騷人之鬱悼，寫情敘事，動必以文。爲騷文十數篇，覽之者爲之淒惻。」宋嚴羽亦嘗盛讚柳宗元爲「唐人惟柳子厚深得騷學」，〔註43〕誠哉知言。屈、柳之遭遇，爲文之眞情實感，頗有一致，其源流之關係，顯而易見。

其次，琴南論「碑」體之代表作家云：

> 劉勰高蔡中郎之才鋒，竊意亦以爲確。〈郭有道碑〉膾炙人口，由其氣韻至高；似鼎彝出于三代，不必極雕鐫之良，而古色斑斕，望之即知非晚近之物。……劉勰又稱中郎〈楊賜之碑〉「骨髓訓典」，然第一碑踵效〈虞書〉太似，至亦襲其句法，不足爲法程。(《畏廬論文‧流別論》)

彦和對蔡邕才華豐贍，筆鋒犀利，極其贊賞，〔註44〕觀其〈郭有道碑文〉，造語古雅，文必凝斂，不出以雕琢，然典雅豐潤，文辭清新圓轉，餘韻無窮。而對於彦和稱蔡邕以典謨訓誥爲文章之內容骨幹之「楊賜之碑」，琴南卻認爲因襲〈虞書〉之句法，仿之太過，能入而終不能出，爲其百密之一疏。可見琴南仍自有見解，並非完全贊同彦和之說。另外，琴南對韓愈之碑文亦頗贊賞，曾言：

> 至于碑志之文，竊以爲漢文肅，唐文贍，元文蔓；而昌黎之碑記文字，又當別論，不能就唐文中尺繩求之。……大抵碑版文字，造語必純古，結響必堅蹇，賦色必雅樸；往往宜長句者，必節爲短句，不多用虛字，則句句落紙，始見凝重。〈平淮西碑〉及〈南海廟碑〉，試取讀之，曾用十餘字爲一句否？(《畏廬論文‧流別論》)

漢之碑志，以肅穆見稱；唐則趨於詳贍，用詞造句漸不知古法；元則蔓雜，徒逞才氣，不知裁制。碑志之文，以節句爲貴，箇中翹楚，唯退之莫屬。觀

〔註43〕嚴羽《滄浪詩話‧詩評》，見郭紹虞《滄浪詩話校釋》，頁186，台北：里仁書局，1987年4月。

〔註44〕劉勰《文心雕龍‧誄碑》云：「自後漢以來，碑碣雲起。才鋒所斷，莫高蔡邕。」見范文瀾《文心雕龍注》，頁214。

其〈平淮西碑〉，以四言之形式，寫來雅樸中不失酣暢，凝重中富有生氣。碑文爲記述唐憲宗平定藩鎮吳元濟之亂，雖以敘事爲主，但寫來縱橫淋漓，頗富氣韻。琴南嘗評云：

> 此文摹《尚書》，人人知之。然有《尚書》之光色聲響，而不落其窠臼，此所以成爲昌黎。（《選評古文辭類纂・平淮西碑》）

> 〈平淮西碑〉模範全出《尚書》。惟其具絕偉之氣力，又澤以極古之文詞，且身在兵間，聞見精確。（《韓柳文研究法・韓文研究法》）

上摹《尚書》，以得其古雅，染其眞醇，卻不步步剿襲，而能吐故納新，此正爲昌黎本色。另其〈南海神廟碑〉，琴南亦盛稱：「文摹漢京，用短峭之筆，古色斑爛。」〔註45〕是以昌黎碑志之文，澤古至深，不纖不佻，入碑志之古法，卻不執著於死法，更見語言精煉，氣勢雄壯。

再如琴南論「論」體之作家與作品云：

> 雖然，論者貴能破理。莊子之〈齊物〉，王充之〈論衡〉，析理微矣，仍子書之體。《呂氏春秋》之六論，亦各有篇目，不必專爲一事。惟賈誼之〈過秦〉，陸機之〈辨亡〉，則直有感而作矣。鄙意非所見之確，所蘊之深，吐辭不能括眾義而歸醇，析理不能抑群言而立幹，不如不作之爲愈。《昌黎集・顏子不貳過論》則應試之文，味同嚼蠟；〈諍臣〉一論，似朋友規諫之書，未嘗取已往之古人口誅而筆伐之。

> 若蘇家則好論古人，荊公間亦爲之，特不如蘇氏之多。蘇氏逞聰明，執偏見，遂開後人攻擊古人之竅竇。張耒柬尚平允。至船山《通鑑》、《宋論》一出，古人體無完膚矣。愚故云，非所見之確，所蘊之深，此等論不作可也。（具見《畏廬論文・流別論》）

琴南此論，實寓寫作原則於選取作家之中，基於「論」貴於「破理」之技巧，要求文家寫作，如劈斫木柴，必先剖析紋理。蓋「論也者，彌綸群言，研精一理者也。」〔註46〕必先綜合各家之思想主張，加以研覆精校，方可求得正確道理。準此，琴南以爲當於「所見之確，所蘊之深」之後，吐辭屬篇，方能使文辭與思想契合，臻於文理圓通之境。合此要求者，琴南以爲如賈誼之〈過秦論〉與陸機之〈辨亡論〉爲「破理」之佳作。試以賈誼〈過秦論〉上篇爲例，此文

〔註45〕林紓《選評古文辭類纂・南海神廟碑》之評語，頁308，杭州：浙江古籍出版社，1986年3月。
〔註46〕劉勰《文心雕龍・論說》，見范文瀾《文心雕龍注》，頁327。

通過對秦王朝興亡過程之分析，論述秦之所以速亡，即在於秦以暴力取得天下，復仍以暴力治天下，終不免於敗亡一途。琴南曾評此文謂「著眼在『仁義不施，攻守勢異』一語，爲畫龍之點睛。」〔註47〕觀賈誼爲表達此一中心思想，特將秦之興亡大肆渲染，寫秦之興，氣焰四射，其鋒不可犯；寫秦之亡，風雲突變，急轉直下。以此爲極佳之舖墊，再推出中心論點。文中於說理處，援引史實以爲證，層層推進，以增強說服力。全文波瀾起伏，酣暢淋漓，其勢不可擋，其理亦無盡。琴南謂此篇「專講氣勢」，〔註48〕然此等氣勢，亦必能「破理」之後而生，「理」何由「破」？非有「所見之確，所蘊之深」之功力，無法臻致。至於韓愈之〈顏子不貳過論〉與〈諍臣論〉，由於用意不同，自非「破理」之作，琴南對退之此兩文，頗有微辭。至於蘇家常逞其才氣，或執偏見，以評論古人，時有失公允，然《選評古文辭類纂》仍選東坡〈荀卿論〉評云：「東坡文字之不貼實處，不能不滋人之議論。獨此篇稍爲近理耳。然其文字之持重處，尤爲可取。」〔註49〕「不貼實」正爲琴南不喜東坡文之因。及至清代王夫之史論一出，琴南以爲「古人體無完膚矣」，比之東坡之好論古人，更是有過之而無不及，凡此皆已離「破理」遠矣！

綜上所論，琴南論文體，多標舉代表作家與作品，並從其中評定優劣，其中或單論，或合論，或比論，皆藉以突顯該體文章寫作之典範。

四、論各體文章之修辭準則

各體文章之寫作，實有其根本，自有其作法，此即寫作之準則。琴南於此亦多有論述，如其論「賦」體云：

> 賦者，鋪也；鋪采摛文，體物寫志也。一立賦之體，一達賦之旨。
>
> 爲旨無他，不本於諷諭，則出之爲無謂；爲體無他，不出於頌揚，
>
> 則行之亦弗莊。（《畏廬論文‧流別論》）

琴南於此揭示每一文體之寫作皆有其根本。如「賦」體本於「諷諭」與「頌揚」，非一味競逐華麗文辭以自炫，必掌握「麗詞雅義」〔註50〕爲賦之大本。雅義者何？即必有益於勸戒諷諭之旨。否則，徒爲辭藻華美之文，則必流於浮濫之弊。次如琴南論「檄」體云：「劉勰之論檄曰：『植義颺辭，務在剛健。』

〔註47〕林紓《選評古文辭類纂‧過秦論（上）》之評語，頁5。

〔註48〕同上註。

〔註49〕林紓《選評古文辭類纂‧荀卿論》之評語，頁42。

〔註50〕劉勰《文心雕龍‧詮賦》，見范文瀾《文心雕龍注》，頁136。

愚謂本無義憤，何由能剛？不衷公道，奚得稱健？」〔註51〕蓋檄文之建立意旨，舒布文辭，務求剛正雄健。然文章本於情性，若無義憤之情，便無由得其剛正之氣；若語不表彝憲，又何由得其雄健之勢。再如琴南論「書記」體謂：「辭主駁詰，而必本之以禮衷；意屬爭競，未嘗行之以激烈。」〔註52〕「書」以舒布情意，記載言辭爲主。彥和曾謂「三代政暇，文翰頗疏。春秋聘繁，書介彌盛，……及七國獻書，詭麗輻輳；漢來筆札，辭氣紛紜。」〔註53〕蓋以春秋時代，列國紛爭，政務日繁，使節往來不絕，除行之以聘問之禮，書信往返亦漸趨頻繁。書信內容或析利害，或辨是非。及至戰國，駁難詰問，詭譎華麗，無所不有。其間雖競尚詐術，然猶崇禮讓，是以「書」之爲體，必本之以「禮」，情感眞摯，語必雅馴，即便今日之書信，莫不以此爲寫作之根本要求。凡此，皆爲琴南論各體文章之寫作根本所在。

其次，各體文章如相體裁衣，各有其作法。琴南於論各體文章之作法，依文體之不同而作法亦異，或指出積極性之要點，或言及消極性之避忌，〔註54〕頗有獨到之處。如論「頌贊」體之作法：

> 綜言之，頌讚之詞，非澤于子書，精于小學者，萬不能佳。二體均結言于四字之句，不能自鎭則近佻；不能自斂則近纖；纍句相同，不自變換，則近沓；前後隔閡，不相照應，則近蹇；過艱惡澀，過險惡怪，過深惡晦，過易惡俚。必運以散文之杼軸，就中變化，文既古雅，體不板滯；自非發源於範經，則選詞不韻，賦色於子書，則取材不精；下字必嚴，譔言必巧，近之矣。（《畏廬論文・流別論》）

琴南總括「頌贊」體之作法，以「頌」爲舞歌聲容之文辭，「贊」爲歌功頌德之作。「頌贊」之嘉言美音，必以典雅純正爲貴。以「頌」而言，「敷寫似賦，而不入華侈之區，敬愼如銘，而異乎規戒之域。」〔註55〕亦即雖然文字之舖陳，類如辭賦，但不可流於賦體之浮誇。態度之誠敬謹愼，雖如銘文，但又異於銘文之勸戒。以「贊」而言，「贊體不能過長，意長而語約，必務括本人

〔註51〕林紓《畏廬論文・流別論》，頁16上。

〔註52〕同上，頁7下。

〔註53〕劉勰《文心雕龍・書記》，見范文瀾《文心雕龍注》，頁455～456。

〔註54〕王師更生《文心雕龍研究》第八章「文心雕龍文體論」，頁321～322，台北：文史哲出版社，1979年5月。琴南論文體多宗彥和，本身亦有〈論文十六忌〉，故論文體亦有避忌之說。

〔註55〕林紓《畏廬論文・流別論》，頁7上。

之生平而已，與頌略異。」〔註56〕蓋「贊」體起於對人事之獎勵、讚歎，文字以簡短爲貴，切忌冗長，期能臻於語言簡約而情意深長之境。而二體均對人物之賢德予以稱頌、贊美，故而當「澤於子書」，頌贊始能歸於至當。而文辭以「意長語約」爲貴，故句法結構多以四字爲句，此當「精于小學」，於句法、諧聲、押韻上講究，始克獲致。亦當知隨情境不同而變化，出以古雅之語，又不拘泥於體裁，運用巧妙，曲折盡致，則不纖不佻、不沓不蹇，以免流於艱澀、險怪、深晦、俚俗之弊。如此，頌贊對象之德儀，便能一托而出。如琴南贊楊雄謂「觀子雲爲〈趙充國頌〉，無一語不經心，亦無一語傷于纖弱，則極意摹古，由其讀古書多，故發聲亦洪而肅，此不能以淺率求也。」〔註57〕正爲「頌」體之佳作。次如琴南論「史傳」體之作法：

> 綜之，記事之作，務取簡明。凡局勢之前後，宜有部署，有前後錯
> 敘，而眼目轉清，有平鋪直敘，而文勢反窒，則熟取《史》、《漢》
> 讀之，自得製局之法。（《畏廬論文・流別論》）

琴南論「史傳」體，援引《文心雕龍・史傳》之言云：「事遠則同異難密，事積則起訖易疏，斯固總會之爲難也。或有同歸一事，而數人分功，兩記則失于重複，偏舉則病于不周，此又銓配之未易也。」彥和所言確矣，蓋紀傳以忠實爲貴，然或囿於時空，史料殘缺不全，則記述難與事實相符。若傳說紛紜，資料繁多，則記述便易疏略掛漏，不知全豹。可見綜合史料，融會事理，爲史家之難也。又或同爲一事，必分屬數人以述，方能畢其事功。但若一事分兩處記載，易流於重複；若一方單舉，便有不夠周全之缺憾，此又爲史家詮衡輕重，相互配合之難也。琴南於〈流別論〉中以《史記・樊、酈、滕、灌傳》爲例，盛贊司馬遷「能于複中見單，令眉目皎然，不至於淆亂」，並指出「四人悉從高帝，未嘗特將，爲功多同，史公頗患其溷，故于四傳中各異書法以別之」，琴南並一一舉其例證而歸其言曰：「雖有分功之事，而序事能各判其人，此謂因事設權者也。」〔註58〕由此觀之，史料雖有其繁複與駁雜，作傳之道，務求信實，摒棄奇詭謬傳之要領；行文敘事，務求簡要明確，此必於史事之掌握，成竹在胸。博收約取，文之起訖，宜因事設權，靈活運用筆法，錯敘爲之，不宜事事皆詳，直率爲之，致全篇板滯。《史記》、

〔註56〕同上，頁8上。
〔註57〕同上，頁7下。
〔註58〕以上所引具見林紓《畏廬論文・流別論》，頁12下～13上。

《漢書》之所以能流傳不朽者，正以其記事簡明，繁簡得宜之故。是以得「簡明」者，即便萬事紛紜，仍能駕馭得法，貫串一致。

再如，琴南論「書序」之作法：

> 數種中，書序最難工。人不能奄有眾長，以書求序者，各有專家之學。譬如長於經者，忽請以史學之序，長於史者，忽請以經學之序；門面之語，固足鋪敘成文，然語皆隔膜，不必直造本人精微。故清朝考據家恆互相為序。惟既名為文家，又不能拒人之請。故宜平時窺涉博覽，運以精思；凡求序之書，尤必加以詳閱，果能得其精處，出數語中其要害，則求者亦必饜心而去。王介甫序經義甚精。曾子固為目錄之序，至有條理。歐陽永叔則長於敘詩文集。（《畏廬論文‧流別論》）

「書序」為琴南論「序」體其中之一種，〔註 59〕徐師曾於釋「序」云：「《爾雅》云：『序，緒也』。字亦作『敘』，言其善敘事理，次第有序，若絲之緒也。」〔註 60〕此即言於書成後，對其寫作緣由、內容、體例與目次，予以敘說、申明者稱之曰「序」。而古代序文，多置於書後，〔註 61〕其後為區分前、後序，遂將書前稱「序」，書末稱「跋」，實則序與跋之性質相近，「跋」之名出現較晚。〔註 62〕序既可自作，亦可請人作，或為他人作。序跋文於內容上多為「次作者之指而道之」，〔註 63〕或「所以序作者之意」，〔註 64〕具有說明、評述之作用。徐師曾嘗將「序跋」體之內容區分為「議論」與「敘事」二體。〔註 65〕而無論以持論為主，或以敘事為勝，要以能適切將作品內容呈現，得言簡意賅之效果。琴南以為序中之「書序」最難，何以言之？作者必對所序之書與所序之人，了解透徹，始能掌握其中之精要，語語中肯，如此便能與所序之

〔註 59〕琴南以為「序古書，序府縣志，序詩文集，序政書，序奏議、族譜、年譜，序人唱和之詩，則歸入序之一門。」見《畏廬論文‧流別論》，頁 20 下。

〔註 60〕徐師曾《文體明辨序說》，頁 135。

〔註 61〕如《史記‧太史公自序》、《漢書‧敘傳》、《論衡‧自紀》、《說文解字敘》等皆是。

〔註 62〕直至宋代文人方把後序稱之曰「跋」，如歐陽脩有〈雜題跋〉，蘇軾有〈跋石鐘山記後〉，跋又有後序、跋後、後記、題後、書後、讀後等異名。

〔註 63〕薛鳳昌《文體論》，頁 55。

〔註 64〕劉知幾《史通‧序例》，見《史通釋評》卷四，頁 105，台北：華世出版社，1981 年 11 月。

〔註 65〕同註 60。

書產生相得益彰、互爲生輝之效果。蓋人之所學，各有所專，唯通才方能備
其體，必於平日博涉諸家，於求序之書，詳加研閱，始能定其去取，出以要
言。若否，求之於門外漢者，必言不及義，莫能切中要旨。琴南以爲王安石、
曾鞏、歐陽脩之書序，乃爲佳作。觀琴南於《選評古文辭類纂》中「序跋類」
共列十三篇，即選有歐陽脩與曾鞏書序各四篇，〔註66〕琴南以爲歐陽脩「長
於序詩文」，茲以歐陽脩〈釋祕演詩集序〉及〈釋惟儼文集序〉爲例，觀琴南
總評云：

> 祕演、惟儼，皆曼卿友也。不有曼卿，歐公何由識二僧？處處不釋
> 曼卿，見得公重曼卿之故，並重其友，不是有心與方外往來。故敘
> 祕演，則言其志節；敘惟儼，則言其通儒術。此皆文字著眼之處。……
> 因惟儼而思曼卿，在在抱定曼卿。見得代二僧作序，均爲死友而作，
> 一語一涉禪定，亦不嫚罵浮屠。文氣之舒徐閒靜，讀之醰醰有味。（《選
> 評古文辭類纂‧釋惟儼文集序》評語）

歐陽脩爲祕演之詩集和惟儼之文集作序，二文實有不少相似之處，如皆爲釋
氏之詩文集而作，爲突出兩人之才能與性格，皆用作者之摯友石曼卿來作陪
襯。然不完全雷同，而各具特色，如同以石曼卿作襯托，於〈釋惟儼文集序〉
只爲突顯惟儼待人及其性格時用之；而在〈釋祕演詩集序〉中此種陪襯卻貫
串全文。只因著眼處有異，敘惟儼，突出其用世之志；釋祕演，則突出其通
儒術之才無由發揮，並夾雜自己對老、死、離別之沉痛感受，使序文益顯情
深意厚。兩篇文章雖名爲詩文集序，然皆敘人詳，敘文略。詳其身世，使人
想見其爲人，乃以傳爲序。沈德潛嘗謂此二文爲「序中略帶傳體，又是一格。」
〔註67〕若能知其才，論其文，互相觀照，則序中所言，自能分曉。可見「書
序」之難工，蓋由於作者對所序之書與所序之人之掌握，有其深淺不同，識
之深，則出言必精當，情理必穩妥。故琴南以爲「辨讀子史二種文字，最有
工夫，非沈酣其中，洞其關竅，則可不必作；以不關痛癢之言，爲集中備數
文字，近人往往有此病痛。」〔註68〕是以沈潛日久，體認便深，所言必得其

〔註66〕琴南選歐陽脩四篇「序跋」文分別爲：〈五代史宦者傳論〉、〈五代史一行傳敘〉、
〈釋祕演詩集序〉、〈釋惟儼文集序〉；曾鞏之四篇分別爲：〈戰國策目錄序〉、
〈新序目錄序〉、〈先大夫集後序〉、〈館閣送錢純老知婺州詩序〉。見《選評古
文辭類纂‧目錄‧卷二序跋類》，頁2。
〔註67〕沈德潛《說詩晬語》，台北：台灣中華書局，1970年。
〔註68〕林紓《畏廬論文‧流別論》，頁21上。

精處；若但爲足篇，所識不深，則只流於無關宏旨，令人生厭之文。

綜上所論，琴南論各體文章之具體作法，或求之於本身學養，或教之以創作要則與技法，或消極提示文體之避忌，要皆琴南文體論中極其重要之一環。

五、論各體文章之風格特色

琴南論各體文章，亦有論及文體之風格特色者。所謂「風格」，應溯自魏晉南北朝對人物之風度、品格及才氣表現，加以品藻者。文論家將之入於文論，則有彥和所謂「亦各有其美，風格存焉。」〔註69〕及顏之推所謂「古人之文，宏材逸氣，體度風格，去今實遠。」〔註70〕兩者皆以「風格」論述「作者在作品中所呈現之全部人格」特質，換言之，即作者於文章中所表現之藝術特性，〔註71〕今人或謂文章之「風範與格局」；或謂文章之「風矩」、「風軌」等皆是。〔註72〕

文體有其風格特色，不同文體，便有不同之風格，而此風格特色之形成，亦必根據文章之作法而來。當文家積累無數之創作經驗後，得出各體文章之具體作法，遂產生各體文章不同之風格特色。如琴南論「碑志」體云：

> 大抵碑版文字，造語必純古，結響必堅騫，賦色必雅樸，往往宜長句者必節爲短句，不多用虛字，則句句落紙，始見凝重。（《畏廬論文‧流別論》）

碑志之文，敘事講究完備扼要，聯綴情采講究典雅質樸。彥和以爲「其序則傳，其文則銘」，〔註73〕序爲散文，銘爲韻文，語句節縮，虛字少用，或碑記功，或碑宮室神廟，或銘墓志，要皆出以溫純古雅之語，力求簡要，不可繁縟，方有凝斂之氣勢，此即爲「碑志」文之風格特色。琴南反對逞其才以行

〔註69〕劉勰《文心雕龍‧議對》，見范文瀾《文心雕龍注》，頁438。

〔註70〕顏之推《顏氏家訓‧文章》，見王利器《顏氏家訓集解》卷四，頁250，台北：漢京文化事業有限公司，1983年9月。

〔註71〕有關「風格」一詞之探討，詹鍈《文心雕龍的風格學》立「風格釋義」一目以討論「風格」，頁1，台北：木鐸出版社，1984年11月；王師更生《中國古代文學理論的祕寶～文心雕龍》頁189～190，亦有深入探討，可參。

〔註72〕詹鍈《文心雕龍的風格學‧風格釋義》釋爲「文章的風範與格局」，頁2；徐復觀《中國文學論集》釋爲「風軌」、「風矩」，頁15；朱光潛譯黑格爾《美學》則云：「風格是某一種藝術所特具的表現方式。」頁369，台北：里仁書局，1986年5月。

〔註73〕劉勰《文心雕龍‧誄碑》，見范文瀾《文心雕龍注》，頁214。

碑志之文云:「以縱橫之才氣入碑版文字,終患少溫純古穆之氣。」〔註74〕若一味才驅氣馳,縱橫開合,無所法度,便有失其體。如作宮室廟碑文,大力歌頌帝王將相,舖張辭藻,滿紙充斥阿諛之言,將令人有死氣沉沉,味同嚼蠟之感。不如行之古雅,情理眞實,讀來有餘味不盡之思。

　　次如琴南論「章表」之風格特色,對於後漢之左雄、胡廣、孔融、諸葛亮、曹植等人之章表,盛稱其「體贍律調,辭清志顯」〔註75〕之風格特色,即指內容豐贍而聲律諧調;文辭清麗而情志明顯,兼及內容與形式相稱而言。以此標準,琴南對「今人之作」頗置不滿云:

　　　　竊謂章表即今之奏議,⋯⋯古之奏議取直,今之奏議取密。直者,
　　　　任氣擴忠,以所言達其所蘊;凡德不聰,僉壬在側,亂萌政弊,一
　　　　施匡正,一加彈劾,不能以格式拘,亦不必以忌諱避。至于密之爲
　　　　言,則粉飾補救,俾無罅隙之謂;偶舉一事,上慮樞臣之斥駁,下
　　　　防部議之作梗;故必再四詳愼,宜質言者則出以吞吐,故作商量,
　　　　宜實行者則道其艱難,曲求體諒,語語加以騎牆,篇篇符乎部式:
　　　　此安得有佳章表,如彥和所謂「雅義以扇其風,清文以馳其麗」者?
　　　　(《畏廬論文・流別論》)

章表之文,或用之晉謁朝廷,或用之提示策略,具有答謝顯揚朝廷之恩賜,表明一己委曲之心意者。蓋古之奏議所謂「直」者,即要求懇切其情,直述心曲,陳述精要而不簡略,說理明暢而不膚淺,隨事之不同,以設情位理。若一味於語言表達上取「密」,則該質言者,卻故作吞吐,該實行者,卻述其艱難,如此詞語吞吐不明,模稜兩可,華實不符,但重程序之奏議,斷非「章表」所欲表現之風格,亦有違彥和所言之用雅正之義理,以鼓動其風格;用清新之文詞,以馳騁其藻麗之大旨。蓋章表之作,必使繁縟簡約,各得其宜,華采實情,相互配合,唯有文辭運用與心志體系一貫,方爲章表之作法與風格特色要求所在。故而唐代章表之「切實」、「典重」之風格,宋代章表之「雅趣橫生」之特色,自爲琴南所極力推崇者。〔註76〕

　　再如琴南論「序跋」體之風格特點云:

〔註74〕 林紓《畏廬論文・流別論》,頁10下。
〔註75〕 同上,頁17上。
〔註76〕 林紓《畏廬論文・流別論》云:「鄙意漢、魏、六朝以降,唐之章表,則切實
　　　　取陸贄,典重取常袞,宋之章表,則雅趣橫生,各擅其勝。」頁17下。

綜言之，序貴精實，跋貴嚴潔，去其贅言，出以至理，要在平日沈
酣於經史，折衷以聖賢之言，則吐詞無不名貴也。（《畏廬論文‧流
別論》）

琴南論「序跋」體，實承自姚鼐之文體分類。以現今而言，「序」置於書前，
「跋」則置於書後，亦稱作「書後」、「題後」。先秦兩漢則序或在前，或在後，
如《史記》者是。一般序詳而跋簡，如徐師曾所言：「凡經傳子史詩文圖書之
類，前有序引，後有後序，可謂盡矣。其後覽者，或因人之請求，或因感而
有得，則復撰詞以綴於末簡，而是謂之題跋。」〔註77〕可知「跋」乃為「序」
之補充，寫作要求自有不同。如徐氏所言「其詞考古證今，釋疑訂謬，褒善
貶惡，立法垂戒，各有所為，而專以簡勁為主。」〔註78〕因涉及考證、釋訂、
褒貶之範疇，故必以簡潔有力之風格為上。琴南在論「序」體時認為「書序
最難工」，在論「跋」體時則以為「金石之跋最難，必考據精實，方可下筆；
其下如古書古畫，亦必考取收藏之家，詳其流派所出」，〔註79〕兩者由於寫作
方法略異，故琴南以為「序」的風格特色貴在「精實」，即對所序之人事或所
序之書，要有「知人論世」之能，於人當多所知悉，於書當詳加研閱，為之
作序，始能出語精要，合於情實；而「跋」之風格特色貴在「嚴潔」，即對所
跋之對象，必以嚴謹態度面對，考其精，究其實，並以簡潔之文行之，意在
內容之切實，不求文字之華美。兩者皆須沈潛體會經史之書，聖賢之言，則
必可避瑣碎之辭，出以要言至理。

再者，琴南論「哀弔」體之風格特色云：

綜言之，哀詞者，既以情勝，尤以韻勝。韻非故作悠揚語也，情瞻
於中，發為音吐，讀者不覺其緜互有餘悲焉，斯則所謂韻也。

蓋必循乎古義，有感而發，發而不失其性情之正；因憑弔一人，而
抒吾懷抱；尤必事同遇同，方有肺腑中流露之佳文。（具見《畏廬論
文‧流別論》）

觀琴南論「哀弔」之風格，皆主乎情韻，蓋有至真情性，始有此悲音餘韻。
彥和嘗言「哀弔」體之特徵云：「原夫哀辭大體，情主於痛傷，而辭窮乎愛惜。」、
「奢體為辭，則雖麗不哀；必使情往會悲，文來引泣，乃其貴耳。」、「華過

〔註77〕徐師曾《文體明辨序說》，頁136。
〔註78〕同上註。
〔註79〕林紓《畏廬論文‧流別論》，頁21上。

韻緩，則化而爲賦」〔註80〕是以有哀之音，必自肺腑中流出，措辭必以憐惜亡者爲上，斷不能以浮華之辭藻出之，否則便失其體，且無以得其餘韻。蓋哀音餘韻本於性情，情之所至，哀必隨之，方爲哀弔文之上乘。

綜上所論，琴南論文體之風格特色，多以綜論爲之，總論之中，或兼論作法，有具體作法之後，各體文章之共同藝術特色自然產生，而爲文章作法之準則。

第三節　古文文體論之開拓

琴南之古文文體論，實有其理論之前承。然而在〈流別論〉中仍可見琴南對文體論之論述，展現其獨到之見解，並成爲古文創作論中批評之基石，又琴南選評《古文辭類纂》，爲提供初學者習文之方針，歸併姚氏所分文體十三類爲十一類，並選名篇以評述，凡此，皆爲琴南古文文體論之開拓所在。本節試以「古文文體論之獨到處」、「爲古文創作論批評之礎石」、「提供初學者習古文之便利」三目，以探究其文體論之價值。

一、古文文體論之獨到處

文體之與世推移，彥和雖有總結魏晉南北朝以前文體論之功，而彥和以後之文體論，益形豐繁，且人才輩出，佳篇湧現，惜彥和不及見，而琴南生當清末民初，面對中國文體論之發展，已臻於定型時期，以彥和之後至清世文體論之演變，並未有如《文心雕龍》「體大慮周」之作，而琴南之文體論，正可補足彥和未及見之缺憾。是以琴南之《畏廬論文・流別論》，堪稱爲繼彥和之後，另一部系統論述文體之專著。如於各文體範疇之擴大；標舉代表作家與作品、評定作家與作品之優劣、各體文章之作法與風格特色上，均有獨到之見解。

首先，就文體題材範疇之擴大而言，如以「銘箴」體之「銘」體爲例，彥和謂：「銘者，名也，觀器必名焉，正名審用，貴乎愼德。」〔註81〕蓋銘要在觀器正名，以彰德業。古人作器刻銘，稱揚其先祖之德，或勒於金石，以明著後世；或作警戒之語，以資反省。故依彥和《文心雕龍》中所論之「銘」之類別，按其勒刻處所之不同，僅止於「器物銘」、「山川銘」、「碑銘」。琴南

〔註80〕劉勰《文心雕龍・哀弔》，見范文瀾《文心雕龍注》，頁 240～241。
〔註81〕劉勰《文心雕龍・銘箴》，見范文瀾《文心雕龍注》，頁 193。

復增「墓志銘」，如其於稱贊班蘭臺〈封燕然山銘〉：「文至肅穆，序不以華藻為敷陳，骨節鏘然」，有「聲沈而韻啞」〔註82〕之特色，後云：

> 此訣早為昌黎所得，為人銘墓，往往用七字體，省去「兮」字，聲尤沈而啞；其為〈朝散大夫尚書庫部郎中鄭君弘之墓銘〉曰：「再鳴以文進塗闉，佐三府治藹厥蹟。郎官郡守愈著白，洞然渾樸絕瑕謫，甲子一終反玄宅。」此體尤難稱，不善用者，往往流入七古。七古在近體中，別為古體，以不佻也；然一施之銘詞中，則立見其佻。法當于每句用頓筆，令拗，令蹇，令澀。雖兼此三者，而讀之仍能圓到，則昌黎長技也。……句僅七字，為地無多，屢屢用頓筆，則讀者之聲，不期沈而自沈，不期啞而自啞，此法尤宜留意。（《畏廬論文・流別論》）

昌黎為「墓志銘」得自班蘭臺〈封燕然山銘〉之「聲沈韻啞」之訣，於〈唐故朝散大夫尚書庫部郎中鄭君墓誌銘〉中有淋漓盡致之發揮。文中多用七字體，卻省去「兮」字，與楚詞異，琴南以為「銘用楚詞體，實則非也；楚詞之聲悲，銘詞之聲沈，楚詞之聲抗，銘詞之聲啞」〔註83〕蓋銘體典重，不入纖佻，必善用頓筆，止息蓄勢，令讀者讀來，聲沈韻啞，唯昌黎之文，方有此圓到之筆。琴南此論，除以為退之將「銘」體「聲沈韻啞」之特點施之於「墓誌銘」，擴大「銘」體之範疇，復舉出「墓銘」體之代表作家與作品，並明示此體之作法及其風格特色，由體之擴大，兼而論之，此正為琴南之獨到之處。

其次，如「史傳」體，琴南徵引《文心雕龍・史傳》及章學誠《文史通義》之語，並提出自己之見解云：

> 〈史傳篇〉曰：「觀夫左氏綴事，附經間出，于文為約，而氏族難明。及史遷各傳，人始區詳而易覽，述者宗焉。」此專言史傳之傳。實則，「傳」之為言「轉」也；轉受經旨，以授于後。章實齋《文史通義》曰：「經禮二戴之記，各傳其說，附經而行，雖謂之傳可也。其後支分派別，至於近代，始以錄人物者區為之傳。敘事蹟者區為之記。」又曰：「後世專門學衰，集體日盛。敘人述事，各有散篇；亦取傳記為名，附于古人傳記專家之義。」蓋專指文人為人作家傳，及寄託諷刺，諧謔遊戲，如〈王承福〉、〈宋清〉、〈毛穎〉之類是也。

（《畏廬論文・流別論》）

琴南以為彥和言「史傳」體，涵蓋《左傳》之編年記事，與以「列傳」為名，專詳人物之《史記》。觀《文心雕龍・史傳》中所謂史書，除《左傳》、《史記》外，尚有《尚書》、《春秋》、《戰國策》、《漢書》、《後漢書》、《三國志》等史乘，其中或記言、或記事、或記人，概皆屬於史書上之人物傳記，彥和以此為「史傳」體。及至清代章學誠，又以為《禮記》之傳經說謂之「傳」，其後又以專記人物為「傳」，專敘事蹟為「記」，又有一般文人學者所撰寫之散篇傳記為「傳記」。可見「史傳」由史書之傳，進而《禮記》亦謂之傳，其後「傳」、「記」區分，最末又合為「傳記」。「史傳」之名稱或略有更易，然自古迄今，皆以之記人物之言行事蹟者。而琴南以為韓愈之〈圬者王承福傳〉、〈毛穎傳〉、柳宗元之〈宋清傳〉皆於傳統「史傳」之外，改以「寄託諷刺，諧謔遊戲」為內容，自立一格者，亦屬「史傳」一體。韓愈〈圬者王承福傳〉寫一個泥瓦工之言談事蹟，透過其言談事蹟以寄託諷刺之意。琴南曾謂：

> 惜抱以〈王承福傳〉居首，雖名為傳，寓言也，而實具傳體。……
> 以概世之言，出之污賤者之口，則罵詈尤無忌諱。（《選評古文辭類
> 纂・圬者王承福傳》評語）

韓愈此文，實有所寄託，體似莊周之寓言，故以之為傳體。「通篇旨要，病其自為過多，為人過少。此即傳後論，顧不發之于傳後，即于傳末發之」，〔註84〕韓愈於傳末言感於王承福之事蹟與言談，頗有深刻之道理，有寄託、有警示，因而為此文。〔註85〕又如韓愈〈毛穎傳〉，雖以「傳」名篇，實則皆為諷世之寓言故事。琴南云：

> 自退之文出時，人爭以為俳，《說文》：「俳，戲也」；似不應有此，
> 故柳子厚力右之。是時張籍居弟子之列，亦頗有以公文為詼詭，況
> 餘人耶？（《選評古文辭類纂・毛穎傳》評語）

韓愈〈毛穎傳〉一出，人皆指其詼詭，大笑以為非，然柳宗元讀之卻稱讚不已，並為之作〈讀毛穎傳後題〉。此文若從體裁而言，實兼人物傳記與寓言故事之特色。司馬遷專為滑稽人物立傳，已開嬉笑怒罵皆成文章之先河。韓愈

〔註84〕林紓《選評古文辭類纂・圬者王承福傳》評語，頁275。

〔註85〕韓愈〈圬者王承福傳〉文末云：「雖然，其賢於世之患不得之而患失之者，以濟其生之欲、貪邪而亡道以喪其身者，其亦遠矣！又其言有可以警余者，故余為之傳而自鑒焉。」見馬其昶《韓昌黎文集校注》，頁55，上海：上海古籍出版社，1997年6月。

更將滑稽對象由人擴及至物。由貌似荒誕詼諧之人物一生得出一些啓示，已為人物傳記另開新品類。此文由表現手法而言，全文採用俳體，以毛筆擬人，又仿太史公之手法，為之立傳，又能推陳出新，寓莊於諧，琴南曾言此文：「傳後論一仿史公，述穎之宗派，無一不肖史公。」然又謂：「文敘事之有法，自是昌黎本色。吾輩當知其用字之法。即此遊戲之作，所選字，非一字兩義者，萬不通用。」〔註86〕可知〈毛穎傳〉於選材與立意，雖學太史公，亦有其別；至於行文敘事之有法，造語用字之奇，尤見昌黎自家本色。此種以傳記體虛構之人物故事，有寄託諷刺、諧謔遊戲之成份，自是「史傳」體之開拓所在。

再如琴南論「序跋」體云：

> 姚氏姬傳曰：「序跋類者，昔前賢作《易》，孔子為作〈繫辭〉、〈說卦〉、〈文言〉、〈序卦〉、〈雜卦〉之傳，以推論本原，廣大其義；《詩》、《書》皆有序，而《儀禮》篇後有記，皆儒者所為；其餘諸子或自序其意，或弟子作之，《莊子·天下篇》、《荀子》末篇皆是也。」
> 愚按：序古書，序府縣志，序詩文集，序政書，序奏議、族譜、年譜，序人唱和之詩，則歸入序之一門；辨某子，讀某書，書某文後，及傳後論，題某人卷後，則歸入跋之一門。(《畏廬論文·流別論》)

琴南引姚鼐之言，以為或溯其本源，以彰其義者，或諸子自序，或弟子為之作序，皆謂之「序跋」體之範疇。如明吳訥所謂：「序之體，始於《詩》之大序，首言六義，次言風雅之變，又次言二南王化之目。其言次第有序，故謂之序也。」〔註87〕姚氏舉《易》之〈繫辭〉、〈說卦〉、〈文言〉、〈序卦〉、〈雜卦〉之傳；《詩》、《書》之序；《儀禮》後記、《莊子·天下》、《荀子、堯曰》，以明其為「序跋」之體。琴南更明確提出舉凡為古書、府縣志、詩文集、政書、奏議、族譜、年譜、唱和之詩作序，皆入「序」類；辨某子，讀某書，書某文後，及傳後論，題某人卷後，則入「跋」類。〔註88〕觀琴南《選評古文辭類纂》「序跋類」所選之文，屬於序古書者如司馬遷〈六國表序〉、〈秦楚之際月表序〉；屬於序詩文集者如歐陽脩〈釋祕演詩文集〉、〈釋惟儼文集序〉；屬於序古書目錄者如曾鞏〈戰國策目錄序〉、〈新序〉目錄序；屬於序族譜者

〔註86〕以上兩引具見林紓《選評古文辭類纂·毛穎傳》評語，頁 294～295。
〔註87〕明吳訥《文章辨體序說》，頁 42。
〔註88〕林紓《畏廬論文·流別論》，頁 20 下。

如蘇洵〈族譜引〉；屬於序詩者如柳宗元〈愚溪詩序〉、曾鞏〈館閣送錢純老知婺州詩序〉。至於「跋」類者，屬於傳論或傳後論者如韓愈〈張中丞傳後敘〉、歐陽脩之〈五代史宦者傳論〉等。可見琴南論「序跋」體之範疇，是以篇名及其內容性質作爲判斷「序」、「跋」之依據，將「序跋」之文章細而分之，極爲明確，不似姚氏之籠統不明。〈流別論〉中又以爲「近代文家往往代人作壽序。壽序一體，於古無之。」又謂「壽言與生傳及神道墓銘有別，大抵朋友交期，祝其長壽；或偶舉一二事，足以爲壽徵者，衍而成文而已。」〔註89〕可見代人作壽，皆朋友相知以祝其壽，多屬應酬諛頌之作。

　　綜上所論，各文章體類之範疇，實與時俱增，及至晚清，文章體類大致已定，故琴南方能見前人所未見者，更加明確指明各文章體類之範疇。

　　其次，就標舉代表作家與作品方面，由於魏晉南北朝以後之作家與作品，爲彥和所不及見，琴南正可補足之，對於彥和《文心雕龍》文體論中所舉之作家與作品，琴南亦時有獨到之見，並不完全雷同，如論「賦」體云：

> 彥和稱當時英傑，但有十家，太沖諸人不與焉。鄙意謂足與〈兩都〉抗席者，良爲平子之〈兩京〉。東漢自光武及和帝，均都洛陽，西都父老頗懷怨望。故孟堅作〈兩都賦〉，歸美東都，以建武爲發端，詳敘永平（明帝年號）制度之美，力與西都窮奢極侈之事相反，以堅和帝西遷之心，雖頌揚，實寓諷諫。平子之敘西京，尤侈靡無藝：首述離宮之妍華，次及太液之三山，又次及于水嬉獵歌，雜陳百戲；百戲不已，又敘其微行，及歌舞靡曼之態，縱恣極矣。一轉入東京，則全以典禮勝奢侈。孟、張二子，皆抑西而伸東，以二子均主居東者也。左思仍之，故〈三都〉之賦，力排吳、蜀，中間貫串全魏故實，語至堂皇；以魏都中原，晉武受禪，即在于鄴，此亦班、張二子之旨。（《畏廬論文・流別論》）

彥和於《文心雕龍・詮賦》中言「凡此十家，並辭賦之英傑也。」〔註90〕十家中卻未及於左太沖，琴南以爲左思〈三都賦〉實本之於班固〈兩都賦〉與張衡〈兩京賦〉而來，爲突顯左思，特先比論班固〈兩都賦〉與張衡〈兩京賦〉之特色。時漢高祖都長安曰「西都」，光武都洛陽曰「東都」，班固〈兩

〔註89〕同上，頁21上。
〔註90〕劉勰《文心雕龍》所舉「辭賦十傑」爲：荀況、宋玉、枚乘、司馬相如、賈誼、王褒、班固、張衡、楊雄、王延壽。參見范文瀾《文心雕龍注・詮賦》，頁135。

都賦〉乃「盛稱洛邑制度之美，以折西賓淫侈之論」，〔註91〕其主意在於美儉刺奢，故〈西都賦〉極其炫耀，盛舉荒靡，主於諷刺，所謂「抒下情而通諷諭」；〔註92〕〈東都賦〉則專言建武、永平之治，武功文德，繼美重光，折以法度，主於揄揚，所謂「宣上德而盡忠孝」，〔註93〕張衡〈兩京賦〉因之，主意亦同，於〈西京賦〉鋪張奢靡尤甚，專以外憑險阻為苟安之計；〈東京賦〉則臚陳典禮，務以內修政事為立國之基。二子所論，皆通過鋪陳手法，抒寫賦家心志，寓諷諭於頌揚之中，實則抑西伸東，皆主居東都。而左思〈三都賦〉亦承班、張諷諭之旨，作〈蜀都〉、〈吳都〉、〈魏都〉三賦，分賦三國之歷史事蹟、地理位置、風土物產、人物習俗，材料之豐富更勝於前，尤以對魏之故實，有堂而皇之之語，此種抑吳、蜀而崇魏，正是其思摹〈兩京賦〉之旨。觀〈三都賦〉歷時十年而成，成後竟致「洛陽紙貴」〔註94〕之競相傳寫之盛況，因而琴南以為其亦應在「英傑」之列。

次如琴南論「誄」體，於彥和之論，多有補充闡述者，琴南云：

> 劉勰盛推潘岳巧於敘悲。愚按《黃門集》所登哀誄之作，頗贍於他集：其誄武帝，文甚典重，……戀恩之情，溢言表矣；其誄楊荊州，……自敘交誼，不期沈痛。凡誄體，入己之事實，當緣情以抒哀。陳思王之誄文帝，數語之外，即自陳己事，斯失體矣。黃門以深情為人述哀，自能動聽，且無此病。其誄馬敦文，尤悲憤有餘音，且琢句奇麗，……其誄楊仲武，……則夾敘風物，觸目成悲；所謂敘悲之巧，或在此乎？（《畏廬論文‧流別論》）

彥和舉「誄」體之代表作家與作品，並評論其優劣，贊潘岳之「巧於敘悲」，評曹植之「體實繁緩」，〔註95〕「誄」體之優劣立判。然以其對潘岳之盛讚，卻僅寥寥數語，令人莫明其善於敘述悲情者，琴南乃以潘岳作品為之考究，明其誄詞之文體特點，必貴以「典重」，凡所誄之人，必緣於自己之深情，方有哀語之抒發，令人哀惻，而有悲音餘韻。是以敘悲之巧，在於至情至性，

〔註91〕《後漢書‧班彪傳》云：「明帝時，增修洛陽宮室，而關中耆老猶望朝廷西顧，班固乃上《兩都賦》。」

〔註92〕班固〈兩都賦序〉，見李善注《文選》，第一卷。

〔註93〕同上註。

〔註94〕《晉書‧第九二卷‧文苑傳‧左思》載：「司空張華見而嘆曰：『班、張之流也。使讀之者，盡而有餘，久而更新。』于是豪貴之家，竟相傳寫，洛陽為之紙貴。」

〔註95〕以上兩引具見范文瀾《文心雕龍注‧誄碑》，頁213。

平易感人，出以懇切文辭，方能臻於觸目所見，撫之成哀之境。如其〈世祖武皇帝誄〉、〈楊荊州誄〉、〈楊仲武誄〉等皆爲佳作。至於曹子建之〈文帝誄〉，以文長炫才，然其文多自述己事，對誄文帝，卻僅以簡短數語，實未能掌握「誄」體「緣情以抒哀」之特點，因而失體。琴南此補足彥和之論，實有其獨到之處。

再如，琴南論「哀誄」之「哀」體，非但舉名家名篇，亦加以評定優劣，其云：

> 昌黎集中，哀辭凡兩篇：一〈哀獨孤申叔文〉，無序。一爲〈歐陽生哀詞〉，哀歐陽詹也：……詞中既哀詹矣，又表其父母，見詹之死，尚有父母悲梗於上，所以可哀也。《元豐類稿》有〈王君俞哀詞〉，王官殿中丞，然卒時年始二十六，子固之敘曰……正以君俞有老母在，且孝而不昌其年，此所以可哀也。則亦仍守前人之法律。至於辭中之哀惋與否，則子固、震川皆不長於韻語，去昌黎遠甚。他若方望溪之哀蔡夫人，則文過肅穆，辭尤無味，名爲哀詞，實不能哀，亦但存其名而已。（《畏廬論文・流別論》）

琴南於〈流別論〉中論「哀」體，嘗徵引《文心》所謂：「悲實依心，故曰哀也」、「奢體爲文，則雖麗不哀」〔註96〕以作爲「哀」體之名義及寫作要領。亦即「哀」乃由心中悲憫之情懷而生，內心有所感觸，而表現於外在之哀惻。如琴南云：「蓋有可哀之實，故哀之以辭。」〔註97〕若爲文而造情，假以哀辭，故作痛心，則文體必浮誇不實。若以浮誇之文辭，作爲文章之體式，則辭采雖然華麗，卻乏哀傷之情感。依此要求，韓愈之〈歐陽生哀詞〉便爲此類作品之翹楚。琴南曾選評此文云：「公于哀辭，有書後一篇，稱行周志在古文，且引行周爲同調，推評可謂至矣。」〔註98〕正因兩人交情匪淺，志同道合，行爲同調，故寫其哀辭，便有眞情實感，完全出於自然。琴南又評云：「此文敘公與行周交誼，極親稔；且敘其父母之愛子，雖家常語，匪不刻摯。使行周得年，則所造當不止此，讀此文足以知矣。」〔註99〕蓋有是情始有是韻，行周之遽逝，必如晴天霹靂，憶及彼此情誼，又哀高堂喪子之痛，其哀之深，

〔註96〕以上兩引見林紓《畏廬論文・流別論》，頁10下。
〔註97〕林紓《選評古文辭類纂・哀祭類小序》，頁493。
〔註98〕林紓《選評古文辭類纂・歐陽生哀辭》評語，頁497。
〔註99〕同上註。

自能餘悲無盡，其中又有惋惜、悲歎天妒英才之感。至於曾子固〈王君俞哀詞〉，言詞哀惋，然無法踰越昌黎，只因不如昌黎之長於韻語，而方望溪之〈哀蔡夫人〉，則以肅穆出之，則無悲音餘韻可言。要能情瞻於中，發爲音吐者，始有情韻兼勝之哀詞。如此以彥和所論爲基礎，標示唐宋以後之作家作品，評定其優劣，正可見琴南文體論之開展。

琴南又有論「書記」體之言，其中論「與書」體云：

> 昌黎集中與書頗多，然多吞言咽理之作，有時文法同於贈序。蓋昌黎未遇時，亦一無聊不平之人，第不欲爲公然之謾罵，故於與書時弄其狡獪之神通。其〈答胡生書〉，伸縮吐納，備極悲涼，若引吭高吟，至有餘味，而惜抱之《古文辭類纂》乃未收入。（《畏廬論文・流別論》）

昌黎倡導「古文運動」，以散體取代駢體，並倡「載道」文學，要求文章必有充實之內容，與實際之社會效用。故其「書記」體，或議論時政，或討論學術，或傳授道業，或抒寫際遇，或勸諭親朋，多爲發自肺腑，言之有物，吐露衷情之作。〔註100〕琴南獨舉〈答胡生書〉爲例，雖際遇困頓，或有牢騷，然發爲文字，亦語衷於道，勸勉後進。琴南即評此文云：「此篇聲調之高亢，得自《楚辭》；隨句而轉，得自《莊子》；眞能以楚聲古韻爲文章者。開頭說他信道篤，篤者，不變也。許他信道，又防其變，故末言『愈之于生，既不變矣』，即所以堅其信也。通篇兩用『如之何』，句極悲涼。」〔註101〕蓋退之作此〈答胡直均書〉，係以直均求謁於公，望其爲科第而向公卿舉薦，公答以不知，其後公乃遭受誹謗，〔註102〕雖滿腹牢騷，仍吞言咽理，期待後進。琴南總評此文：「一篇中似滿懷牢騷，實則期望後進以懷道守義，意能懷能守，即不變矣。文之內轉，眞匪夷所思。」〔註103〕所言確矣！而如此「與書」體

〔註100〕林紓《韓柳文研究法・韓文研究法》云：「與書一體，……獨昌黎與人書，則因人而變其詞。有陳乞者，有抒憤罵世而吞咽者，有自明氣節者，有講道德者，有解釋文字，爲人導師者。」頁14，台北：廣文書局，1976年4月。其「與書」體題材之豐可證。

〔註101〕林紓《選評古文辭類纂・答胡直均書》評語，頁164。兩用「如之何」句，一用「如之何」者：「不知者乃用爲是謗，不敢自愛，懼生之無益而有傷也，如之何？」二用「如之何」者：「生又離鄉邑，去親愛，甘辛苦而不厭者，本非爲是也，如之何？」見馬其昶《韓昌黎文集校注》第三卷，頁183。

〔註102〕馬其昶《韓昌黎文集校注・答胡生書》前序，頁183。

〔註103〕林紓《選評古文辭類纂・答胡直均書》評語，頁165。

之佳作，有餘思不盡之妙，竟不爲姚氏《古文辭類纂》所收，琴南將之入於《選評古文辭類纂》中，可知其獨具慧眼之見識。

綜上所論，琴南標示代表作家與作品，並評定其優劣，或舉彥和未及見之代表人物，或修正與補足彥和與姚氏之論，其中自有獨到之創獲。

最末則就各文章體類之作法與風格言之，如琴南論「騷」體之作法與風格特色云：

> 由積懍莫伸，悲憤中沸，口不擇言而發，惟其無可伸愬故沓，惟沓乃愈見其哀情之眞；若無病而呻，爲此絮絮者，便不是矣。（《畏廬論文・流別論》）

屈原之〈離騷〉，彥和譽爲「文辭麗雅，爲辭賦之宗」，「酌奇而不失其眞，翫華而不墜其實」，〔註104〕蓋以屈〈騷〉之辭藻華美，想像豐富，情眞語摯，故能華實兼備。屈原忠君愛國，自陳忠信之道，然終不爲君王採納，委命自沈。以屈原之怨悱，申愬無由，文章寫來，遂回環往復，令人倍覺眞情洋溢。觀其《九章》中之〈惜誓〉一文，琴南曾評云：

> 〈惜誦〉之爲言，惜其君而誦之，但覺念念不置，純是一種想頭，忽生出無窮往復。……驟讀似患重複，實則情摯聲哀，回環吐茹也，非沓也。（《選評古文辭類纂・九章・惜誓》評語）

文字犯沓，文章易流於無味。屈原之文，以血性出之，際遇如此，致語多淒厲，然其情眞語摯，發而爲文，伸縮吐茹，無不盡致，於是楚聲之悲，遂餘思不盡。故有是至情，出自胸臆，始有是至文。然庸手爲之，卻只知用曲折往復之筆，而無眞情實感，多流於繁碎之弊。屈〈騷〉之後，辭賦以「騷」入於「賦」體，琴南亦揭示其作法云：「或有以『騷』爲體者，亦有以對偶排比爲體者，唯極于雕畫，苟不定以旨趣，均不足以傳播於藝林，馳騁于文囿。」〔註105〕蓋「賦」體之鋪采摛文，易流於詞誇語豔，而不解「騷」體之旨，故以「騷」爲體者，必先求情之眞，而後以曲折往復之筆，體察事物，抒寫情志，如此方有佳文。琴南論述「騷」體之作法與風格，至爲明晰，有前人不及之處。

次如論「詔策」體之作法及風格特點：

> 大抵策命之自有程式，唯詔誥一門，非鎔鑄經史，持以中正之心，

〔註104〕以上兩引具見范文瀾《文心雕龍注・辨騷》，頁46及48。

〔註105〕林紓《畏廬論文・流別論》，頁6。

出以誠摯之筆，萬不足以動天下。(《畏廬論文・流別論》)

琴南以「詔策」體中先引彥和《文心雕龍・詔策》以釋其名義謂「詔者，告也」，詔有「昭告」之意，帝王下詔，以昭示臣民，「詔」之名稱因內容或功用之不同而略有區別；〔註106〕至於「誥」者亦謂之「告」，「告上曰告，發下曰誥」，〔註107〕商、周時代作爲布政和勉勵之文告，隋唐以後，帝王授官、封贈命令亦稱「誥」。〔註108〕可見「詔誥」一體，名目或有不一，作用亦復有不同，但均爲帝王之詔令。古代詔告，《尚書》之「誥」，用以布達命令。琴南以爲「漢詔最爲淵雅」，〔註109〕因多用散體行文，故能深厚爾雅。且「詔誥」之文，必鎔鑄經史之軌範，持以中正平和之心，出以懇切之筆，如此亦能感人肺腑。琴南曾謂「唐之興元、奉天，均陸宣公當制，詔書所至，雖驕將悍卒，皆爲流涕，孰謂官中文字不足以感人耶」，〔註110〕大抵中唐以後，散體逐漸抬頭，唯詔書之作，多出陸宣公之手，雖用駢體，然能持其寫作要領，制詔出以誠摯之筆，故其詔書所到，即令是驕將悍卒，亦爲之感動涕零，聲淚俱下。而有宋一代，即令四六專行，仍有一時傳誦，極爲可讀之佳作。〔註111〕可見只要洞識「詔誥」之作法，明其風格特色，無論駢散，均能有膾炙人口之佳篇。琴南於此拈出文體雖異，作法與風格則一之主張，並以之析分各時代「詔誥」體之風格，並謂：「以宋方唐，則唐之駢文都不入纖，宋之駢文巧不傷雅。」，〔註112〕可謂知言。

再如論「雜記」體之作法與風格特點：

綜之，體物工者，作記匪不工；中惟「學記」一種，非湛於經學儒術者，不易至也。(《畏廬論文・流別論》)

琴南「雜記」一體，承自姚鼐之所分，「雜記」之文，體裁甚廣，或記祠廟廳壁

〔註106〕陳必祥《古代散文文體概論》指出有「即位詔」、「哀詔」、「遺詔」、「密詔」、「手詔」、「親詔」、「罪己詔」諸種。頁216，台北：文史哲出版社，1987年10月。

〔註107〕徐師曾《文體明辨序說》，頁115。

〔註108〕如《尚書》中有〈湯誥〉、〈大誥〉、〈召誥〉、〈洛誥〉、〈康誥〉、〈酒誥〉等爲商、周時代布政和施政勉勵之文告。參陳必祥《古代散文文體概論》，頁216。

〔註109〕林紓《畏廬論文・流別論》，頁14上。

〔註110〕同上，頁15下。

〔註111〕琴南云：「宋人制誥，初無散行文字，而四六之中，往往流出趣語。東坡當制，黜呂吉甫，天下傳誦其文，不知當時風氣所趨，不如是亦不中於程式。」並舉其中名篇如〈賜范鎮獎諭詔〉、〈建炎幸明州敕詔〉、〈建炎復位敕詔〉、〈紹興親征詔〉、〈開祐改元詔〉之佳作，並贊其「精切而流轉」。見《畏廬論文・流別論》，頁14下～15上。

〔註112〕林紓《畏廬論文・流別論》，頁15上。

亭台，或記山水遊記，或記亭台與古器物，或記瑣細奇駭之事，或學記，或記
遊讌觴詠之事，綜名爲記，而體例非一。其中以「學記一體，最不易爲」，然「王
臨川、曾子固極長此種，二人皆通經，根柢至厚，故言皆成理。」〔註113〕蓋「學
記」一體，必沈潛體味於經學儒術，方有斯文。非淺人俗學，所可爲之者。琴
南嘗選評王安石〈慈溪縣學記〉及曾鞏〈宜黃縣學記〉，於評王安石〈慈溪縣學
記〉云：「介甫滿腔學術，特借此發泄其蘊。」，〔註114〕若無根柢於經，又何能
語表於道，言之成理。「學記」體外，其他各體，悉皆以工於體物爲寫作要領，
琴南曾謂：「記山水則子厚爲專家，昌黎所不及也。」並贊其「體物既工」，〔註
115〕非俗人所能學。如琴南評柳宗元〈小石潭記〉云：

> 一小小題目，至於窮形盡相，物無遁情，體物直到精微地步矣。(《韓
> 柳文研究法‧柳文研究法》)

琴南指出柳宗元善於體察物象，至於細微，其要訣亦必掌握物象顏色，方不
流於一般化。蓋物象會引發作者之感情，唯投入感情於物象之中，方能寫出
作者獨特之感受。琴南又謂文中「所謂『往來翕忽，與游者相樂』，眞體物到
極神化處矣。」〔註116〕〈小石潭記〉不過短短百字，然作者卻能以簡潔之筆
墨，描繪出石之奇、水之清、魚之樂、人之情。文章狀物生動，摹景眞切，
寓意深長，語言峻潔。尤其於狀物技巧，以動襯靜，以實寫虛，正是體物極
工之佳作。琴南明示「雜記」體之作法及其風格特色，實有其獨到之處。

　　琴南古文文體論之獨到處，尚著眼於文體正、變、雅、俗之問題。蓋時
運交移，文體代變，文體隨反映內容之不同，而代有因革。而文體論之正統
觀念，卻以古已有之文體爲雅體、正體，對新文體則加以鄙視，而妨礙文體
之創新。吳訥與徐師曾即是只承認古體、雅體、正體，不承認變體、俗體者。
〔註117〕然其中亦不乏有論文體不論古今，強調破體爲文、變體爲文者，如王
若虛與張融，〔註118〕既承認「常有其體」、「大體則有」，又認爲「豈有常體」、

〔註113〕以上兩引同上，頁20下。
〔註114〕林紓《選評古文辭類纂‧慈溪縣學記》評語，頁433。
〔註115〕上兩引具見林紓《畏廬論文‧流別論》，頁20上。
〔註116〕林紓《選評古文辭類纂‧小石潭記》評語，頁401。
〔註117〕吳訥強調文體之雅俗，古已有之即爲「雅」，後世出現之新文體即爲「俗」；
　　　　徐師曾更強分文體爲正、變古、俗。將正體、古體列入正編，而變體、俗體，
　　　　如四六、律詩、詞曲，則列入外集，作爲附錄。參徐立、陳新《古人談文章
　　　　寫作》，頁64，廣州：廣東人民出版社，1985年5月。
〔註118〕王若虛《滹南遺老集‧文辨》謂：「定體則無，大體則有。」；《南齊書‧張融

「定體則無」，此觀點較符合文體流變之規律。以中國文體演變之規律，薛鳳昌以為「漢魏以上之文多創體，漢魏以下之文多因體」，〔註119〕故文體有「始盛而終衰」之論。〔註120〕

琴南論文重法度，文體亦然，既崇法度，於文體之合體與失體之判定，極其分明。文體之雅正，乃其所堅守者，實與其宗桐城義法有關。若細究其古文文體論，雖肯定合體之作家與作品，而對於文體內涵之日益豐富，乃以接受者之角度，予以概括，如「騷」之演為「賦」，並明其承變可知。次如以為《昭明文選》列「七」體以為「賦」之旁枝，直視「七」體應於難出新意，遁入他體者，故列為「駢文」較妥。再如「頌」體，原只用於告神明、頌顯人，但屈原用以頌橘寓懷，雖為變體，琴南亦引為佳作者。可見琴南對文體不但承認正體，並肯定變體之功，與其奇正相生之文論相合。

文體之範疇因作品之增加，而益形擴大，如琴南論「碑」體，由陳太邱之三碑：歎功述行碑、廟碑、墓碑之碑文，題材不同，仍終屬「碑」體。又如「史傳」體之由經傳、史傳、乃至於家傳，甚至為虛構人物作傳，皆可入於「史傳」。除此，並肯定司馬遷之開啟「化編年為列傳，成正史之傳體」，其創造之功，正是琴南以變為美之明證。再如論「說」體，由說士之言，進而經說、學說，甚至出以「寓言」之說，雖為「變體」，然琴南亦舉而明之，未有斥其「失體」之語。又歐陽修力變柳宗元山水遊記體，多作弔古歎逝語，又自成一格。另外，於論「章表」體，謂「鄙意漢、魏、六朝以降，唐之章表，則切實取陸贄，典重取常袞，宋之章表，則雅趣橫生，各擅其場。」〔註121〕明確指出「章表」體之承變，各代章表具見獨特之風格。又論「與書」體云：「清初大老，崇尚樸學，則以與書一門，為辨析學問之用，灑灑千言，多

傳》云：「夫文豈有常體？但以有體為常。」兩人皆認為體有其常，用之則變，透露破體與變體之觀念。

〔註119〕薛鳳昌《文體論序》，頁1。序中即認為文無定體，但不能不言體，有體而後能揣摩，能摹擬，能復古，能啟新。故凡言體者，其後起也，而非文之古初有然也。故漢魏以上為「文成體立」之文，故曰「創體」，漢魏以下多「因體成文」之文，故曰「因體」。

〔註120〕王國維《人間詞話》云：「蓋文體通行既久，染指遂多，自成習套。豪傑之士，亦難於其中自出新意，故遁而作他體，以自解脫。一切文體所以始盛終衰者，皆由於此。」頁57～58，台北：天龍出版社，1981年12月。吳曾祺《涵芬樓文談‧仿古第十六》亦云：「文章之體，往往古有是作，而後人則仿而為之，雖通人不以為病。」頁32，台北：台灣商務印書館，1966年11月。

〔註121〕林紓《畏廬論文‧流別論》，頁17下。

半考訂爲多；文家沿用其體，凡意所不宜者，恆於與書中傾吐之，讀者幾以名輩與書一門，爲尋檢遺忘之具，較之漢、唐規律，頗有同異。」〔註122〕蓋由於時代學風有異，學術思想入於「與書」體中，爲文體發展之必然結果，亦爲琴南所接受。

隨文體之發展，作家作品亦日益繁豐，各體文章作法或有融會交流者，愈至後世，文體愈加明辨。或有性質相類可歸併者，如琴南於《選評古文辭類纂》中歸併姚鼐所分之「箴銘」、「碑志」二體爲「箴銘」一體，有簡易明曉之效。又有以序入記者，如論「雜記」體謂「右軍之〈蘭亭〉，李白之〈春夜宴桃李園〉，雖序亦記，實不權輿於柳州。」〔註123〕以其重於記事之故，此乃破體爲文之佳作。再如蘇軾之才氣縱橫，其破體爲文之作，所在多有，〔註124〕然東坡爲文不守規律，徒逞才氣，失之太放，又爲琴南所不喜。文體本可互通，然必守住「大體」，方不致於放蕩無歸。但文體局限過嚴，則又有束縛，文家無由伸展。錢鍾書所謂「名家名篇，往往破體」（《管錐篇》），破體爲文，變體爲文，合體爲文，實則琴南並不反對，時有贊賞變體之功，然若全無法度，一味求破，則易有畫虎類犬之譏。可見琴南論文體，奇正相生，不偏不頗，自有其圓融精到之處。

綜上所論，琴南論古文文體，乃舉其犖犖大者言之，其中或言前人所未言，發前人所未發，或提修正，或補足前說，均詳加立論，以抒己見，不乏有獨到之見解。

二、爲古文創作論批評之礎石

琴南爲文體立界說、辨淵源、述流變、標名篇、評優劣、明作法、定風格，因有如此完善之文體論，便以此爲其古文創作論批評之準據，如《文微・明體第二》、《韓柳文研究法》多有以此評文者，以下即分體論之，見其持文體之觀點評作家作品，其中多有新見。

就「賦」體言之，琴南云：

> 枚叔〈七發〉、子建〈七啓〉、景陽〈七命〉，昭明悉以「七」目之，
> 其實即爲駢文，未可云賦。（《文微・明體第二》）

〔註122〕同上，頁18上。
〔註123〕同上，頁19下。
〔註124〕如蘇軾〈赤壁賦〉之以賦爲記；〈醉白堂記〉之以論爲記；以詩爲詞，不守格律，可謂勇於破體、變體之作家。

賦中有「七體」，明・徐師曾嘗明示此體之結構云：「七者，文章之一體也。詞雖八首，而問對凡七，故謂之七。」此體始於枚乘之〈七發〉，〔註125〕說七事以啓發楚太子，寓諷諫之意。彥和所謂：「七竅所發，發乎嗜欲，始邪末正，所以戒膏粱之子也。」〔註126〕蓋以人類口舌官能爲喻，明人人皆有嗜好慾念，文章始於滿足聲色口欲之邪途，終納入妙道之正軌，以此告誡紈褲子弟。自枚乘之後，文家以「七」爲體者，相繼如林，〔註127〕然至末流，「諷一勸百，勢不自反」，〔註128〕〈七發〉之先以淫侈，終以居正之諷諭辭旨已不復見，卻滿紙淫奢，難有諷諫之意，其勢如江河日下，無法棄邪返正。爲文至此，已大失立「賦」之旨。《昭明文選》將以「七」爲名之篇章，附於「賦」體之下，立「七」之目，屬之於「賦」體，其中僅載枚乘〈七發〉、曹植〈七啓〉、張協〈七命〉三篇，不及其他。蓋《昭明文選》分體三十有八，爲後世詩文選集所宗，然零雜混淆，世多有訾議者。其分體實不若《文心雕龍》之嚴明，且其文筆交相混雜，於本源同出，質實相類者，或有安置失當之弊。於「賦」體再細分「對問」、「七」、「連珠」三體，以小枝爲幹，有旁枝別出之弊，〔註129〕「七」既爲「賦」體，苟有所賦，又何必以「七」自限；再者，末流之「七」體，已違「賦」體諷諭之旨，又何能附之於「賦」？故彥和將之入於〈雜文〉，即認爲其文筆雜用，體式不純，琴南亦以爲《昭明文選》之分體過於牽強，以逐末之流，皆以駢文出之，既有失「賦」體之旨，何不歸諸「駢文」，或較允當。琴南此論，實則以立「賦」之旨爲基石，以評《昭明文選》將「七」歸入「賦」體之不當。

就「銘箴」一體言之，琴南提出對「銘文」之寫作要求：

銘詞聲響須高亮幽沉。

〔註125〕「七」體是否始於枚乘，尚有異說，如章學誠《文史通義・詩教上》謂：「孟子問齊王之大欲，歷舉輕煖、肥甘、聲音、采色，『七林』之所啓也。而或以爲創之枚乘，忘其祖矣。」頁18。又孫德謙《六朝麗指》以爲「不若說大人章，益爲符合。」；近世章太炎則以「解散大招、招魂之體而成」。各說皆爲窮源竟委之論。可參王師更生《文心雕龍讀本・雜文》之「解題」，頁238。

〔註126〕劉勰《文心雕龍・雜文》，見范文瀾《文心雕龍注》，頁254。

〔註127〕如傅毅〈七激〉、崔駰〈七依〉、張衡〈七辨〉、崔瑗〈七厲〉、陳思〈七啓〉、仲宣〈七釋〉、桓思〈七說〉、左思〈七諷〉等。

〔註128〕同註126，頁256。

〔註129〕林聰明《昭明文選研究》有「昭明文選分體評議」一節，即指出《昭明文選》之分體，最可議者有七，其中「旁枝別出」即爲一弊。頁40～42，台北：文史哲出版社，1986年11月。

陰陽亢墜，爲銘文不可少之妙境。（具見《文微·明體第二》）

銘詞典重，以「聲沈韻啞」爲貴，必求辭高識遠，文簡句澤，不敷陳華藻，而能骨節鏰然。如琴南評退之〈田弘正先廟碑銘〉云：「故於銘詞中，略爲指斥，而詞亦純正典重，不參奇特之筆，選字既純，色尤古澤。」〔註130〕爲臻於聲調「高亮幽沉」、「陰陽亢墜」之妙境，用字選材，務求古穆，以弘潤爲貴。至於「銘文」中之「墓志」一體，琴南以爲：

墓志不能破空議論，銘須拼字。

墓銘猶述贊之索隱。（具見《文微·明體第二》）

蓋有誌無銘者曰「墓志」；有銘無誌者曰「墓銘」；誌銘兼具者曰「墓志銘」。〔註131〕爲人銘墓，必是交情甚篤者，故必巧於敘悲，不可憑空議論，必知夾敘夾議之法，琴南曾選評王安石〈王深父墓志銘〉云：

此文鳴咽欲絕，眞巧于敘悲者也。文言其志未成，其書未具，則本事無多，然其交情則篤。其中敘事處，不能不參以議論，妙在敘中有議，非破空而來。（《選評古文辭類纂·王深父墓志銘》評語）

所志之人，本事若詳，則詳於敘事，出以至情，自可動人。然若本事無多，須是交誼深厚者，於敘事中兼以議論，斷不能憑空議論，言無所據，便令人不信其眞，遑論有動容之文。王安石此文，琴南更評云：「文吞吐含蓄，力追昌黎，是臨川魄力過人處。」〔註132〕其盛讚如此，可謂推崇備至。至於「銘須拼字」，具體落實於評〈贈太尉許國公神道碑銘〉中，琴南評云：「銘詞在在寓用字之法，……雄唱雌和，是拼字法。」〔註133〕以古雅之字拼之，讀時玩索，自有神會。再者，銘詞如述贊之索隱，蓋如誌銘中敘述本事以論證也，《史記》有〈索隱〉，以論事知人，觀琴南評韓愈〈給事中清河張君墓志銘〉謂：「銘詞用『索隱』之述贊體，將本事納入敘述，語語咸凜凜有生氣。」〔註134〕是以索求隱微之事，加以論述，以褒美其人，每立一義，必使完足圓滿，如此則爲銘文之佳作。

〔註130〕林紓《韓柳文研究法·韓文研究法》，頁42。
〔註131〕薛鳳昌《文體論》謂：「古之葬者，慮陵古之變遷，故敘述大略，勒石加蓋，埋之壙中。後則假手文人，多所藻飾，已失古意。」頁87。因後世之標題名稱，乃多有異者。
〔註132〕林紓《選評古文辭類纂·王深父墓志銘》評語，頁376。
〔註133〕林紓《韓柳文研究法·韓文研究法》，頁49～50。
〔註134〕林紓《選評古文辭類纂·給事中清河張君墓志銘》評語，頁332。

就「誄碑」體言之，琴南提出其要法云：

誄載死者功德，于交誼當略言之。祭文詳交誼及死者之家世，于其生平，轉可略也。

四言哀文，與碑文有別。碑文上尊重，哀文則聲必悲懸，而用字須活動。（具見《文微・明體第二》）

「祭文」與「誄文」性質相類，而作法稍異。誄乃「累其德行，旌之不朽」，〔註135〕故必以稱頌死者之功德爲主，入己之事實，緣情以抒哀。至於與死者之交誼，非其主要，略言即可，不可喧賓奪主。然祭文一體，亦當主次分明，必詳述與死者之交誼及其家世，至於生平，簡而帶過即可，此其分也。而哀文以四言爲通用之體，必緣情抒哀，方有悲音餘韻。而碑文則求凝重，造語以古雅溫純爲貴，斷不能徒逞縱橫才氣，不知裁制，此其分也。琴南將性質相類之文體合而析之，明其主次，定其詳略，有其主見。言及哀、碑之文「用字須活動」，重在求字句鍛鍊之法，如評韓愈〈曹成王碑〉云：

須知文之能奇，偏用常用之字，能出人意表，百思莫到，法在澤古深，而濟以烹煉之力，始能石破天驚。若漫無根柢，一味求奇，則舉鼎絕臏矣，果精讀此文，便知造句之法。（《選評古文辭類纂・曹成王碑》評語）

韓愈此碑文用奇字奇句，〔註136〕奇處不在能用僻字，而尤見奇特。語出常用字，卻見其不凡，此種修辭工夫實根柢於古，而於下字用句，深加鍛鍊之故。非如俗手之空疏，但一味求奇，如步步效顰，不奇反醜也。祭文如王安石〈祭范穎州文〉亦有此特色，琴南評云：「此文似昌黎，用字造語，皆奇創動人」、「用字皆有深意，是善學昌黎者」。〔註137〕可見王安石之善學昌黎，用字造句皆奇，文亦深雅有味，作家之因革損益，於此可見一斑，亦知琴南文體論之主張，對其評文，實有助益。

就「史傳」體言之，則擷取下列諸條評論：

紀傳須有把握，立定主意，全篇皆由此發揮之。

作傳紀須閒適，使之紆徐爲妍。

〔註135〕林紓《畏廬論文・流別論》，頁9下。

〔註136〕林紓《選評古文辭類纂・曹成王碑》云：「其中用剡、鞣、鐊、掀、掇、笑、趾等字，稍涉奇詭，實則奇處不在能用僻字也。」頁316～317。

〔註137〕上兩評具見林紓《選評古文辭類纂・祭范穎州文》評語，頁499～500。

　　敘事文以善人爲不易狀，因是正面文字；然惡人亦非易狀也，必使
　　身口妙肖，乃見本領。

　　善爲傳者，必尋其人軼事，以爲餘波。

　　大戰易寫，小戰難寫，少自任意，便流爲小說。（具見《文微・明體
　　第二》）

傳起於史，《左傳》之編年紀事，《史記》化編年爲列傳，成正史之傳體。二
書具爲紀傳典範，觀《左傳・僖公三十二年》敘「秦三帥襲鄭」事，琴南評
云：「文中出色之人，但寫蹇叔，秦師將出，君臣咸求吉利之語，叔乃哭送，
事已大奇，不知有此一哭，而文之聲響，即由是而高。」〔註138〕其中通過秦
師出征前蹇叔哭師之言行描繪，寫出蹇叔之老謀深算與憂國憂子之心，對比
秦穆公之剛愎自用，一意孤行，兩人之性格特徵，經過反襯，逐入木三分。
透過蹇叔之正面敘述，以反襯秦穆公之性格，正反相生，善惡立判，此乃文
家之本領。而《左傳》雖寫秦、晉於殽山之戰爭，然觀全文之記事，實已先
立定主意，通過重要人物之言行描寫，以歸諸秦之所以敗亡之因。所謂「大
戰易寫，小戰難寫」者，或因大戰之事料較豐，取捨容易，至於小戰，或貧
於事料，記事不易，但亦不能任意增寫，虛構補足，恐流入小說一途。琴南
對《左傳》之敘戰事，嘗有盛讚之語：

　　其敘戰事，尤極留意。必因事設權，不曾一筆沿襲，一語雷同，眞
　　神技也。（《左傳擷華・序》）

史家如何克服「總會」與「詮配」之難，必先定主意，主意明則敘事有所歸，
雖有分功之事，而記事能各判其人，此即「因事設權」也，此觀點亦用之於
評《史記》上，前已論及，此不贅述。至於人物傳記之撰寫，琴南強調須「閒
適」，貴出之以閒筆，如評歸有光〈歸氏二孝子傳〉云：「通篇敘事平平無奇」、
「閒閒著筆」、「論談宕有含蓄，是震川本色」。〔註139〕又評歸方苞〈二貞婦傳〉
謂：「此文敘事平平，而議論特佳，……不加論贊，而論贊即出諸其親族之口，
此亦夾敘夾議之法變調而成。」〔註140〕凡此，皆言敘述閒閒出之，實則語似
鬆而實緊。至於記軼聞逸事者，乃爲正史所不載，或正史已載而別爲之作傳，
謂之「外傳」。此「軼事」爲取材於歷史事蹟，或加以舖張渲染者，誇飾不能

〔註138〕林紓《左傳擷華》卷上，頁40，高雄：復文圖書出版社，1981年10月。
〔註139〕林紓《選評古文辭類纂・歸氏二孝子傳》評語，頁281。
〔註140〕林紓《選評古文辭類纂・二貞婦傳》評語，頁292。

太過，否則流於小說。若能忠實記載，則對本傳必有生發之效果。琴南之論「史傳」體，頗有助於其古文之評論。

就「論說」體言之，琴南有如下明體之主張：

> 說理文字，最怕火色太濃，而不自然。
>
> 論事文須蓬勃真摯，如陸宣公之氣平心靜，賈生之不談閒話，皆其選也。（具見《文微‧明體第二》）

說理、論事文字最懼以矯揉出之，有違自然，必於論事、述理之中，濃淡相宜，令人不自覺，卻能感同身受。如琴南於評韓愈〈獲麟解〉云：

> 通篇用一「祥」字，是麟之真際；用一「知」字，是知麟之真際。……乃昌黎撇去「知」字，三用「不」字：不畜，不恆有，不類。自然知之不易，乃讀者竟之不覺。……習知者皆賤物，不習知者始名為麟，此昌黎之自況也。可見俗人之所知，僅犬馬耳，焉能知麟！罵盡俗人。……通篇未嘗罵人，真是罵煞。（《選評古文辭類纂‧獲麟解》評語）

此文藉「麟」來敘寫人才被壓抑、誤解之悲。韓愈滿腹牢騷意，因而有激而托意之辭。篇幅雖短小，卻採用讓步式論法，欲擒故縱，幾番轉折，對比映襯，深具波瀾起伏，氣勢頓宕之情致。故雖心有不平，然運筆圓活，非但不愠不火，亦極其自然，而能生出無窮議論。此文可謂善得論說文之精髓，琴南極其推崇。再者，論事文以「蓬勃真摯」為上，必情真意摯，方有氣勢蓬勃之語，如賈誼〈過秦論〉三篇，琴南評云：「第一篇專講氣勢」、「通篇之中，看似排山倒海之勢，實則步步為營，有伸有縮，真大神力也。讀者須觀其連用五『故』字，不是復沓。凡用『故』字，皆是有證據，有主張，使人不能駁詰者。」〔註141〕論事之文，每下一字，必有論有證，不托空言，不談閒話，語語中鵠，如此文勢蟬聯而下，便無懈可擊。琴南之觀點，實有其可取之處。

就「雜記」體言之，試擷取下列諸條琴南對「雜記」之見解：

> 遊記有二體：一為柳州之寫山狀水，一為廬陵之憑今弔古。
>
> 記之類文，賦色要古而肖，結響要高。
>
> 凡記之類文，用字須于古肅中透艷乃善，但求古艷則非。
>
> 記山水之文，至難寫處，則布辭愈當簡凝。辭簡凝而又色濃、調高、

〔註141〕林紓《選評古文辭類纂‧過秦論》評語，頁5～9。

象顯，斯爲美矣。（具見《文微‧明體第二》

以上或總論「記」體之作法，或分論山水遊記之內涵與作法，實有其總結性
之見解。前已言及摹山狀水，必窮形盡相，以體物爲工。山水之文，柳宗元
以「古麗奇峭」、「體物既古，造語尤古」爲箇中專家，而「歐陽力變其體，
俯仰夷猶，多作弔古歎逝語，亦自成一格。」〔註142〕所謂「記事而不刻石，
則山水遊記之類」，「亭台之記，或傷今悼古，或歸美主人之仁賢，務以高情
遠韻，勿走塵俗一路」，〔註143〕可見山水遊記，琴南對柳宗元之文，頗爲推崇，
允爲巨擘。如評柳宗元〈遊黃溪記〉云：「山水之記，本分兩種，歐公體物之
工不及柳，故遁爲詠嘆追思之言，亦自饒風韻。柳州則棐硬砦，打死仗，山
水中有此狀便寫此狀，如畫工繪事，必曲盡物態然後已。」〔註144〕歐陽脩對
柳宗元之有所承變，開憑今弔古一格，爲琴南所稱許。試舉琴南評歐陽脩〈豐
樂堂記〉云：「由滁州感南唐之亡，遂及吳、楚、越、漢，爲群雄作一大結束，
然後歸重本朝之功德，分外有力。」〔註145〕雖題爲「豐樂」，卻從干戈用武立
論。以滁州昔日用武，而今則承平日久，於此生出無限感嘆。蓋由於宋代兵
革不修，遂釀成積弱之禍，作者預見及此，特以撫今追昔之語，以諷當世。
其憂深思遠之情，瞻高眺遠之概，正爲遊記之文注入新血，別成一格。

綜上所論，琴南之古文文體論除分體系統論述外，再考察琴南其他著作，
與選評古文，皆見其理論之具體實踐，理論乃爲提供批評之依據，理論與實
踐之相輔，其中評論，有論有證，於此可見琴南全面且周密之見解。

三、提供初學者習文之便利

古文一道，不可率易爲之，尤其對初學古文者而言。觀琴南之著作，古
文理論與創作頗豐。其中有論、有評、有實際創作，古文之重要，由此可知。
琴南生當清末，西學之浪潮，如排山倒海而至，爲力延古文命脈，除孜孜於
古文創作外，並提出極具系統之古文理論。其論文宗桐城義法，企圖靠攏於
桐城，與新文學對抗。而於桐城文人中，最推重姚鼐，其理論受姚氏影響頗
深。觀琴南之古文文體論與古文創作論皆有受其沾漑者，足可證之。

琴南對清末民初新文學之急欲求新去舊，曾大力斥責，以爲「此等鼠目

〔註142〕以上對韓、歐之評具見林紓《畏廬論文‧流別論》，頁 20 上。
〔註143〕同上註。
〔註144〕林紓《選評古文辭類纂‧遊黃溪記》評語，頁 394。
〔註145〕林紓《選評古文辭類纂‧豐樂堂記》評語，頁 411。

寸光，亦足嘯引徒類，謬稱盟主」，〔註146〕如此浮妄不學，又如何革新？爲免初學古文者，遭此遺毒，嘗言：

> 僕爲此懼，故趁未朽之年，集合同志，爲古文講演之會。若專編源流正別，溯源于周秦漢唐，宋元明清，雖備極詳贍，亦但似觀劇，不得其曲譜，按節而調以宮商，究竟何益？故先取前輩選本，採其尤佳者，加以詳細之評語。然精粹之選本，實無如桐城姚先生之《古文辭類纂》。（《選評古文辭類纂・序》）

琴南憂心今人之迷失於新學，除作古文演講，以宣揚古文外，復編選古文，爲之作評。基於提供初學古文者之便利，因而擷取古人名家名篇以詳評之。然以古人文集至夥，若一一羅列案頭，將不知取捨。於是以姚鼐《古文辭類纂》所收古文爲據，精選文章，一一詳評。因而有《選評古文辭類纂》一書。至於選評之法，琴南亦有詳言：

> 鄙意總集之選，頗不易易，必其人能文，深知文中之甘苦，而又能言其甘苦者。則每篇之上，所點醒處，均古人脈絡筋節；或斷或續，或伏或應，一經指示，讀者豁然。斯善矣！……措抱生平，于文深矣，且傾心昌黎。……今鄙人不更自選，但就惜抱所已選者，慎擇其優，加以詳評，將來自編爲一集，名曰《姚刻古文辭類纂選本》。
> （《選評古文辭類纂・序》）

琴南以爲姚氏之選集，篇幅繁重，不便初學，故以此爲基礎「慎選其優，加以詳評」，由於選評之不易，故必深知文章甘苦，披文入情，則雖幽必顯。所評常要言不煩，搔到癢處，觀本文其他各章之引述可明。所評對於文章寫作與鑒賞，實有借鑑之助益。慕容眞於書之前言謂「每篇文章之後，均加詳評，述其背景、作意、章法、眼目等，特別重于藝術技巧之分析，其中有不少精到的見解。」〔註147〕洵爲知言。選評爲利於初學，必求深入淺出，若文詞繁縟，盲瞎稱贊，雖滿紙美文，又何益於讀者？因所評多有其古文文體論之落實處，前已論及，僅在此點醒，以明其可貴。此選評對於其古文文體論，實有開拓之功。

　　試觀姚鼐編選《古文辭類纂》，凡七十五卷，選錄上起戰國，下迄清初之古文七百餘篇。姚氏此選本實爲貫徹桐城派文論主張之選本。琴南論文宗桐

〔註146〕林紓《選評古文辭類纂・序》，頁2。
〔註147〕林紓《選評古文辭類纂》爲慕容眞點校，於書前有「前言」，頗多精要之言，頁1～2。

城，爲貫徹桐城義法，提倡古文，期能助於初入古文一途者習文之便，以姚氏選本爲基礎，再簡化其類爲十一，分爲論說、序跋、章表、書說、贈序、詔策、傳狀、箴銘、雜記、辭賦、哀祭。其中姚氏將「碑志」、「箴銘」分爲兩題，因性質相類，琴南以「箴銘」括之，又省去「頌贊」類。蓋以初學習用之文體，爲其準則。琴南於《畏廬論文・流別論》雖論及文體有十五，實因兩者作意有異。前者爲便於初學，但就姚氏選本分類選文，故分類多宗於姚氏，稍加改易而已。後者論文體，著重理論之完整性，故行文體例多有紹述《文心雕龍》之處，爲求其全面而已。然琴南十五體中「贈序」、「雜記」、「序跋」三體，因文體較晚出，故非承自彥和，而沿姚氏所分。

再觀琴南《古文辭類纂》之選文，由姚氏之七百餘篇，再精選出一百八十餘篇，所選之文，多宗於姚氏，只酌增姚氏所漏選之佳作二篇，此二篇爲「書說類」之韓愈〈答胡直均書〉與「贈序類」之韓愈〈送齊皞下第序〉。琴南極推崇韓愈之文，所增二篇具爲韓愈所作，當可理解。再者，琴南以爲韓愈「與書」一體，極具特色，如云：「獨昌黎與人書，則因人而變其詞。……一篇之成，必有一篇之結構。未嘗有信手揮灑之文字，熟讀不已，可悟無數法門。」〔註148〕觀《韓柳文研究法》亦選〈答胡直均書〉，盛評云：「〈答胡生書〉，筆力備極伸縮，力量最大，奇巧百出，且吞咽無窮血淚於胸臆中，機杼都非唐宋大家所有。」〔註149〕如此極力稱許，謂其吞言咽理，極具伸縮吐茹之妙。又以爲此文「聲調高亢」、「文之內轉，眞匪夷所思」〔註150〕者，如此能悟無數法門之作，自不能成爲遺珠之憾。又「贈序」一體，爲韓愈所擅長，琴南嘗云：「愚嘗謂驗人文字之有意境與機軸，當先讀其贈送序。序不是論，卻句句是論，不惟造句宜斂，即製句亦宜變。贈送序，是昌黎絕技。」〔註151〕如此盛讚，必有佳篇，琴南評韓愈〈送齊皞下第序〉云：「篇法、字法、筆法，如神龍變化，東雲出麟，西雲露爪，不可方物，讀之不已，則小心一縷，亦將隨昌黎筆端旋繞曲折，造於幽眇之地矣！」〔註152〕即謂其謀篇佈局變化無窮，生出無窮意境。又以爲「文之佳處，全在縈復埋伏照應之法」〔註153〕者，

〔註148〕林紓《韓柳文研究法・韓文研究法》，頁14。
〔註149〕同上，頁17～18。
〔註150〕上兩引具見林紓《選評古文辭類纂・答胡直均書》評語，頁166。
〔註151〕林紓《韓柳文研究法・韓文研究法》，頁22。
〔註152〕同上，頁25。
〔註153〕林紓《選評古文辭類纂・送齊皞下第序》評語，頁225。

如此佳製，足爲初學者習文之典範，又何能捨之而不錄。觀兩篇文章均見兩書之中，有論有評，均極力稱美，當可悟琴南選此兩篇文章之用心。

　　其次，再就深入琴南於各體所精選之作家與作品，茲製成下表，以見其選文之梗概：

◎林紓選評《古文辭類纂》各類作家與作品篇數對照表

文體	先秦	兩漢	魏晉南北朝	唐	宋	明	清	篇數
論說		賈誼（3）		韓愈（4） 柳宗元（2）	歐陽脩（1） 蘇洵（1） 蘇軾（1）			12
序跋		司馬遷（2）		韓愈（1） 柳宗元（1）	歐陽脩（4） 曾鞏（4） 蘇洵（1）			13
章表	李斯（1）	晁錯（1） 司馬相如（1） 劉向（1） 諸葛亮（1）		韓愈（1）	歐陽脩（1） 蘇軾（1）			8
書說	戰國策（3） 樂毅（1）	司馬遷（2）		韓愈（1） 柳宗元（2）	曾鞏（1） 蘇洵（1）			19
贈序				韓愈（19）	歐陽脩（3） 曾鞏（2） 王安石（1） 蘇洵（1） 蘇軾（3）	歸有光（3）	方苞（2）	34
詔策		漢文帝（3） 漢景帝（1） 漢武帝（1） 漢昭帝（1） 漢光武帝（1） 司馬相如（1）		韓愈（1）				9
傳狀				韓愈（2） 柳宗元（1）	蘇軾（1）	歸有光（4）	方苞（2）	10
箴銘				元結（1） 韓愈（15）	蘇軾（1） 歐陽脩（9） 王安石（5）			31
雜記				韓愈（3） 柳宗元（10）	歐陽脩（5） 曾鞏（2） 蘇洵（1） 蘇軾（2） 王安石（4） 晁補之（1）	歸有光（1）		29

辭賦	屈原（3） 宋玉（1）	東方朔（1） 楊雄（1） 司馬相如（1） 王粲（1）	鮑照（1）	韓愈（2）				11
哀祭				韓愈（2）	王安石（1）			3
篇數	9	22	1	77	58	8	4	179

＊（　）中之數字代表篇數。

　　由此表可得知選文類別、選文作家、選文時代之比重，如以分類選文之多寡言，依序爲「贈序」、「箴銘」、「雜記」、「書記」、「序跋」、「論說」、「辭賦」、「傳狀」、「詔策」、「章表」、「哀祭」。可見琴南較著重於初學古文常用文體，對於官府中所用之「詔策」、「章表」等文體則較少選文，此與前人論述文體多從崇尚流行文體出發有異。蓋由於時代與層次之局限，對於眞正具有文學特點之文體，前人頗多忽視。然琴南於「贈序」、「箴銘」、「雜記」等類之文體所選尤多，蓋以此類作品於敘事、記人、寫景、抒情上頗多著墨。琴南爲文，出之以性情，自然多所關注。復以琴南之實際創作作品，以「雜記」、「箴銘」、「贈序」類爲多，〔註154〕亦符合其分類選文之多寡。次就選文時代言，以唐最多，宋代次之，其次兩漢，此與其論文崇《左傳》、《史記》、《漢書》及唐、宋古文大家之文有關，可見時代文風亦左右琴南選文之標準。至於魏晉六朝以迄隋代，駢文盛行，多追求華麗詞藻而輕忽內容之作，自爲琴南所不喜，當然更爲初學古文者所當避忌者，故幾乎付之闕如。再就選文作家言，琴南以韓、柳、歐、曾爲文家習文之軌範，尤以韓愈之文最爲琴南推崇，故選韓文最多，尤其選「贈序」、「箴銘」、「雜記」、「書說」之類尤夥，尤其每類皆選韓愈之文，更見其重視之至。其次歐陽脩之文，以「箴銘」最多，「雜記」次之，與歐陽脩之文工於敘事，擅於抒情詠嘆符合。再次則爲柳宗元，顯而易見者爲「雜記」尤多，以其乃模山範水之能手，故其「雜記」頗多佳篇。琴南又恐尚有割愛之選文，因而作《韓柳文研究法》，亦正爲其韓、柳文頗多入選之最佳註腳。而琴南之所以精選名家名作，蓋由於冀望初學古文者，就此入門，以登古文之堂奧。

　　綜上所論，琴南提出古文文體論，實有其理論之基礎，尤其對彥和《文

〔註154〕王瓊馨《林琴南古文研究》曾統計琴南文集中之各類作品篇數，其中以「雜記」六十五篇最多，其次「碑誌」（箴銘）四十五篇，再次則爲「贈序」四十四篇。頁291～296，國立中興大學中文研究所碩士論文，1996年7月。

心雕龍》與姚鼐《古文辭類纂》頗有紹述之跡，於論文體之行文體例上亦多仿自《文心》，於論述內容亦多有徵引彥和、姚鼐之言者。各類文體，尤其唐宋以後之作家作品，皆在評騭之列，其中不乏獨到之見解。尤其將之徵諸選評古文中，亦若合符節。琴南身處文體定型時期之晚清，亦頗多對古文文體之總結與探討。其中雖前有所承，仍不失開拓之功。

第五章　林琴南之古文創作論

　　琴南之古文創作論，主要集中於《畏廬論文》。該書爲一部極具理論系統
之文論專著，其中以四部分分論古文創作之法則，首言「應知八則」，闡明創
作之要則；次言「論文十六忌」，示創作之避忌；三言「用筆八則」，爲謀篇
安章之方；四言「用字四法」，明字句鍛鍊之法。其中「論文十六忌」由反面
著墨，其他皆由正面申說，正反相生相成，論述全面精到，自成體系。本章
論述以《畏廬論文》爲主，而以散見於琴南相關著作如《文微》、《左傳擷華》、
《韓柳文研究法》、《評選古文辭類纂》爲輔，並參考古代典籍所論，相互發
明，彼此印證，試圖將琴南之古文創作論發微闡幽，以彰顯其特色之所在。

第一節　創作要則

　　琴南論古文創作要則，首先揭櫫「應知八則」，從「意境」、「識度」、「氣
勢」、「聲調」、「筋脈」、「風趣」、「情韻」、「神味」八個方面，就古文所追求
之基本內容與要求，提出具體之論述與總結。所論實受桐城派大師姚鼐「神、
理、氣、味、格、律、聲、色」〔註1〕古文理論之啓發，而更見完整。以下茲
就琴南所論之「八則」，依次論述，以彰顯其價值。

一、主意境

　　中國古代文論中，意境之說，有其濫觴、形成、發展、總結之過程。然

〔註1〕　姚鼐《古文辭類纂・序目》中云：「凡文之體類十三，而所以爲文者八：曰神、
　　　　理、氣、味、格、律、聲、色。神、理、氣、味者，文之精也；格、律、聲、
　　　　色者，文之粗也。」頁31，台北：華正書局，1983年6月。

綜觀學界認定，大抵以唐代為意境之形成與誕生期。〔註2〕有唐一代偽託王昌齡所作之《詩格》，則直接將之作為文論之專用名詞，文中首先揭示「詩有三境」，即於「物境」、「情境」之外，更有「意境」，〔註3〕此為「意境」引入文論之首見。對此「三境」之詮釋，今人葉朗及李鐸曾有明言。〔註4〕至於王氏所謂「張之於意，思之於心」之「意境」說，則偏重於「境」之範疇，以為「意境」乃「意之境」，與現今情景交融之「意境」，多從「意」與「境」之並列關係言之，兩者涵義有異。

唐代以後，意境之內涵，經文論家不斷發揮，而益形豐富。〔註5〕直至有清一代，「意境」一詞，更普遍運用於品評詩、詞作品，〔註6〕王國維之《人間詞話》更將歷來之意境論作出較明確之總結，〔註7〕惜偏於以「意境」或「境界」論詩、詞，卻不及於古文，為其美中不足之處。

綜上以觀，自王昌齡以降之論「意境」者，多將焦點集中於詩、詞之創作與評論之中，首先將「意境」一詞移至古文理論方面者，厥為琴南。其古

〔註2〕 有關論意境史之著作，大抵皆視唐為意境之形成與誕生期。如藍華增《意境論》第三章「詩論意境史」，頁44～62，昆明：雲南人民出版社，1996年3月。又薛富興《東方神韻～意境論》第一章「意境的歷程」，頁1～60，北京：人民文學出版社，2000年6月。

〔註3〕 今本署名盛唐王昌齡所作之《詩格》，收于《詩學指南》卷三中。《詩格》云：「詩有三境。一曰物境：欲為山水詩，則張泉石雲峰之境，極麗絕秀者，神之於心，處身於境，視境於心，瑩然掌中，然後用思，了然境象，故得形似。二曰情境：娛樂愁怨，皆張於意而處於身，然後馳思，深得其情。三曰意境：亦張之於意，而思之於心，則得其真矣。」

〔註4〕 李鐸《中國古代文論教程》，頁141，北京：北京大學出版社，2000年11月。又葉朗《中國美學史大綱》亦釋云：「『物境』是指自然山水的境界，『情境』是指人生經歷的境界，『意境』是指內心意識的境界。」，頁266，台北：滄浪出版社，1986年9月。

〔註5〕 較重要者如皎然《詩式》之「取境」、劉禹錫之「境生于象外」、司空圖之「思與境偕」、嚴羽《滄浪詩話》之「興趣」說、王士禛「神韻」說等，皆為「意境」論之發揮。詳參藍華增《意境論》第三章「詩論意境史」。昆明：雲南人民出版社，1996年3月。

〔註6〕 如陳廷焯《白雨齋詞話》評柳永詞為「意境不高」（唐圭璋《詞話叢編》冊十一，頁3803）論納蘭詞為「意境不深厚」（《詞話叢編》冊十一，頁3807）。又況周頤於《蕙風詞話》中亦大量使用「意境」一詞，如《雲莊詞·醉江月》云：「『一年好處，是霜輕塵斂，山川如洗。』較『橘綠橙黃』句有意境。」（卷二）〈鳳棲梧〉歇拍云：「『別有溪山客杖屨，等閒不許人知處。』意境清絕、高絕。」（卷三）

〔註7〕 薛富興《東方神韻～意境論》對王國維之「意境論」頗多論述，頁54～60。

文創作要則專立〈意境〉一篇，自成體系。琴南之古文意境論，相較於王國維，自有其貢獻與突出之成果。

琴南首先提出「意境」之重要，其說云：

> 意境者，文之母也。一切奇正之格，皆出於是間。不講意境，是自塞其途，終身無進道之日矣。（《畏廬論文・應知八則・意境》）

琴南視「意境」爲「文之母」，即文章旨趣之所從出。劉勰於《文心雕龍・知音》中提出「將閱文情，先標六觀」之批評方法，其中有「觀奇正」一法，亦即觀作家之行文措詞是否新奇雅正。而琴南於此之「奇正」一詞應指文章於風格、體式、布局、語言運用等外在形式之靈活變化。蓋意境決定表現形式，亦即表現形式須以文本之「意境」相呼應。琴南言：

> 若無意者，安能造境？不能造境，安有體製到恰好地位？（《畏廬論文・應知八則・意境》）

意境決定文章體製與表現形式，欲使體製妥貼，則須先致力於「立意」與「造境」，而形成「意境」。因此，極佳之體製，實已先寓極佳之意境，體製恰到好處，內容與形式渾然爲一。故琴南於〈意境〉云：「一篇有一篇之局勢，境即寓局勢之中。」正是此理。而琴南視意境爲行文之先決關鍵者，如其言「後文采而先意境」、「須講究在未臨文之先」，〔註8〕將古文意境之重要極力提升。至其形成之次序，則云：

> 文章唯能立意，方能造境。境者，意中之境也。……意者，心之造。境者，又意之所造也。（《畏廬論文・應知八則・意境》）

意境爲古文創作中之構思過程，其形成自有其階段性，琴南以爲其歷程爲先由「心」，其次爲「意」，再其次爲「境」，最後方形成「意境」。所謂「心」爲思維之中樞；「意」爲文家之思想；「境」則爲文家所虛構之景象。琴南並以爲「意境」須「有海闊天空氣象，有清風明月胸襟」，〔註9〕由此觀之，琴南以爲「意境」中之「意」主導意境創造之過程，因「唯能立意，方能造境」，以「立意」爲先，文家先有想像之菁華，而後再去營造景象。由此可知，「意」若能明確，「境」當亦能順手而得。「境」若不先有「意」，則「境」亦不復存在。琴南於〈意境〉中所謂「無意之文即是無理。無意與理，文中安得有境界」，再三強調作文當以「意」爲主，文采由意境決定。此種意境決定論，側

〔註8〕　具見《畏廬論文・應知八則・意境》頁 21 下，頁 22 下。
〔註9〕　《畏廬論文・應知八則・意境》頁 22 下。

重內容決定形式之觀點，顯然成為其文論中之特色。《文微》中亦言：

> 為文要立脈，使意常在筆先，即此便是經營。(《文微・造作第四》)

文以立意為先，構思妥當，下筆為文，方可文從字順。故琴南對於一味追求形式，不講求意境之作，頗表不滿。如其於〈意境〉中曾評唐代皇甫湜《皇甫持正集》之文云：「其言理敘次，都是著力鋪排，往往反傷工巧。」由於為文之過度鋪排，而失之險奧，損害文章之藝術性。是以為文懸一意境為鵠的，以杜絕陳詞濫調、千篇一律之弊，方能增進文章之表現力。至於意境形成因素，則有其客觀之造境條件，琴南以為來自三者：

> 詩書、仁義及世途之閱歷，有此三者為之立意，則境界焉有不佳者。
> (《畏廬論文・應知八則・意境》)

意境雖說來自文家內在之思維活動，然此思維活動必受外在客觀條件所制約，諸如生活環境、社會地位、人生經歷、見識、學養等，皆可造成各師其心，其異如面之差異。因而研讀聖賢著述，自能明理；取聖賢思想之精髓，自能重道；多所閱歷，自能見識廣博。以此綴文屬篇，境界自高，但此亦非一朝一夕之功。因而琴南云：

> 澤之以詩書，本之以仁義，深之以閱歷，馴習久久，則意境自然遠
> 去俗氣，成獨造之理解。(《畏廬論文・應知八則・意境》)

論意境以仁義為根本，不離儒家文以載道之說。文章為案頭之山水，人情練達即是文章，登臨名山大川，閱歷世態人情，自然有助文章之意境。且為學重視積累，積習日久，則自有所成；所謂「積學以儲寶，酌理以富才。」[註10] 詩書、仁義、閱歷三者正提供意境創造之極佳養分，亦為創造意境之基本條件。然因文家之個別差異，有其各自之個性特徵，琴南云：

> 譬諸盛富極貴之家兒，起居動靜、衣著飲食，各有習慣，其意中絕
> 無所謂甕牖繩樞、啜菽飲水之思想。貧兒想慕富貴家饗用，容亦有
> 之，而決不能道其所以然，即使虛構景象，到底不離寒乞。故意境
> 當以高潔誠謹為上著。(《畏廬論文・應知八則・意境》)

> 凡作文字，猶相體而裁衣，欲狀何人，即當肖其人之口吻。……左
> 氏每敘一人，必宛肖此一人之口吻，能深心體會，自能悟出其妙。(《左
> 傳擷華》卷下，〈齊陳逆之亂〉評語)

〔註10〕劉勰《文心雕龍・神思》，見范文瀾《文心雕龍注》，頁493，台北：學海出版社，1980年9月。

為文當如實傳真，猶相體裁衣，量身訂做，不可嚮壁虛造，捕風捉影。描寫
對象因社會地位、經濟生活、生活環境、社會經驗之不同，而呈現個別差異，
遂顯現獨特之「意境」特徵。可見客觀環境對文家之認知、思想、感情有其
影響，並制約其意境創造，此觀點為王國維論意境所未嘗觸及者，正可彌補
王氏之不足。〔註11〕而在論述意境之個性特徵，除客觀外在環境外，亦深入
文家內在之精神層面，企圖找尋產生意境之內在依據，琴南云：

> 凡學養深醇之人，思慮必屏卻一切膠轕渣滓，先無俗念填委胸次，
> 吐屬安有鄙俗之語？須知不鄙倍于言，正由其不鄙倍于心。(《畏廬
> 論文・應知八則・意境》)

學養深醇，胸襟不俗，方能擺脫蹊徑，進行創造發明，可見豐富之「學養」
正是形成意境之內在利器。文家於學問、道德方面之修養，必須追求「深醇」
──深邃和醇正。此觀點實承自劉勰《文心雕龍・神思》而來，〔註12〕蓋為
文構思，以虛靜為上，輔以積學、酌理、研閱、方可駕馭文辭，亦即學養深
醇之後，綴文屬篇，方能免於鄙俗，方可臻於「高潔誠謹」之美學要求。於
此可見琴南吸取古文論之脈絡，為意境創造提供主、客觀之依據。琴南又提
出以「高潔誠謹為上」之意境主張，認為應屏棄煩碎之考據，不應「以考據
助文之境」，〔註13〕嘗於〈國朝文序〉論云：

> 世之治古文者，初若博通淹貫，即可名為成就，顧本朝考訂諸家林
> 立，而咸有文集，陸離光怪，炫乎時人之目，而終未有尊之為真能
> 古文者。(《畏廬文集》)

琴南否定考訂之文，以為非「真能古文者」，其「生平厭考據煩碎，夙著經說
十餘篇，自鄙其陳腐，斥去不藏」，〔註14〕為使意境闊大高潔，反對以考據「使
事于經史中」，而主張以理解「析理于經史中」，以期臨文之先「心胸朗徹，
名理充備」，〔註15〕皆可見其後文采而先意境之文論主張。

〔註11〕趙伯英〈林紓論意境～《畏廬論文》札記〉，鹽城師專學報社科版，1984年2
月，頁41～45，後輯入上海師範大學圖書館編《中國大陸傳記資料》第九十
八冊「林紓傳記資料」，未著出版年月。

〔註12〕劉勰《文心雕龍・神思》云：「陶鈞文思，貴在虛靜，疏瀹五藏，澡雪精神，
積學以儲寶，酌理以富才，研閱以窮照，馴致以懌辭。」見范文瀾《文心雕
龍注》，頁493。

〔註13〕姚鼐《惜抱軒尺牘・與陳碩士》，北京：中國書店出版社，1992年。

〔註14〕張僖《畏廬文集・序》，台北：文津出版社，1978年7月。

〔註15〕《畏廬論文・應知八則・意境》，頁22下。

　　琴南之意境論，雖多薈粹於《畏廬論文‧意境》中，然於評古文與小說
之序跋，亦多以「意境」評文，同樣肯定意境之重要。如評《左傳‧僖公二
十八年》〈城濮之戰〉中云：

> 觀左氏之敘曹衛事，簡易顯豁，明明是曲，讀之則直而易曉。明明
> 是深，讀之似淺而無奇。凡文字頭緒繁多，事體輊輵，總在下字警
> 醒，則一目了然，不至令人思索，此等文境，亦大不輕易走到。(《左
> 傳擷華》卷上)

左氏於頭緒紛煩之事，能馭繁就簡，讀來簡易顯豁，了然於心，若非先立意，
於胸中先慘澹經營，文境自難獲致。此更印證爲文意在筆先，文境始得之論。
琴南更於《吳孝女傳後》云：

> 孝女生時，論文以文氣、文境、文辭爲三大要。三者之中特重文境。

雖說此爲吳孝女（慶增）之文論主張，但琴南對文境之高度重視，亦與吳孝
女相同。意境爲文之首要，文采由意境所決定，唯有追求意境，方能杜絕千
篇一律、陳腔濫調之弊端，增進文章之表現力。此種內容決定形式，意境決
定文采之觀點，成爲其文論之中心。琴南之評韓、柳古文，便以重意境爲上，
如評退之〈答李翊書〉云：

> 自無望速成，無誘勢利起，至其言藹如也，爲一段，是取法上。擇
> 術端，到文字結胎後，生出意境，已成正宗文派。(《韓柳文研究法‧
> 韓文研究法》)

退之〈答李翊書〉，旨在爲立聖人之言，行仁義之途，行文「如剝蕉乾，剝進
一重，更有一重，把公一生工夫，和盤托出。逐層均有斟酌，亦均有分兩，
未嘗一語凌越也。」〔註16〕行文中頗見退之之用心，漸漸入微，力臻上流，
至結穴則滿生意境，味之靡不善者。至於柳宗元，琴南舉其〈愚溪詩序〉爲
例，文末評云：

> 子厚舍去溪上境物，用簡筆貫串而下，數行之中，將「八愚」完結
> 清楚。即由「愚」字生出意境，借溪之不適于用，以喻己之愚，寓
> 牢騷于物象之中。(《選評古文辭類纂》卷二)

本文以「愚」字開拓文境，舍溪上境物，而標己之愚，不惟筆妙，亦屬心靈。
蓋境生於象外之意，能解其意，則文之境界始開。又如琴南評歐陽脩〈峴山

〔註16〕林紓《選評古文辭類纂》評〈答李翊書〉文，頁153，杭州：浙江古籍出版社，
　　　　1986年3月。

亭記〉云：

> 歐陽永叔〈峴山亭記〉，表面輕淡平易，而其意境，實有千波萬疊。
> （《文微·唐宋元明清文平第八》）

琴南所謂「有意境，曰深」，〔註17〕意境欲深，必先有深醇之學養，豐富之閱
歷，吐文屬辭，虛實互用，層層開展，漸入佳境，亦如波瀾之起伏，山脈之
綿延，有無窮無盡之意境於其中。韓愈、柳宗元、歐陽脩皆得箇中之妙。

　　若論琴南之意境說，究竟於前人之基礎上有何開拓之處，論者多與所謂
「意境的終結者」之王國維相較論，兩人實各見擅場，〔註18〕唯琴南特出之
處，在於強調意境形成階段論，非但深入內在精神活動，亦觀照外在客觀環
境之制約，實獨具隻眼。更將「意境」論入於古文中，專篇論述，系統探討，
視意境爲古文藝術美最高範疇，且分析意境形成之主要因素及其規律，提供
意境提昇之途徑，將其具體化、生活化，使人易知易行，而非玄妙、朦朧不
可測者，所論周備詳盡，精闢獨到，爲一篇自成體系之意境論。

二、崇識度

　　琴南論意境既求合道，故必須由讀書積理，豐富閱歷入手，以洗滌意境
中之穢俗。唯庸手爲之，或流於陳腐，掇拾陳言，一味因襲，無所發明，故
須講識度。而「識度」一詞，非始自琴南，曾文正即已揭示，用以形容太虛
之美。〔註19〕琴南承其說，將之引入古文理論，特立〈識度〉以論創作之要

〔註17〕林紓《文微·通則第一》，見李家驥等編《林紓詩文選》文末所附，頁 387，
北京：商務印書館，1993 年 10 月。

〔註18〕薛富興《東方神韻～意境論》視王國維爲「意境的終結者」，與林紓並列論述，
薛氏以爲王、林二人之「意境」皆「推意境爲藝術美最高範疇，爲意境發展
史添上最後有力的一筆」，頁 54。又趙伯英〈林紓論意境～《畏廬論文》札記〉，
對王、林二人之意境論作深入比較，趙氏以爲「王國維的『必經過三種之境
界』（《人間詞話》），並非指文藝創作精神活動的階段，而是事業、學問所達
到的三個階段。這是不能混同于意境形成階段論的。所以，林紓的意境形成
階段是獨具隻眼的，在意境論上突破了前人和同時代的人的理論，深入到精
神活動的規律，爲我們研究意境，建樹了一座里程碑」，同註 11，頁 42；李
彬〈林紓、王國維比較論〉，就「共同的文化背景」、「兩種文化心態」、「喜劇
和悲劇的歸宿」以比較兩人之人格心態，並可參。徐州師範學院學報哲社版，
1990 年第三期。

〔註19〕曾國藩選《古文四象》以授弟子。其《曾文正公家訓·同治四年 6 月十九日》
云：「氣勢、識度、情韻、趣味四者，偶思邵子四象之說，可以分配。」《曾
文正家書·同治五年 11 月初二》又云：「所謂四象者，識度即太陰之屬、氣

則。琴南爲「識度」所下之定義爲：

> 「識」者，審擇至精之謂，「度」者，範圍不越之謂。(《畏廬論文‧
> 應知八則‧識度》)

識爲敏銳之觀察力，獨到之眼光。琴南以爲有識，方能審愼採擇，辨之精確，能「見遠而晰其大，凡於至中正處立之論說」；〔註20〕有度，則能不越範圍，合於中道。於琴南之前，劉彥和即已強調「識」，所謂「言不盡意，聖人所難；識在瓶管，何能矩矱。」〔註21〕此言評論文章之不易，若識見粗淺，當無法握住標準，以爲讀者之法度。並以爲「君子藏器，待時而動」，〔註22〕著重於作家之器識，爲文學創作不可或缺之內在修養。其後「識」被引入詩文創作評論領域。史學家、文論家或論「才、學、識」〔註23〕、或論「才、膽、識、力」，〔註24〕亦皆認爲以「識」爲重，茲舉清朝葉燮之論，以明「識」應先於「才、膽、力」，葉氏言：

> 四者無緩急。而要先之以識，使無識，則三者俱無所托。……惟有
> 識則能知所從，知所備，知所決，而後才與膽、力，皆確然有以自
> 信，舉世譽之，舉世非之，而不爲其所搖。(《原詩‧內篇》)

蓋以無識，則才、膽、力三者俱無所託，識居於才之先，無識則無膽，識明則膽張，自成一家之力，亦須靠識達成。具備獨立不懼，不與世浮沉之見識，爲才、膽、力發揮之根本條件，「惟有識則是非明，是非明則取舍定，不但不隨世人腳跟，並亦不隨古人腳跟。」(《原詩‧內篇》)此精闢之見解，予琴南多所啓發，提供其論「識度」之所據，於〈識度〉中先引葉水心之言，並暢論己見云：

勢即太陽之屬、情韻少陰之屬、趣味少陽之屬。」見《曾國藩家書‧家訓‧日記》，北京：古籍出版社，1995 年。

〔註20〕林紓《畏廬論文‧應知八則‧識度》，頁 23 上。

〔註21〕劉勰《文心雕龍‧序志》，見范文瀾《文心雕龍注》，頁 727。

〔註22〕劉勰《文心雕龍‧程器》，見范文瀾《文心雕龍注》，頁 720。

〔註23〕如劉熙載《藝概‧文概》云：「文以識爲主。認題立意，非識之高卓精審，無以中要。才、學、識三長，識爲尤重。」又如袁枚《隨園詩話》卷三云：「作史三長：才、學、識，缺一不可。余謂詩亦如之，而識最爲先。非識，則才與學俱誤用矣。」史學家尤重「識」，如章學誠《文史通義‧文德》云：「夫識，生于心也；才，出于氣也；學也者，凝心以養氣，煉識而成其才者也。」

〔註24〕葉燮《原詩‧內篇》云：「大凡人無才則心思不出，無膽則筆墨畏縮，無識則不能取舍，無力則不能自成一家。」北京：人民文學出版社，1979 年。此明示「才、膽、識、力」四者之區別。

葉水心曰：「爲文不關事故，雖工奚益？」須知關世故，決不在臨文時，有遠識，有閎度，雖閒閒出之，而世局已一瞭無餘。（《畏廬論文·應知八則·識度》）

文家有遠見宏識，方能於日常生活材料取捨，入於文中，展現關乎世局之識度。是以識度須靠平日之積累，並非於臨文時刻意營造。唯作者有識，方能將事理說透，一矢中鵠，讓讀者體會作家不同於流俗之胸襟與氣度。

文家有遠識閎度，自能知所棄取。因此主張於學文入手之時，則須「濟之以識」，以知古人之病處。琴南再引魏叔子之言論云：

學古人，必知古人之病，而力湔滌之。不然，吾自有其病，而又益以古人之病，則天下之病皆萃于吾之一身。（《畏廬論文·應知八則·識度》）

欲知古人之病，必先具獨到之眼光。文人之通病，在於貴古賤今，只知習古而不知變通，食古不化，正是無識所致。劉彥和所謂「日進前而不御，遙聞聲而相思」，〔註25〕文人賤同思古，習之日久，則無識以斷古人之優劣，不知取捨，以致於陳陳相因，囫圇吞棗，即便爲古人之病處，亦全盤接收，遂造成集天下之病於一身，此即無識之弊。除此，魏叔子亦提出爲文之道，在於「積理而鍊識」，其說云：

愚嘗以謂爲文之道，欲卓然自立於天下，在於積理而鍊識。……所謂鍊識者，博學於文，而知理之要，鍊於物務，識時之所宜。理得其要，則言不煩而躬行可踐，識時宜則不爲高論，見諸行事而有功。……故鍊識如鍊金，金百鍊則雜氣盡而精光發。（《魏叔子文集》卷六〈答施愚山侍讀書〉）

此論與前論可相互生發，爲力避古人之病，則須積理而鍊識。作家平日長於讀書學習，汲取養分，豐富自己，進而深明義理，文家之辨識、鑒別之能力乃備。故「識」須經鍛鍊，歷經千錘百鍊，眼力方銳，眼界方高，始有所得。因而提昇作家之識見，必須靠深厚之「學養」。葉氏雖未專設「學」以論述，實則其「識」已涵蓋「學」之成分，可見博學明理，明理而後閎識，其論點對琴南「識度」之提出，多有助益。琴南於《文微》中亦提出「廣識度」之門徑云：

讀經可濬來源，讀史可以廣識見，然後參以今世之閱歷，而求其會

〔註25〕劉勰《文心雕龍·知音》，見范文瀾《文心雕龍注》，頁713。

通。如此爲文，則有根柢，而不迂固。(《文微‧籀誦第三》)

史書蘊含古今之興替、得失之原委，可以訓練觀察力和洞見力，有助於識見之養成。再輔之以豐富之生活閱歷，必可融會貫通。又根柢於經史，論事敘事乃可免於迂腐不化。然而無見寡識之人，必舍本逐末，不先鍊識，自無鑒識之能力，琴南云：

> 試問非沈酣於古，博涉諸家，定其去取，明明是古人病處，卻盡力摹仿，盡力追求，即有明眼者，告之以病，亦不之信矣。學前後七子者，幾于七子外無文字，學竟陵、公安者，幾于竟陵、公安外無文字。物蔽于近，性遷于習，豈惟文字者爲然。(《畏廬論文‧應知八則‧識度》)

古人利病，無力分辨，此缺乏獨到眼光、鑒別見識所致。力學古人，須知古人之病，絕不能一味摹古，而造成迷古亂眞之弊。蓋以人長久習染，積蔽成習，因而蒙蔽眞相而不自知，亦將無由見作者之識度。故有識度、有眼光，入手學文，方能判知古人之病，不染古人之蔽習。有識度，則縱筆爲文，識度顯現於內涵，使文章意旨遙深，展現文家之抱負。

琴南又指出：「識度」非僅止於論事而已，作家綴文屬篇，爲文敘事，亦須有識。尤其於謀篇布局時，識度高低，更是關鍵。對此，琴南以《史記》爲例，加以論說：

> 凡人於不留意處，大有過人之處，而爲之傳者，恆忽略不道，或亦閒閒敘過，此便失文中一大關鍵。試觀《史記》中列傳，一入手便將全盤打算；有宜重言者，有宜簡言者，有宜繁言者，經所位置，靡不井井。此惟知得傳中人之利病，但前後提絜，出之以輕重，而其人生平，盡爲所攝，無復遁隱之跡。此非有定識高識，烏能燭照而不遺？(《畏廬論文‧應知八則‧識度》)

司馬遷之難能可貴，不只在其博學，尤在於其史學之鑑識。史公歷史編纂學注重抉擇、判斷、燭照至大處之眼光與能力，此即劉知幾史家三長所謂之「史識」，憑此遠見閎識，使其展開「究天人之際，通古今之變，成一家之言」〔註26〕之事業，其氣魄與胸襟，至今仍令人折服。尤其列傳中記人敘事，一入手便先占地步，凡文之繁簡、詳略、主次，即已布置得宜，安排妥當，並了然於胸，此

〔註26〕爲司馬遷《史記‧太史公自序》中之散語，見瀧川龜太郎《史記會注考證》，頁 1365～1381，台北：洪氏出版社，1983 年 10 月。

非有獨到眼光不能也。故列傳中之人物，在其筆下皆活靈活現，躍然紙上。正因爲有識度，故取捨有定，評論人物，語語中肯，亦著眼於「大體」、「大義」之處。〔註27〕尤其憑其高超之鑑識力，凡事「察其本」，〔註28〕看透事情之底層，不爲世俗輿論所迷惑，展現其卓越之識度。史家劉知幾以爲良史須才學識兼長，章學誠再加之以德，實則「識」仍居其中首要。李長之即認爲「三者或四者之中，最重要的還是『識』。因爲「才」不過使一個人成爲文人，『學』不過是使一個人成爲學者，只有『識』纔能讓一個人成爲偉大的文人，偉大的學者。至於『德』，那也仍是識的問題。」〔註29〕足見識度於文家、史家之重要。亦由於人人識度不同，因而格局自有高下。琴南再提出：

> 世有汗牛充棟之文，令人閱不終篇，即行舍置，正是無識度，所以
> 無精神，所以不能行遠而傳後。(《畏廬論文・應知八則・識度》)

古來文章之多，如天上繁星，莫能勝數。然或有濫竽充數之文，令人無法卒讀者，此正是無識度使然。若文家有識度，則能言人之所未言，見人之所未見，推陳出新，文章自能藏之名山，傳之久遠。然「識度」究應如何開闊，琴南先拈出「通融」二字，所謂「通者，通於世故也。融者，不曾拘執也。一拘便無宏遠之識，一執便成委巷小家子之識。」〔註30〕文家必通於古今，通於世情，通達圓融，力避食古不化、拘泥不通，方有大格局。琴南並爲〈識度〉作結以指其門徑云：

> 欲察其識度，舍讀書明理外，無入手工夫。若泛濫雜家，取其巧思，
> 醉其麗句，則與識度二字愈隔愈遠矣。

唯讀者明理，方通於世故；唯博涉諸家，方能明理，方知去取。於精粗、高下、正偏、本末間，方知剪裁取捨，古人之陋習不致於加諸吾身，下筆爲文，方能發人之所未發，如此，眞可謂具有眞知灼見之文家。

　　琴南論「識度」，除系統理論之闡述之外，亦落實於古文評論之中。大多以「識」、「識見」、「識力」、「眼光」評點古文，如評《左傳・襄公三年》「魏

〔註27〕太史公評平原君云：「平原君，翩翩濁世之佳公子也，然未睹大體。」又評魯仲連云：「魯連其指意雖不合大義，然余多其在布衣之位，蕩然肆志，不詘於諸侯，談說於當世，折卿相之權。」具見瀧川龜太郎《史記會注考證》，頁960及1008。

〔註28〕此爲太史公評李斯之語，見瀧川龜太郎《史記會注考證》，頁1045。

〔註29〕李長之《司馬遷之人格與風格》，頁205～206，台北：漢京文化事業有限公司，1983年3月。

〔註30〕林紓《畏廬論文・應知八則・識度》，頁23下。

緯戮揚干之僕」云：

> 此文寫出羊舌赤一道眼光。……偏生羊舌赤有一道眼光，料事如神，
> 知緯必來，凡英主無不聰明，於此見得事事都對不住。識見不及羊
> 舌，執法不及魏緯，家庭無教育，對不住諸侯，只有引過自責一路，
> 方能自掩其醜。（《左傳擷華》卷上）

琴南於文中極度推崇羊舌赤之「一道眼光」，唯隻眼獨具，斷事方能精準，避
免錯失。而識見非聰明可得，亦必由胸中涵養、積累始得。除此，如〈昭公
三年〉「齊使燕嬰請繼室於晉」一文評為「此篇論事論勢，獨切實有識見。」
〔註31〕又於〈昭公二十八年〉「晉殺祁盈」評云：「識見等於子文，賢母之眼
光，直貫徹到底，且寫家庭情事，歷歷如繪。」〔註32〕以表賢母。足見琴南
評左氏文，注重「識見」。再者，琴南評韓、柳文，亦是如此，如其贊韓愈之
「〈原人〉括，〈原鬼〉正，均足以牖學者之識力。」〔註33〕退之文之概括、
雅正自可廣學者之識見。又如其評柳宗元〈封建論〉云：

> 今就文論文，識見之偉特，文陣之前後提緊，彼此照應，不惟識高，
> 文亦高也。（《韓柳文研究・柳文研究法》）

識高則文高，為琴南論文所標榜。柳氏〈封建論〉一文以「封建非聖人之意，
勢也」為中心論點，先正面論述，再反面批駁，篇末再照應本題。行文處處
用心，每下一字，必加經營，絕不冒昧而出。此等功力，非有高卓識見不可，
可知識見卓偉，與文章之提絜照應有關。琴南於《選評古文辭類纂》中評此
文，亦肯定柳氏「一眼絜其綱領」，且「說得在在都有憑據」，〔註34〕識見對
文家為文之重要，可見一斑。

綜上以觀，琴南有論有證。然以前賢所言，大多僅以「識」字言之，琴
南則明確指出「識度」一詞，並定其涵義。由其定義看來，為文除有識見之
外，尚須識法，辨別法度，識方有所依，劉熙載即云：「敘事要有法，然無識
則法亦虛。論事要有識，然無法則識亦晦。」〔註35〕琴南論文，推崇法度，
敘事講究筆法。唯若無遠見卓識，則筆法如同虛設。論事亦須有高超之識見；
若不言筆法，識見則無由顯現。技法與識見相輔相成之觀點，即是追求內容

〔註31〕林紓《左傳擷華》，頁169，高雄：復文圖書出版社，1981年10月。
〔註32〕林紓《左傳擷華》，頁204。
〔註33〕林紓《韓柳文研究・韓文研究法》，頁4，台北：廣文書局，1976年4月。
〔註34〕林紓《選評古文辭類纂》卷一，頁29。
〔註35〕劉熙載《藝概卷一・文概》，頁44，台北：華正書局，1985年6月。

與形式之統一，由《畏廬論文》中言〈用筆八則〉與〈應知八則〉中可見，此亦是其「識度」之卓犖所在。

三、斂氣勢

琴南以「意境」爲古文創作之前提，以「識度」爲古文創作之取裁，進而提出「氣勢」之說，以助文采之發揮。早自曹丕，即有「文以氣爲主」之論，〔註36〕劉勰《文心雕龍》則專設〈養氣〉篇以論作家應「養氣」，〔註37〕及至韓愈，則提出「氣盛言宜」之觀點，〔註38〕具體闡明文氣與文辭之關係。有清一代，桐城劉大櫆於〈論文偶記〉中有關「氣」之見解，著墨頗多，諸如「氣最要重」、「文章最要氣盛」，進而提出「行文之道，神爲主，氣輔之」、「神者氣之主，氣者神之用」之「神氣」說，認爲「氣」必依附於「神」而存在。更難能可貴者，劉氏將「氣」與「勢」加以聯繫，強調「論氣不論勢，文法總不備」、「文以氣爲主，氣不可以不貫；鼓氣以勢壯爲美，而氣不可以不息」，〔註39〕劉氏認爲文法欲高妙，則文之「氣」與「勢」須兼而有之；且氣須連貫，勢方可壯大，行文氣勢乃能旺盛。琴南承前賢之說，專立〈氣勢〉，系統以論，文之入手，即提出「斂氣蓄勢」說云：

> 文之雄健，全在氣勢。氣不王，則讀者固索然；勢不蓄，則讀之亦易盡。故深於文者，必斂氣而蓄勢。然二者，皆須講究於未臨文之先，若下筆呻吟，於欲盡處力爲控勒，於宜伸處故作停留，不惟流爲矯僞，而且易致拗晦。蘇明允〈上歐陽內翰書〉稱昌黎之文「如

〔註36〕 曹丕《典論・論文》云：「文以氣爲主，氣之清濁有體，不可力強而致，譬諸音樂，曲度雖均，節奏同檢，至於引氣不齊，巧拙有素，雖在父兄，不能以移子弟。」見李善注《文選》第五十二卷，台北：漢京文化事業有限公司，1983年9月。有關「文氣」說，王凱符、張會恩《中國古代寫作學》論之頗詳，頁56～73，北京：中國人民大學出版社，1992年9月。

〔註37〕 劉勰《文心雕龍・養氣》云：「率志委和，則理融而情暢；鑽礪過分，則神疲而氣衰。」見范文瀾《文心雕龍注》，頁646，彥和主張寫作需養精蓄銳，以免氣竭氣衰。

〔註38〕 韓愈〈答李翊書〉云：「氣，水也；言，浮物也；水大而物之浮者大小畢浮。氣之與言猶是也，氣盛則言之短長與聲之高下者皆宜。」見馬其昶《韓昌黎文集校注》，頁171，上海：上海古籍出版社，1987年6月。退之強調唯作家才識淵博，精神正大，感情充沛，則自可純熟適切的驅遣語言文字。

〔註39〕 以上引文具見劉大櫆《論文偶記》，見舒蕪校點《論文偶記》，頁3～5，北京：人民文學出版社，1970年11月。

> 長江大河，渾浩流轉，魚鱉蛟龍，萬怪惶惑，而抑遏蔽掩，不使自
> 露。」此眞知所謂氣勢，亦眞知昌黎之文能斂氣而蓄勢者矣。(《畏
> 盧論文‧應知八則‧氣勢》)

文章雄深雅健，則氣勢旺盛。若氣不王，則讀來乏味；勢不蓄，則讀之易盡，
韻味全失。故琴南主張須「斂氣蓄勢」，以防氣盡勢竭。然「斂氣蓄勢」須於
臨文前即已全盤打算，了然於胸。非於下筆時一味呻吟，於該發揮之處，卻
竭力控勒、停留，故作蓄勢待發之狀，則非但流於矯揉造作，且易有執拗晦
澀之病。蘇洵盛讚是眞知「斂氣蓄勢」者，是因韓愈文之「抑遏蔽掩」，即爲
文採用阻遏、抑制、掩蔽之手法，而展現如長江大河，洶湧澎湃之氣勢。琴
南於《文微》中亦有「斂氣蓄勢」之說，試擷取下列諸條以爲證：

> 複筆後宜用鎖。鎖後更宜用足，則其文乃不流失于散，而氣力充實。

> 四言上氣勢，而必以線脈貫氣。所謂勢者，則有留必縱，有停必頂
> 也。

> 昌黎文，行氣妙，能蓄縮。

> 東方〈客難〉，氣厚鋒斂，往往罵到極痛快時，輒能善藏其鋒，漢文
> 率如是也。(具見《文微‧通則第一》)

總之，欲斂氣蓄勢，必當於行文筆法中講究，唯筆法運用巧妙，於伸縮吐納
之中以見文章之氣勢，切忌一路宣洩，至氣力衰竭，而文勢索然。「將軍欲以
巧取人，盤馬彎弓故不發」，此韓愈「蓄勢」之說也。琴南亦推崇韓愈、東方
朔文有蓄縮之妙，善藏機鋒，不使自露，如此文章，讀來層層翻騰，文勢如
排山倒海而至，令人回味不盡。如琴南評退之〈說馬〉及〈獲麟解〉云：

> 兩篇均重在「知」字。篇幅雖短，而伸縮蓄洩，實具長篇之勢。(《韓
> 柳文研究法‧韓文研究法》

兩篇文章均短，然寫來層層轉折，波瀾起伏，極富變化，深得擒縱之妙，因
而氣勢頓宕，饒富餘思。除此，琴南評其〈劉統軍碑〉亦贊云：「以散文體格
施韻語，不事妝點，振筆直書，惟昌黎蓄有勁氣，故能如此，庸手不易學。」
〔註40〕皆足證韓愈文章能「抑遏掩蔽」之蓄縮特色。

而文章之氣勢，究應如何設計，琴南以爲：

> 凡理足而神王，法精而明徹，一篇到手，已全盤打算。空際具有結

〔註40〕林紓《韓柳文研究法‧韓文研究法》，頁43。

構矣。則宜吐宜茹，宜伸宜縮，於心了了，下筆自有主張。等一言
也，煩言之不見爲多，省言之不見爲簡。(《畏廬論文‧應知八則‧
氣勢》)

有氣勢之文，於內容上必是思想內容充實，精神氣力旺盛之「理足而神王」
之作；理足便能氣壯，義長便能氣盛。郭紹虞嘗云：「蓋理直則氣壯，氣盛則
言直，氣是理與言中間的關鍵。」〔註41〕思想內容充實流貫，經由作者形之
於適切之語言，則文章中沛然而莫之能禦之氣勢便隨之而生。至於法度上則
要求技法精到，明曉透徹之「法精而明徹」之作，當作者內在思想情感形成
之後，亦須賴於外在語言藝術技巧之配合，臻於「其氣充乎其中，而溢乎其
貌，動乎其言，而見乎其文」〔註42〕之境界。而無論爲內在之「理」，或外在
之「法」，皆須於構思篇章之前，即已全盤掌握，成竹在胸，於臨文時，便能
言之有物，吐納自如，繁簡得宜，詳略有準。然求文章氣勢之際，不能一味
求其奔放，而流蕩失控，琴南便以駑馬與騏驥爲例，論云：

　　駑馬與騏驥共馳於康莊，其始亦微具奮迅之概，漸而衰，久則竭矣。
　　雖然即名爲騏驥者，亦不能專恃其逸足以奔放。須知但主奔放，亦
　　不能指爲氣勢。北齊顏之推曰：「凡爲文章，猶人乘騏驥，雖有逸氣，
　　當以御勒制之，勿使流亂軌躅，放意填坑岸也。」解得顏氏之語，
　　即知斂氣蓄勢之妙用。(《畏廬論文‧應知八則‧氣勢》)

爲文須氣盛，氣不盛，作品便會板滯無味，但一味求氣盛而不知收斂，文章便
會放蕩流離，故須「斂氣」。猶如良馬奔於途，雖逸氣十足，仍當斂蓄節制，千
里之遠始可到達。反之，若但憑逸氣，不知控制，則無法竟其成。劉勰嘗云：「勢
者，乘利而爲制也。如機發矢直，澗曲湍回，自然之趣也。」又云：「文之任勢，
勢有剛柔，不必壯言慷慨，乃稱勢也。」〔註43〕氣有陽剛陰柔，隨勢之自然，
若強爲陽剛之氣，則文之氣勢將難以獲致。唐彪亦言：「文章無一氣直行之理。
一氣直行，則不但無飛動之致，而且難生發。」〔註44〕文章轉折以蓄勢，九曲
黃河方有奔騰之勢，平趨直瀉則難以言勢。引文中顏之推所言之「御勒制之」、

〔註41〕郭紹虞《中國文學批評史》，頁174，台北：藍燈文化事業股份有限公司，1988
　　　年10月。
〔註42〕高步瀛選注《唐宋文舉要》中蘇子由〈上樞密韓太尉書〉，頁1111，台北：漢
　　　京文化事業有限公司，1984年5月。
〔註43〕劉勰《文心雕龍‧定勢》，見范文瀾《文心雕龍注》，頁529～530。
〔註44〕唐彪《讀書作文譜》，三九卷，頁134，台北：偉文出版社，1976年。

蘇洵所言之「抑遏蔽掩」，皆在說明爲文當斂氣蓄勢。然文人往往恃才，一味馳騁，不知收斂，故琴南進而提出「斂才就範」之說云：

> 至若張養浩稱姚瑞甫才驅氣勢，縱橫開合，紀律唯意，如古勁將卒率市人而戰，鼓行六合，無敵不破，似亦善道氣勢者。不知此爲野戰之師，非節制之勁旅。王遵巖初師秦、漢，亦取縱棋，後乃知宗歐、曾，始斂才而就範。唐荊川初不謂然，尋亦歸仰其說。(《畏廬論文‧應知八則‧氣勢》)

才之奔放馳騁，雖似氣勢，實則非也。唯斂才就範，始有氣勢可言，才如何斂，即須講究法度。唯崇法度，方知節制，否則如野戰之師，烏合之眾，終難取勝。文人往往恃才傲物，不言法度，不知先後緩急，即便才氣縱橫，亦如脫韁之野馬，難以控勒，而無法展現文章之氣勢。琴南以爲文章氣盛之後，以才學繼之，尚應有法以挽其病。方東樹嘗云：

> 氣勢之說，如所云：筆所未到氣已吞，高屋建瓴，懸河洩海，此蘇氏所擅場；但嫌太盡，一往無餘，故當濟以頓挫之法。頓挫之說，如所云：有往必收，無垂不縮，將軍欲以巧服人，盤馬彎弓惜不發，此惟杜、韓最絕，太史公之文如此，六經周秦皆如此。(《昭昧詹言》卷一)

此言蘇氏之文，汪洋宏肆，雖如鋒刃快利，唯失之流易而不厚重，救文之道，則在頓挫之法。是以爲文固須氣盛，但要有頓挫，不可一洩無餘，不知節度；文固須快利，亦應力避流滑、散漫之失。此或爲方氏主觀之評論，然強調爲文須知抑揚頓挫，疾徐有度，方能有眞正之氣勢。琴南於《畏廬論文‧用頓筆》中亦有發揮云：「凡讀大家之文，不但學其行氣，須學其行氣有止息處。……文之用頓筆，即所以惜養其行氣之力也。惟頓時當示人以精力有餘。若就淺說，不過有許多說不盡，闡不透處，不欲直捷宣洩，特爲此關鎖之筆，略爲安頓。」強調爲文須知止息，方有頓挫，切莫宣洩無餘，不知節度。此說可與其論「氣勢」相互生發，彼此印證，亦可見其理論之聯繫性。

爲求琴南論「氣勢」之落實，再觀其評柳宗元作品以證，如其評〈捕蛇者說〉云：

> 胎〈苛政猛於虎〉而來，命意非奇，然蓄勢甚奇。……若疾入賦之不善，或太息，或譏毀，文勢便太直率矣。……文字從容暇豫中，卻形出朝廷之弊政，俗吏之殃民，不待點染而情景如畫。(《韓柳文研究法‧柳文研究法》)

〈捕蛇者說〉雖爲敘事，卻敘中有議。文中以對比、映襯之法貫穿全篇。文先寫蛇毒，次寫賦毒，對比之中，賦斂之毒更甚於蛇毒。文章結構之前後照應，極其細密。琴南以爲柳氏深得蓄勢之妙，唯蓄勢，方不入直率；唯蓄勢，文章方有曲折起伏，千波萬變之氣勢。

　　琴南論「氣勢」，承前文論家對「氣勢」豐富之創作體驗，進而提出「斂氣蓄勢」、「斂才就範」之說，強調文章之氣勢，唯賴斂蓄，方有餘味。才學雖足以輔氣勢，亦須有法以節之，氣勢之文方可展現。若作家但恃其高才，文章邁往莫禦，如天馬行空，無所控勒，則流於輕便快力，往而不還，如此則形散神渙，自無氣勢。良駿逸足，或可日致千里，然若能再加以控勒，徐疾有度，則於急馳奔驟之中，更顯從容合度。是以氣勢須斂須蓄，於構篇之前，並深悉爲文之縱橫開合，先後有序，緩急相間，頓挫有致，此正是琴南論「氣勢」特出之處。

四、講聲調

　　韓愈對文氣與文辭的關係，提出了「氣盛言宜」的觀點，已見前文之中，由此可知，語言聲音之高下與語句之長短疾徐，可謂文章氣勢之形式顯現。於內需具氣勢，於外則有聲音節奏。因此琴南於論〈氣勢〉之後，復有〈聲調〉之設篇。文章強調聲律節奏，彥和早已揭示「聲文」爲文章構成要素之一，〔註45〕故其論文，極重聲律，專設〈聲律〉一篇，提出「古之佩玉，左宮右徵，以節其步，聲不失序。音以律文，其可忽哉」，〔註46〕又有謂「元解之宰，尋聲律而定墨」〔註47〕之論，主張用聲律以調節氣韻，駕馭文辭。類此之論，於《文心雕龍》一書中除〈聲律〉外，他篇仍有言及。〔註48〕有清一代，桐城劉大櫆更提出「因聲求氣」說以闡述聲氣關係，〔註49〕強調於吟

〔註45〕劉勰《文心雕龍·情采》云：「故立文之道，其理有三：一曰形文，五色是也；二曰聲文，五音是也；三曰情文，五性是也。五色雜而成黼黻，五音比而成韶夏，五情發而爲辭章，神理之數也。」見范文瀾《文心雕龍注》，頁537。

〔註46〕劉勰《文心雕龍·聲律》，見范文瀾《文心雕龍注》，頁554。

〔註47〕劉勰《文心雕龍·神思》，見范文瀾《文心雕龍注》，頁493。

〔註48〕如范文瀾注《文心雕龍·練字》云：「諷誦則績在宮商。」頁624。〈附會〉云：「宮商爲聲氣。」頁650。〈知音〉云：「六觀宮商。」頁715。

〔註49〕劉大櫆《論文偶記》云：「音節高則神氣必高，音節下則神氣必下，故音節爲神氣之跡。一句之中，或多一字，或少一字；一字之中，或用平聲，或用仄聲；同一平字、仄字，或用陰平、陽平、上聲、去聲、入聲，則音節迥異，故字句爲音節之矩。積字成句，積句成章，積章成篇，合而讀之，音節見矣；

詠誦讀時之聲音、節奏、字句上去體味作者之精神意氣。

聲律音節爲詩歌藝術之重要一環，歷來文論家大多重視之。然於散文藝術上則較乏關注，唯桐城文論對此用力頗多。蓋一篇成功之散文，非但須有絕佳之立意、巧妙之構思、優美之意境，更應於聲音節奏上著力。姚鼐所謂：「命意、立格、行氣、遣詞、理充于中，聲振於外，數者一有不足則文病矣。」〔註50〕是以散文之美，要求不止一端，必文質兼備，始爲上乘。琴南承桐城文論，亦認爲「古來名家之作，無不講聲調者。」〔註51〕因而於〈聲調〉起首即云：

> 時文之弊，始講聲調，不知古文中亦不能無聲調。

此即明確指出「聲調」爲古文不可或缺之要素。並對於「時文」運用聲調之弊，頗置不滿。蓋聲調如今之音樂，聲音之美不只及於詩，亦當及於古文；不只及於古文，更當及於時文。聲調可謂一切文學節奏之所寄。對於聲音感人之力，琴南云：

> 蓋天下之最足動人者，聲也。試問易水之送荊軻，文變徵之聲，士何爲泣？及爲羽聲，士又何怒？本知荊軻之必死，一觸徵聲，自然生感；本惡暴秦無道，一觸羽聲，自然生怒耳。(《畏廬論文・應知八則・聲調》)

蓋音律之有節奏，本於人聲，人之有聲音，肇自血氣。〔註52〕人心感物，致情緒隨之抑揚。形之於文，文自顯聲律，如音樂之有節奏者然，或宮或商，或抑或揚，感受各異。音樂動人之力，足可使「流魚出聽」、「六馬仰秣」〔註53〕、「舞幽壑之潛蛟，泣孤舟之嫠婦」。〔註54〕人有喜、怒、哀、樂之情，不時縈繞於心，發之於聲，各自不同。《禮記・樂記》對此曾有申說，〔註55〕蓋人心之動，物使

歌而詠之，神氣出矣。」見舒蕪校點《論文偶記》頁6，北京：人民文學出版社，1970年11月。

〔註50〕 《惜抱軒尺牘・與陳碩士》，頁56。

〔註51〕 林紓《畏廬論文・應知八則・聲調》，頁25下。

〔註52〕 劉勰《文心雕龍・聲律》云：「夫音律所始，本於人聲者也。聲含宮商，肇自血氣，先王因之，以制樂歌。」見范文瀾《文心雕龍注》，頁552。

〔註53〕 《荀子・勸學》云：「瓠巴鼓瑟，而流魚出聽；伯牙鼓琴，而六馬仰秣。」見王先謙《荀子集解》：頁117，台北：藝文印書館，1977年2月。

〔註54〕 爲蘇軾〈前赤壁賦〉之語，見姚鼐《古文辭類纂》卷七十一「辭賦類」，頁1788，台北：華正書局，1983年6月。

〔註55〕 《禮記・樂記》云：「其哀心感者，其聲噍以殺；其樂心感者，其聲嘽以緩；其善心感者，其聲發以散；其怒心感者，其聲粗以厲；其敬心感者，其聲直

之然，感於物而動，故形之於聲。人心悲哀，其聲則焦急而低沉；人心歡愉，其聲則寬裕而徐緩；人心喜悅，其聲則昂奮而爽朗；人心恭敬，其聲則虔誠而清白；人心愛慕，其聲則體貼而溫柔。因而人之情緒可由其聲得之，琴南認爲循其聲可得其情，其說云：

〈變風〉〈變雅〉之淒屬，鄙人每於不適意時閉戶讀之，家人雖不知詩中之意，然亦頗肅然爲之動容。（《畏盧論文・應知八則・聲調》）

肅然動容之情，來自誦讀作品中之聲調而得。可見作品之聲調，來自作者情感之投射及創作技法之掌握。而此聲調，非如詩歌之叶韻，而爲文章之語言節奏。蓋以「文采節奏，聲之餙也。」〔註56〕此所謂「文采節奏」，則表現於語句之長短疾徐；字音抑揚頓挫；語勢之輕重緩急等方面。劉勰以爲「離章合句，調有緩急，隨變適會，莫見定準。」〔註57〕由於作者思想情感之高漲低落，曲折迂迴，行文自能產生抑揚抗墜之節奏。劉大櫆即云：「文章最要節奏，譬之管弦繁奏中，必有希聲窈渺處。」〔註58〕視節奏爲文章最緊要之事，譬若音樂之奏，亦必傳其聲情。故乃強調誦讀吟詠古文，以掌握文中語句音節之伸縮吞吐，疾徐高低，以體會作者之神氣，並助於爲文聲調之鏗鏘有致，〔註59〕其後姚鼐亦提出習古文要從聲音證入，〔註60〕曾國藩亦重視古詩文之朗誦，〔註61〕桐城諸家皆主張欲使吾心與古人契合，「因聲求氣」實爲一帖良方妙藥。是以大家之文，必注意情調與自然音節之協調，從噓吸疾徐、抑揚抗墜間造成一種誦讀之音節。學習古文，當誦讀名文始，朗誦日久，則情感洋溢於聲調之間，氣脈動蕩於節奏之內，讀來不但適口悅耳，易於成誦，亦予人美感之享受。琴南承桐城所論，並具體援例以證，使文之聲調，更易於

以廉；其愛心感者，其聲和以柔。」見《十三經注疏・禮記》，頁663，台北：藝文印書館，1982年8月。

〔註56〕《禮記・樂記》，十三經注疏本，頁683。

〔註57〕劉勰《文心雕龍・章句》，見范文瀾《文心雕龍注》，頁570。

〔註58〕劉大櫆《論文偶記》，見舒蕪校點《論文偶記》，頁5。

〔註59〕劉大櫆《論文偶記》云：「其要只在讀古人文字時，設以此身代古人說話，一吞一吐，皆由彼而不由我，爛熟後，我之神氣，即古人之神氣，古人之音節，都在我喉吻間，合我喉吻者，便是與古人神氣音節相似處，自然鏗鏘發金石聲。」見舒蕪校點《論文偶記》，頁12。

〔註60〕《惜抱軒尺牘・與陳碩士》云：「大抵學古文者，必要放聲疾讀，又緩讀，只久之自信。」

〔註61〕《曾文正公日記・辛酉12月》云：「因思古人文章所以與天地不敝者，實賴氣以昌之，聲以永之。故讀書不能求之聲氣二者之間，徒糟粕耳。」

掌握，如舉《史記·聶政傳》之例云：

> 政姊聞政死時，以婦人哭愛弟，其悲涼固不待言。然試問從何入手？而曰：「其是吾弟歟！」「其」是一頓，「是吾弟」一頓，「歟」字，是指實而不必立決之辭。繼之以「嗟乎」二字，實矣。「嚴仲子知吾弟」五字，直聲滿天地矣。呼嚴仲子者，姊弟同感嚴仲子也。「知吾弟」，吾弟斷不能不為之死，但說一「知」字，便將聶政之死，全力吸入「知」字之內。故其下無他言，但書「立起，如韓之市。」故善為聲調者，用字不多，至復耐人吟諷。（《畏廬論文·應知八則·聲調》）

名家之文，作者根據表達內容與情感，時而變化調整句式，使其長短取均，奇偶相配，駢散相濟。文中句子雖短，然富於變化，錯綜運用頓筆，使節拍分明，文辭產生音樂性、節奏感，致生悲涼之情。是以遣詞用字不須多，要在於謀篇布局上，句式之調劑，隨變適會，以力避板滯單調，從而將文章中作者之神氣呈現，並與讀者喉吻相合，形成一唱三嘆之風致。善為聲調者，莫不如是。

再觀琴南於《畏廬論文》外之評點著作，亦多有以「聲調」評文者，如評《左傳·僖公三十二年》「秦三帥襲鄭」云：

> 文字須講聲響，此篇聲響高極矣！……文中出色之人，但寫蹇叔，秦師將出，君臣咸求吉利之語，叔乃哭送，事已大奇，不知有此一哭，而文之聲響，即由是而高。抗聲呼曰「孟子」，其下即曰：「吾見師之出，而不見其入也。」……但曰「孟子」兩字，如繪出老年人氣結聲嘶，包蘊許多眼淚。吾字亦宜作一小頓，纔見得老人若斷若續之口吻，以下便衝口吐出不吉之語，寫蹇叔憤激，遂至口不擇言，顧蹇叔之聲響即高。……「爾何知」三字，聲亦高騫。……今試將秦伯之言，作高聲拖延一誦，亦至悲抗，至於蹇叔復告其子，遙想二陵曰：「其南陵夏后皋之墓也；其北陵文王之所避風雨也。」音節直帶楚聲。……文末以四字結句曰「秦師遂東」，「東」字亦響極。……文字之結響，令人心醉神馳。（《左傳擷華》卷上，〈秦三帥襲鄭〉評語）

忠心為國如蹇叔者，與利令智昏之秦穆公，對照鮮明。公之於蹇叔，由請教而不聽而斥罵，與蹇叔之於穆公，由言諫而哭孟明而哭送其子，左氏探對照手法，越寫國君之剛愎自用，就越見老臣之公忠謀國。蹇叔之哭師，乃由於

勸阻不成，便藉情感之宣洩，以指明利害。於強烈對照下，將文之聲情一托
而出，展現高騫之聲調，楚聲之悲，於字裡行間自然流露。尤其結響「秦師
遂東」一語，即爲「春秋筆法」，用一「遂」字以寓褒貶，增強修辭效果，體
現左氏對穆公之譴責與對蹇叔之同情。讀來波瀾起伏、抑揚頓挫，頗有情致。
又如韓愈之〈祭鄭夫人文〉，琴南評云：

> 吾亦不能繩之以文字之法，分爲段落，但覺一片哀音，聽之皆應節
> 奏。（《韓柳文研究法‧韓文研究法》）

退之少孤而育于其嫂，文極言其撫育之恩，哀惋之情洋溢於字裡行間。文中
或敘事、或敘悲，雖錯亂紛雜，然文理自成。讀之備極沉痛，哀音四處，若
能循聲得情，文之節奏便從中而生。再如其〈答胡直均書〉，琴南評云：

> 此篇聲調之高亢，得自《楚辭》；隨句而轉，得自《莊子》；眞能以
> 楚聲古韻爲文章者。（《選評古文辭類纂》卷五）

楚聲之悲切，令人動容，退之得之，文之聲調高騫；復以得自《莊子》文句
內轉之妙，故而使聲律節奏益形彰顯。有關楚聲之動人，琴南評柳宗元之賦
作云：

> 後來學者，文既不逮，遇復不同。雖仿楚聲，讀之不可動人。……
> 柳州諸賦，摹楚聲，親騷體，爲唐文巨擘。……引用紛雜，然音節
> 甚高，賦色甚古，說理之文，卻能以聲容動重，亦云難矣。（《韓柳
> 文研究法‧柳文研究法》）

蓋以屈原之爲騷體，實有其遭遇與深刻體驗，遂有奇筆壯采，不可漫滅之文。
俗手仿之，概無所得。唯柳州於生命之體驗既深，故發之於聲，形之於文，
自有動人之聲調。即便說理之賦，由於有激而作，又能出入於楚聲騷體，自
能有味之彌長之聲調顯現。琴南又有評柳州所謂「聲響侔乎騷，光色合乎漢
京」〔註62〕之語，皆指其有楚聲動人之聲調特色。

綜上以觀，琴南論「聲調」，有論有證，頗爲具體。然欲得聲調之美，亦
須自作者本身之性情、學養上去考求，琴南云：

> 實則講聲調者，斷不能取古人之聲調揣摩而摹仿之。在乎情性厚、
> 道理足、書味深。凡近忠孝文字，偶爾縱筆，自有一種高騫之聲調。
> （《畏廬論文‧應知八則‧聲調》）

琴南認爲「因聲以求氣」雖爲爲文之良方，然若但一味於掌握古文聲調之高

〔註62〕林紓《韓柳文研究法‧柳文研究法》，頁107。

低形式，亦步亦趨，拘泥不化，不知變通，亦非眞知聲調者。琴南更注重聲調所表現之「情性」、「道理」、「書味」，唯情性醇厚、讀書明理，爲文方有聲調可言。若情不厚、理不充、味不深，一味故作吞、吐、回旋之態，專在語言聲調上摹仿，眞正之聲調終難獲致。琴南此論，與其積理明道之思想相通，其中更有其創作上之切身體驗，主張作者本身根本素質之充實，方能展現令人擊節贊賞之聲音節奏，此爲琴南論「聲調」之特色及其用心之處。

五、重筋脈

文章之結構，首重筋脈。所謂筋脈，即爲文章之脈絡。此脈絡即爲文章之內在聯繫，作家應於入手前，全盤掌握其思路文脈，亦即彥和所謂「總文理」，〔註63〕要求「啓行之辭，逆萌中篇之意，絕筆之言，追媵前句之旨」，期能臻於「外文綺交，內義脈注，附萼相銜，首尾一體」〔註64〕之境。是以華麗之辭采，亦須靠內在義理之貫注，始能華實兼備。否則各自獨立，不相綴屬，東鱗西爪，以致支離破碎。宋代吳沆即指出筋脈之重要云：「詩有肌膚，有血脈，有骨骼，有精神。無肌膚則不全，無血脈則不通，無骨骼則不健，無精神則不美。」〔註65〕人體若無血脈，則渾身不通暢；文章若無筋脈，則文意不連貫。方東樹曾以作畫比喻筋脈云：

> 譬名手作畫，無不交代蹊徑道路明白者。然既要清楚交代，又不許挨順平鋪直敘，駿塞冗絮緩弱。漢魏人大抵皆草蛇灰線，神化不測，不令人見。苟尋繹而通之，無不血脈貫注，生氣天成如鑄，不容分毫移動，昔人譬之無縫天衣。又曰：「美人細意熨貼平，裁縫減盡針線迹。」此非解讀六經及秦漢人文法，不能悟入。（《昭昧詹言·通論五古》卷一）

文之筋脈有如名家作畫，其畫道路，總是若隱若現，不願一眼望盡，而須全神關注，方清楚可辨。亦如草蛇姿態，雖是曲折多變，但身上總有一條灰線隱約可見。〔註66〕是以脈絡貫串之法，或變化多樣，但總有線索可尋。唯文

〔註63〕劉勰《文心雕龍·附會》，見范文瀾注《文心雕龍》，頁650。
〔註64〕以上兩引，具見劉勰《文心雕龍·章句》，范文瀾《文心雕龍注》頁570～571。
〔註65〕吳沆《環溪詩話》，台北：廣文書局，1971年9月。
〔註66〕金聖歎〈讀第五才子書法〉云：「有草蛇灰線法。如景陽岡勤敘許多「哨棒」字，紫石街連寫若干「簾子」字等是也。驟看之，有如無物，及至細尋，其中便有一條線索，拽之通體俱動。」見《金聖歎全集一》，頁22，台北：長安

脈貴隱忌露，方氏再補充云：「大約詩文以氣脈爲上。氣所以行也，脈縮章法而隱焉者也。章法，形骸也，脈所以細束形骸者也。章法在外可見，脈不可見。」〔註67〕是以大家之文，殆皆具可悟而不可覓之文理脈絡。

　　鑒於「筋脈」於文章結構之重要，琴南亦以爲「行文之道，亦不能不重筋脈」，〔註68〕琴南舉《詩經》之例云：

　　〈皇矣〉之詩曰：「度其鮮原」；〈釋山〉云：「小山別大山爲鮮。」
　　別者，不相連也。鄙意不相連者，正其脈連也。水之沮洳，行于地
　　者，其來也必有源。（《畏廬論文·應知八則·筋脈》）

若以外表視之，大山、小山若不相連，實則脈絡相連。猶卑濕之地，亦必水之聚集，自有其源頭。是以爲文亦須求全文前後層次分明，脈絡貫串。初視之爲各段獨立，實則前後文脈相接，一線貫穿。然此文脈斷非遽然而生，驟然而止。而文之脈連，自有其法，琴南便引魏叔子之論加以申說：

　　魏叔子之論文法，析而爲四：曰伏，曰應，曰斷，曰續。此語是論
　　古文，不是論時文。伏處不必即應，斷處亦不必即續，此要訣也。
　　一篇之文，使人知阨要喫緊在于何處，當于起手時，在有意無意中，
　　閒閒著他一筆，使人不覺。故大家之文，阨要喫緊處，人人知之；
　　而閒閒伏筆處，或之不知，即應處不必緊隨伏處，續處不必緊隨斷
　　處也。（《畏廬論文·應知八則·筋脈》）

琴南以魏禧之論概括作文之法，〔註69〕認爲伏欲巧，不必立即呼應，如此可製造懸念，引人入勝。應時須閒閒帶過，如風拂樹林，有聲無痕，與伏處暗暗相扣。斷在巧處，不必立即接續，自有橫橋鎖溪之妙。因此大家之文，於文之關鍵處，人皆能點出，然於伏筆處，往往以閒筆爲之，使人不覺。此即琴南所謂「一脈陰引而下，不必在在求顯，東雲出鱗，西雲露爪，使人們捉，亦足見文心之幻。」〔註70〕至於其中之筆法運用，琴南於《畏廬論文》中立〈用頂筆〉與〈用伏筆〉二目，以提示運用之方，詳則留待「謀篇安章」一

　　　　出版社，1986年9月。
〔註67〕方東樹《昭昧詹言·通論五古》卷一，頁21下，台北：廣文書局，1962年8月。
〔註68〕林紓《畏廬論文·應知八則·筋脈》，頁26下。
〔註69〕魏叔子〈陸懸圃文序〉云：「言古文者，曰伏、曰應、曰斷、曰續。人知所謂伏應，而不知無所謂伏應者，伏應之至也；人知所謂斷續，而不知無所謂斷續者，斷續之至也。」見《魏叔子文集》，台北：台灣商務印書館，1973年。
〔註70〕林紓《畏廬論文·用筆八則·用伏筆》，頁51下。

節再討論，此不贅述。

名家爲文，先有大綱，而後文之開頭、中段、結尾之安排措置始定。大綱易明，然貫穿於文中之呼應文字，則較不明顯，然總須前後呼應，以達血脈貫通之效。琴南亦提出：

> 爲文當有關有鎖，有首有尾，有伏有應。(《文微‧造作第四》)

即認爲文章之關鍵，尤於轉折處之承接與連貫，必求環環相扣，使文之首尾、伏應具得其宜。再觀琴南於《文微》中屢言筋脈之重要，如：

> 文章當使伏流在內，一線到底，此甚緊要。《文微‧通則第一》)

> 文最要挺，即專說緊要之言，而刪除閒語，且使斷脈與來脈相續。古來能此者，唯左氏、太史公、昌黎而已。(《文微‧通則第一》)

> 凡文須觀其遠脈，吃緊處須是團團結著，其文乃善。(《文微‧衡鑒第五》)

此論可與《畏廬論文》互爲資證。蓋伏脈雖不明，亦必求內義脈注，一線貫串。而「斷脈與來脈相續」與觀文之「遠脈」，亦皆強調文之關鍵阨要處，必求文脈相貫，文理始得。琴南並以爲若左氏、太史公、昌黎者，爲善用筋脈之能手，其於〈筋脈〉中即甚爲推崇太史公文章之筋脈內注，其說云：

> 須知「脈」之一字，按之始見，不按之無見也。大家唯太史公，筋脈最靈動，亦最綿遠。……脈者，周身無所不貫者也。〈大宛傳〉入手即曰：「大宛之跡，見自張騫。」……而傳聞其旁大國五六，具爲天子言之曰」有此一筆，則以下諸國，均出諸張騫口述，又何必別標而另傳？然張騫中道殞謝，而大宛全傳之脈似乎斷矣，至此忽疾接入「神馬當從西北來」，故其下文云：「天子好宛馬，使者相望於道。」則直舍去張騫，又以宛馬爲脈。其下則處處言馬，仍可將文勢蟬聯而下。(《畏廬論文‧應知八則‧筋脈》)

琴南以司馬遷《史記‧大宛傳》爲例，盛讚太史公「筋脈靈動」、「周身無所不貫」，蓋以太史公於筋脈之伏、應、斷、續，曲盡其妙。是以深悉筋脈者，能使筋脈聯屬，卻又含而不露，似斷實連，蟬聯而下，此正是方東樹《昭昧詹言》所謂「語不接而意接」，琴南所謂「不連之連」〔註71〕之妙處。琴南又於評〈魏其武安侯列傳〉指出「但以魏其、灌夫、武安三傳言之，蟬聯而下，

斷而不斷，如松際欲盡不盡之云」，〔註72〕皆可見琴南對太史公之善用筋脈，實推崇備至。《史記》之外，《左傳》亦是箇中翹楚，琴南即於《左傳・僖公三十三年》中「秦師襲鄭」一段評云：

> 通篇爲前後兩篇作過脈文字，明乎寒叔之意，全注在霸餘之晉國，而此篇偏不題起晉字。如雷聲將起，先密布下無數陰雲，而雲中隱隱已洩電光。」……然文字雖屬過脈，而起訖仍然自成篇法。王孫滿一開口，即曰：「能無敗乎？」孟明一悔悟，亦曰：「不可冀也。」此二語是天然之照應，亦天然之對仗。尤妙敘王孫滿而加以「尚幼」二字，又與上篇「爾何知，中壽」作一照應。（《左傳擷華》卷上）

琴南以爲左氏此文，先作伏脈，以作爲文脈之聯接，俾使前後文一線到底，脈絡貫串。伏處若無形跡可尋，其後之呼應始將前文之伏處托出，此乃前後照應之極致。其中敘事之語脈似斷而實連，有含蓄深蘊，意在言外之情致。

　　人之血脈欲其貫穿，始能通體靈活；亦如文之脈絡欲其貫注，始能通篇靈動。爲文若先樞紐在握，則可依脈導流，文理之事備矣。筋脈於文，緊要如此，故琴南特立〈筋脈〉一目，以系統闡述，亦有其發明之處。

六、寓風趣

　　「風趣」一詞，古已有之。至於用於文學評論上，其範疇甚廣，所指不一，有用於指作品之風格、意味者，〔註73〕有用於指作品中作家思想感情之趨向者，〔註74〕更有特指作品之幽默詼諧者，〔註75〕琴南於《畏廬論文・應知八則》嘗揭示「風趣」以論其爲文中不可或缺，其文論則側重於作品之幽默詼諧，然亦自有見解。琴南於〈風趣〉起首即云：

> 凡文之有風趣者，不專主滑稽言也。……風趣者，見文字之天眞，於極莊重之中，有時風趣間出。

〔註72〕林紓〈論文〉，引自李家驥等編《林紓詩文選》，頁 86，北京：商務印書館，1993 年 10 月。

〔註73〕如南齊謝赫《古畫品錄・戴逵》有所謂「風趣巧拔」，北京：中華書局，1985 年。

〔註74〕如梁劉勰《文心雕龍・體性》云：「辭理庸儁，莫能翻其才；風趣剛柔，寧或改其氣。」指作家思想情感有趨向陽剛或陰柔之異。見范文瀾《文心雕龍注》，頁 505。

〔註75〕如《師友詩傳集錄》云：「竹枝詠風土，瑣細詼諧皆可入，大抵以風趣爲主。」即指竹枝詞以民間的風土人情爲吟詠對象，細小瑣事及詼諧之言皆可入詞，其主要特徵爲風趣。

琴南直言文之風趣,非僅止於滑稽一端,應是於天眞之文字與莊重之語調中,以見風趣。至於所謂滑稽,司馬貞嘗釋之爲「以言語辯捷之人,言非若是,說是若非,能亂同異」、「言諧語滑利,其知計疾出」,〔註76〕試觀司馬遷《史記・滑稽列傳》所載人物,在太史公筆下,動作詼諧,神情誇張,言行則正言若反,以期有所規諷,臻於匡惡順美之教化功能。以滑稽入於文論者,論者多以爲始自劉勰《文心雕龍》中之〈諧讔〉一篇,其說云:

> 古之嘲隱,振危釋憊,雖有絲麻,無棄菅蒯。會義適時,頗益諷誡,空戲滑稽,德音大壞。

彥和肯定「諧讔」一體,於作品中實不可或缺。若能融會義理,適應時事,言談中肯,則可寓諫於樂,若僅戲謔滑稽,則無益教化,非諧讔之本意。彥和之論,對琴南之啓迪良多,又更關注於文學作品中所起之風趣效果。琴南並舉其中之佳作云:

> 以滑稽爲風趣,則東方曼倩之〈答客難〉,揚子雲之〈解嘲〉,班孟堅之〈答賓戲〉,諸作可以永奉爲文章圭臬矣。(《畏廬論文・應知八則・風趣》)

琴南以爲東方朔、揚雄、班固三人堪稱箇中能手,並舉其代表作品以對,足爲後世習文之準繩。試觀琴南對三人作品多有評論,此先就東方朔〈答客難〉評云:

> 總之通篇主意,言隱志晦,滿腹牢騷,不肯直捷說出。語似安分,然言外皆含譏刺。如子雲〈解嘲〉,韓愈〈進學解〉類,皆本此意。(《選評古文辭類纂》卷十)

> 東方之〈答客難〉,話皆倒說,本極無理而偏言之成理。通篇虛言設語,卻無一句非牢騷;其緊要處,在以一「時」字貫串到底,即爲全文眼目。而其工夫則在「遺行」二字,能爲蓋過一切。末言「狗虎」,皆寓刺罵時主之意。(《文微・漢魏文平第七》)

琴南以爲東方朔〈答客難〉,蓋由於不見用,因著論設客難,以位卑自慰。通篇以「時」字一線貫串,遇時則成,不遇時則難有所成。然處處用虛語,牢騷滿腹,卻不直接宣洩,而譏刺之意現於言外。琴南以爲如此正言若反,寓諷刺之意之文,始有風趣可言。再就其對揚雄〈解嘲〉之評論:

〔註76〕司馬遷《史記・滑稽列傳》司馬貞之〈索隱〉,見《史記會注考證》卷一百二十六,頁1325。

此文仍本東方之意，以「時」字立義。……通篇行氣、結響、賦色，
皆臻絕頂。(《選評古文辭類纂》卷十)

子雲〈解嘲〉行氣甚包舉，東方〈客難〉則多趣而少氣，斯之謂後
生能勝前人矣。〈解嘲〉文能于重複中使不重複，每一轉折，即自闢
一境界。……「故爲可爲于可爲之時」二句，即所謂圖窮匕首見也。
通篇剛中有柔，柔中有剛。(《文微·漢魏文平第七》)

琴南以爲揚雄〈解嘲〉雖仍以「時」字貫串全文，然風趣、文氣相兼，文氣
更爲東方朔所不及，蓋以〈解嘲〉一文，善用複筆，非但不見累贅之跡，又
見境界全新矣。文如萬丈瀑布，勢不可擋，爲一篇剛柔並濟之文。可見琴南
對此文之肯定，乃關注於作者行文之用心，始見風趣迭出之妙境。

　　至於班孟堅，琴南認爲其《漢書》更是深奧「風趣」，因而於《畏廬論文》
中論「風趣」中則著墨甚多，歷來《史》、《漢》常並列相較，琴南先舉《史
記》言其風趣：

如《史記·竇皇后傳》敘與廣國兄弟相見時，哀痛迫切，忽著「侍
御左右皆伏地泣，助皇后悲哀」。悲哀寧能助耶？然舍卻「助」字，
又似無字可以替換。苟令竇皇后見之，思及「助」字之妙，亦且破
涕爲笑。求風趣者，能從此處著眼，方得眞相。(《畏廬論文·應知
八則·風趣》)

太史公深悉用字之妙，足以傳神達情。而讀者亦須於字裡行間，仔細尋繹，
則文之風趣畢現。再觀《漢書》中之風趣，琴南以爲其「風趣之妙，悉本天
然」，〔註77〕並於《漢書》中採擷成例，以明風趣之所自，以下謹就琴南所分
〈風趣〉一目，條舉論述之。

　　其一，一字成趣者，如《漢書·陳萬年傳》：

萬年嘗病，召其子咸教戒於床下。語至夜半，咸睡，頭觸屏風。萬
年大怒，欲杖之，曰：「乃公教戒汝，汝反睡，不聽吾言，何也？」
咸叩頭謝曰：「具曉所言，大要教咸諂耳。」(《畏廬論文·應知八則·
風趣》)

此亦如《史記》著一「助」字，有破涕爲笑之妙，而此於「教」下著一「諂」
字，即令病榻中人，亦將啞然失笑，況在披文入情之讀者，亦將感同深受。

───────────────

〔註77〕林紓《畏廬論文·應知八則·風趣》，頁28上。

此即一字成趣之妙。

其二，於微渺間見風趣者，如《漢書·丙吉傳》：

> 吉馭吏耆酒數逋蕩，嘗從吉出，醉歐丞相車上。西曹主吏白欲斥之。吉曰：「以醉飽之失去士，使此人復何所容？西曹地忍之。此不過汙丞相車茵耳。」（《畏廬論文·應知八則·風趣》）

文中以一句「汙丞相車茵」，將此事自然帶過，非徒輕輕化解難堪之事，且不著痕跡，仔細思之，別有意致。然此唯用心體味，方能於文字微渺間，見其風趣。

其三，於嚴冷中見風趣者，如《漢書·王尊傳》云：

> 尊曰：「五官掾張輔，懷虎狼之心，貪汙不軌，一郡之錢，盡入輔家，然適足以葬矣。」（《畏廬論文·應知八則·風趣》）

文中極言張輔之罪狀，但以死方可抵其罪惡。然於結穴卻言「適足以葬矣。」不言「殺」而言「葬」，足令罪人寒心，復能使讀者解頤。

其四，於規箴中寓風趣者，如《漢書·蓋寬饒傳》云：

> 許伯自酌曰：「蓋君後至。」寬饒曰：「無多酌我，我乃酒狂。」丞相魏侯笑曰：「次公醒而狂，何必酒也？」（《畏廬論文·應知八則·風趣》）

丞相之欲規寬饒，本已有此意，恰藉寬饒已言，順勢將規勸之言托出，規勸之效不覺已至，又不失感情，可謂善於寓風趣於規箴之中者。

其五，於嘲謔中見風趣者，如《漢書·朱博傳》云：

> 文學儒吏時有奏記，稱說云云。博見謂曰：「如太守漢吏奉三尺律令以從事耳。無奈生所言聖人道，何也？」（畏廬論文·應知八則·風趣））

朱博以自我解嘲之方式，說以聖人之道之難解，亦自有風趣，此又為文有風趣之表現方式。

其六，以簡語出之，不覺其為遊戲，亦不流於儇佻，不涉猥褻，以見風趣，如《漢書·陳遵傳》云：

> 宣帝微時與有故，相隨博奕，數負進。及宣帝即位，用遂，稍遷至太原太守。迺賜遂璽書曰：「制詔太原太守，官尊祿厚，可以償進矣。」（《畏廬論文·應知八則·風趣》）

以皇帝之尊，戲以璽書與博徒索責，出以簡語，閒閒寫來，自成奇語，又不覺其為遊戲者，語言未有輕佻、猥褻之譏，讀來不禁令人絕倒。此又為風趣

之佳例。

　　琴南擷取《漢書》諸例，以明文之有風趣，非止於一端而已。善文字創作本應出以莊重之語，而班孟堅於史傳中時出奇趣之言，既不礙文體，又有風趣間出，殊屬不易。莫怪乎琴南對其文評云：

> 班孟堅之文，有如故家子弟，而又多財，衣冠整齊，步履大方。(《文微‧漢魏文平第七》)

其文如紈褲子弟，句句雖不脫紈褲習氣，時出趣語，然語亦堂皇，於莊重中寓詼諧，展現風趣，仍不失爲大家。觀諸《漢書》中寓風趣之例，可爲明證。

　　琴南不僅於《漢書》中抉擇風趣之例，復於評《左傳》中見出《左傳》文之風趣：

> 愚按此章文字，甚類故家子弟。……語雖堂皇，卻句句不脫紈褲習氣。而門客中滑稽之士，則亦句句側媚。莊中寓諧，純是綿裡之針。……寫深人與淺人論事，步步皆有趣味。(《左傳擷華》卷下，〈楚子狩於州來〉評語)

> 此篇描畫極工，是一篇可笑之文字。趙簡子所左右之人，一個亂臣之陽武，一個賊子之蒯瞶。然陽武老奸巨猾，所言尚洞兵機，而蒯瞶則見敵而畏死，倖勝而矜功。(《左傳擷華》卷下，〈晉敗鄭師〉評語)

琴南以爲左氏文之風格如「故家子弟」之習氣，有「莊中寓諧」之特色，讀來多有可笑，其間趣味迭出，頗類《漢書》，可見琴南評文，有其理論之一致性。而琴南直以「風趣」二字評文者，見諸韓愈〈送溫處士赴河陽軍序〉，其評云：

> 一變而爲滑稽，謔而不虐，在在皆寓風趣。一起便突兀。「無留良」及「無馬」，皆爲「空」字作注腳。接上東都爲士大夫之冀北，風趣橫生，森聳已極。(《選評古文辭類纂》卷六)

韓愈此文妙在於行文布局上見出風趣，尤以起筆之出人預料，不寫送行之事，偏於伯樂與馬上著墨，其下便展開一連串之設問設答，於戲謔之語中，將對溫造之尊敬與贊揚，巧妙表達，文章波瀾起伏，生動活潑，讀來風趣迭生，頗耐人品味。

　　古文大家之文，風趣間出，何以致之？琴南以爲：

> 然亦由見地高，精神完，於文字境界中綽綽有餘，故能在不經意中涉筆成趣。(《畏廬論文‧應知八則‧風趣》)

古文大家學養深醇，識見卓越，精神完足，故駕馭文字，頗爲順手，一經點

染，雖無意爲之，猶能妙趣橫生，風神畢現。是以風趣之妙，尤不易學，亦不能強求，因而琴南又云：

> 風趣二字，當因題而施，又當見諸無心者爲佳。若在在求有風趣，
> 便走入輕儇一路。（《畏廬論文・應知八則・風趣》）

滑稽之文，戲謔中不失莊重，詼諧中寓有微旨，以此爲上。俗手爲之，爲風趣而風趣，則流於輕儇，不可自拔。是以唯有通才，始兼備眾體，然文體殊方，亦當恪守規矩，以不礙於文體爲要，此即爲琴南言之諄諄者。

七、求情韻

「情韻」一詞，自來或用之於論畫，〔註78〕或用之於論詩，〔註79〕其中以論詩歌創作者，爲數較多。若檢視歷來文家，用之於論古文者，則屬罕見。有者如曾文正雖將之列爲少陰之屬，卻論述有限，或單舉一隅，或但論書而不論文，亦屬模糊。〔註80〕首先將「情韻」一詞入於古文論中，系統論述者，厥爲琴南。所謂「情韻」，琴南釋之爲：

> 情者，發之於性；韻者，流之於辭，然亦不能率焉揮灑，情韻遂見。
>
> （《畏廬論文・應知八則・情韻》）

蓋情韻之生發，實本諸作者之真情實性，而後藉由文字以呈現作品之深情遠韻，使讀者披文入情，感其餘味。是以有是情而有是韻，作品之餘音餘味，須恃作者之真情實性，始可獲致。琴南於《文微》中論文之性情資料頗多，擷取如下：

> 文章爲性情之華，無論詩、古文辭，皆須有性情。
>
> 無情，乃無文。
>
> 性情端，斯出辭氣重厚，自無握濁鄙賤之態。（以上具見《文微・通則第一》）

〔註78〕 如南齊謝赫《古畫品錄・第三品・戴逵》中所謂「情韻連綿。」此乃就繪畫言之。

〔註79〕 如清袁枚〈錢竹初詩序〉云：「作史三長，才、學、識而已。詩則三宜兼，而尤貴以情韻將之，所謂弦外之音，味外之味也。」見《隨園詩話》，台北：廣文書局，1971年9月。又如劉熙載《藝概・詩概》云：「謝玄暉詩以情韻勝。」頁56。沈德潛《說詩晬語》亦謂「情韻俱高。」台北：台灣中華書局，1970年。皆證文論家重視以「情韻」品詩。

〔註80〕 同本節註 。

爲文本之性情，非獨古文，其他各體文學亦然。唯性情眞，形諸於文，則有
華實兼備之文。唯性情端正，則文氣充足，文勢足，出語雅正，情志之高潔
始見。琴南又云：

> 然必有性情，然後始有風度，脫性情暴烈嚴激，出語多含肅殺之氣，
> 欲求其情韻之綿邈，難矣！（《畏廬論文・應知八則・情韻》）

唯其情深，文家之風格氣度始見，入手方有情韻綿邈之文。若否，違於眞情
實性，性暴語激，則文之辭氣，必也飽含肅殺，無法韻致動人。歷來文家中，
歐陽脩之散文，歷來皆稱其具深情遠韻，含蓄不盡之韻味，〔註81〕琴南於〈情
韻〉中亦以歐公古文爲例，以明情韻之所出，其說云：

> 凡情之深者，流韻始遠；然必沈吟往復久之，始發爲文。若但企其
> 風度之凝遠，情態之纏綿，指爲信筆而來，即成情韻，此甯知歐文
> 哉？善乎，明顧元慶之言曰：「歐陽文忠晚年常日竄定平生所爲文，
> 用思甚苦。」夫人胥氏止之曰：「何自苦如此？當畏先生嗔邪？」公
> 笑曰：「不畏先生嗔，卻怕後生笑。」觀此，則歐文之情韻，決非輕
> 易措筆，明矣。（《畏廬論文・應知八則・情韻》）

琴南以爲情性之生發，必本諸自然，而後流之於辭，無盡之韻味始生。是以
欲求情韻之美，必本之於情性之正。所謂「情動於中，而形於言」，言由中發，
凡性情不正者，言亦無有正可言。觀歐陽文忠公文，必沉吟往復，積累日久，
方得文之情韻。若不解大家爲文之用心，思之不深，措筆輕率，則情韻難尋。
故琴南進而指出後學不冶性情，一味規摹古人之弊，其說云：

> 紀文達譏鹿門刻意摹六一，喜跌宕激射。所謂激射者，語所不盡，
> 而眼光先到之謂。六一文中憑弔古人，隱刺今事，往往有之。然必
> 再三苦慮；磨刓吐棄，始鑄此偉詞；若臨文時故爲含蓄吞咽，則已
> 先失自然之致矣，何名情韻？（《畏廬論文・應知八則・情韻》）

情韻也者，斷非臨文刻意造作可成，必於平日陶冶情性，一題入手，情韻方
於字裡行間中流露。然庸手爲之，不先求情性之眞，但求執筆之似六一，此

〔註81〕如劉大櫆評其〈眞州東園記〉云：「柳州記山水從實處寫景，歐公記園亭從虛
　　　　處生情。……此篇鋪敘今日爲園之美，一一倒追未有之荒蕪，更有情韻意態。」
　　　　又姚鼐評其〈峴山亭記〉云：「歐公此文神韻縹緲，如所謂吸風飲露，蟬蛻塵
　　　　埃者，絕世之文也。」見吳孟復、蔣立甫主編《古文辭類纂評注》下卷，頁
　　　　1486、1481，合肥：安徽教育出版社，1995 年 10 月。皆足證歐陽脩文有情韻
　　　　綿邈之特色，尤以歐公諸「記」爲代表。

無異緣木求魚，已先失自然流露之性情，放蕩無歸，終無情韻可言。關於歐陽脩爲文出於性情，琴南品評〈瀧岡阡表〉一文云：

> 蓋不能以文字目之，當以一團血性說話目之，而說話中，又在在有文法。……凡大家之文，自性情中流出者，不用文法剪裁，而自然成爲文法；以手腕隨性情而行，所以特立千古，如此篇是也。(《選評古文辭類纂》卷八)

琴南以爲歐公此文，本之於性情，出之於肺腑，則自有其文法。可見性情爲文家寫作不可或缺之修養。而此性情必也如歐公之「再三苦慮，磨剔吐棄」，沈吟往復，始克有得。琴南之推崇歐公如此，蓋可想見。除盛讚歐公之外，琴南亦深許班孟堅，其說云：

> 《漢書》中之情韻，雖偶然涉筆，亦斷非他史所及。(《畏廬論文‧應知八則‧情韻》)

所謂「相如巧爲形似之言，班固長于情理之說」，〔註82〕《漢書》時而涉筆成趣，亦時有情韻，視之別史，自爲其特色。爲明《漢書》之情韻，琴南舉《漢書‧禹貢》一傳言之：

> 天子報禹曰：『朕以生有伯夷之廉，史魚之直，守經據古，不阿當世，孳孳于民，俗之所寡，故親近生，幾參國政。今未得久聞生之奇論也，而云欲退，豈意有所恨與？將在位者與生殊乎？往者嘗令金敞語生，欲及生時祿生之子，既已諭矣。今復云子少。夫以王命辨護，生家雖百子何以加？傳曰：「亡懷土，何必思故鄉？」生其強飯慎疾以自輔！』此雖制詔之詞，不出之班筆；然能采入其書，則孟堅之尚情韻，雖不必其自出，竟與其本書沆瀣實一氣也。(《畏廬論文‧應知八則‧情韻》)

情韻之作，雖爲詔中語，仍具「宛轉溫裕，若慰若勉」〔註83〕之韻致，於簡短之數行中迴環往復、參差離合，情韻綿邈，而此皆因情深意摯，故能讓人含蓄不盡，挹之無窮。爲文必本性情，除歐陽脩、《漢書》之外，琴南於其他評點古文著作中，書如《左傳》，作家如屈原、諸葛亮、韓愈、柳宗元、歸有光諸人，文皆自性情流出，試擷取琴南對上述諸人之評論：

> 〈離騷〉、〈懷沙〉之文，其辭義無甚差別，然語語皆自性情流露，

〔註82〕林紓《畏廬論文‧應知八則‧情韻》，頁30上。
〔註83〕林紓《畏廬論文‧應知八則‧情韻》，頁30下。

有變化，有條理，精切異常，屈子眞能愛國者。（《文微‧周秦文平第六》）

並不著意爲文，而語語感自血性中流出。精忠之言，看似輕描淡寫，而一種勤懇之意，溢諸言外。（《選評古文辭類纂》評〈出師表〉）

性情爲裡，辭華爲表。韓文杜詩，所以絕千古者，蓋由其性情厚也。（《文微‧雜平第九》）

〈送李正字序〉，通是家常語，而情文最綿麗。……入情入理，悲涼世局，俯仰身世，語語從性情中流出，至文也。（《韓柳文研究法‧韓文研究法》）

〈寄京兆許孟容書〉，詞語至哀痛，而段落又至分明。……然亦自成柳州氣格。此無他，性情眞，而文字亦無有不動人者。（《韓柳文研究法‧柳文研究法》）

筠溪翁，一野老耳；耳震川名，贈書結納，亦屬常事。此在尋常文家，必無可著筆，而震川偏有一段停頓夷猶之筆，如「每展所與書，未嘗不思翁也」，情韻天成。（《選評古文辭類纂》評〈筠溪翁傳〉）

凡文人之有性情者，以文學感人，眞有不能不動者，此文與其〈先妣事略〉同一機軸，而又不相復沓，所以爲佳。（《選評古文辭類纂》評〈項脊軒志〉）

觀以上琴南所評，多以爲有性情，始成千古至文。可見以「性情」評文，確爲琴南文論中之重點。《畏廬論文‧應知八則‧情韻》之外，上述評點更可爲之佐證，更益見其文論之牢不可破。而從上述所擷取諸例中，透露出爲文若自性情中流出，則作品必能動人。是以文章是情性之表現，惟出以眞情實性，端正厚重，辭氣自可免於濁鄙之態，亦方能韻致動人。至於情韻之眞，如何獲致？琴南以爲：

蓋述情欲其顯，顯當不鄰於率；流韻欲其遠，遠又不至於枵。有是情，即有是韻。體會之，知其懇摯處發乎心本，縣遠處純以自然，此才名爲眞情韻。（《畏廬論文‧應知八則‧情韻》）

千古名篇，必本諸作者之至情至性，而此至情至性，斷非於臨文前刻意造作，率爾爲之。若有深情，發之於文，則必流韻綿遠，不至於空虛乏味，此皆出於自然，莫能強求。是以若「身之不修，而欲修其詞，心之不和，而欲和其

聲,是猶繫缶而求合乎宮商,折葦而冀同乎有虞之簫韶也。」,〔註84〕情韻亦決不可致。是以欲使辭氣暢順,韻致動人,唯有發自本心自然之情,心和身修之後,屬文吐辭,情韻自生。琴南再三強調真情之重要,認為「作文之道不過四字:實迹、真情而已。無實而有真情,涉空氤氳之氣,如香煙繚繞,則亦足以動人。」〔註85〕而欲得真情,則「古人之文,多足匡性情而長道德。」〔註86〕亦即示人讀古人書,則性情必正,道德必長。下筆為文,情韻遂見。

綜而言之,有情韻之作,必見其作品中之感情,得以自然和諧之抒發,而獲致無窮無盡之餘音餘味。是以情居關鍵,必求情深方能韻長,而韻欲長,又須藉語言之和諧以體現。是故作品唯流露真情,使讀者藉由反覆吟誦,思之再三,而得致深情遠韻之潤澤。

八、致神味

「神味」一詞,遲至清代,方於詩話、詞話中出現。有從創作角度以言神味之藝術表現者;〔註87〕有從文學發展史之角度言深具神味作品之蛻變者;〔註88〕有指出樂府詩必以神味氣骨古雅為美者,〔註89〕及至近代,或指作品風神韻味皆極深厚者。〔註90〕而將「神味」入於古文論者,當首推琴南。琴南於論意境、識度、氣勢、聲調、筋脈、風趣、情韻之餘,又繼之以神味,以為行文之止境。並認為「論文而及于神味,文之能事畢矣。」〔註91〕所謂「神味」者如何?琴南註釋云:

〔註84〕 林紓《畏廬論文・應知八則・情韻》,頁 30 下。所引為宋濂〈文說贈王生黼〉之語。
〔註85〕 林紓《文微・造作第四》,見李家驥等編《林紓詩文選》文末之「附錄」,頁 392。
〔註86〕 林紓《文微・籀誦第三》,所見同上註,頁 390。
〔註87〕 如清陳廷焯《白雨齋詞話》謂「白石〈齊天樂〉一闋,……用筆亦別有神味,難于言傳。」台北:台灣開明書店,1954 年 3 月。此由筆法角度談神味。
〔註88〕 如清劉體仁《七頌堂詞繹》謂「詞亦有初盛中晚,不以代也。……非不欲勝前人,而中實枵然,取給而已,于神味處全未夢見。」台北:新文豐出版公司,1985 年。此評末期詞作之神味盡失。
〔註89〕 如清朱庭珍《筱園詩話》卷三中言:「作樂府須音節古,詞意古,神味氣骨無一不古,方許問鼎。」台北:新文豐出版公司,1989 年。即認為樂府必求古雅,方有神味。
〔註90〕 如近人況周頤《蕙風詞話》卷一云:「至不求深而自深,信手拈來,令人神味俱厚。」台北:河洛圖書公司,1980 年。要求神與味之深厚。
〔註91〕 林紓《畏廬論文・應知八則・神味》,頁 30 下。

神者，精神貫徹處永無漫滅之謂；味者，事理精確處耐心咀嚼之謂。

（《畏廬論文‧應知八則‧神味》）

永無漫滅之精神，與夫精確之事理，此作品耐人尋味處。作品中須是精確表現，言有盡而意無窮之神情事理，始得神味。若言止意盡，於掩卷之後，全無餘思，則無神味可言。至於精確之事理，從何而得？琴南以爲必由「裡面涵養」，即須「積萬事萬理，擷其精華，每成一篇，皆萬古不可磨滅之作」〔註92〕是以事理必由胸中求，形之於文，方有「辭約而旨豐，事近而喻遠」之神味。〔註93〕琴南以韓愈〈答李翊書〉爲例，以明文章之神味，其說云：

> 韓昌黎與李翊書：「無望其速成，無誘於勢利。養其根而俟其實，加其膏而希其光。根之茂者其實遂，膏之沃者其光燁。仁義之人，其言藹如也。」此數語得所以求神味之眞相矣。然昌黎言雖如此，實未嘗一蹴即至。觀以下書辭，歷無數辛苦，始歸本乎仁義之途，詩書之源，乃克副乎前所言者。（《畏廬論文‧應知八則‧神味》）

歷代文章得神味者，自是不易，大家如退之，行文猶須歷千辛萬苦，始得文之神味。退之爲文，歸本仁義，取法乎上，然此並非一蹴可幾，亦須由胸中涵養始得。琴南於《選評古文辭類纂》中對上引退之數語評云：

> 望速成，則氣促而功候淺；誘勢利，則心歧而思慮雜。養根者，治本也；俟實者，待其自然也；加膏者，日進無疆也；希光者，必有得當之一日也。至實遂光燁，則功候圓滿矣。而仍歸本仁義者，本道而爲言也。（《選評古文辭類纂》卷五評〈答李翊書〉）

是以道之得，非速成、勢利可爲。必尋本酌實，日進其德，積累日久，始得圓滿。至於涵養何者？即詩書仁義者也。琴南於《韓柳文研究法》中亦評此文言：

> 行仁義，游詩書，不是大言，是立言到此地位，自然力臻上流。道之無止境，猶文之無止境。（《韓柳文研究法‧韓文研究法》）

蓋游於聖賢書辭，始能行於仁義之途，屬文吐辭，神味自現。然淺人爲之，因涵養不足，遂輕率以言神味，是不知神味之旨。是以琴南以神味乃爲文之能事，最終仍將之落實於「道理」之上，其言曰：

> 然則，治文者於此，終無望乎？而又不然。歐公曰：「大抵道勝，文

〔註92〕林紓《畏廬論文‧應知八則‧神味》所引譚格之語，頁31上。
〔註93〕劉勰《文心雕龍‧宗經》，見范文瀾《文心雕龍注》，頁22。即指意旨豐富，寄託深遠之文，方有神味。

不難而自至。」王臨川亦曰:「理解者文不期工而自工。」曰「至」
曰「工」,原非易事,然大要必衷諸道理。純從道理上講究,加以身
體力行,自然增出閱歷。以道理之言,參以閱歷,不必章絺句飾,
自有一種天然耐人尋味處。(《畏廬論文‧應知八則‧神味》)

琴南以為欲求理至文工,本非易事。若能游於詩書,涵養胸中道理,言出以
道理,加之作者自身之閱歷,行於仁義之途,綴文屬篇,自有耐人咀嚼之神
味。琴南此論,散見於其文論之中,由於他處已各自論述,此不再贅述,於
此可見琴南文論前後貫通之處。至於「神味」為文之止境,琴南於〈桐城派
古文說〉中亦有申明:

文字有義法,有意境,推其所至,始得神韻與味。神也、韻也、味
也,古文之止境也。(《轉引自李家驥等編《林紓詩文選》》)

琴南論文宗桐城,講義法,亦推意境為古文藝術之前提,以得神味為極致,
故而具神味之作,亦必為創作要則中之不可或缺者。琴南亦有以「神味」評
文者,如評歸有光〈項脊軒記〉云:

文語家常瑣事,最不能工,唯讀《史記》、《漢書》,用其纏綿精切語,
行之以己意,則神味始見。(《選評古文辭類纂》卷九)

敘家常瑣細之事,以無關緊要,故神味難得。然歸氏此文,遠宗《左傳》之
閒筆,近學班、馬纏綿精切之語,化為自我之語言,復出之以性情,遂能情
景逼真,感人至深。雖已掩卷,仍餘思不盡,此即是神味之所出。琴南評《左
傳‧襄公八年》「鄭人從楚」云:

一路寫來,子展之言,遠而有徵。子駟之言,鄙而近利。伯駢之言,
哀而弗誠。子員之言,倨而中要。前半寫其議論之妙,後半寫其詞
令之妙,奕奕皆有神韻。(《左傳擷華》卷下)

論鄭人從楚事,其中人物詞令之妙,各有風致,寫來神采奕奕,神韻天成。
頗耐人尋味。另外,琴南於《文微》中亦多「神味」之論,可為〈神味〉之
輔證,如下列諸條:

大凡文章須靜理遠神,理不說盡,而有含蓄,謂之靜理。此唯歐陽
永叔能之。

文必醞釀而始有味。

文章真味,無問其生于聲、生于趣,要必能言人莫能道之言。(以上
具見《文微‧通則第一》)

> 古文之味皆自經來，然必自古文學起，漸次而讀經，經高妙而古文
> 平淡，如此拾級以進，乃序順而可有功。(《文微・籀誦第三》)

具神味之文，亦必先游於詩書，醞釀日久，得之道理，學古而能化，方能言人所未言，文之眞味，便寓其中。令讀者有含蓄不盡之餘味，久久存於胸中。歐陽永叔亦爲箇中能手，琴南嘗評其〈河南府司錄張君墓表〉云：

> 歐文之多神韻，蓋得一追字訣。追者，追懷前事也。公于名山水中，
> 寫生體物之筆固不如柳州之刻肖，然撫今追昔，俯仰沈吟，有令人
> 涵詠不能自己者。(《評選古文辭類纂》卷八)

窮形盡相之文，爲柳州所擅，然歐公於抒情敘事之文，則爲柳州所不及，歐文於道理之不悖，人情之不怫，故而言可沁人心脾，即便言止，仍有咀嚼無盡之神味，此眞爲文之止境。

綜要言之，琴南論「神味」，強調有神始有味，並認爲須游詩書，行仁義，廣閱歷，融萬事萬理，衷之以道，有此根柢，形之於文，始有言止而意無盡之風致，文之神味，即能顯現。

第二節　謀篇安章

琴南之古文創作論，亦涉及作家於創作時對篇章結構之考慮與安排。對此，劉勰《文心雕龍・神思》早已提出相關論點：

> 是以陶鈞文思，貴在虛靜，疏瀹五藏，澡雪精神。積學以儲寶，酌
> 理以富才，研閱以窮照，馴致以懌辭，然後使玄解之宰，尋聲律而
> 定墨；獨照之匠，窺意象而運斤。此蓋馭文之首術，謀篇之大端。

爲文構思，既要虛靜，又須以才學爲輔。運思成熟之後，作家便可視作品之所需，擇其確切之文辭與聲律以駕馭篇章。此乃爲文創作之首要方法，謀篇安章之重大開端。是以謀篇布局，須著眼於全局，統籌安排結構，合理組織材料，使文章主題因而彰顯。故若善於謀篇，則文章內在之神理氣味方得以表現。蓋古來文家，爲求作品能形象鮮明，表情達意能淋漓盡致，無不用心於用筆技法，以求篇章結構安排妥適。而運筆之原則與技法，存乎一心，各有巧妙。古來文家言筆法運用，多就單篇品評，未若琴南專論歸納各種運筆之法者。琴南於《畏廬論文・用筆八則》中論述起筆、伏筆、頓筆、頂筆、插筆、省筆、繞筆、收筆等八種用筆之方，所論精詳，極具條理，於習文者

頗有助益。莫怪乎夏曉虹如是云：

> 林紓的創獲在談古文筆法，其中大有體會親切、別有用心之處，非
> 一般學人所能道、所肯道。（夏曉虹〈林紓的古文與文論〉，載入《文
> 史知識》）

夏氏之言，洵屬的論，亦自有其理。茲就琴南所謂之八種筆法依次闡論，以
明其特色所在。

一、用起筆

　　起筆，即破題，指文章開頭的筆法。為求統首尾，古人行文謀篇於文章
之首尾多倍加審慎，劉勰云：

> 若夫絕筆斷章，譬乘舟之振楫。會辭切理，如引轡以揮鞭。克終底
> 績，寄深寫遠。若首唱榮華，而媵句憔悴，則遺勢鬱湮，餘風不暢。
> 此《周易》所謂「臀無膚，其行次且」也。惟首尾相援，則附會之
> 體，固亦無以加於此矣。（《文心雕龍‧附會》）

蓋文章之開頭與結尾，雖各有所司，然彼此呼應，以收渾然一體、首尾圓合，
進而突出主旨之效。關於文章首尾之重要性及其作法，前人論之甚詳。〔註94〕
至於結尾之筆法，琴南有立「收筆」專論，容後再論，此先論「起筆」之技法。

　　文章之開頭甚難，蓋由於其涉及全文之謀篇布局，不宜輕率視之，如屋
之先有地基，方得往上蓋屋而不墜；亦如曲之先定基調，方得有旋律之諧和。
是以起筆精彩，不落俗套，便能引發關注，急欲探求下文之心於焉而生。

　　琴南極其強調「起筆」之運用，如云：

> 若機軸之變換，尤當體認古人著手之處。試看大家文集，所能引人
> 入勝者，正以不自相犯。譬甲篇如此起法，乙篇即易其蹊徑，丙篇
> 是如此起法，丁篇又則有其用心。……蓋匠心運處，自有不同之同。
> 故不善於文者，墨守老法，一篇既是如此著筆，於是累篇皆同；分
> 以示人，頗自見異，及鐫為專集，一披覽即已索然。（《畏廬論文‧

〔註94〕前人論首尾相援之作法，除《文心》之外，舉其重要者，如宋代吳沆云：「首
　　　句要如鯨鯢拔浪，一擊之間，便知其有千里之勢。于落句要如萬鈞強弩，貫
　　　全透石，一發飲羽，無復有動搖之意。」（《環溪詩話》）明人謝榛云：「起句當
　　　如爆竹，驟響易徹，結句當如撞鐘，清音有餘。」（《四溟詩話》）清代李漁云：
　　　「當以奇句奪目，使之一見而驚，不敢棄去，此一法也，終篇之際，當以媚
　　　語攝魂，使之執卷流連，若難遽別，此一法也。」（《閒情偶寄》）

用筆八則‧用起筆》）

可見文章之開頭，須引人入勝，不自相觸犯，亦即力求創新並具變化之妙。若千篇一律，起筆雷同，墨守陳規，毫無新意，則讀之興味索然。蓋由於文章之體裁、內容、寫作之要求、讀者之對象、作者之風格，各各不同，故文章之開頭技法，千姿百態，變化萬千，無一定之成規，端視作者之匠心。〔註95〕

其次，琴南又提出「起筆」之法云：

　　總言之，領脈不宜過遠，遠則入題時煞費周章；著手不宜太突，突則轉旋處殊無餘地。用考據起，雖頭緒紛煩，須一眼注到本位，方有著落；用駕空起，雖寬泛無著，須旋轉趨到結穴，方能警醒。（《畏廬論文‧用筆八則‧用起筆》）

琴南以為「起筆」之法，宜直截了當，接觸題旨，此即俗所謂「開門見山」、「單刀直入」之法，一入手便擒題，下文之論述方得開展。若起筆過遠，入題便「煞費周章」；過於突兀，則不易留有餘地。梁啟超曾云：「文章最要令人一望而知其宗旨之所在，才易於動人。」（《中學以上作文教學法》）為文若能入手擒題，一針見血，當可從容舖敘下文。若落筆太遠，將廢話連篇，離題萬里，以致泛濫無歸。至於起筆是否宜於突兀，歷來文家與琴南之見或有不同。〔註96〕琴南所反對者是「太突」之起筆，並非反對突兀之起筆技巧，宜留有旋轉餘地，不宜一起始便說盡無遺。如琴南於《文微》中言：

　　屈原之文，起筆無不突兀，《左傳》、韓文亦有之。左氏魯昭公七年傳「鄭人相驚以伯有」，昌黎〈平淮西碑〉「天以唐克肖其德」之類，源頭皆自屈原而來。（《文微‧雜平第九》）

起筆突兀之文，往往有奇句奪目，先聲奪人之效果。清‧李漁嘗云：「開卷之初，當以奇句奪目，使人一見而驚，不敢棄去。」〔註97〕琴南舉《左傳‧昭公七年》「鄭人相驚以伯有」為例，並對此評云：

　　一落筆，突然跳出伯有，以下將一篇信史，幾作鬼董讀矣，實則非

〔註95〕文章起筆運用之妙，可參兒島獻吉郎《中國文學通論》所提出的起筆五法，即一正起，二反起，三詠歎起，四設問起，五比喻起。台北：台灣商務印書館，1965年，另徐芹庭《文章破題技巧及其修辭方法之研究》，台北：成文出版社，1976年7月。兩書皆具參考價值。

〔註96〕方東樹主張：「起法以突奇先寫為上乘，計槳起棱，橫空而來也。……若平直起，老實敘此為凡才，杜、韓、李、蘇、黃諸大家所必無也。」《昭昧詹言‧總論五古》卷十一，台北：廣文書局，1962年8月。

〔註97〕李漁《閒情偶寄‧詞曲部》，台北：廣文書局，1977年。

是。須知此文滿滿寫鬼，卻是處處寫子產之行政，工夫全在立公孫

洩。(《左傳擷華》卷下，〈伯有為厲〉評語)

起筆跳出伯有，使鄭人相驚，實為突兀之至。然言在此意在彼，須和良史之能，絕不以鬼事勝人事，乃以此託出子產處處側重民心。鄭人見其得立，於心略安，懼鬼之心亦漸消釋，故雖如遊戲之作，實則節節以人事勝也。再如韓愈〈平淮西碑〉，琴南評云：

起手「天以唐克肖其德」，直欲嘔出心肝。想其構思時，必千迴百轉，

吐棄一切，方得此語。此一語倉卒不能有也。(《選評古文辭類纂》

卷八)

韓愈此文之入手，先將以上諸朝養癰詒患處隱隱敘出，並歸其病源。以突兀之起筆，領起全篇，文思傾瀉而下。是以起筆如文之發源，必善加掌握，方可按樞紐而啟動全篇。文之入手，即能全局在握之佳例，如琴南評司馬遷〈六國表序〉云：

此文妙在一開口便吸起全局，其中納入六國，在不經意中，有貶無

褒，卻說得此書萬不可廢，即重在「近己而俗變相類，議卑而易行」

也。(《選評古文辭類纂》卷二)

六國無史，而秦獨有紀，故六國事皆從〈秦紀〉得之，故從秦入六國，草蛇灰線，令人不覺。〈六國表序〉以無道而得天下為主，故發端即以秦之僭事上事為言，無一字是閒文，妙在起筆即已先定主意，主意既定，則通篇議論便緣此而發，乃不背繆枝蔓，可見入手便掌握全局之重要。又如評韓愈〈答崔立之書〉云：

一入手，全局已在握。「見險不能止」，即四舉而後有成，亦未即得

仕，宜止而不止也。「動不得時」，則指有司好惡出于其心，別有取

士之程度也。「因不知變，以至辱于再三」者，即二試吏部，一即得

之，又黜于中書也。背馳者，不能與斗筲之人決得失于一夫之目也。

(《選評古文辭類纂》卷五)

韓愈時三試史部不售，崔立之與書，比之獻玉者，韓愈作此書報之。起筆便已吸起全局，自抒胸臆，信筆寫出，卻有一股郁勃雄勁之氣勢，句句真氣動人，直起直落，沈郁頓挫，此「仍是以文章自見，吐其前此為蒙昧所屈抑之氣，通篇無一語不是昌黎本色。」〔註98〕是以起筆若能提起全篇氣勢，則通

〔註98〕林紓《韓柳文研究法·韓文研究法》，頁17，台北：廣文書局，1976年4月。

篇無不佳者。然大家之文，才學過人，莫能以規矩縛之。琴南唯恐俗手學力
不濟，致有下筆千言，離題萬里之譏，習文者不可不慎。

　　再者，琴南論及起筆須嚴潔，其云：

> 昌黎墓誌有偶然敍及交誼者，唯其有交誼，始爲之譔文，雖語涉家
> 常，於體格亦不甚病。然總須嚴潔，譬諸身到名山，未到菁華薈萃
> 處，已有一股秀氣先來撲人，人便知是作家語，不易拋卻。歐文語
> 語平易，正其嚴潔，不可猝及。昔人見歐公〈醉翁亭記〉草，起手
> 本有數行，後乃一筆抹卻，只以「環滁皆山也」五字了之，何等斬
> 截！然但觀此五字，亦有何奇？似盡人皆能。不知洗伐到精粹處，
> 轉歸平淡；淺人以平易爲平淡，便不是矣。（《畏廬論文・用筆八則・
> 用起筆》）

嚴潔者，即要求起筆須嚴謹簡潔而終歸平淡，如歐陽修之〈醉翁亭記〉，歷經
刪修，只以「環滁皆山也」五字起筆，雖不直接觸及文章之主旨，然卻由旁
面、側面、反面或四面敍寫，將文章主旨導引而出。起手五字看似平淡無奇，
實則已錘煉至精粹處，歸於平淡，是以言簡而意深，增添文章之韻味。又如
琴南評韓愈〈烏氏廟碑〉云：

> 入手仍寫重胤起家建節受封之大處，然後上溯發祥之祖，漸漸落到
> 承玼，敗可罕干，拒室韋，明他父子均以驍勇能戰，首尾相應，文
> 極嚴潔。（《韓柳文研究法・韓文研究法》）

文章側重於敍烏重胤父子之英勇事蹟，對於發祥之祖，則簡語帶過。故入手
寫重胤義勇，毛髮欲動，文章寫來遒勁有力，嚴謹簡潔。若入俗手，起筆必
將重胤三世各鋪敍數句，便無此勁潔。

　　琴南除於正面揭櫫「起筆」之法外，復於反面論述「起筆」之忌，其言云：

> 文之用起筆，頗有數忌。如贈送序及山水廳壁諸記，忌用古人詩句
> 起；碑版傳略，忌用議論起；論說雜著，忌引古作陳言及成句起，
> 此淺而易喻者也。（《畏廬論文・用筆八則・用起筆》）

各體文章有其創作法則，琴南於〈流別論〉中已具體闡述，雖非首先論及，然
各體文章之「起筆」技法亦大略如是。琴南所謂之「數忌」，雖有過於拘泥，而
爲束縛人之死法之譏，然其共通性之原則，而爲習文者之南鍼，則應予肯定。

　　綴文屬篇，起筆實難，蓋以其涉及全文之謀篇布局。起筆之法雖多，妙
在能掌握關節，定出基調，依源導流，便可左右逢源而統領全篇。

二、用伏筆

古來文家之屬文成篇，於文章之思路文脈上，莫不多所講究。劉勰即曾提及文章之脈絡云：

> 啓行之辭，逆萌中篇之意，絕筆之言，追媵前句之旨，故能外文綺交，內義脈注，附萼相銜，首尾一體。（《文心雕龍・章句》）

蓋起手之言，伏中段之意；結尾之語，亦應中段之旨。自文字言，如織綺之花絞相互銜接；自意義言，如脈絡之貫通。期能使文章臻於前後呼應、血脈貫通之境。如此則於形式上能有妥適之聯絡，意義上亦能彼此貫串。否則各自獨立，不相綴屬，徒見支離破碎而已。

伏筆之用，古來有之。琴南云：

> 行文有伏筆，猶行軍之設覆。顧行軍設覆，敵苟知兵者，必巧避不犯我之覆中；若行文之伏筆，則備後來之必應者也。故用伏筆，須在人不著意處，又當知此不是贅筆才佳。（《畏廬論文・用筆八則・用伏筆》）

琴南以爲文中之伏筆，如行軍作戰暗伏之部隊，伏藏不欲人知，至必要時方顯其作用。蓋文章之行文自有起伏、曲折，而非直瀉無餘。故善於文者，於謀篇佈局上，必深知伏應之法。前有伏筆，後必有照應，必先入於此處安頓埋伏，於彼處以備接應，亦即琴南所謂「欲注射彼處，先在此處著眼，以備接應」之法。而伏筆須有自然、巧妙之妙，看似不經意爲之，實則處處用心可見。故琴南以爲「伏筆即伏脈，猝觀之實不見有形跡。故呂東萊論文，謂有形者綱目，無形者血脈。」〔註99〕文章先埋伏，後有著落，經緯相通，來龍去脈便可明矣。琴南更進而論及用「伏筆」之法云：

> 善于文者，一題到手，預將全篇謀過，一一審定其營壘陣法。等是一番言論，必先安頓埋伏，在要處下一關鍵，到發明時即可收爲根據。……蓋一脈陰引而下，不必在在求顯，東雲出鱗，西雲露爪，使人們捉，亦足見文心之幻。……所以能照管者，正以未說到彼，而此間先已埋伏，到興會淋漓時回眸顧盼，則以上之伏脈皆見矣。
> （《畏廬論文・用筆八則・用伏筆》）

文之脈絡，有其因果相連，若能預先安頓埋伏，則以下敘事方不致於驟然無依，

〔註99〕以上兩處引文具見林紓《畏廬論文・用筆八則・用伏筆》，頁51下。

亦方能使全文結構周延縝密。而文之伏脈，或隱或顯，或藏或露，令人無法捉摸。前有預伏，後有照應，使此伏線由隱至顯，方是善於伏脈者。清人唐彪所謂：「於篇首預伏一二句以爲張本，則中、後文章皆有脈絡。」（《讀書作文譜》）蓋伏筆爲敘事之本，若無伏筆，則敘事無根，題意便無由開展。是以「預伏」爲根，「張本」爲枝葉，枝葉必籠罩根本，故而前伏後應，自有其理。除此，琴南更於〈用伏筆〉文末提出「伏筆」之運用貴在「陽斷而陰聯」，其云：

> 伏筆苟使人知，亦不稱妙。無意閱過，當是閒筆，後經點眼，才知
> 是有用者。……可見用伏筆，是陽斷而陰聯，不是伏下此一處，便
> 拋卻去經營彼處。……綜之，文字有起即有伏，能悟到起伏，則文
> 之脈訣得矣。

蓋伏筆以巧妙爲貴，然須宜藏不宜露，似不經意，初讀之有如閒筆，〔註100〕待讀至下文或合卷靜思之後，始悟上文張本之道。故伏筆須能彰顯結構、內容之意義，若伏而不應，首尾即乏連續。唯善伏者，方可得後文之顯豁。琴南亦曾引魏叔子之語，加以闡發云：

> 魏叔子之論文法，析而爲四：曰伏、曰應、曰斷、曰續，此語的是
> 論古文，不是論時文。伏處不必即應，斷處亦不必即續，此要訣也。
> 一篇之文，使人知阨要喫緊在於何處，當於起手時，在有意無意中，
> 閒閒著他一筆，使人不覺。故大家之文阨要喫緊處，人人知之；而
> 閒閒伏筆處，或之不知；即應處不必緊隨伏處，續處不必緊隨斷處
> 也。（《畏廬論文・應知八則・筋脈》）

魏禧此論，十分精闢。蓋伏與應、斷與續，均能使敘述波瀾縱橫，別開生面。若能巧妙預伏，則不必立即照應，可藉此製造懸念，引人入勝，呼應則自然帶過，如風拂樹林，有聲無痕，與預伏暗暗相扣。斷與續亦然，可使文意頓挫，耐人尋味。此皆爲屬文成篇之要訣。而屬於運用「伏筆」，能前伏後應之文，如琴南評《左傳》之例：

> 平日論文，好言埋伏叫應之法。但讀此篇埋伏之不覺，叫應之自然，
> 令人增出無數法門。（《左傳擷華》卷下，〈齊使晏嬰請繼室於晉〉

〔註100〕清毛宗崗評點《三國演義》第五十九回云：「妙有閒筆，點次時序。」又於第
　　　　十回「在北海六年，甚得民心」之後批云：「又夾敘孔融一段閒文，敘事到極
　　　　急時又用一緩筆。」台北：三民書局，1991年。緩筆即閒筆，其並非閒聊無
　　　　用之筆，指於題外起補敘作用之筆法，亦有舒徐調節文氣之作用。

評語）

此章文字雖極錯綜陸離，然其來源已從范鞅對秦伯時定下張本。左
氏往往于遠處埋根，後來爲絢爛之文，皆非不根之論，讀者細心察
之自見。（同上，〈晉逐欒盈〉評語）

運用伏筆，必巧妙行之，以令人不覺爲上；照應之文，必應之自然，不著痕
跡。《左氏》文字之陸離變化，蓋知先於遠處預伏，而後文勢方有跌宕之風致。
再者，琴南評韓愈〈送齊皞下第序〉云：

文之佳處，全在縈復埋伏照應之法。……用連珠滾筆，倒卷珠廉而
上，處處埋伏，處處照管，一副精神，眞不知從何處來也。（《選評
古文辭類纂》卷六）

韓愈此文，以「古」字爲通篇立主意，又舉「今」字爲「其漸有因，其本有
根」作一埋伏。其中「知命不惑」即埋伏齊生之懷抱，慨世之不能復古，即
望齊生之能復古也。有埋伏之處，就須有照應，「通篇關合照應，無一處疏
懈，所以爲佳。」〔註101〕琴南可謂推崇備至。於《文微》中言：「歐陽文多
伏流，不易窺察。」〔註102〕試以歐陽脩〈送徐無黨南歸序〉爲例，琴南評
云：

公一生以政事自命，似視文章爲餘事，故將「言」字稍稍放鬆，爲
後文伏脈。復提「言」字引起「德」字，言有德者尚不必有功，況
于言哉？……「功」、「言」二字，即從「德」字拉下，步步照管，
精神極其完足。（《選評古文辭類纂》卷六）

蓋人之立功與立言，皆離不了立德。歐公爲徐師，慮其志滿，勉以更高境地，
具見誠心。本文波瀾出之自然，不見埋伏照應之跡，全文豐神千古不滅，精
神更覺不磨。

綜上所論，知伏筆與照應不能兩分，前有伏，後必應，爲文者當通盤謀
劃，細針密線，安頓埋伏，妥貼照應，層次井然，事雜而不亂，語多而有序，
以收天衣無縫、滴水不漏之效。琴南之論，雖多有承繼，然特立「用伏筆」
以專論用伏筆之技法及其巧妙，歸納整合，條理論述，不啻爲琴南之特色所
在。

〔註101〕林紓《韓柳文研究法·韓文研究法》，頁 27。
〔註102〕林紓《文微·唐宋元明清文平第八》，見李家驥等《林紓詩文選》附錄（一），
　　　　頁 401，北京：商務印書館，1993 年 10 月。

三、用頓筆

　　名家之文，往往文勢跌宕，波瀾起伏。行文筆法萬端，徒以能善用而已。「頓筆」乃於語意將盡而未盡處，一筆頓住，使文勢具懸崖勒馬之妙，此即文章於馳驟之後，小作頓挫之筆法。琴南論「頓筆」云：

> 凡讀大家之文，不但學其行氣，須學其行氣時有止息處。由之走長道者，惜馬力，惜僕力，惜自己之腳力，必少駐道左，進糗加秣，然後人馬之力皆復。文之用頓筆，即所以息養其行氣之力也。(《畏廬論文・用筆八則・用頓筆》)

　　名家爲文，重於行氣，而行氣則要有鼓有息。鼓雖以勢壯爲上，然勢亦當有止息處，不息則流宕忘返，不知所歸。而行文之止息蓄勢處，即頓筆展現之所在。雖不積跬步，無以致千里，然千里之遙，於日夜奔馳之餘，亦當息養，始克能至。亦如戲劇之搬演，於一場炮火連天之戰鬥後，繼之以恬靜之場面，作文亦然，於理直氣壯之論述後，繼之以從容之節奏。琴南進而提及頓筆之修辭作用云：

> 頓時不可作呆相，當示人以精力有餘，故作小小停蓄，非力疲而委頓於中道者比。若就淺說，不過有許多說不盡闡不透處，不欲直捷宣洩，特爲此關鎖之筆，略爲安頓，以下再伸前說耳。不知文之神妙者，於頓筆之下，並不說明，而大意已包籠於一頓之中。(《畏廬論文・用筆八則・用頓筆》)

　　蓋文章之止息處，非將其視爲思想感情發展之終止，亦不可露出氣盡力竭之態。非徒於「馳驟」之後之「止息」，亦當爲以下「馳驟」作必要之盤算。可知頓筆並非戛然而止，應含未盡之意於其中。琴南所提及之「關鎖之筆」，即於文章分段處或篇末處作結語，用以醒段明篇。如《左傳・僖公五年》「宮之奇諫虞公」事，琴南評云：

> 宮之奇兩用矣字，一斷虞之亡，一決晉之得。此雙鎖之筆，文筆既含蓄而又完滿。或謂必增下文，始謂之有歸結，吾意殊不謂然。(《左傳擷華》卷上)

　　「矣」字有決斷之意，兩用矣字以爲之關鎖，稍作安頓，則有蓄勢待發之作用。文中用鎖筆，歸結前意，若已完足，未必再有下文之伸說，實已寓含無盡之餘思。又如歐陽脩〈釋惟儼文集序〉，琴南評云：

> 篇中「曼卿之兼愛，惟儼之介，所趣雖異，而交合無所間」，此四語

是足「無所擇」及「非賢不交」之意，亦是鎖筆。其下遂放膽敍惟
儼之議論，而議論皆合用世之意，全不類桑門吐屬。(《選評古文辭
類纂》卷二)

歐陽脩此文，善於文中作一小頓，以足前意，蓄勢之後，往下再馳騁議論，
生出無窮妙境。運用鎖筆，或逐段分鎖、或連篇總鎖，實有「控勒」全文之
作用。蓋行文有關鎖，可使文章段落層次分明，且文如流水，行至轉折處，
以簡潔之語予段意作一關鎖，合卷之後思之，文章如水流洄環曲折，最終奔
流何處，均清晰可見。

琴南於〈用頓筆〉中特舉《漢書·丙吉傳》云：

帝以郭穰夜到郡邸獄，亡輕重，一切皆殺之，而皇曾孫亦在內。吉
相守至天明，不聽入。尋帝亦寤。因赦天下郡邸獄，繫者獨賴吉得
生，恩及四海矣。(《畏廬論文·用筆八則·用頓筆》)

此傳乃敍漢武帝聽信讒言，派郭穰連夜趕至郡邸獄，將獄中人犯皆殺死。丙
吉知武帝之曾孫亦於獄中，人向武帝進讒，欲於謀害太子之後，再及於武帝
之曾孫，故「守至天明」，拒不奉詔。武帝醒後，乃下令大赦天下。是以班固
雖以頓筆贊邴吉此舉之「恩及四海」，實則已有斥「武帝殘殺之威，一夕普及
天下」之言外不盡之意。故琴南對其盛讚云：

班書到此必不敢斥帝為無道，決不敢加以微詞，此亦可云險厄矣；
顧能作如此安頓，所以成為大家。(《畏廬論文·用筆八則·用頓筆》)

文之神妙，在於頓筆之後，並不伸說，卻有含蓄不盡之意於其中，而愈見風
神。正如班固之用頓筆，總教人思之再三，餘韻無窮之感。《漢書》之外，《左
傳》亦善用頓筆，如《左傳·襄公二十五年》「崔杼弒君」事，琴南評云：

通篇皆用雋語，首尾如一。尤妙者每敍一事，必有本人一言為之安
頓，作為小小結束，故煩而不紊。凡事體蕪雜者，斷不能無小小結
束之筆，讀此篇可以悟矣！(《左傳擷華》卷下)

蓋敍史事之難，在於煩雜而難以董理，然左氏卻能駕繁就簡，使事體煩而不
亂，實由於其巧於運用頓筆所致。善用頓筆，逐段、分層小結，則事理安頓
合宜，文勢亦自有抑揚頓挫。再如琴南評賈誼〈過秦論(中)〉云：

此篇工夫，全在提頓。頓之下必有提，提之後必有頓，純是發明上
篇仁義不施之故。(《選評古文辭類纂》卷一)

此文提頓之法，貫穿全篇，如文中言「近古之無王者久矣」，高高一提，見得

天下不見統一之君。而秦國適南面稱帝，天下宗仰，諸君求安去危，而成守成之主，於是用一「矣」字作頓。頓後始提起秦王，如此一提一頓，步步爲營，提頓相間，有伸必縮，文勢果如排山倒海而至。又柳宗元〈與許京兆孟容書〉，琴南評云：

> 詞語至哀痛，而段落又至分明，逐層皆有停頓，雖不如昌黎之穿插
> 變幻，到喫緊處偏放鬆，及正面時，轉逆寫，然亦自成爲柳州氣格。
> （韓柳文研究法・柳文研究法））

柳宗元爲文，出以眞性情，故文字無不動人。全文段落分明，自陳辛酸，寫來語語淒愴，復以逐層作一小頓，以蓄其悲涼之音，將情感淋漓盡致之展現。是亦得之於善用頓筆，以蓄後勢，其陸離變化雖不如昌黎，然情感自肺腑中流出，亦自具特色。

　　琴南爲〈用頓筆〉作結云：

> 總言之，頓處必須言外有意，筆外有神，才算活著；若言下截然，
> 無甚意味，便成柴立，不是頓筆。

此論乃總結上文，所謂「文武之道，一張一弛。」爲文當知剛柔相濟、濃淡相間之法。爲使文章「避直就曲」，有起，自當有伏；有張，自當有弛；有馳驟，方能有頓挫。如此，文章定可顯現長短節奏、韻律之美，亦方能予人餘情不盡之感。故知文有頓筆，方有文勢。

四、用頂筆

　　依文章之脈絡、線索，將文章之層次、環節，予以緊密且精巧之組合，使之上下銜接之筆法，即謂之「頂筆」。琴南論〈用頂筆〉云：

> 文有停頓處，其下即有頂接處，原是一脈牽連而下。（《畏廬論文・
> 用筆八則・用頂筆》）

文章頂接之筆法，其用於頓筆後之頂接文字，期能使文章承接順暢，脈絡貫注。琴南對頂筆有其特殊之要求，其說云：

> 頓處既含悠揚不盡之思，若頂處即聲明其意，則何必於頓處作爾許
> 經營？故大家之文，每於頂接之先，必刪除卻無數閒話，突然而起，
> 似與上文毫不相涉，細按之，必如此接法。其中實蓄無數深意，亦
> 屏無數枝詞，然而須講力量矣。（《畏廬論文・用筆八則・用頂筆》）

蓋頂筆用於頓筆之後，原頓筆予人餘味無窮之美感，不宜於承接之頂筆立即

點明其意，以累及全篇。是以古來名家之作，於上下頂接文字，刻意經營，力求簡要精鍊。於散文創作實踐中，頂筆之運用，主要表現於句與句或段與段之間之承接，或依次一筆不捨，步步為營，或作突起之筆，與前文無涉，卻飽含深意，力道十足。琴南嘗舉韓愈〈南陽樊紹述墓誌銘〉為例，評云：「文字不能己出之故，乃使道統絕塞，忽頂起一句，既極乃通發紹述，見得紹述之文。」〔註103〕可見句與句承接之功。又柳宗元〈永州韋使君新堂記〉，評云：「頂筆用『九州實惟九疑之麓』八字，見得奇勝不少。」〔註104〕以柳氏專擅山水，若善用頂筆，則奇山勝水，盡見諸於文字中，文之意境定更加開拓。琴南更進而提出起筆運用之技法及巧妙，其說云：

> 謀篇時先自布置一切，宜後者反先，宜直者反曲；裁量某處喫緊，則故雍容其態為小停頓，令讀者必索所以然于頂接之時；乃頂接處又故鬆緩其脈，不即警醒，卻于句中無意處閒閒點出，使讀者心領神會其所當然，又不能切指其所以然，則製局之妙也。(《畏廬論文·用筆八則·用頂筆》)

琴南此論，可窺出其以為反接法較為巧妙。若將作者難言之事直接說出，反見平平，不如由反方向述說，以使平中見奇，餘味不盡。此種不按原行文邏輯，而從反面接筆之法謂之「反接法」。其出人意料，令人不測之手法，效果獨具。是以逆接之文，為全篇帶來巧妙，但忌行文無次，雜亂無章。因此，琴南提出：

> 脫無精意，又寡謀篇製局之能，味停頓起伏之法，誤會不佞所言，頓處是此意，而頂處忽謬為興會，說到別處去，然後極力兜轉，再來牽合，承接前半脈絡，此亦算得力量邪？直庸醫接骨之丹，雖重裹厚敷于折處，斷難復原。唯力量厚者，神定見遠，和盤打算，雖遠遠推開，而遙脈一絲，仍自迴旋牽引，恣我伸縮吐納。(《畏廬論文·用筆八則·用頓筆》)

蓋行文謀篇，必全盤謀劃，了然於胸。頓後之頂，若勉強為之，極力牽合，將損及全篇之力道。善用頂筆，握住關鍵，則會使行文伸縮吐納，脈絡貫通，天衣無縫。故琴南於〈用頂筆〉篇末作結云：「總言之，用頂筆必須令人不測，此祕亦惟熟讀韓文，方能領會。」蓋頓筆已收束上文，其後之頂筆當如奇峰

〔註103〕林紓《韓柳文研究法·韓文研究法》，頁51。
〔註104〕林紓《韓柳文研究法·柳文研究法》，頁114。

特起，出人意外，引人目光。然亦不可強爲附會，無的放矢。其中之妙，惟熟讀古人佳文，尤以韓退之之善用頂筆，爲箇中翹楚。因此，琴南以韓退之〈送齊暭下第序〉中之一段文字爲例，於此，先錄韓文之此段文字：

> 眾之所同好焉，矯而黜之乃公也；眾之所同惡焉，激而舉之乃忠也。於是乎有違心之行，有怫志之言，有內愧之名；若然者，俗所謂良有司也。膚受之訴不行於君，巧言之誣不起於人矣。烏虖！今之君天下者，不亦勞乎！爲有司者，不亦難乎！爲人嚮道者，不亦勤乎！
>
> （《韓昌黎文集校注》第四卷）

文中以「巧言之誣不起於人矣」爲頓，言明齊暭之所以不得舉，應歸罪於有司之不公、不明。讀者至此，當以下文承接上文爲妙，爲齊暭之遭遇而大鳴不平，甚或將有司痛罵一頓，以補足上文餘意之未盡。殊不知韓愈卻於頂筆之下，連用三疊筆，一味爲有司開脫。乍然讀之，前後矛盾，啓人疑竇。然琴南卻以爲「不知昌黎之意，蓋惡當時俗尙錮蔽，以矯爲直，純是私心，有司沿俗成例，不足深責。前半之痛詆有司，罪案原定在有司身上，而實非昌黎文中之正意。故頂筆作紆徐寬緩之語，令人疑駭，正是昌黎善用頂筆之妙。」〔註105〕足見大家之文，實妙遠難測，千迴百轉，莫能以制式縛之。因此，琴南對此篇盛讚云：「篇法、字法、筆法，如神龍變化，東雲出鱗，西雲露爪，不可方物，讀之不已，則小心一縷，亦將隨昌黎筆端旋繞曲折，造成幽眇之地矣。」又云：「初無奇異，奇處在頓處有索引出力之能，起處有匪夷所思之筆。」〔註106〕是以行文於順敘過程中，爲使文章結構富於變化，造成波瀾起伏，於頂接文字上，必精心安排，筆致奇崛，可避免順敘平鋪枯燥之病，亦可見上下文化工銜接之妙。足見大家之文，並非必然順筆而下，步步爲營，時而爲求深化主題，於句與句或段與段間之承接，採反接之逆筆法，並不專作正面文字，以避免文勢平衍，思路枯窘之病。

五、用插筆

散文敘事，最忌拘謹。若拘泥膠著，則筆法必流於板直枯瘦，難顯靈光逸態。欲求文章變化，插敘一法可以有功。所謂插筆，指行文過程中，由於表達之所需，暫時中斷主線，而插入與主線相關之敘述與議論，作爲主線之

〔註105〕林紓《畏廬論文・用筆八則・用頂筆》，頁 54 上。
〔註106〕以上引文具見林紓《韓柳文研究法・韓文研究法》，頁 25～27。

補充，以豐富作品之內容。此筆法於篇章中處處可見，且用途甚廣。蓋文章之事，變化無窮，敘法多樣，不一而足，善用筆者，當注意其中之離合變化，裨能巧妙運用。而插敘之法，若根據其所插入之內容與方式之不同，又分補敘、帶敘、追敘等。敘事之法雖有多方，然皆對於文章起補充說明之用，有追魂攝魄之效，更可引人入勝，增強藝術吸引力。見於中間者，即為「插敘」；見於中間或末後者，即為「補敘」。「帶敘」、「追敘」仍為「插敘」、「補敘」可包含之內容。彼此事理相通，關係密切，為其特性。如唐彪以《史記》為例，言及「挨講穿插」云：

> 凡作文有挨講，亦有穿插，挨講多，穿插少，自有分寸總貴合宜而用也。但穿插貴於自然，不可勉強。《史記・酷吏傳》，郅都、寧成、義縱、趙禹、張湯事，皆穿插成文；〈藺廉列傳〉，相如、廉頗、趙奢事，亦多插敘。因其人其事，原有關涉，可以交互，故交互成章耳。惟交互故錯綜變化，所以其文如蛺蝶穿花，遊魚戲水，令人讀之起舞也。（《讀書作文譜》）

《史記・藺廉列傳》中順次言及完璧歸趙、澠池會、將相與三個故事之後，突然插入「趙奢者……」一段，與前後截然分開，看似突兀，不相關涉，實為作者欲求錯綜變化而有意為之，若仔細思索，將可發現其自然合宜的穿插之妙，與所呈現的藝術效果。而引文中所言「挨講」即指順次說來，「穿插」則可釋為「插敘」。文中強調參差變化，方東樹《昭昧詹言》亦云：

> 專用之行文，陳敘情事。……不肯平順說盡，故用離合、橫截、逆提、倒補插遙接。一敘也，而有逆敘、倒敘、補敘、插敘，必不肯用順用正。（《昭昧詹言》卷十一）

為文運筆，須轉換變化不窮，用順筆便平，用逆筆便奇，唯交互成文，方有變化之致，而此種藝術效果之顯見，正待「插敘」、「補敘」，有以致之。清・吳曾祺亦認為「敘事之文，有追敘、補敘、類敘、插敘諸法。所以布置合宜。以見用神之暇。此其大較也。」〔註107〕凡此，皆強調要布置得宜，方能增加文章之姿態。

琴南於前賢的基礎上，特立「用插筆」專論此筆法，其先釋「插筆」云：

> 事有在文中，若不相涉者，然不補敘其事，則于傳中本事為無根；

〔註107〕吳曾祺《涵芬樓文談・明法第八》，頁16，台北：台灣商務印書館，1966年11月。

若不斟酌位置，又類陳先代之寶器於席間，夾亡親之遺囑於詩卷，
不惟不倫，而且無理。……夫文體貴潔，原不應牽涉他事；然一事
有一事之源頭，不能不溯遠因。過簡則鮮晰，過煩則病脘，過疾則
苦突；須在有意無意間用插筆請出，旋又歸入正傳，此劉彥和所謂
「理枝循幹」者也。（《畏盧論文·用筆八則·用插筆》）

琴南以爲爲文敘事，爲免敘事無根，因而以插筆補敘其事，使原不相涉之事，
經由附加解釋與補充而得以連結。並強調當「斟酌位置」，此即前面所敘「布置
合宜」，方不致於有「不倫」、「無理」之譏。至於事之各有源頭，必溯其遠因，
故應採用由近及遠或以今溯古之「追敘」方式，以使文章更具變化之美感。於
「有意無意」中以插筆入於文中，期能不著痕跡，出神入化。琴南以爲箇中之
妙，正如劉勰以爲欲清理其枝條，則須循根始能得其幹之卓見。〔註108〕

琴南並以《左傳》和《史記》爲例，以明插筆之功用，其說云：

《左傳》爲文家敘事祖庭，每到插敘處，輒用一「初」字領起。如
宣公二年敘晉靈不君，以伏甲困趙盾，至提彌明鬥死，盾幾不出，
忽得靈輒而免。然靈輒事與本事相隔至遠，只得用一「初」字補入
靈輒前迹，則救盾始非無因。史家全循此例，用爲插補之法，而《史
記》用之尤極自然。（《畏盧論文·用筆八則·用插筆》）

《左傳·宣公二年》敘晉靈不君，欲殺宣子，回溯至宣子田於首山之事，以
交代靈輒之來歷，以「初」字補靈輒前跡，此爲插敘法中之「追敘」。〔註109〕
有關此段史實，琴南評云：

用初字起，亦是常法。然使庸手爲之，不言而退，四字已足了卻靈
輒矣，不知以介士禦公徒，直是反叛，即退而大罪尚存，不聲明自
亡二字，此局仍不之了，此是隨手作結穴法，以下再說別事，始與
此節不再糾纏。（《左傳擷華》卷上）

琴南明言《左傳》以「初」字領起之功用，可追溯前因，導出後果。使原本
本不太相涉之兩事，藉由此種插敘方式，而能究其原委。又如《左傳·襄公

〔註108〕劉勰《文心雕龍·附會》云：「凡大體文章，類多枝派，整派者依源，理枝者
循幹，是以附辭會義，務總綱領，驅萬塗於同歸，貞百慮於一致。」見范文
瀾《文心雕龍注》，頁650～651，台北：學海出版社，1980年9月。

〔註109〕清人李紱《秋山論文》論敘事十法，其釋「追敘」云：「追敘者，事已過而復
數于後。」即指欲使主要情節、事件或人物之敘述或說理愈加充實完整，時
而需要對已往之人或事作一追加性之敘述，以臻於補充解釋之目的。

二十三年》「晉欒氏之亂」之事，琴南亦肯定左氏之「能於百忙中緊緊穿插，
又緊緊叫應，使讀者驚其捷敏，而又不見針線之迹。」又評云：「其善於穿插，
故神閒氣定，初不著力。而善學者厥惟史公。」〔註110〕足證琴南對左氏文之
推崇，又惟《史記》能繼其光輝，試由以下琴南肯定《史記》可窺知：

> 遷文或一傳而數事，或從中變，或自旁入。今試問一傳數事，如
> 何安置？斷非衣冠列坐，蠢如木偶之陳。故知非穿插不爲功。所
> 云從中變，自旁入，眞道得穿插之妙。(《畏廬論文・用筆八則・
> 用插筆》)

對於一傳數事之《史記》，時而「中變」之追敘式插筆，時而「旁入」的補敘
式插筆，方可使敘事有根有由，眉目清晰。《左傳》一書中，用插筆處極多，
試以下列諸條爲例：

> 左氏已先用插筆，寫與弦高相見時，正剛剛及滑，已埋下滅滑根株，
> 至此直書滅滑，簡便極矣！(《左傳擷華》卷上，〈秦師襲鄭〉評語)
> 左氏之神閒氣定，瑣事必摭。又安置極有方法。此段情事，非插入
> 齊侯入徐關時，萬萬無可著手，吾故曰：「最難于整片文字中夾敘瑣
> 細之事。」正謂此也。(《左傳擷華》卷上，〈鞌之戰〉評語)
> 一路須觀其穿插銷納之法，難在敘一肇禍之人，即補敘其緣起，如
> 師曹之報復是也；敘一醜行之迹，必帶敘其後來，如公耶邾糧是也。
> (《左傳擷華》卷下，〈衛侯出奔〉評語)

左氏敘事，或穿插一事，預先埋伏，裨便敘事之水到渠成。或補敘緣起，以
明因緣；或敘行事，以推將來。然以史實瑣細，亦必如左氏之能提要鉤玄，
安置得宜，方得以語言文字駕馭瑣碎之事，能善用插筆，則立見其功。觀左
氏或插敘、或補敘、或帶敘，皆能見其變化之能。韓愈〈平淮西碑〉亦善用
插敘，如琴南評云：

> 文法髣髴左氏，……碑文亦曲折盡致，李師道遣客刺裴度、武元衡
> 事，乃於文中補敘，極爲得法。蓋前半方爲謨語文字，若插敘刺客，
> 轉覺不莊，但於韻語中渲染，瞥然而過，較近自然。(《韓柳文研究

〔註110〕上引具見林紓《畏廬論文・用筆八則・用插筆》，頁 55 上。林紓於《左傳
擷華》卷下中亦評此史事之用筆技巧，可佐證，說云：「凡善於文者，明明
專寫此人，偏不令人覓得痕跡，往往借客定主，反主爲客，使人不可捉摸，
而全局則悉寫范氏之懼狀。」，頁 141，高雄：復文圖書出版社，1981 年 10
月。

法‧韓文研究法》）

此明韓愈之文法多有紹述左氏之跡，皆具參差變化之妙，故寫謏諮文字，具有曲折之情致。尤其於碑文中施以補敘，以溯事之源頭，此亦是能斟酌位置，安置得宜之插敘方式。故琴南盛讚韓愈為「唐人之文，均無昌黎安頓穿插結束之妙」，〔註111〕洵為知言。是以插筆之用，雖或與上文無涉，然必須穿插得宜，方為佳構，故琴南為插筆作結云：

> 穿插非嵌埘之謂，亦非挖補之謂。不得間隙，不能嵌而附之；不覓竅竇，亦非挖而補之。法在敘到喫緊處，非插筆則眉目不清，故必補其所以致此之由；敘到紛煩處，非插筆則綱要不得，故必揭其所以必然之故。總之，須近自然，無嵌附填塞之弊，方為佳筆。（《畏廬論文‧用筆八則‧用插筆》）

運用插筆，必「斟酌位置」，即前所謂「或從中變，或自旁入」，力求主線突出，注意前後文之過渡與照應，使其自然銜接成文，融成整片。反若插敘雜亂，枝蔓繁雜，則將喧賓奪主，造成斷裂與拼湊之弊。因此，尋隙覓竇，順勢而下，勢可而止，不可拋綱置目，任意牽扯，瑣碎雜亂。其間運用之妙，雖在於心會，然作家之創作才力與平日之積累，當能領略其中之奧妙處。琴南此論，正熔鑄豐富之閱讀與寫作之自得奧秘，頗為珍貴。

　　散文筆下之敘事靈巧多變，善用插筆，將如劉熙載所言，能使「孤者輔之」、「板者活之」、「直者婉之」、「枯者腴之」。〔註112〕使原本單純之事件，變而為複雜、豐潤、曲折，其於文章中之助益，可謂深矣。然而前賢或未列此法，或列此法，而未見系統論述。〔註113〕相較於前賢，琴南特立專篇討論，正益顯其價值。

〔註111〕林紓《選評古文辭類纂》，頁304，杭州：浙江古籍出版社，1986年3月。

〔註112〕劉熙載《藝概‧文概》云：「左氏敘事，紛者整之，孤者輔之，板者活之，直者婉之，俗者雅之，枯者腴之；剪裁運化之方，斯為大備。」，頁1～2，台北：華正出版社，1985年6月。此正是《左傳》之敘事六法。

〔註113〕元代陳繹曾《文荃》論敘事有正敘、總敘、間敘、引敘、鋪敘、略敘、別敘、直敘、婉敘、意敘、平敘等十一種。此書已佚，轉錄自明人高琦編《文章一貫》，台北：翰珍出版社，1997年。清人李紱《秋山論文》論敘事筆法有順敘、倒敘、分敘、類敘、追敘、暗敘、補敘、借敘、特敘、夾敘、夾議等十種。劉熙載《藝概‧文概》云：「敘事有特敘，有類敘，有正敘，有帶敘，有實敘，有借敘，有詳敘，有約敘，有順敘，有倒敘，有連敘，有截敘，有豫敘，有補敘，有跨敘，有插敘，有原敘，有推敘，種種不同。」頁42。劉氏雖言及「插敘」，惜未作系統闡述。

六、用省筆

　　古來名家，屬文成篇，於文章之簡明精煉，莫不用心講求。期能以簡省之語言，表情達意，深化主題，臻於言簡意賅之境界。是以爲文若詞意重出，全篇累贅，雖長篇大論，亦無足道者。文之繁簡，各見利弊短長，若繁而益豐，亦屬可貴。反之，若簡而不明，便流於晦澀。陸機曾云：「要辭達而理舉，故無取乎冗長。」〔註114〕因此，欲求「辭達而理舉」，則以簡要爲貴。劉知幾亦曾言：「敘事之工者，以簡要爲主，簡之時義大矣。」又云：「文約而事豐，此述作之尤美者也。」〔註115〕方苞亦認爲：「夫文未有繁而能工者，如煎金錫，粗礦去，然後黑濁之氣竭而光潤生。」〔註116〕劉大櫆更進而以爲簡要爲「文章之盡竟」。〔註117〕凡此，皆以簡潔爲文章創作之極致。而歷來文家，對於文章之繁簡，論者不一，有以爲繁而能豐之文，辭義詳盡，旨意明晰者，有以爲繁簡並重者，孰優孰劣，並無絕對，端視作品表現之對象與側重之主題而定。陳望道對此論有極透闢的闡析，並認爲可先從繁豐的流暢入手，而後進於簡約的峻潔。〔註118〕簡潔之筆法，不易爲之，若能運用得當，文章自可臻於上乘之境。據此，琴南於〈用筆八則〉中特立「省筆」一目，系統論述此一筆法，其說云：

　　　　文之用省筆，非略也。一略，則應言而不言，令讀者索然無歡，雖
　　　　竟其篇幅，終蓄不愜之願，讀過輒忘矣。省又非漏也。一漏，則不
　　　　惟于本文中多寡要之言，尤于插敘處少神來之筆。有首尾宜相應者
　　　　漏，則莫應；有眼目宜點清者漏，則弗清。本欲求簡，而局陣竟成
　　　　斷折之勢，此大病也。(《畏廬論文・用筆八則・用省筆》)

〔註114〕陸機〈文賦〉，見李善注《文選》第十七卷，台北：漢京文化事業有限公司，1983 年 9 月。

〔註115〕劉知幾《史通內編・敘事》，同篇又云：「蓋作者言唯簡略，理皆要害，故能疏而不遺，儉而無闕。」皆言文章簡潔，要言不煩之好處。見《史通釋評》，頁 199 及 205，台北：華世出版社，1981 年 11 月。

〔註116〕《方望溪先生全集》文集卷六〈與程若韓書〉，四部叢刊本，台北：中華書局聚珍仿宋版。

〔註117〕劉大櫆《論文偶記》云：「文貴簡。凡文筆老則簡，意眞則簡，辭切則簡，理當則簡，味淡則簡，氣蘊則簡，品貴則簡，神遠而含藏不盡則簡，故簡爲文章之盡竟。」見舒蕪校點《論文偶記》，頁 8，北京：人民文學出版社，1970 年 11 月。

〔註118〕陳望道《修辭學發凡》論「簡約繁豐」，頁 257～259，上海：上海教育出版社，1997 年 12 月。

琴南以爲所謂省筆，若應言而不言，則流於疏略；若應舉而未舉，則流於奪漏，故以簡而能當爲要。蓋行文簡省，非以節短爲能事，要在於去除冗詞贅句，以求文約事豐，言簡意賅。所謂「文簡而理周，斯得其簡也。讀之疑有闕焉，非簡也，疏也。」〔註119〕是以運用省筆，宜顧及全局，用語精當，方可使理周識圓。反之，若讀之疑闕，莫明所指，則將疏漏百出，損及全篇。琴南更引姜白石之「人所易言，我寡言之」之語，詮釋「寡言」之意云：

> 寡言者，正謂其能吐棄一，切歸于簡當耳。要非用筆加洗伐之力，臨文有審擇之功，名曰「能省」，直吾所謂棄而弗錄，墮而不舉，何名「能省」？（《畏廬論文・用筆八則・用省筆》）

蓋臨文之審擇，用筆之凝鍊，去冗刪繁，駢枝盡棄，簡當自可得之。而文之繁簡，非以長短論之，所謂「多而不覺其多者，多則是潔；少而尚病其多者，少亦近蕪」，〔註120〕是以省筆之用，最忌詞意重複，繁縟成文。故爲文爲免顧失彼之弊，當視全局所需，詳略互用，以求理至而辭達。琴南以劉勰所謂「精論要理，極略之體。」〔註121〕以申己論云：

> 試問不精不要，又何能略？學者爲文欲求略，當先求精。惟蓄理足者，始有眼光；有眼光，始知棄取；知棄取，則儘我所爲，全局在握，省于此則留詳于彼，伏于前必待應于後。要之，詳處非難，省處難也。（《畏廬論文・用筆八則・用省筆》）

可見琴南極其注重作家平日之積累功夫，唯有創作經驗之積累不輟，方能於臨文時謹愼採擇，知其棄取，該詳該略，了然於胸，用語自可精當無失，省筆之妙用，始克有成。所謂「文之所尙，不外當無者盡無，當有者盡有」〔註122〕正是省筆運用最上乘之境界。至於臻於此境界之法，琴南以爲「此尤當于篇法句法、字法間講究，方足請人心目，非有他妙巧也。」以期「篇中不可有冗章，章中不可有冗句，句中不可有冗字，亦不可有齟齬。」〔註123〕爲求更深層了解琴南省筆之用，茲就篇法、句法、字法三方面予以申說：

〔註119〕陳騤《文則》，頁6，台北：莊嚴出版社，1979年3月；蔡宗陽《陳騤文則新論》亦有申說，可參。台北：文史哲出版社，1982年。
〔註120〕李漁《閒情偶寄・文貴潔淨》。
〔註121〕劉勰《文心雕龍・鎔裁》，見范文瀾《文心雕龍注》，頁543，台北：學海出版社。
〔註122〕劉熙載《藝概・文概》，頁45。
〔註123〕吳訥《文章辨體序説・諸儒總論作文法》，頁14，北京：人民文學出版社。

首者，就篇法之省筆運用言，篇法之省筆，在求謀篇安章之詳略得宜。唐彪《讀書作文譜》嘗云：「詳略者，要審題之輕重爲之。題理輕者宜略，重者宜詳。」又元代陳繹曾以爲「略敘，語見事略，備見首尾」，〔註124〕雖不必詳敘，然卻不可少。是以孰詳孰略，均根據題理，以求深化主題。

其次，就句法之省筆運用言，唐彪《讀書作文譜》曾就句法之省筆提出極其寶貴之看法云：「文恐太繁，宜用省筆以行之，有省文省句之不同。」，是以爲文爲避繁複，宜用省筆，以求章句簡煉直捷，言簡意賅，絕不拖滯板重。

再者，就字法的省筆運用言，今人陳望道以爲字法之省略，有「蒙上省略」與「探下省略」兩組。〔註125〕所謂「蒙上省」，又稱「承上省」、「承前省」，即上文已出現之詞語，下文再提及時便可省去。至於所謂「探下省略」，又稱「蒙下省」、「探後省」，即下文將出現之詞語，於上文提及時便可省去。省筆運用得當，非但文句富於變化，簡潔精鍊，更能強化前後文之語勢連貫銜接。

琴南論「省筆」，亦落實於評論作品之中，如評《左傳》之用省筆：

> 不敘麇人，以百濮罷，則麇人亦罷，麇固與百濮相約而來，因亦相將而去，此是文中省筆處。（《左傳擷華》卷上，〈楚人滅庸〉評語）

> 文字頭緒之複雜，事體之猥瑣，情理之妄謬，至此篇極矣！……此文若落俗手，必逐層著意，一著意，便不是。須知此等穢瀆之事，只能以簡筆行之，使讀者不覺其複雜猥瑣妄謬，便是能事。（同上，〈聲伯之母〉評語）

左氏敘事，於詳略、主次之道，頗有掌握。尤其事體瑣細繁雜，必詳加採擇，定其去取。是以用語簡省不煩，亦不害其事備體詳。琴南爲文貴雅潔，故於字句鍛鍊上，極其講究。左氏爲文章敘事之祖庭，其組織事理，駕馭篇章之能，一直爲琴南所激賞。《文微》有云：「文用省筆最難，須使讀者得以悟出某語爲何。」〔註126〕因此，平日便當積學，吐辭屬篇，方不流於枝蔓叢生，連篇浮詞、累贅之弊。如琴南評韓愈〈祭河南張員外文〉云：

〔註124〕陳繹曾《文荃》，此書已佚，今所見爲高琦編《文章一貫》所輯錄，台北：翰珍出版社，1997年。

〔註125〕省略有積極的省略和消極的省略二種。凡屬可以省略的簡直不寫，如繪畫上的略寫法；或雖寫只以一、二語了之，如唐彪所謂「省筆」，這是積極的省略。……消極的省略，卻不是省句而是省詞。省詞的消極省略法，也可分作兩組，甲、蒙上省略。乙、探下省略。見《修辭學發凡》，頁183。

〔註126〕林紓《文微》，見林薇《林紓詩文選》末之附錄（一），頁388。

綜敘張署生平，及與己之交際，伸縮繁簡，讀之井井然，繁處極意
抒寫，簡處用縮筆，讀之不已，可悟韻語長篇之法。（《韓柳文研究
法・韓文研究法》）

用字造句，為昌黎長技。敘張氏之生平，己先有主意，全盤在握，繁簡各得
其宜，伸縮吐納，極其自如。再如柳宗元〈序飲〉，琴南以為「文連用三而字，
省筆也。」〔註127〕文中「三而」之句為「簡而同，肆而恭，衎衎而從容。」
柳宗元以此小題抒正論，文中一開一闔，以莊語行之，尤以三「而」字，極
省筆之用，另有一番意境。柳宗元又有〈愚溪詩序〉，琴南評云：

子厚舍去溪上境物，用簡筆貫串而下，數行之中，將「八愚」完結
清楚。（《選評文辭類纂》卷二）

柳宗元此文，借溪之不適於用，以喻己之愚，已寓滿腹牢騷於物象之中。柳
氏不極意渲染溪上境物，只以省筆行之，遂生出無窮意境。

　　散文貴嚴潔，忌繁冗、板滯，故而省筆之法，有其必要。吳曾祺《涵芬
樓文談》曾言：「文章之道，最忌重複。故於上文所有者，輒以一二語結之，
此是省文之法。」然臨文前當須先積學儲寶、酌理富才，方有識見，始可於
臨文時神識清明，洞悉文字之癥結，遣詞造句，方不致於如琴南所言「膚說
生庸，喋言成絮」，而能「舉其簡要而棄其駢枝」，〔註128〕知所取捨，則簡潔
之文，自不難臻至。

七、用繞筆

　　所謂「繞筆」，即旋繞回環之筆，亦謂之「曲筆」。此筆法可使文勢曲折
多姿，表情達意層層深入。繞筆之法，雖非始自琴南，唯琴南特以專篇討論，
足見其重視之至。琴南提出對繞筆的詮釋云：

為文不知用旋繞之筆，則文勢不曲。繞筆似複，實則非複。複者，
重言以聲明之謂。繞筆則於本意中抉深一層，乍觀但覆述已過之言，
乃不知實有抽換之筆，明明前半意旨，然已別開生面矣。（《畏廬論
文・用筆八則・用繞筆》）

蓋為文用繞筆，非一再重複述說某事，必也要求於緊扣主題之下，迴環往復，
層層推進，敘述透徹。是以於行文不求一矢中的，讓人一覽無遺，而是以曲

〔註127〕林紓《韓柳文研究法・柳文研究法》，頁110。
〔註128〕林紓《畏廬論文・用筆八則・用省筆》，頁124。

折之筆，引領讀者加以思考、激盪，從而對作者的意旨心領神會，產生共鳴。可見為文旋繞，文勢方得以婉曲，而婉曲足以救直露。為文主張婉曲，反對直露，為歷代文學批評家之共識。劉勰《文心雕龍·諧讔》即云：「義欲婉而正，辭欲隱而顯。」即指為文立意要委婉而平正，措辭需隱諱而明顯。唯文勢曲折，方能感會人心，餘味無窮。而欲使文勢曲折，則須善用轉折之妙。為文善轉，則文勢起伏，勝景不盡，意蘊無窮，引人思索，意達情厚，扣人心弦。如琴南評韓愈〈獲麟解〉一文云：

> 伯樂與聖人，皆不常有之人，而昌黎自命，則不亞麟與千里馬。千里馬不幸遇奴隸，麟不幸遇俗物，斥為不祥，然出皆非時。故有千里之能，抹煞之曰無馬，有蓋代之祥，抹煞之曰不祥。語語牢騷，卻語語占身分，是昌黎長技。(《韓柳文研究法·韓文研究法》)

蓋以麟之為靈物，獲麟當祥，何以不祥？當靈者不靈被獲，抑或麟之出不逢時。試以韓文公一生仕途之坎坷，讀《春秋》至「西狩獲麟」而止，其感慨萬端之情，形諸於文，因有〈獲麟解〉此曲折生姿之文，當可理解。清人唐彪《讀書作文譜》中闡明文之用轉折，可使文章議論不窮，善用轉折，則將別開生面，勝境無窮。〔註129〕若否，則言枯理窘，立形呆滯，無法引人追尋。金聖歎評《水滸傳》，贊其「行文曲折之甚」。又於《讀第六才子書西廂記法》中以為目注此處，手須寫彼處，方能餘味無窮；反之，若目注此處，手亦寫此處，則一覽已盡，了無新意。〔註130〕以《左傳·僖公二十八年》敘「城濮之戰」為例，琴南評此篇云：

> 觀左氏之敘曹衛事，簡易顯豁，明明是曲，讀之則直而易曉，明明是深，讀之似淺而無奇，凡文字頭緒繁多，事體齷齪，總在下字警醒，則一目了然，不至令人思索，此等文境，亦大不輕易走到。(《左傳擷華》卷上)

〔註129〕唐彪《讀書作文譜》云：「文章說到此理已盡，似難再說，拙筆至此，技窮矣。巧人一轉彎便又另是一番境界，可以生出許多議論，理境無窮。……至於折，……折則有回環往復之致焉，從東而折西，或又從西而折東也……此折之理也。」台北：偉文出版社，1976年。

〔註130〕金聖歎《讀第六子才書西廂記法》云：「文章最妙，是目注此處，卻不便寫，卻去遠遠外更端再發來，再拖邐又寫到將至時，便又且住。如是更端數番，皆去遠遠處發來，迤邐寫到將至時，即便住，更不復寫出目所注處，使人自于文外瞥然親見。《西廂記》純是此一方法，《左傳》、《史記》亦純是此一方法。」見《金聖歎全集》，台北：長安出版社，1986年9月。

琴南以爲運用「繞筆」，於轉折旋繞。婉曲敘事之後，必欲使讀者易知易曉，知其設謀之深，非爲「不曲之曲」，「匪深之深」，〔註131〕以故弄玄虛之語，讓人百思不得其解。張師高評亦謂此篇云：「既已入戰矣，而一則日晉侯患之，再則日公疑焉，三則日若楚惠何，四則日楚子伏已鹽腦是以懼，煙波四蹶，幻態萬狀，繞轉迎環，盤旋跳盪，文勢最爲緊嚴。」所論足可爲琴南論繞筆之補充。〔註132〕再者，琴南於〈用繞筆〉中以爲無論篇幅長短，最要能使文氣凝聚不散，切忌一氣瀉盡，讀過即了。然究應如何臻至，琴南以爲：

> 此非有移步換形之妙，即不能耐人尋味。猶之構園亭著，數畝之地，
> 而廊榭樹石，能位置錯迕，繚曲往復，若不知所窮，方稱善于營構。

（《畏廬論文・用筆八則・用繞筆》）

所謂「移步換形」者，即將文句故作移動、轉彎，造成層次空間，使文意曲折多姿。即爲文不直講本意，用「紆徐的言辭來代直截的表達，故意使文句與含義紆曲的修辭法。」〔註133〕曲折筆法，文勢跌宕，波瀾起伏，自能意趣橫生，深婉不盡。古來文家，琴南以爲「昌黎最精此技，今略舉一二篇用爲標準，亦以見古人用心之曲折處。」〔註134〕琴南並以韓愈〈答劉正夫書〉爲例，推崇其善用繞筆云：

> 〈答劉正夫書〉立一「異」字爲學文眞訣。……此處欲繞轉司馬相
> 如、太史公、劉向、揚雄，卻甚易易，然無曲折之筆，即近呆板；
> 文妙在將後進爲文深深探力取古人之異者一抑，見得「異」字萬不易
> 到；有司馬相如、太史公、劉向、揚雄之徒者出，亦決不能舍去「異」
> 字而求循常，將四子推入空際，作想像語，卻暗中自占身分，又閒
> 閒繞轉四子，都無牽強痕迹，此等繞筆，萬非元、明大家所及。其
> 下復繞到「能」字，因「能」字又顧到能者決不因循，又顧到能存
> 于今者始名眞能行文。（《畏廬論文・用筆八則・用繞筆》）

韓氏此文拈示爲文要旨，文中以「師古聖賢人」、「師其意」、「惟其是」三層立異，惟立異方能自樹立，而非徒雷同剽說而已。又琴南於《選評古文辭類纂》中以爲「此文通篇重一個「是」字。公之所謂「是」，即古聖賢之所謂「是」

〔註131〕林紓《左傳擷華》，頁 34。
〔註132〕張師高評《左傳文章義法撢微》，頁 160，台北：文史哲出版社，1982 年 10
　　　　月。
〔註133〕黃永武《字句鍛鍊法》，頁 26，台北：洪範書店有限公司，1986 年 1 月。
〔註134〕林紓《畏廬論文・用筆八則・用繞筆》，頁 56 下。

也。」又以爲「異」字即「是」字之替字，尚是公目中所想望者。蓋眾人不知異，而公異之，即異其能師古聖賢之是也。」文中之「夫文豈異于是乎？」及「夫古君子之文豈異于是乎？」兩句，琴南以爲「似覆而非覆，上句泛言立喻也，下句指實教人也。……文之精細處，于快意中卻留下眼目。」〔註135〕由上可見韓愈此文即以「師古人之意而不師其辭」，唯求立異，方能抒意自言，自成一家爲全文中心，以旋繞之筆，圍繞此一中心，從各個不同角度反覆論述，再三深化。文意乍視之似有前後重覆之弊，實則運用貼切，深化文章之主題。又如評柳宗元〈零陵郡復乳穴記〉云：

> 文極旋繞之能，用「怪」、「祥」二字轆轤而出，側落「祥」字，與
> 篇首「祥」字相應。拗折之筆，移步換形，耐人尋味不盡。(《選評
> 古文辭類纂》卷九)

柳氏此文，以「怪」、「祥」二字旋繞曲折，實則仍就「祥」字生論，文似頌詞而實勉詞。然於文極旋繞反轉之下，神味畢現，予人無盡餘思。琴南總結繞筆之妙用云：

> 若捲簾，步步倒捲而上，上文有一處點眼，下文即處處環抱，文極
> 緊嚴，又極歷落，無偪促態度，讀之能啓人無數心思。(《畏廬論文・
> 用筆八則・用繞筆》)

善用旋繞之筆，則文勢紆曲，如倒捲珠簾，如顧主迴龍，又如盤馬彎了，不肯直發，如此交錯糾纏，旋繞反轉，移步換形，而恣態神味盡出，予人繞樑三日，餘味無窮之感。

綜上以觀，琴南以爲爲文用繞筆，爲藥直醫露之筆法，所謂「文章要有曲折，不可作直頭布袋。」〔註136〕劉熙載亦以爲「上意本可按入下意，卻偏不入，而其間傳神寫照，乃愈使下意栩栩欲動。」〔註137〕唯其曲曲折折、彎彎轉轉、左盤右旋，逐步展現，方可引人入勝，咀嚼再三，仍覺多有餘味。

八、用收筆

文章有起必有收，起筆難，收筆更是不易。起筆之用，具如前述。至於收筆，即爲文章收束結尾之處，其於文章之思想內容，有補充、總括、昇華、深

〔註135〕上引具見林紓《選評古文辭類纂》，頁156。
〔註136〕吳訥《文章辨體序說・諸儒總論作文法》所引元好問之語，頁16，北京：人民文學出版社，1998年5月。
〔註137〕劉熙載《藝概・詞曲概》，頁114。

化之作用。俗手爲文，善始者繁，克終者寡，如爲山九仞，功虧一簣，誠如彥和所謂：「若首唱榮華而腠句憔悴，則遺勢鬱湮，餘風不暢。」，〔註138〕正是此理。故彥和提出：「結言端直，則文骨成焉。」〔註139〕之良方妙藥。是以結尾當求綴辭平穩，前後貫一，方稱佳構。琴南亦肯定結尾之重要，其說云：

> 爲人重晚節，行文看結穴。文氣文勢，趨到結穴，往往敝懈。其敝也非有意，其懈也非無力，以爲前路經營，費幾許大力，區區收束，不過令人知其終局而已，或已有爲敝懈之氣所中者。(《畏廬論文・用筆八則・用收筆》)

文章結尾，如人之晚節。唯若起始之筆，用心經營，意茂詞盛，而結尾卻憔悴乏力，敝懈盡出，正如人之晚節不保，令人悲歎。故而優秀文章之結尾，必是首尾相援，前呼後應。琴南又以爲：

> 乃不知古人用心，正能于人不留意處偏自留意。故大家之文，于文之去路，不惟能發異光，而且長留餘味，其最擅長者無若《史記》。
> (《畏廬論文・用筆八則・用收筆》)

大家爲文，處處留意，面面用心，期能以成功之收筆，使得文章之主旨益加鮮明、突出。並能使讀者心物交融，啓發思考，饒富餘味。反之，若虎頭蛇尾，文勢敝懈，則難有流風餘韻。讀之則索然無味，無法產生一唱三歎之妙。善用收筆，當如「臨去秋波那一轉，未有不令人銷魂欲絕者。」，〔註140〕如此能勾魂攝魄，心動神馳之文，讓人有「執卷留連，若難遽別」之感，甚而拍案叫絕，吟誦再三，不忍釋卷。唯收筆之法，最忌吊滯，不知變通，須視文章之思想內容而定，切莫拘泥。古來文家，論收筆之法者多矣，較具代表性者如歸有光於《文章指南》中，將收筆之法歸之爲：「結意有餘」、「竿頭進步」、「結末括應」、「結末推原」、「結末推廣」、「結末垂戒」、「結句有力」、「結束斷制」等八種，日人兒島獻吉郎於此基礎上提出結法有總收、照應、翻振、咏歎、疑問、比喻、諷刺、嘲笑、超脫等九種，並爲此九法詮釋，復援例以證。馮永敏亦提出今優秀文章結尾，歸之爲「卒章顯志，篇末點題」、「照應開頭，結構圓合」、「設問作結，強化情感」、「層進開拓，辭意不盡」、「餘波

〔註138〕劉勰《文心雕龍・附會》，見范文瀾《文心雕龍注》，頁652。
〔註139〕劉勰《文心雕龍・風骨》，見范文瀾《文心雕龍注》，頁513。
〔註140〕李漁《窺詞管見》第十三則〈詞須注重後篇〉，引自唐圭璋《詞話叢編》，頁555，台北：新文豐出版公司，1988年2月。

盪漾，啓人聯想」，亦引古文以證。〔註141〕足證文之收筆，實多種多樣，不一而足，要在能靈活運用，使文章臻於首尾圓合，餘韻無窮之境。琴南認爲古文中善用收筆者，莫如《史記》，其評云：

> 《史記》於收束之筆不名一格：如本文飽敘妄誕之事，及到結束必有悔悟之言；偏復掉轉，還他到底妄誕，卻用一冷雋之筆閒閒點醒，如〈封禪書〉之收筆是也。（《畏廬論文‧用筆八則‧用收筆》）

爲明《史記》收筆之千姿百態，先以〈封禪書〉爲例，文中敘及漢武帝迷信方士神仙，始終不悟，致方士或守候，或入海求神仙，雖無效驗，然武帝仍深信不疑。針對通篇敘妄誕之事結尾一股必寫悔悟之語，然此文卻與俗手不同，于結尾點出「方士言神祠者彌眾，然其效可睹矣！」〔註142〕以冷雋之筆以點醒方士之蒙蔽及武帝之不悟。此收筆並未作煞，留下想像空間，寫來餘味無窮。再如〈吳太伯世家〉中痛敘奸讒誤國，口誅筆伐，讀之莫不憤懣塡胸，期於收束觀其伏誅方使人心大悅，此爲人之常，作者則破例而「不敘進讒者之應伏其罪，偏敘聽讒者之悔用其言，不敘用讒者之以間成功，偏敘誅讒者以不忠垂誡」，〔註143〕此種力求變化，不落俗套之手法，卻能讓讀者心領神會，即「於結末復究其由」，〔註144〕琴南又以〈越王勾踐世家〉之收筆爲例，此文雖寫范蠡助越王勾踐，打敗吳王，建立霸業之事。然文之重心「卻把退隱之軼事，盡情一述」，〔註145〕其結尾云：「故范蠡三徙，成名於天下，非苟去而已，所止必成名，卒老死於陶，故世傳曰陶朱公。」〔註146〕此結尾寓其微旨，明范蠡雖爲開國功臣，定霸鉅子，卻功高不賞，欲全身遠禍之旨意，亦即「總括大意，與前相應」。〔註147〕又如〈春申君列傳〉之收筆云：「是歲也，秦始皇帝立九年矣，嫪毒亦爲亂於秦，覺，夷其三族，而

〔註141〕馮永敏《散文鑑賞藝術探微》，頁 197，台北：文史哲出版社，1998 年 2月。

〔註142〕瀧川龜太郎《史記會注考證》，頁 518，台北：洪氏出版社，1983 年 10 月。

〔註143〕林紓《畏廬論文‧用筆八則‧用收筆》，頁 58 上。

〔註144〕歸有光《文章指南‧文章體則‧結末推原則》謂：「篇內但據事議論，而於結末復究其由，謂之推原文法。」頁 26，台北：廣文書局，1972 年 4 月。此法乃於文章之結尾處對敘述之事件作一探本溯源之交代。

〔註145〕林紓《畏廬論文‧用筆八則‧用收筆》，頁 58 上。

〔註146〕瀧川龜太郎《史記會注考證》，頁 672。

〔註147〕歸有光《文章指南‧文章體則‧結末括應則》云：「凡文章前面散散鋪敘，後宜總括大意，與前相應。」頁 26。此法指結尾對全篇有總括、回顧之作用，能首尾照應，予人深刻之印象。

呂不韋廢。」〔註148〕只因春申君與呂不韋有「同等之隱事，同惡之陰謀，同時之敗露，是天然陪客」，又以為「文中且不說明，直到結穴之處，大書特書彼人之罪狀，與本文兩不關涉；然句中用一「亦」字，見得同惡之人亦同抵于族，不加議論，其義見焉。」〔註149〕結尾中「亦為亂於秦」句，已顯露作者對此種陰謀頗有微辭。收筆中所敘雖與春申君無涉，卻有微言大義於其中，可見作者之別具巧思。又如〈魏其武安侯列傳〉，寫魏其侯竇嬰、武安侯田蚡與灌夫三人之合作。此三人之傳聯為一氣，事一而人三，其分合之拿捏適切，琴南讚云：「乃史公各于本傳之末，各用似了非了之筆，讀之雅有餘味。」〔註150〕所謂「似了」者即已各明其性格於本傳之末，「非了」者即故事未完，分寫三人「似了非了」之小結，合寫則云；「上自魏其時不直武安，特為太后故耳。及聞淮南王金事，上曰：『使武安侯在者族矣』」〔註151〕琴南以為「餘味盎然」，蓋以武帝不備田蚡，以映襯前兩人之被殺，其相互映照，貶之意盡於其中，故能留有餘音。琴南再以〈荊軻傳〉為例，先觀其收筆云：「魯勾踐已聞荊軻之刺秦王，私曰：『嗟乎，惜哉，其不講於刺劍之術也！甚矣吾不知人也！曩者吾叱之，彼乃以我為非人也。』琴南評云：「史公冷眼直看出荊軻劍術之疏，又不便將荊軻之勇抹殺，故于傳末用魯勾踐一言，閒閒迴顧篇首，說到荊軻若能虛心竟學，則亦致失此好機會，似斷非斷，卻用敘事作結穴。此等收筆，直入神化。」〔註152〕收筆非徒呼應前文，復予以說明，亦有褒貶之意，深沉感歎則於文末，有出神入化，意味深長之感。此收筆方式能達「結意有餘」、「言有盡而意無窮」之妙。

　　觀琴南所舉《史記》收筆諸例，作者能根據文章內容題旨之不同，而收尾各異，不拘一格，靈活多樣，力求創新。琴南於〈用收筆〉之結尾云：

　　　　以上專述《史記》，實則古來佳文，實不止《史記》，不過舉其明顯
　　　　易知者言之。若能在在留心，則古作盡吾師也。

蓋以琴南嗜讀太史公之文，舉《史記》顯而易知之例明之，以收觸類旁通之效。《史記》之外，《左傳》亦善用收筆，如琴南評云：

　　　　文末以四字結句，曰：「秦師遂東」，「東」字亦響極，正寫此三帥喜

〔註148〕瀧川龜太郎《史記會注考證》，頁 997。
〔註149〕上引具見林紓《畏廬論文・用筆八則・用收筆》，頁 58 上。
〔註150〕林紓《畏廬論文・用筆八則・用收筆》，頁 58 上。
〔註151〕瀧川龜太郎《史記會注考證》，頁 1173。
〔註152〕林紓《畏廬論文・用筆八則・用收筆》，頁 58 下。

功好戰之心，全把老成之言，拋諸腦後，慨然東邁，于無意中作一
結束。而敗兆已寓其中，此四字，雖在檀弓冊，亦不可多得，故文
字之結響，令人心醉神馳，舍左、馬二氏，無出其右者。(《左傳擷
華》卷上，〈秦三帥襲鄭〉評語)

左氏以「秦師遂東」四字，明秦王之剛愎自用，不聽蹇叔忠言，三帥之爭功
好戰，無視於老成之哭師，顯已埋下敗戰之根株，寥寥數字，已將秦王之性
格及秦國之坎坷命運託出，結響高騫，頗富餘音，韻味無窮。古來善用收筆
之佳構者，如賈誼〈過秦論〉，全文析秦亡之因，逐步推進，於篇末則以議論
作結云：「仁義不施，而攻守之勢異也。」琴南評云：「著眼在『仁義不施，
攻守勢異』一語，為畫龍之點晴。然初不說明，只說他前勝後敗，一個悶葫
蘆中貯了無數機關，使人摸索不得。」〔註153〕千鈞之重，一語擔得，文末點
出文眼，文之精髓盡出。再如評韓愈文：

故「東野孟郊始以其詩鳴」，此一句將以上無數「鳴」字，納須彌于
一芥之中，煞筆真有萬鈞之力。(《選評古文辭類纂‧送孟東野序》
評語)

收處敘己與于公有交，則送崔之序，又似推薦，又似贈別，妙不可
言。(選評《古文辭類纂‧贈崔復州序》評語)

故結穴以歎息出之，以真無真不知相質問，既不自失身分，復以冷
雋語折服其人，使之生媿，文心之妙，千古殆無其匹。(《韓柳文研
究法‧韓文研究法》評〈說馬〉)

韓愈〈送孟東野序〉一文，通篇以「鳴」字、「善鳴」字縱橫其間，波瀾迭起，
煞筆以孟郊始以詩鳴，以「鳴」字點眼，總結上文，果真力道十足。〈贈崔復
州序〉一文，崔為刺史，勉其有其榮而無其難為，以于公之足以用崔也，但
為以頌為規而已。故明送崔復州，實責崔君至矣！兩兩責望，面面俱到，妙
盡其中，不可言喻，此又為善用收筆也。至於〈說馬〉一文，以伯樂與千里
馬對舉成文，歸於伯樂不常有，若有道以御馬，則才可盡，意可通，唯懷才
者不見用，因而滿紙歎息，再三質問，啟人聯想，發人餘思，收筆之妙，盡
在其中。又如評柳宗元文：

凡善為寓言者，只手寫本事，神注言外，及最後收束一語，始作畫

〔註153〕林紓《選評古文辭類纂‧過秦論（上)》評語，頁5。

龍之點睛，翛然神往，方稱佳筆。(《韓柳文研究法‧柳文研究法》)

柳宗元善爲寓言，寓言者，有所寄託之言也，其乃藉由一則故事，以表達觀念。透過比喻之陳述，引領讀者於另一境中體會本旨，使文章曲折生姿，充滿蘊藉。因此，須至結末，猛然點眼，方能令人咀嚼再三，餘思不盡之妙。故寓言最忌「發露無餘」之作，琴南以爲「子厚之〈宋清傳〉、〈郭橐駝傳〉、〈梓人傳〉，均發露無餘。……不如〈蝜蝂〉一傳之含蓄」，〔註154〕琴南爲文「忌直率」，於「陰柔」一道，下過工夫，蘇雪林嘗言：「我終覺得琴南先生對於中國文學裡的『陰柔』之美，似乎曾下過一番研究功夫，古文的造詣也有獨到處。」〔註155〕觀其文論與創作，皆重文章含蓄、蘊藉之美感。因此，對柳氏之評論如此，不難考見。

收筆之法多矣，端視作者能否處處留心，古文強調收筆，詩歌亦然，如清薛雪《一瓢詩話》中所謂：「凡長篇必作一小束，然後再收，如山川跌換之勢。」即主先用一小段文字總結全文，然後收筆。清吳喬《圍爐詩話》則總結收筆之法有兩種，其說云：「結句收束上文者，正法也；宕開者，別法也。」收束上文，即要求首尾呼應，結構圓合，此種於文中最常見。宕開者，即於行文中，曲筆爲文，層進開拓，啓人思路，予人辭意不盡，餘韻無窮之妙。所謂「一篇之妙，在乎落句」，〔註156〕因其重要，輕忽不得，故琴南專立章節以明之，予創作者寫作之借鑑。

第三節　字句鍛鍊

集字以成句，綴句以成篇，謀篇以成章，字詞，爲文學作品之根本。劉勰所謂「言語之體貌，而文章之宅宇也。」〔註157〕正因字詞爲語言之形體，文章之基礎，是以古來文家遣詞用字，莫不字斟句酌，歸於至當，以成佳構。字、句、章、篇四者之關係，劉勰《文心雕龍‧章句》曾有詳言：

夫人之立言，因字而生句，積句而爲章，積章而成篇。篇之彪炳，

〔註154〕林紓《韓柳文研究法‧柳文研究法》，頁95。
〔註155〕蘇雪林〈林琴南先生〉，1934年10月《人間世》半月刊第十四期。原文不見，引自張俊才〈林琴南古文的陰柔美〉，河北師範大學學報社科版，1988年第三期。
〔註156〕洪邁《容齋續筆》卷九，頁328，台北：大立出版社，1981年7月。
〔註157〕劉勰《文心雕龍‧練字》，見范文瀾《文心雕龍注》，頁623，台北：學海出版社，1980年9月。

章無疵也；章之明靡，句無玷也；句之清英，字不妄也；振本而末
從，知一而萬畢也。

文家用字貴在精當，順理成章方能使情志抒寫透闢。是以一字之工，篇章得以
生輝，因而古人有所謂「一字師」之讚。〔註158〕吳曾祺亦謂「欲知篇先知句；
欲知句先知字。」〔註159〕黃季剛亦言「練字之功，在文家為首要。」〔註160〕
凡此，皆視字詞為文章之本。然而用字臻於不妄，談何容易？劉彥和云：「善為
文者，富於萬篇，貧於一字。」〔註161〕是以或有文思泉湧，成篇雖易，卻苦於
一字之瑕，足見一字之不當，可累及全篇。字詞之於篇章，係牽一髮而動全身，
字詞運用是否精當，與作品之美惡息息相關。

　　文家綴字屬篇，無不先求字詞之精工，其間必反覆推敲，勤加修擇，始
成傳誦不朽之佳篇。吳曾祺即云：「蓋鍊字之難固有一日可以千言，而一字之
未安，思之累日而不可得矣。」〔註162〕鍊字之重要與其間之艱辛，不難想見。
琴南有鑒於此，亦反覆強調鍊字之重要。如於《文微・通則第一》言：「大家
之文，一字不苟。」〔註163〕復於《韓柳文研究法》中稱贊韓愈之文為「句斟
字酌，一字不肯苟下。」又評柳宗元之文為「其間用字之斟酌，亦宜留意。」
〔註164〕故於《畏廬論文》中揭示「用字四法」，以為習文者之指南。至於其「用
字四法」包含「換字法」、「拼字法」、「矣字用法」及「也字用法」，而其中「矣

〔註158〕文據郭紹虞《宋詩話輯佚》輯《陳輔之詩話》「改恨字作幸字」云：「蕭楚才
　　　　知溧陽縣時，張乖崖作牧，一日召食，見公几案有一絕云：「獨恨太平無一事，
　　　　江南閒殺老尚書。」蕭改「恨」字作「幸」字，公出視稿曰：「誰改吾詩？」
　　　　左右以實對。蕭曰：「與公全身。公功高位重，奸人側目之秋，且天下一統，
　　　　公獨恨太平，何也？」公曰：「蕭第一字師也」頁294，台北：華正書局，1981
　　　　年12月。再如魏慶之《詩人玉屑》卷六云：「鄭谷在袁州，齊己攜詩詣之。
　　　　有早梅詩云：「前村深雪里，昨夜數枝開。」谷曰：「數枝」非早也，未若「一
　　　　枝」。齊己不覺下拜。自是士林以谷為一字師。」頁117，台北：台灣商務印
　　　　書館，1972年9月。凡此皆為一字傳神，篇章生輝之明證。
〔註159〕吳曾祺《涵芬樓文談・鍊字》，頁27，台北：台灣商務印書館，1966年11
　　　　月。
〔註160〕黃侃《文心雕龍札記》，頁190，台北：文史哲出版社，1973年6月。
〔註161〕劉勰《文心雕龍・練字》，見范文瀾《文心雕龍注》，頁625。
〔註162〕吳曾祺《涵芬樓文談，鍊字》，頁27。
〔註163〕林紓《文微》，引自李家驥《林紓詩文選》之〈附錄〉（一），頁387，北京：
　　　　商務印書館，1993年10月。
〔註164〕贊韓愈之語乃據〈送石處士序〉一文所評，而贊柳宗元之語則據〈設漁者對
　　　　智伯〉一文所評，具見《韓柳文研究法》頁35及86，台北：廣文書局，1976
　　　　年4月。

字用法」與「也字用法」屬於虛字範疇，因而本節特立「換字法」、「拼字法」、「虛字用法」三小節以論述琴南之「字法」理論。

一、換字法

遣詞用字，各有巧妙不同。因此字詞之安排措置不同，文學效果遂見迥異。琴南於《畏廬論文・換字法》中云：

> 字爲人人所能識，爲義則殊，字爲人人所習用，安置頓異，此在讀
> 古文時會心而已。

用字遣詞雖人人所能，但貴在「安置」妥貼，運用得當。所謂「以常用之字稍爲移易，乃愈見風神。」〔註165〕是其一例。常用字安置得宜，自有化腐朽爲神奇之效。而重視篇章結構之安頓，此論於北宋黃庭堅即已論及，〔註166〕清代桐城派大師劉大櫆《論文偶記》亦云：

> 近人論文，不知有所謂音節者；至語以字句，則必笑以爲末事。此
> 論似高實謬。作文若字句安頓不妙，豈復有文字乎？

可見字句並非末節，當善於鍛鍊，巧妙選用，安頓合宜。方東樹亦提出相同之論點。〔註167〕琴南於〈換字法〉中曾批評葉夢得之換字法云：

> 朱子論文，謂舊見徐端立述石林言：「今世安得文章？只有個減字換
> 字法。如言湖州必須去『州』字，只稱『湖』字，此減字法也；不
> 然則稱雪上，此換字法也。」余謂石林此言，眞是對癡人說話，古
> 文換字之法，豈謂此耶？

葉氏將「湖」字換稱「雪上」，以此爲換字法，琴南以爲莫明其指？已大失古人之意。又舉明代楊愼云：

> 楊愼《丹鉛總錄》所論換字法，則謂古文多倒語，如「亂」之爲治，
> 「擾」之爲「順」，「荒」之爲「定」，「臭」之爲「香」，……皆美惡
> 相對之字，而反其義以用之。實則，此但云換字之一格。若換字盡
> 作此等換法，將日見反面之字作正面用法，轉足使讀者索解不得矣。

〔註165〕林紓《畏廬論文・換字法》，頁 59 上，台北：文津出版社，1978 年 7 月。
〔註166〕黃庭堅曾教導其生范溫云：「文章必謹布置」，此語見自范溫《潛溪詩眼》十四〈山谷言詩法〉，錄自《宋詩話輯佚》，頁 323，台北：華正書局，1981 年 12 月。
〔註167〕方東樹《昭昧詹言・通論五古》卷一云：「率爾操觚，縱有佳語佳意，而安置布放不得其所，退之所以譏六朝人爲雜亂無章也。」頁 6 上，台北：廣文書局，1962 年 8 月。

（《畏廬論文・換字法》）

以反訓之義爲換字法，將令讀者不知所從，文之深義亦無從而得。陸行直《詞旨》所謂「用字貴便。」「便」即指用字貴自然純熟。張炎《詞源》亦云：「詞中用一生硬字不得。」用字生硬，便晦澀難明，是詩文所病忌者。如《新唐書・王燾傳》云：「母有疾，彌年不廢帶。」王若虛《滹南遺老集》即評云：「古今但言不解帶耳，廢字何義也。」作「解帶」顯然比「廢帶」來得自然而不生硬。固然熟爛字易陷於陳詞濫調，失去新鮮感。然亦不可一味求生、求新而陷於詭怪、晦澀。范晞文《對床夜語》卷二即以爲「詩用生字，自是一病。」實則生字之用，貴在錘煉，以自然妥貼，足成全文之意爲上。范氏又云：

> 苟欲用之，要使一句之意盡於此字上見工，方爲穩帖。如唐人「走月逆行雲」，「芙蓉抱香死」，「笠卸晚峰陰」，「秋雨慢琴弦」，「松涼夏健人」，「逆」字、「抱」字、「卸」字、「慢」字、「健」字，皆生字也，自下得不覺。」（《對床夜語》卷三）

蓋用字之生與熟，以穩妥爲要，若能據題旨情境之所需，掌握分寸，如此引用新鮮之字，則可去除陳舊感，一新耳目。而琴南所反對者，即爲一味自炫其才，盡以生僻詭異之字爲文，故提出以熟字替代生僻字之換字法。前人劉勰《文心雕龍・練字》即已提出練字須「避詭異」，並爲用「熟字」定其標準云：「後世所同曉者，雖難斯易，時所共廢，雖易斯難。」〔註168〕通曉之字即爲常用之熟字，至於如何運用此換字法，琴南於〈換字法〉中云：

> 鄙見義古而字今，用之易解，而又難及，則須稍通小學，方審用法。

蓋以常用之見，取其古義，並須深諳小學，始克有成。小學通則能識古今字形之變遷、字音之與時俱移、字義殊用之興廢。明此，自能檢擇有準，用字不妄。對此，黃季剛先生亦以爲當由「正名實」與「通訓詁」入手，〔註169〕足證通小學之必要。琴南並以「賴」字訓「善」義、「振」字訓「棄」義、「苦」字訓「急」義、「攻」字訓「固」義，以明「賴」、「振」、「苦」、「攻」等字均爲常用字，無人所不識，藉以說明常用字仍有新意疊出之效。〔註170〕反之，

〔註168〕范文瀾《文心雕龍注・練字》云：「是以綴文屬篇，必須揀擇，一避詭異，二省聯邊，三權重出，四調單複。」頁 624。其中「詭異」指引用生冷奇僻之字。避免用字詭異，而大疵美篇，故主張用字力求簡易。

〔註169〕黃侃《文心雕龍札記》，頁 190。

〔註170〕林紓《畏廬論文・換字法》云：「『賴』字之訓『善』，《孟子》：『富歲子弟多賴』，……『振』字之訓『棄』，《左傳》：『振除大災』杜註云：『振，棄也。』，……

若用冷僻字代熟字以矜學炫博，故作艱深，將令全篇瑕疵重出，而一無是處。故琴南爲「換字法」作結云：

> 大家文每用一二常用之字，亦往往爲俗手百思不到，由其入古甚深，又精通於小學，故下字見其不凡。若小家子以冷僻字代去熟字，自以爲古，實則去古遠矣。（《畏廬論文·換字法》）

蓋俗手爲文，但爲自炫，卻無實學。唯博於古方可通於今，即使常用字，亦見其不凡之才力。是以琴南推崇柳宗元之文云：

> 子厚之文，古麗奇峭，似六朝而實非六朝；由精於小學，每下一字必有根據，體物既工，造語尤古，讀之令人如在鬱林、陽朔間；奇情異采，匪特不易學，而亦不能學。（《畏廬論文·流別論》）

蓋由於柳宗元之作，吟詠流連於山水，觀察與體味俱見入微，復精於小學，再加以善用換字法，有以致之。琴南並以柳宗元〈零陵郡復乳穴記〉爲例，以明柳氏換字法之妙用，其說云：

> 文無他長，專在用字造句，徒吾役而不吾貨也。貨字，是代酬字。是以病而始焉，病字，是代苦字，先賴而後力，賴字，是代利字。冰雪之所儲，儲字，是代積字。豺虎之所廬，廬字，是代窟字。以上純用換字法。收處承上祥字，作翻騰，音節既古，筆尤狡獪。（《韓柳文研究法·柳文研究法》）

又舉柳宗元〈游黃溪記〉文末換字法之善用云：

> 柳州〈游黃溪記〉，……末言擇其深峭者潛焉。不言隱而言潛，是代字法。（《文微·唐宋元明清文平第八》）

由以上所舉柳氏換字法觀之，皆見其深小學，識古文，故而下字並不輕率爲之，字必見古義而不取生僻之字，是以琴南又謂柳氏：

> 好用奇字，形容山水，然時時見造語之工，非專取隱僻之字，用炫淵博。（《韓柳文研究法·柳文研究法》）

柳宗元爲寫山水之能手，而其能乃得力於奇而有法之用字使然，新奇並非隱僻，唯新奇方見吐故納新之能。若奇而能正，則字亦古麗。故大家之文，於字句之錘鍊上，用功至深，實不易學得。琴南雖極推崇韓、柳之文，然對韓

『苦』字之訓『急』，《莊子·天道篇》：『斲輪徐則甘而不固，疾則苦而不入。』，……『攻』字之訓『固』，〈小雅〉：『我車既攻。』毛傳云：『攻，堅也。』。頁 59 下～60 上。

退之用字上之百密一疏,仍指其瑕云:

> 曹成王皋有功於德宗之朝,是一篇重要文字,觀他行文嚴整有法,
> 未嘗走奇走怪,獨中間用剟字、鞣字、鐕字、掀字、撇字、掇字、
> 笰字、跐字、蹹字、牫字、學揚子雲,微覺刺目,實則不用此等字,
> 但言收黃梅、廣濟等州,豈無字可代?必作如此用法,不惟不奇,
> 轉見喫力,爲全篇之累。(《韓柳文研究法‧韓文研究法》)

琴南雖極推崇韓退之之文,然對此文之用字則頗有微辭。若以揀拾冷僻字來
教人刺目,非但累及全篇,於意境風神上亦遜色不少。至於爲避熟而失當之
例,如《朱子語類》云:

> 換字之本旨在避熟,其不善換字者,文既空虛,徒流僻澀,樊宗師
> 以甲辛換東西,所以見誚於通人也。(黎靖德《朱子語類》卷一三九
> 〈論文上〉)

善於換字者,可避去熟爛,揚棄陳舊。然若一味求新,不問情理是否穩妥,
則將流入怪僻。明楊慎《升庵詩話》對此亦嘗以例證申說。〔註171〕

琴南以爲生硬晦澀之文,是文之大忌。力主於追求創新之餘,用字宜中
於情理,其說云:

> 須知文之能奇,必爲情理中之所有,不過造語異於恆蹊,非背理而
> 求奇,匿情而求奇也。(《畏廬論文‧用筆八則‧用起筆》)

不落俗套之新奇,若不悖理,固然可取。唯若生搬硬套,自以爲新,則將使
全文怪僻艱澀,一無可取。琴南特立〈換字法〉一節,呼應前賢之言,承傳
之外,亦頗有新意。於論述中不乏例證相輔,有論有證,層次井然。

二、拼字法

琴南於〈拼字法〉中,對古文與塡詞之拼字多所論述,起始即云:

> 古文之拼字,與塡詞之拼字,法同而字異,詞眼纖艷,古文則雅練
> 而莊嚴耳。其獨出心裁處,在能自加組織也。(《畏廬論文‧拼字法》)

人有情思,形諸筆墨,發而爲文。然情思之精者,其深曲要眇,文章之格調

〔註171〕楊慎《升庵詩話》卷十一云:「不曰鶯啼,而曰鶯呼;不曰猿嘯,而曰猿喉。
蛇未嘗吟,而曰蛇吟;蛩未嘗嘶,而曰蛩嘶。厭桃葉『蓁蓁』,而改云桃葉『抑
抑』桃葉可抑抑乎?厭鴻雁『嗷嗷』,而強云鴻雁『嘈嘈』,鴻雁可嘈嘈乎?」
引自丁福保輯《歷代詩話續編》,頁 866,台北:木鐸出版社,1983 年 7 月。
此在明避熟而流於悖理之例。

詞句或有未能達之者，遂有詩詞興焉。即便詩詞，其精細又有不同，王國維曾析其大別云：「詞之為體，要眇宜修，能言詩之所不能言，而不能盡詩之所能言，詩之境闊，詞之言長。」〔註172〕詩詞之外形之句調韻律易辨，而內質之情味意境難察。詩詞既已有分，詞與古文更為迥異，大凡文顯而詞隱，文直而詞婉，文質言而詞多比興，文敷暢而詞貴蘊藉。詞能言文之所不能言，而未能盡文之所能言。詞之纖巧艷麗與古文之莊重典雅，雖風格互異，然於拼集用字之法則同。要在文家之自出機杼，以彰其效。而所謂「拼字法」究為何？琴南特將詞和古文分論，其先論詞云：

> 詞中之拼字法，蓋用尋常經眼之字，一經拼集，便生異觀。如「花柳」者，常用字也，「昏暝」二字亦然；一拼為「柳昏花暝」，則異矣。「玉香」者，常用字也，「嬌怨」二字亦然，一拼為「玉嬌香怨」，則異矣。「煙雨」者，常用字也，「顰恨」二字亦然；一拼為「恨煙顰雨」，則異矣。……此法唯南宋人最為著意。（《畏廬論文‧拼字法》）

詞既貴用比興，為使情思表現具體化，故不得不借資鳥獸草木，鑄景於天地山川，取其精美細巧者。若文中所舉「花柳」、「昏暝」皆為常用字，一經拼集為「柳昏花暝」（史達祖詞），則黃昏之景象，躍然紙上。又若李清照以「綠肥紅瘦」狀雨後之花，張元幹以「玉困花嬌」寫美人之態，歐陽修以「斷鐘殘角」擬午夜之聲。琴南以為此法南宋人最為著意，如張炎提出要留意字面，其說云：

> 句法中有字面，蓋詞中一個生硬字用不得，須是深加鍛鍊，字字敲打得響，歌誦妥溜，方為本色語。如賀方回、吳夢窗皆善於鍊字面，多於溫庭筠、李長吉詩中來。字面亦詞中之起眼處，不可不留意也。
> （《詞源‧雜論》）

張氏主張留意「字面」，善鍊「字面」，亦即用詞除不用生硬字外，亦須經由錘鍊而得，方可平易妥貼。再者，張氏亦強調要善於融化唐人之詩句入詞。如吳文英〈珍珠帘〉中之「漫淚沾，香蘭如笑」，本於李長吉〈李凭箜篌引〉詩之「芙蓉泣露香蘭笑」句意。其中「淚沾」從「芙蓉泣露」化出，「香蘭如笑」則出自「香蘭笑」。張氏於《詞源‧雜論》中立專條強調作詞「須用功著一字眼，如詩眼亦同」，此「一字眼」，即為「詞眼」，並認為其乃「詞中之關鍵」。其門生陸行直於《詞旨》一書中專列「詞眼」一門，摘錄前人「詞眼」

〔註172〕王國維《人間詞話》，頁73，台北：天龍出版社，1981年12月。

二十六則，較有名者如李清照之「綠肥紅瘦」、「寵柳嬌花」、吳文英之「醉雲醒雨」等，皆爲動詞，形容詞巧妙組合之佳例。故由於用字之「深加鍛鍊」，使得搭配「妥溜」，「本色語」自能顯現，張氏之論點或可助於理解琴南對詞運用「拼字法」之提出。近人王曉湘《修辭學》亦以爲「可知詞之用字，審辨必精，亦可知詞律之不僅限於句讀、韻腳、平仄之間也；惟其運用之妙，繫乎一心，殊難爲定式。」此詞之鍊字理論，足可相互參證。是以琴南以爲尋常字一經巧妙拼集，藉用詞句之排列組合後，便覺意味不同，饒有生趣。

琴南再論及古文之拼字法云：

> 至於古文中拼字，原不能一著纖艷；然用此拼法拼集莊雅之字，亦足生色。蓋拾取古人用過字眼，便嫌餖飣，故能文者恆自拼集，以避盜拾之嫌。……如《漢書・楊雄傳》之「勒崇垂鴻」：崇，高也；鴻，大也。師古注爲「勒崇名而垂鴻業」耳。「勒垂」、「鴻崇」皆拼集也。又「騁耆奔欲」：「耆」即「嗜」字。「嗜欲」人所常用，一拼以「奔騁」二字，立成異觀。次則《南史・梁本紀》之「昏制謬賦」：「昏謬」二字孰不知用？而用在「賦制」之上，則成弊政之爰書矣。〈循吏傳〉：「於是傾資掃蓄，猶有未供」。「資蓄」二字有何奇異？拼之以「傾掃」，則朝廷虐政，一望令人駭然。〈隱逸傳〉：「皆稟高下之性，不能擢志屈道。」「道」與「志」作如是拼法，尤雅馴可愛。《北史・高謙之傳》：「蔽上雍下，虧風損政。」「風政」者，風俗與政令也；拼以「虧損」二字，則可總括衰朝之大概。〈陸俟傳〉：「資忠履義，赴難如歸。」「忠義」之上，拼以「資履」二字，尤見古雅；唐呂溫〈房玄齡贊〉「羽義翼忠」似即脫胎於此。（《畏廬論文・拼字法》）

琴南所引《漢書》中之例證，其作法係屬現今修辭學上之「錯綜」。所謂「錯綜」即將「兩個雙音節的複詞拆開，重新穿插組合。」〔註173〕此種拼字法之運用，目的在使句內文字經由交錯詞序，突破平板之整齊對稱，以構成文句變化之美感。使原本平凡之二複詞，經匠心獨運，萌發新意。今人陳望道亦云：

> 將兩個並列或對待的雙詞，間錯開來用的拼字法，看來可以看是介

〔註173〕黃慶萱《修辭學》云：「凡把形式整齊的辭格，如類疊、對偶、排比、層遞等，故意抽換詞彙、交蹉語次、伸縮文句、變化句式，使其形式參差，詞彙別異，叫做「錯綜」。」並提出「拼字」爲詞的錯綜之一，成語中有許多是用拼字法所構成，如「驚天動地」、「驚心動魄」、「羞花閉月」、「眉清目秀」、「忠肝義膽」、「形單影隻」等。頁527～530，台北：三民書局。

在鑲嵌之間的一體，這卻在各式的語文中用得極多。……林紓著的
《畏廬論文》中有「拼字法」一篇，專論這一法。(《修辭學發凡‧
第七篇》)

此種藉由兩個複詞，經交錯詞序，錯綜變化之美感隨即產生。諸如習用成語
中之「驚心動魄」、「閉月羞花」、「眉清目秀」、「忠肝義膽」、「詳情細節」、「舞
文弄墨」等，大多皆由此種拼字法構成。由此可知，善為文者拾取古人之常
用字，經靈思巧用，新意自出，亦當可避免落入言荃之嫌，而能點化成金，
一掃凡俗之藻飾。是以劉勰對屈原作品之能「自鑄偉辭」嘗極力推崇。〔註174〕
北宋黃庭堅雖倡學習古人，卻反對一味模擬，不知變通，提出「文章最忌隨
人後」(〈贈謝敞、王博喻〉)、「隨人作計終後人，自成一家始逼真」(〈以右軍
書數種贈丘十四〉)、「閒居當熟讀《左傳》、《國語》、《楚辭》、莊周、韓非，
欲下筆略體古人致意曲折處，久之乃能自鑄偉詞，雖屈宋亦不能越此步驟也。」
(〈跋自書枯木道士賦后〉)黃山谷主張為文貴在能取古人之精華，棄其糟粕，
唯「自鑄偉辭」，方能推陳出新，通古變今，自成一家之言。凡此，皆足證為
文不能一味蹈襲前人，要在習古中突破束縛，繼承中不忘創新。故而劉勰於
《文心雕龍‧通變》云：「若無新變，不能代雄」、「變則可久，通則不乏。」
琴南「拼字法」的精神，亦是建立在「通」、「變」二字上。

又琴南於《選評古文辭類纂》卷六中，評韓愈〈送孟東野序〉一文云：

此篇為昌黎集中之創格，舉天地人物，盡以「鳴」字括之，至孔子
之徒亦指為善鳴，則真有膽力矣。

琴南對於韓愈在古文修辭上的求變求新，頗感佩服。韓愈提倡古文，力倡革
新，力主為文「能自樹立」，〔註175〕即反對因襲、模仿古聖賢之文辭，力主創
新。故於語言運用上，提出「務去陳言」〔註176〕之原則。琴南曾對韓愈〈南

〔註174〕劉勰《文心雕龍‧辨騷》中盛讚屈原之作云：「雖取鎔經意，亦自鑄偉辭。」
　　　　見范文瀾《文心雕龍注》，頁47。黃侃《文心雕龍札記》釋云：「二語最諦。
　　　　異於經典者，固由自鑄其詞；同於〈風〉、〈雅〉者，亦再經鎔煉，非徒貌取
　　　　而已。」頁29。《騷》之質雖本之於《詩》，而其文卻能獨出心裁，自創一格。
　　　　劉勰於〈事類〉亦云：「屈宋屬篇，號依詩人，雖引古事，而莫取舊辭。」見
　　　　范文瀾《文心雕龍注》，頁615。更可與〈辨騷〉互證。
〔註175〕韓愈〈答劉正夫書〉云：「若聖人之道，不用文則已，用則必尚其能。能者非
　　　　他，能自樹立，不因循也。」見馬其昶《韓昌黎文集校注》第三卷，頁207，
　　　　上海：上海古籍出版社，1987年6月。
〔註176〕韓愈〈答李翊書〉云：「當其取於心而注於手也，惟陳言之務去，戛戛乎其難

陽樊紹述墓誌銘〉評云：

> 大抵文體之奇，有唐實自昌黎開之，紹述則奇而近澀。……惟古於
> 詞必己出，是定案。降而不能乃剽賊，是揭舉文弊之源頭。後皆指
> 前公相襲，是以積弊爲成例。從漢迄今用一律，言無指迷之人，寥
> 寥久哉莫覺屬。（《韓柳文研究法・韓文研究法》）

琴南指出韓愈之文奇而能正，蓋由於詞必出於己，不蹈前人一言一句使然，「陳
言」對人影響至深，積弊日久，卻不自知，故去之非易。而本著對「去陳言」
的堅持，韓愈在作品之遣詞造句上，亦能勇於創新，如「拼字法」的技巧運
用，在韓愈的文章中即屢見不鮮。如琴南以韓愈〈贈太尉許國公神道碑〉爲
例，指出「銘詞在在尤寓用字之法，……雄唱雌和，是拼字法。」，〔註177〕
又以爲「銘中須看其用字，如狘字、愒字、礫字、養字、督字、鴻字，皆極
古穆，味之自得用字之法。」〔註178〕足見出之以古雅之拼字，方善得用字之
法。再如韓愈〈進學解〉一文，琴南評云：

> 讀昌黎〈進學解〉，要看他用字、造句，無往而不聰明。中間觝排攘
> 斥之類，即見其拼字工夫。總之，此文字用字古，結響高，拼字稱，
> 爲古來文家所罕及。（《文微・唐宋元明清文平第八》）

琴南對退之此文之善用拼字，極其稱讚。篇中用拼字較出色者，如將《詩・
豳風・狼跋》之「狼跋其胡，載疐其尾」提煉爲「跋前疐後」；又如將劉向《新
序・刺奢》之「衣弊不補，履決不苴」提煉爲「補苴罅漏」，再者，如「張皇
幽眇」、「含英咀華」等語詞皆爲此類。它篇中如「形單影隻」、「百孔千瘡」、
「蠅營狗苟」等亦皆由古文中提煉而出，廣爲流傳至今者。〔註179〕無怪乎明
代茅坤評韓愈〈送李愿歸盤谷序〉爲「別是一格」，「其造語形容處，則又鑄
六代之長技矣。」（《唐宋八大家文鈔・唐大家韓文公文鈔》卷七）清代劉大
櫆亦以「昌黎論文，以去陳言爲第一義」之論而大力推崇。琴南於前人之基
礎上，亦反拾人牙慧之文，貴能獨出心裁，自加組織，以求新意。

韓愈之外，柳宗元亦擅此道，試觀以下兩則琴南之贊語：

〔註179〕 哉！」同前書第二卷，頁170。
〔註177〕 林紓《韓柳文研究法・韓文研究法》，頁49～50。
〔註178〕 林紓《選評古文辭類纂》卷八，頁322。
〔註179〕 「形單影隻」語出韓愈〈祭十二郎文〉，見馬其昶《韓昌黎文集校注》第五卷，
頁337。「百孔千瘡」語出韓愈〈與孟尚書書〉，同上書第三卷，頁215。「蠅
營狗苟」語出韓愈〈送窮文〉，同上書第八卷，頁572二。

柳州〈游黃溪記〉，黃溪最善，以前學《漢書・西南夷傳》其「黛蓄
膏渟，來若白虹」諸言拼出，雅極、古極、無火氣、無殊色，且不
用力。

寫景拼字最好以四字爲句，如柳州〈始得西山宴遊記〉「縈青繚白」
之類，甚可法也。（具見《文微・唐宋元明清文平第八》）

柳宗元學博識精，每下一字，必有其來歷，悟得拼字之法，須以莊雅之字拼
集，古雅之風神畢現。是以韓、柳二家皆能善用拼字法，或提煉古人語言，
或自鑄偉詞，使文章於尋常文字之中蘊含不凡之新意。琴南爲〈拼字法〉作
結云：

諸如此類，不過就眾人所習見者指出，見古人用心之處。不知者以
僕爲齡字嚼句，令人走入魔道，此等罪孽，僕所不任。蓋古文原有
此種拼字之法，即韓、柳亦然。蓋局勢氣脈者，文之大段也；締章
繪句，原屬小技，然亦不可不知。大處即已用心，此等末節，亦不
能不垂意及之。

此段文字隱含作者深沉之感嘆。面對新時代思潮有如排山倒海而至，亦盼古
文之精髓能注入新文化之中，莫以習見者爲魔，徒欲彰顯古人之用心而已。

琴南特以「拼字法」一節歸結「拼字法」之效用，非但論述，並援例以
證，頗有獨到之處。而其所舉之拼字之例多爲並列結構或相對待之詞，檢視
古來文家用此法者夥矣，故其言「古人文集浩如煙海，胡能一一檢出指示，
今略舉習見者數條。」〔註180〕見一知二，舉一反三，正是琴南之用意。是以
〈拼字法〉之專論，實則爲黃庭堅「以故爲新」進一步之發揮，黃氏嘗云：

因明叔有意于斯文，試舉一綱而張萬目：蓋以俗爲雅，以故爲新。
百戰百勝，如孫吳之兵；棘端可以破鏃，如甘繩飛衛之射。此詩人
之奇也。（《山谷詩集內集》卷十二〈再次韻楊明叔〉一詩小序）

「以故爲新」爲黃氏創作之總綱，善於用之，則「百戰百勝」。「以故爲新」
者，即於古人之文學語言上，用心汲取，鎔鑄加工，進而於既有之基礎上，
融古爲新，化腐朽爲神奇。琴南總結前人之創作經驗，深受啓發，以爲〈拼
字法〉若得妙用，則語言雖古，自能化故爲新，以避免落入言荃，予讀者光
景常新之吸引力。今人錢鍾書嘗言：「夫以故爲新，即使熟者生也。」〔註181〕

〔註180〕林紓《畏廬論文・拼字法》，頁60上。
〔註181〕錢鍾書並云：「當以故爲新，即熟見生。」具見《談藝錄》，頁 331，台北：

即指文家於語言運用上，當求語言形式化舊爲新，以造成陌生化之美學效果，喚起讀者耳目一新之審美感受。而如何能「化」，當由文家自身之文化素養與駕馭語言之能力上去考求。琴南以爲〈拼字〉一法，強調於尋常之語詞中，巧妙拼集，當能自出新意，言人未言，此正是琴南鎔鑄古人語言之所得，足爲當今習文者之借鑒。

三、虛字用法

　　虛字之修辭作用，前人多有論述，而明確論及爲文當留心虛字者，則發軔於劉彥和，《文心雕龍・章句》云：

> 至於夫惟蓋故者，發端之首唱；之而於以者，乃箚句之舊體；乎哉矣也者，亦送末之常科。據事似閑，在用實切。巧者迴運，彌縫文體，將令數句之外，得一字之助矣。外字難謬，況章句歟！

劉彥和將虛字分爲「發端之首唱」，即語首助詞；「箚句之舊體」，即語中助詞；「送末之常科」，即語尾助詞等三類，並以爲虛字於論述事理時，似閑散無用，實於輔助文句語氣上，頗爲切要。若能將之靈活運用，則有牽引補合文辭之功，組織文句篇章之效，而作者之敘事抒情，亦藉虛字而神態畢現。蓋文章結構，虛實相生，實字立骨，顯其筆力，健其語句，若不能善用，則文章內涵隱晦不明；虛字傳神，用之得當，則氣脈流轉，反之，則情韻神味難以雋永。〔註182〕是以能善用虛字，則文章姿態妙生，神韻搖曳。更能使語氣協調，文勢通暢。馬建忠之《馬氏文通》更爲虛字下定義云：

> 凡字，有事理可解者，曰實字。無解而惟以助實字之情態者，曰虛字。

虛用以助實，則情態畢出。有清一代，桐城劉大櫆《論文偶記》亦云：「文必虛字備而後神態出，何可節損。」琴南《畏廬論文》中鑒於虛字對行文之切要，前人論述雖多，卻乏系統之專論，特立「矣字用法」與「也字用法」二節闡論虛字用法，茲分論於下。

藍燈文化事業股份有限公司，1987 年 11 月。

〔註182〕劉淇《助字辨略》自序云：「構文之道，不過實字虛字兩端，實字其體骨，而虛字其性情也，蓋文以代言，取肖神理，抗墜之際，軒輊異情，虛字一乖，判于燕趙，柳柳州所由發哂於杜溫夫者邪！且夫一字之失，一句爲之蹉跎；一句之誤，通篇爲之梗塞，討論可闕如乎！」頁1，台北：台灣商務印書館，1958 年 4 月。

（一）矣字用法

矣、也二字，同屬語尾助詞之「決辭」，即肯定詞。據柳宗元〈復杜溫夫書〉云：

> 但見生用助字，不當律令，唯以此奉答。所謂乎、歟、耶、哉、夫者，疑辭也；矣、耳、焉、也者，決辭也。今生則一之。宜考前聞人所使用，與吾言類且異，慎思之則一益也。

於此信中可知柳宗元對杜溫夫助字使用之批評，並提出疑問語氣之「疑辭」與肯定語氣之「決辭」兩類語尾助詞。近人許世瑛將之區分云：

> 「矣」字表變動性的事實，「也」字表靜止性的事實。無論已然或將然的事，都是變化，都是有時間性的；無論固然或當然的事，都是無變化，無時間性的；所以前者一定用「矣」字作句末語氣詞，後者卻一定用「也」字。（《常用虛字用法淺釋》）

許氏之說，或有助於理解「矣」、「也」兩字之用。琴南於〈矣字用法〉云：

> 鄙意雖名決辭，言外須有沉吟惋惜之意，則用「矣」字方有餘味。

琴南此論，實發前人所未發，為使文章言有盡而意無窮，「矣」字之用，有其必要。琴南以《漢書・食貨志》之屢用「矣」字作結之例云：

> 若漢書則在在皆著意，句句見風神。其散見諸傳中，不能一一省記；唯〈食貨〉一傳屢用「矣」字，不加議論，令人醰思，言外皆有不足時政之意，深可尋繹。今亦略舉數條曰：「今法律賤商人，商人已富貴矣。尊農夫，農夫已貧賤矣。」此結束上文農夫苦況，取貧商人，商人不耕而坐吸農夫之膏血，朝廷不能禁，用兩「已」字，足以兩「矣」字，生出無窮慨歎之意。讀者似認為本文之頓筆，實則非是；用一「矣」字，即所以動朝廷恤農之心也。又曰：「故大賈畜家不得豪奪吾民矣。」此應上文輕重斂散之以時，則準平，民有所澹，故大賈畜家不得豪奪，用一「矣」字，是有期望如此之意。……（《畏廬論文・矣字用法》）

琴南以為矣字之效，於《漢書》中已運用盡致，所舉之例，多富沉吟深思，惋惜慨歎之餘味。由於琴南於文中舉《漢書・食貨傳》之例甚多，此不再贅舉，「能沈潛體貼其用心所在，自能開其悟境。」〔註183〕又《左傳》擅長以「君子謂」來呈現「矣」字之神味，如「君子謂鄭莊公失政刑『矣』」（〈隱公

〔註183〕林紓《畏廬論文・矣字用法》，頁 62 上。

十一年〉);「君子謂昭公知所惡『矣』」(〈桓公十七年〉);「君子謂文公其能刑『矣』」(〈僖公二十八年〉) 等皆是。兩用矣字者,如「宮之奇以其族行曰:『虞不臘矣,在此行也,晉不更舉矣。』」(〈僖公五年〉) 琴南於此評云:

> 宮之奇兩用矣字,一斷虞之亡,一決晉之得。此雙鎖之筆,文筆既含蓄而又完滿。(《左傳擷華》卷上)

又如「晏子曰:『此季世也。吾弗知,齊其爲陳氏矣。』叔向曰:『晉之公族盡矣。』」(〈昭公三年〉) 琴南評云:

> 用兩矣字,斬截悲梗,了無餘望。晏子敘陳氏之奸謀,叔向敘公室之敗度,一呼一應,而晉齊全局,均在二人口語之中。筆力之偉,言論之精,讀之深有餘味。(《左傳擷華》卷下)

由琴南所評《左傳》兩用矣字中,可知矣字可使文意於銜接處步步緊連,環環相扣,層層深入。且於敘悲情,此呼彼應,能於絕處逢生,令人惋惜慨歎,讀來餘味無盡。又有連三用矣字者,如「晉侯在外十九年矣,而果得晉國。險阻艱難備嘗之矣,民之情僞盡知之矣。」(〈僖公二十八年〉) 琴南評云:

> 三用矣字,有歎惋意,有逆料意,有畏懼意。(《左傳擷華》卷上)

由此可見「矣」字運用之廣,期能於「決辭」之外,續拓展其助字之功,於文句中若得善用,必可讓人反復沉吟,一唱三歎,風神畢現。

(二) 也字用法

琴南於〈也字用法〉中云:

> 俗手用也字,人恆以爲用作煞尾之字,聲明本意而已,未曾著意讀之。

「也」字不僅用以收煞句尾,尚寓含深意於其中,故琴南以爲「凡文中用也字,有解釋義,有指實意。」〔註184〕對此,琴南以《史記》爲例云:

> 史公諸傳,每用也字必有深意,然爲法不等。今稍舉其可以詮釋者,著之於篇。如〈封禪書〉稱:「高宗有雉登鼎耳雊,武丁懼。祖己曰:『修德。』武丁從之,位以永寧。後五世,帝武乙慢神而震死。後三世,帝紂淫亂,武王代之。由此觀之,始未嘗臣有言,見一老父牽狗,言『吾欲見巨公』,已忽不見。上即見大跡,未信;及群臣有言老父,則大以爲仙人也。」此「也」字是識詞,「則」字有冒失意,

---

「大」字有急不暇察意，「以爲」二字有迷信意，用「也」字作煞，

譏貶之意，不繹而明矣。又〈越王句踐世家〉：「故金至，謂其婦曰：

『此朱公之金。有如病，不宿誡，後復歸，勿動。』而朱公長男不

知其意，以爲殊無短長也。」以爲殊無短長，輕蟻莊生，已爲殺弟

之張本。用一「也」字作煞，言外有譏誚其愚騃之意。至既封三錢

之府，「朱公長男以爲赦弟固當出也，重千金虛棄莊生無所爲也。」

兩用「也」字，足成上半愚騃之態度，即爲「殊無短長」句作注腳，

描寫儉父之狀如繪。（《畏廬論文・也字用法》）

觀以上琴南援引《史記》中〈封禪書〉和〈越王句踐世家〉之例，再雜以一己之論述，可窺出「也」字實飽含深意，其中或寓餘味，或帶譏貶，或足文意，可謂不一而足，端視文家爲文之用心。試觀明、清學者之評點《史記》，如鍾惺評〈封禪書〉云：「累累萬餘言，無一著實語，每用虛字誕語翻弄，其褒貶即在其中。」（錄自葛氏《史記》卷二八）吳見思則就通篇評云：「初看敘事平直，再看則各有關合，細心讀之，則一句一字之中，嘻笑怒罵，無所不有，正如大雲一雨，大根小莖，各得其滋潤，究竟我見有盡，意義無窮。」（《史記論文》第三冊〈封禪書〉）李晚芳亦云：「全用活筆描寫，虛字翻弄，通篇無一實筆，無一板句。」（《讀史管見》卷一〈封禪書〉）足見虛字之爲用大矣。明、清學者亦多著眼於此，蓋以虛字運用得當，方可使語氣協調，文義大暢，致使生氣溢出，情韻湧現。《史記》之外，琴南亦針對《左傳》的虛字用法作評析，如琴南評《左傳・成公十六年》「鄢陵之役」云：

紆按此章文字之美，美不勝收。然以大勢論之，實得一偶字法。何

云偶？每舉一事，必有對也。……文字俱在空際傳神，每用一矣字，

必應以一也字，又是一偶。（《左傳擷華》卷上）

蓋「矣」、「也」二字，雖皆爲「決辭」，然其爲用大矣。分則各擅其場，合則一呼一應，上下相對，益增文章之風神，琴南以爲《左傳》善於用之，而有「偶字法」之論。又如《左傳》中之論贊語：「君子是以知息之將亡也。」（〈隱公十六年〉）；「君子是以知齊靈公之爲靈也。」（〈襄公二年〉）；「君子是以知平公之失政也。」（〈襄公廿六年〉），凡此，則表悠揚不盡，饒有餘意，耐人尋味。除《史記》、《左傳》之外，歷來運用「也」字之妙，以歐陽脩〈醉翁亭記〉爲最，此文以「也」字貫通全篇，運用二十一個「也」字作煞，非但無平板累贅之弊，反有靈動之妙。讀來迴環往復，清新別緻，韻味十足，收

一唱三歎之效。對此，宋文蔚頗有盛讚之語。〔註185〕

另外，曾鞏〈擬峴臺記〉亦善用「也」字，琴南曾評此文云：

> 此篇則一力奔瀉而下，幾于一發莫收。然工夫在用無數「也」字，為之一駐。讀者先領其氣，當留意于其收煞處，則不至于奔突如不羈之馬。（《選評古文辭類纂》卷九）

此文大略本歐陽脩〈醉翁亭記〉而來，運用「也」字，一線貫串。文勢雖如長江大河，奔流而下，亦靠無數「也」字為之收煞。方不致如脫韁之野馬，放蕩無歸。讀者若能先領其文氣，再留心於「也」字之煞尾，則抑揚頓挫之情，悠揚無盡之味，將不難獲致。

虛字之用，不特煞尾，表情傳神，暢達文義，為用之大，實莫能道盡。吳曾祺嘗云：

> 古人作文不輕易如此，此可悟鍊虛字之法。最可異者，村學究一流，其批閱文字，每將句中虛字塗去一二，以為簡老，致文之神味全失，真為不值一笑。（《涵芬樓文談・鍊字》）

文之神味，靠虛字托出，故虛字之用，不宜輕苟。琴南深知虛字於文章之舉足輕重，輕率不得。故有云：「凡善於文者，用虛字最不輕苟。」〔註186〕琴南有鑑於此，特立〈虛字用法〉一篇以論虛字「矣」、「也」字之用法，以見一知二，觸類旁通。虛字之多，用法之廣，實無法一一枚舉，但求用之謹慎，用之確當而已。故琴南為「也」字作結云：

> 以上諸條，語極細碎。然留心古文者，斷不能將虛字略過。須知有用一語助之辭，足使全神靈活者，消息極微，讀者隅反可也。（《畏廬論文・也字用法》）

文章之美惡，虛字雖非居首要，然若用之不當，或使全篇生氣全無。至其運用之妙，存乎一心，當慎擇以用，古文如此，詩詞曲亦然，琴南之用心，可以想見。

綜上以觀，林琴南之字法理論，一謂「換字法」，要在於以常用字，取其古義，即其「義古而字今」之論，並須精於小學，下字方可見其不凡，文義

〔註185〕宋文蔚《評註文法津梁》云：「一篇中，凡用二十餘也字，其節奏可謂短矣。而音韻清越，讀者如聆管絃，如擊金石，繁音促節，古文中逸調也。」頁208，高雄：復文圖書出版社，1984年7月。
〔註186〕林紓《畏廬論文・也字用法》，頁62下。

自可新意疊生；二謂「拼字法」，要在以尋常字，巧妙拼集，以生錯綜變化之美感，尤其強調「獨出心裁」、「自加組織」，以收吐故納新之效。三論助字中之「矣」、「也」字用法，要在妥貼運用，以暢文氣，以達文意，以傳文情，並臻於一唱三歎，耐人咀嚼之意境。所謂雖多本於前賢，唯能專篇論述，並援例以證，論證相輔，條理明晰，不啻爲系統論字法之首見。歷來論字法之多，運用之廣，琴南雖無法一一臚列論述，爲其遺憾，然由小見大，法之能守，自能臻於用字不妄之境。

第四節　創作避忌

　　琴南除於正面揭示創作要則以及謀篇安章、字句鍛鍊外，復於反面列舉作文常犯之弊病！並推其病源，進而闡明拯弊之方，使創作者積極於追求古文藝術美之外，又能知爲文之所忌諱。琴南於《畏廬論文》中明列〈論文十六忌〉，旨在爲探求古文堂奧者鋪設具體之階梯，以臻於〈應知八則〉之境地。〈應知八則〉以「意境」、「識度」、「氣勢」、「聲調」、「筋脈」、「風趣」、「情韻」、「神味」等八方面概括古文所欲臻至之基本內容與要求，而〈論文十六忌〉則與〈應知八則〉相輔相成，從法的角度論述古文所忌諱之各種弊病。蓋爲文者欲求作品精益求精，當先知文章應法、應戒之事，然後知其從違，定其準繩。至於古文有何弊病，於琴南之前，章學誠即針對爲文之弊病，提出「古文十弊」之觀點，〔註187〕而弊病之產生，皆由於無法可守，以致放蕩無歸。是以大家之文，文成法立，自不必拘泥於成法。然初學入手，若無法可依，難免弊端叢生。因此，琴南特標舉文家創作所應避忌者，即「忌直率」、「忌剽襲」、「忌庸絮」、「忌虛枵」、「忌險怪」、「忌凡猥」、「忌膚博」、「忌輕儇」、「忌偏執」、「忌狂謬」、「忌陳腐」、「忌塗飾」、「忌繁碎」、「忌糅雜」、「忌牽拘」、「忌熟爛」十六目，非但全面，且具體以論，以下試分條述之，再歸結其論。

一、忌直率

　　直率者，即語意浮淺、直露無遺之謂也。古來文家，綴文屬篇，或以直率爲貴，然琴南卻以直率爲忌，琴南云：

〔註187〕章學誠之「古文十弊」分別爲：剜肉爲瘡、八面求圓、削趾適屨、私署頭銜、不達時勢、同里銘旌、畫蛇添足、優伶演戲、井底天文、誤學邯鄲。見《文史通義‧內篇二‧古文十弊》，頁68～74，台北：華世出版社，1980年9月。

文字本貴雄直,亦貴直率;鄙言以直率爲忌,⋯⋯不知鄙所謂「直」,
蓋放而不蓄之謂;所謂「率」,蓋粗而無檢之謂。⋯⋯而初學入手,
狃於前輩「陽剛」之說,一鼓作氣,極諸所有,盡情傾瀉而出;驟
讀似有氣勢,不知氣不內積,雜收糟粕,用爲家珍,拉雜牽扯,蟬
聯而下,外雖崢嶸,而內無主意,無主意無剪裁,此即成直率之病。
(《畏廬論文・論文十六忌・忌直率》)

俗手爲文,多以直率爲氣勢,因而一鼓作氣,盡情傾瀉,故琴南於論〈氣勢〉
中即倡「斂氣蓄勢」,並以「頓筆」濟直率之病。蓋文之氣勢,或以勢壯爲美,
然勢不可不息,不息則流宕而忘返。方東樹亦謂「當濟之以頓挫之法」,〔註188〕
唯氣能斂,勢能蓄,文方有抑揚頓挫,波瀾起伏之妙。否之,則如懸河洩海,
極瀉所有,直率之病,由焉而生。文中所言前輩「陽剛」之說,即指「雄直」
之氣,亦即作品中雄渾剛直之氣勢,此在批評姚鼐「陰陽剛柔」之說,卻重「陽
剛」之雄直之氣,方東樹對作品一味主雄直頗有微辭:

詩文貴有雄直之氣,但又恐太放,故當深求古法,倒折逆挽,截止
橫空,斷續離合諸勢,惟有得于經,則自臻其勝。(《昭昧詹言卷九・
韓公》)

詩文有雄直之氣,陽剛之美便生,然雄直太過,卻又缺乏變幻回環之美,而
流於直率。故須參古制法,行文必伸縮吐納,靈活多變,曲折抑揚之文勢便
會展現。琴南即推崇韓愈文之「勢壯而能息」,並以千里馬爲喻云:

然昌黎之氣直也,而用心則曲,關鎖埋處尤曲,即所謂『勢壯而能
息』者。能息亦由於善養。馬之千里者,初上道時,與凡馬無異;
一涉長途,凡馬汗漬脈僨,神駿則行所無事。何者?氣壯而調良,
嫻於步伐耳。(《畏廬論文・論文十六忌・忌直率》)

退之之文,可謂氣蓋一世,其氣雖直,然爲文之用心則曲,因而於行文筆法
變化多樣,波瀾跌宕,蓋以其能斂蓄氣勢使然。如駿馬馳騁於康莊,由於善
調氣息,雖奔馳千里,仍嫻於步伐,而不覺疲累,非凡馬之精力盡失所能比
擬。琴南之比喻,頗能道中直率文病之關鍵。歸有光亦謂「凡句法直下來,
如良馬下峻嶺,如輕舟下長湍,若無一句攔截,便不成文章。」〔註189〕蓋由

〔註188〕方東樹《昭昧詹言卷一・通論五古》,頁 17 下,台北:廣文書局,1962 年 8
月。

〔註189〕歸有光《文章指南・論文章體則・攔截上文則》,頁 17,台北:廣文書局,

於勢無停蓄，一往無遺，因而不成文章。琴南以柳宗元〈捕蛇者說〉爲例，以明柳氏文章能力避直率之弊：

〈捕蛇者說〉胎苛政猛於虎而來。命意非奇，然蓄勢甚奇。「當其租入」句，是通篇發端所在。見得賦役之酷，雖祖父皆死，猶冒爲之，然上文止言歲賦其二，未爲苛責之詞，而役此者實日與死近。此處若疾入賦之不善，或太息、或譏毀，文勢便太直率矣。文輕輕將「更役復賦」四字，鞭起蔣氏之言，且不說賦役與捕蛇之害，作兩兩比較，但言民生日蹙，至於死徒垂盡。縮腳用「吾以捕蛇獨存」爲句，屹如山立。……「悍吏之來吾鄉」六字，寫得聲色俱屬，此處若將蛇之典實，拈采掩映，便立是墜落小樣，妙在恂恂而起，弛然而臥，竟託毒蛇爲護身之符。應上「當其租入」句。文字從容暇豫中，卻形出朝廷之弊政，俗吏之殃民，不待點染而情景如畫。（《韓柳文研究法・柳文研究法》）

子厚〈捕蛇者說〉，借蔣氏一家之遭遇，以言賦斂之爲害，更甚於毒蛇之理。文之入手，並不先言苛政之害民，卻以永人冒死從事捕蛇之因由談起，已暗伏下文賦稅之毒，於不經意處閒閒敘及，可謂高明。其下遂轉入正題，採用對話之形式，對比、映襯之手法，先述捕蛇者之危險與淒楚，以作陪襯，並爲下文蓄勢。然後將捕蛇與供賦之利害輕重作一比較，極寓賦斂之毒，以凸顯全文之重心。中以「吾以捕蛇獨存」一句爲頓，語並不多，然卻含無盡之悲。接筆則以「悍吏之來吾鄉」六字，極寫催租逼賦之場面，其中悍吏之叫囂隳突，村莊之雞犬不寧，而捕蛇者卻能「弛然而臥」，只因毒蛇尚存，不必再擔心賦稅。文章前後對比映襯，步步深入，將「賦斂之毒有甚是蛇」之主題烘托而出，其中於平靜之文中，寓含悲傷之情，乍看之似無波瀾，實則波濤洶湧。其搖曳之姿；頓挫之勢，亦唯有如子厚之大家，始能獲致。然此文若入俗手，必若水盡吐，滿紙辛酸，字字血淚，直陳賦稅之繁苛，譏毀官吏之蠻橫，感嘆人民之痛苦，鼓氣宣洩，洋洋灑灑，盡作如是文字，便流入直率之弊，爲文家所忌。篇題爲〈捕蛇者說〉，含而不露，脫胎於《禮記・檀弓》之「苛政猛於虎」事，試觀子厚此文，較之〈檀弓〉，已有後出轉精之成就。〔註190〕

1962 年 8 月。
〔註190〕王師更生《柳宗元散文研讀》云：「本文在內容上要比〈檀弓〉更深厚，形象

琴南以爲文忌直率，即避免「放而不蓄，粗而無檢」、「外雖崢嶸，而內無主意」之文，必深究曲筆之妙，但亦終歸直體，即要求於「曲中得直」，然「凡能曲者，未有不具直體；以奔恣徑逐爲直，又萬萬非直。」若刻意爲之，一味奔放，以致放蕩無依，則失之直率之「直」，並非文體氣勢之正直者。而欲去直率之病，琴南以爲：

> 果能于命局製詞時在在經心，於讀古人文字時亦在在經心。（《畏廬論文·論文十六忌·忌直率》）

爲文爲免直率，尤當深求古法，於謀篇布局，字句鍛鍊上，處處用心，巧妙運用，於從容暇豫之文字中，自能展現抑揚頓挫，波瀾起伏之情致，而此實非刻意矯作可得之者。

二、忌剽襲

忌剽襲，即反對一味模擬，不知變化之文。琴南嘗申說云：

> 凡學古而能變化者，非剽與襲也。「剽」之爲言「劫」也，「襲」之爲言「重」也。知古人之美處而不能學，則生入其句法，足之以己意，駭讀者之目以爲古，苟爲人覓得其主人翁，則幾疑全體之皆贗，此爲行文一大病痛。（《畏廬論文·論文十六忌·忌剽襲》）

琴南論文主張師法古人，以古人爲學文之圭臬，但並非亦步亦趨，陳陳相因之模仿，而貴能變化。若只知劫古人之言以爲己言，重古人之言而不知變通，則將自縛手腳，拘泥不化，何能馳其文思，騁其筆力。如此爲文，必字因句襲，滿紙雷同，形同贗品，此乃文家之所避忌者。琴南論文崇法度，以師法古人爲習文之捷徑，其說云：

> 爲文而不師古人，直不燭而行闇，雖心識其塗，而或達焉，則必時構虛憺之象，觸物而震，無復坦行之樂。（《林琴南學行譜記四種·春覺齋著述記》卷二）

大家之文，文成法立，而千變萬化之法既已包孕於古人之文中，則必有可供師法者。學者若能用心揣摩，深悉會通之道，則作文之奧妙，將不難探悉。反之，若捨此途徑，但知剽竊因襲，莫能彰顯古人之風神，則文雖美又何益？

上更生動，感情上更強烈，手法上也更高妙。但是以柳宗元對當時生活細膩的描繪，對人民苦難形象的刻畫，使理性與現實溶爲一體。這樣深厚的藝術功力，在古代散文家並不多見。」頁151，台北：文史哲出版社，1984年7月。

是以爲文必先師古人之美處，得其神髓，爲習文者當知而不可避者，亦即琴南所謂「古人程法如此，欲極力避之，亦無可避」﹝註191﹞之理。古文名家中，琴南以爲韓退之善師古人，卻不滿後人學韓而流於剽襲：

> 韓者集古人之大成，實不能定以一格。後人極力追古人而力求其肖，則萬萬不能不出於剽襲。剽襲即死法也，一落死法則不能生於吾言之外。何者？心醉古人之句法段法篇法，處處爲之拘攣耳。（《畏廬論文・論文十六忌・忌剽襲》）

退之之文，師法於孟子，然「韓之長，亦不止出於孟子；專以孟子繩韓，則碑版及有韻之文亦出之孟子乎？」，﹝註192﹞是以韓愈文頗得力於孟子，然今讀之，神骨雖似，風貌卻不類，要在退之能通古變今，與其「務去陳言」、「能自樹立」之文論契合。然後學卻不知變通之道，但求其似，故一味摹仿剽竊，斤斤於句法、章法與退之相類，因而泥於成法，拘執不化。蓋爲文有法，然須是「規矩備具而能生於規矩之外，變化不測而亦不背於規矩」之「活法」。﹝註193﹞而非「膠古人之陳跡，而不能點化其句語」之「死法」。﹝註194﹞有宋一代，歐陽脩亦師法退之之文，然卻有自家之特色，琴南曾評云：

> 《昌黎集》中，墓銘最多。銘詞之古塞，後人學之輒躓。蓋無其骨力華色，追逐而摹仿之，不惟音吐不類，亦不能遽躡而止。故永叔銘詞，寧以溫純之詞行之，未敢一語襲昌黎者，是永叔長處。（《韓柳文研究法・韓文研究法》）

退之之銘詞，因古雅蹇澀，後學學之，頗覺困難。蓋以後學無其才華文采，卻極力追求，一味模仿，終究只得皮毛，莫得神韻。唯歐陽永叔，雖學韓，卻一變古塞而爲溫純之銘詞，不襲退之一語一句，而古人之意盡在其中，此眞所謂得「學古而能變化」之精髓。然亦有學退之之銘文，卻流於「飾貌以強類者失形，辭調以務似者失情」﹝註195﹞之譏，章學誠曾以韓愈〈柳子厚墓誌銘〉爲例，以明後學之不類，反貽笑大方之弊。﹝註196﹞

﹝註191﹞林紓《畏廬續集・書黃生箚記後》，頁13下，台北：文津出版社，1978年7月。

﹝註192﹞林紓《畏廬論文・論文十六忌・忌剽襲》，頁33上，台北：文津出版社，1978年7月。

﹝註193﹞宋・呂本中《夏均父集序》。

﹝註194﹞宋・俞成《螢雪叢說》，台北：藝文印書館，1970年。

﹝註195﹞王充《論衡・自紀》，頁148，台北：宏業書局，1983年4月。

﹝註196﹞章學誠《文史通義內篇二・古文十弊》嘗載此事云：「嘗見名士爲人撰記，其

　　爲文師法古人，師古非剽襲古人之語句，貴在借鑑古人，韓愈以下，歐陽修、曾鞏、歸有光，乃至桐城諸家，多有得力於學韓者。而步步相襲、邯鄲學步者，亦大有人在，如琴南評秦觀云：

> 學東坡之似者，無若少游，此少游之所以不及東坡也。(《林琴南學行譜記四種‧春覺齋箸述記》卷二)

爲文師法古人，必令人讀之不知其所師，方可謂善師古者。若但求其極似，只覺其乃東坡之文，而非少游之文，試想，既有東坡，何必再有少游！因而琴南主張：

> 爲文當肖自己，不當求肖古人。(《畏廬論文‧論文十六忌‧忌剽襲》)
>
> 作文時，不可專摹古人，須使有個我在。(《文微‧造作第四》)

學古而不泥於古，入於古人之神骨，而出於己之風貌，能入能出，方不致於襲其腳步，迷失自己，而流於剽襲之譏。是以師法古人，當學其法而變其貌，琴南云：

> 道在讀時神與古會，作時心與古離。神會，則古人之變化離合，一一解其用心之所在；至于行文，必自攄己意，不依倚其門戶。雖不能力追乎古人，然即古人之言。中乎道者，因而推闡之，則翹然出新意矣！且古人行文之所以至者，由之既熟，亦可自闢其塗軌，不必跬步追逐。(《畏廬三集‧答徐敏書》)

琴南以爲欲求古人之道，當於誦讀古人之作中，沈潛領悟古人之用心，及變化萬千之文法，而後於行文時，能暢敘己意，不依傍古人。如此始能於古人之規矩之外，另闢蹊徑，自創新意，而不落入剽襲。對「神與古會」、「心與古離」之論，琴南再以韓、歐之善得此法，提出「會其神而離其迹」之言，其說云：

> 韓之學孟，無一似孟；歐之學韓，無一似韓，即會其神而離其迹。(《畏廬三集‧答徐敏書》)

人蓋有朋友氣誼，誌文乃仿韓昌黎之誌柳州也，一步一趨，惟恐其或失也。中間感歎世情反復，已覺無病費呻吟矣。末敘喪費出於貴人，及內親竭勞其事，詢之其家，則貴人贈賻稍厚，非能任喪費也；而內親則僅一臨穴而已，亦並未任其事也；且其子俱長成，非若柳州之幼子孤露，必待人爲經理者也。詰其何爲失實至此，則曰：倣韓誌柳墓，終篇有云：『歸葬費出觀察使裴君行立』，又『舅弟盧遵既葬子厚，又將經紀其家』，附紀二人，文情深厚，今誌欲似之耳。」頁69。此爲「削趾適屨」之弊。

韓愈之文，學自孟子，用心極深，自有悟境，雖得自孟子參差變化之法，卻
盡抒己意，不落窠臼，故讀退之之文，乃不覺其為孟子者。而歐陽脩亦然，
師法韓愈，卻能跳脫束縛，獨樹一幟，自成一家。蓋皆能知古人之美，取其
神骨，卻不受其拘牽，終得吐故納新之效。對於師法古人，力求變化之妙者，
琴南於《文微》中亦有精闢之論，可資互證，如：

> 所謂變化者，不僅在形貌，必其句法、格調、命意、謀篇，皆有弗
> 同。

> 凡文皆不能逃法度，猶美人不能逃五官。

> 論文時口有古人，為文時心不必有古人，如此始不為依傍。（以上具
> 見《文微・通則第一》）

古人法度，千變萬化，極具巧妙，今人習之，尤當體認古人用心所在，參古
定法，得古人之神似，而非專為形似，僅得古人之形貌，於文意、章法上之
一味蹈襲。必取古人之風神，不須力求其形似之言，方不致有畫虎不成反類
犬之譏。《左傳》之敘事，亦深得變化之妙，後學得之，優劣互見，琴南嘗以
《左傳・閔公二年》「晉侯使太子申生伐東山皋落氏」為例，加以申說云：

> 此篇文法，〈平淮西碑〉亦嘗取而用之曰：「某人以兵出某路。」錯錯
> 雜雜言之，言出諸君也。此篇進諫之言，亦錯錯雜雜出之，言出諸臣
> 也。曾文正〈金陵昭忠祠記〉，則反其道而用之，鋪敘戰功，亦錯錯
> 雜雜，出以將弁之口，面目皆有變換，非以呆相學古人也。〈嘯亭雜
> 錄〉記辛亥兵敗事，亦極力摹仿，惜其太似耳。文字摹人不加以變化，
> 即使盡態極妍，到底假啼偽笑，非復真相。（《左傳擷華》卷上）

左氏此篇，以申生之無所逃而待命為其張本，立「孝」字為一篇眼目，雜以
諸臣之諫言，雖平平敘去，但錯落有致，至奇至妙，故琴南以為「此篇製局
最奇」，王源評此篇亦予以極高之評價，〔註197〕退之得之錯綜變化之法，於〈平
淮西碑〉中雜以諸君之某人以兵出某路，亦脫胎自左氏，琴南以為其「敘戰
功，極歷落有致」，〔註198〕又以為曾文正公之〈金陵昭忠祠記〉亦得之於左氏，

〔註197〕王源盛讚此篇云：「諸人共九段議論，妙在絕不旁著一語，只就諸人口中平平
　　　敘去，但用一兩筆聯絡之、穿插之，而或離或合，或正或反，或短或長，自
　　　成一篇天然恰好文字。然而讀來，無甚奇妙，不知無甚奇妙，以其平平，而
　　　至奇至妙，正在平平。」《左傳評》，頁6上下，台北：新文豐出版公司，1979
　　　年8月。
〔註198〕林紓《選評古文辭類纂》，頁304，杭州：浙江古籍出版社，1986年3月。

其鋪敘戰功，改出以將弁之口，盡其變化之能，凡此，皆學古得其神而離其迹之例。然琴南對曾文正公之〈嘯亭雜錄〉則嫌其太似，極盡摹仿之能事，卻立形呆相，頗不以爲然。是以摹古須能入能出，非求其形似而已，要在摹而能變，化腐朽爲神奇。至於學古而能變化，何能臻至？琴南以爲：

> 愚謂當於平時用功，沈潛體認古人用心所在，凡義法、意境、魄力、神味，蓄積盤互於胸中。一到行文，當有自家把握，臨時去取。……
> 有古人之志願問學，加以磨治，吐屬間不期古而自古。(《畏廬論文·論文十六忌·忌剿襲》)

可見其中巧妙，端視學者平日之積累，若能心懷古人之志，博涉古人之作，用心揣摩古人爲文之法，蓄積於胸，臨文時，即已成竹在胸，定其去取，則古人之神骨具在，文章之風貌常新。是以琴南對於「必分門別派，謂吾爲某家香火門人，步步剿襲」〔註199〕之作，頗置不滿，以其固守門戶，拘執成法，刻意摹古，奉爲圭臬，遂入膺體一途，此實爲文家所當避忌者。

學古乃爲創新，始則務求與古人合，得其神骨，其後務求與古人離，跳脫藩蘺，自出新意。平日胸懷古人之志，臨文則必「不存成心去就古人」，〔註200〕即不拘執於古人名作於胸，則剿襲之病，自可避免。

三、忌庸絮

庸絮之文，亦爲文家所當避忌者。何謂「庸絮」？琴南釋之云：

> 庸者，凡猥之謂；絮者，拖沓之謂。(《畏廬論文·論文十六忌·忌庸絮》)

庸絮者，乃文辭平庸、拖泥帶水之謂。蓋俗手爲文，不知鎔裁，但爲填滿卷帙，而一再重複申說，遂入庸絮之病。是以爲文當知斂蓄之理，琴南云：

> 斂其圭角，不使槎枒於外；蓄理在中，耐人尋味。蓋幾經烹鍊，幾經洗伐，始得此不可移易之言，不矜怪異之語。(《畏廬論文·論文十六忌·忌庸絮》)

爲文若經烹鍊、洗伐，則理蓄於中，始有雅言正語，令人尋味不盡，亦不致流入庸絮之文病。是以文貴中於情理，切中精要，最忌絮絮不休，令人生厭之言，曹學佺〈錢伯庸文序〉嘗以俗人唱曲爲喻，謂其「不死不活，希圖延

〔註199〕林紓《畏廬論文·論文十六忌·忌剿襲》，頁34上。
〔註200〕林紓《畏廬論文·論文十六忌·忌剿襲》，頁33下。

場」，〔註201〕正為庸絮之弊之絕佳詮釋。何以致此，琴南嘗析其緣由云：

> 真庸絮者，由於不學理，不厚積，言之易盡，不能不取常用之言足
> 成篇幅。蓋讀時不悟古文繞筆複筆之訣，以為非至再補義，文理便
> 不圓足。須知有法以駕馭之，則靈轉圓通，宜節處便節，宜繁處即
> 繁。若不省用筆之法，故丁寧反覆，伸明己說，此未有不流於絮者。
> （《畏廬論文・論文十六忌・忌庸絮》）

琴南歸因於作者不積學理，致所學有限，言不及義，因而藉空洞之言，以充
篇幅，終歸濫竽充數，連篇累牘。再者，作者不沈潛用心於文章之筆法，繁
省不得其法，但為足成文義，反覆伸說，而流於絮言絮語，如此之文，又有
何益？是以若先內積學養，復以深悉筆法之用，如此方能抉深文意，不致流
於平面之拖沓。蓋積學足以明理，達於人情，因「語衷於道，雖庸，正也；
情綿於中，雖絮，密也。」、「有道理之人說話，閒閒數語不為簡，連篇累牘
不為煩。」〔註202〕是以積學日久，方有善言之能與知言之功，輔之以用筆之
妙，自能免於庸絮之擾。對此，琴南再度申明：

> 古人為文，於精神專注處著眼，於隨筆順帶處亦著眼，故洗伐嚴淨，
> 自無庸絮之病。若不講行文之法及文之意境，則先無去取之能，即
> 有先輩之名言，古書之辭義，亦何從使之道達得出？（《畏廬論文・
> 論文十六忌・忌庸絮》）

讀古人書能會其神，亦當審其行文之法，以為己身創作之規矩。亦即能通曉
文法者，則聖賢之智慧將可藉之彰顯。若能處處用心，於文筆洗伐嚴淨，自
可臻於勝境。琴南曾以韓退之〈烏氏廟碑〉為例，贊其「文極嚴潔」云：

> 〈烏氏廟碑〉，為重胤父承玼作也。重胤固有大功於唐，然廟為父廟，
> 若全敘重胤勳績，便失體裁。顧承玼特一裨將，無大功可紀，故入
> 手仍寫重胤起家建節受封之大處，然後上溯發祥之祖，漸漸落到承
> 玼。敗可罕干，拒室韋，明他父子均以驍勇能戰，首尾相應，文極
> 嚴潔。（《韓柳文研究法・韓文研究法》）

此文乃頌揚烏承玼父子對唐室之顯赫功績，文章先從烏重胤著筆，而寫重胤，
但寫其大處，卻不吝筆墨，著意渲染，以達先聲奪人之效。其次，再敘烏氏

〔註201〕曹學佺〈錢伯庸文序〉，原文不見，引自馮書耕、金仞千《古文通論》下編，
　　　　頁1334，台北：雲天出版社，1971年5月。
〔註202〕林紓《畏廬論文・論文十六忌・忌庸絮》，頁34下。

先祖及唐以來之事蹟大要，其後再著重於敘烏承玼之事蹟，以明其軍功之不朽。然以烏氏父子政績之顯赫，實書不勝書，無法一一道盡，退之能關照全局，深悉繁簡詳略之道，故能駕繁就簡，前後相應，其筆法之高妙，已臻上乘。誠如吳闓生所言：「政績不得備書，記其大者一二端，具見崖略足矣。」〔註203〕為文當通曉文法，巧妙運用，宜繁則繁，宜節則節，貴以能暢文勢為上。琴南又舉〈離騷〉及〈九章〉為例：

> 觀離騷中拳拳於懷王，言之又言，不能招人厭倦者，情深而語悲。
>
> 九章中無數疊床架屋語，讀者何曾斥其絮絮不休？（《畏廬論文‧論文十六忌‧忌庸絮》）

〈離騷〉、〈九章〉之文字，滿懷作者忠貞之情，文字迴環複沓，讀來如見作者娓娓細說，言之又言，其深情悲語，洋溢於字裡行間，令人為之動容。此所以雖再三申說，如疊床架屋者，仍不覺有令人生厭之絮言煩語。由此可知，文之庸絮與否，絕不能以繁簡論斷，然皆須歸於「學」，始可達成，故琴南再重申「學」之重要：

> 苟無其學，雖有名言，亦不能達而使晰也。故為文者，知避庸絮，
>
> 則當知學。（《畏廬論文‧論文十六忌‧忌庸絮》）

唯學，道理乃明，唯學，情理斯中；唯學，方知法度。積學日久，法度日明，吐辭為文，自能洗伐嚴淨，不入庸絮之流。

四、忌虛枵

虛枵者，內容貧乏，空洞無物也。文忌虛枵，因其易流於游談無根，虛泛無物。故文家為文，當本聖賢之道，以實濟虛，若但憑才氣，則無規矩以成方圓，琴南以為：

> 文當求實，不當狃才氣之偏，逞聰明之臆，……極剽之流弊，必虛
> 而無主，極肆之流弊，或枵而過張。（《畏廬論文‧論文十六忌‧忌
> 虛枵》）

文家縱筆為文，因囿於才氣之偏，天資之異，故其妙各異。若剽襲成習，何處著我？若恣肆不循規矩，則滿紙虛誕，言不及義。唯論述有本，言之有據，以實代虛，方能掌握為文之關鍵，不致墮入虛枵之失。

〔註203〕高步瀛選注《唐宋文舉要》甲編卷三，台北：漢京文化事業有限公司，1984年5月。

　　觀東坡之文，以其天資聰穎，才氣縱橫，信筆揮灑，酣暢淋漓，佳篇迭
出。此正由於東坡天才高妙，加以學有所本，故綴文屬篇，文成法立，非能
以規矩準繩範限之也。然後學但慕其高才，力摹東坡，惜無其才而學其文，
則易成架空之言。琴南嘗於《文微》中較論韓、歐與三蘇之文：

　　　　韓、歐猶佛家正法眼，三蘇爲神通。

　　　　文章法度之正，惟韓氏與歐陽。（具見《文微·唐宋元明清文平第八》）

韓、歐之文，在在皆有法度，後人學之，有跡可尋。三蘇之文，以其高才，
縱筆成文，神明變化，其法卻難求。後學歎服其神妙，才不及東坡，卻一味
高言振俗，自恃其聰明，則易蹈虛枵之弊。琴南論文崇法度，自然不喜東坡
之文，試觀下列對東坡之評論：

　　　　吾生平不嗜讀蘇東坡文，以其爲文往往不能極意經營，然善隨自救
　　　　弊，則由東坡天才聰敏。無其天才者，不可學也。（《文微·唐宋元
　　　　明清文平第八》）

　　　　東坡雄傑，軼出凡近，吾讀其〈日喻〉一篇，亦不無可疑處。入手
　　　　以鐘籥喻日，語妙天下。及歸宿到言道處，宜有一番精實之言；乃
　　　　曰「莫之求而自至」，則過於聰明，不必得道之綱要。（《畏廬論文·
　　　　論文十六忌·忌虛枵》）

蓋東坡以其天縱之英才，聰敏特出，超越同倫，爲文如行雲流水，豪放奔肆，
不喜被成法所拘，終亦能成名篇佳構。苟無其才欲學之，則無跡可學。蓋琴南
爲文崇法度，自不嗜讀東坡之文，琴南更舉東坡〈日喻〉一文，雖謂起筆比喻
巧妙，人人稱絕。然此文在論爲學「至道」之理，卻以爲「道可致不可求」、「莫
之求而自至」，道無跡可求，便覺不貼實，學者無由領略爲學之道，又如何實踐
履行，以獲得「至道」。以東坡之聰穎，實能致之，然無其才者，則恐流於架空
之說，而有虛枵之弊矣！然王文濡評東坡此文，則盛讚其道、學並重，譬喻高
妙，淺明易懂。〔註204〕兩人品評之角度，或有不同，琴南乃基於對初學入手者，
恐無其才，又欲學之，則易蹈虛枵之失。因而琴南又重申：

　　　　惟靠實說，方有條理；一自作聰明，則文字駕空，極興會處均是虛
　　　　詞，極高騫處皆成枵響。（《畏廬論文·論文十六忌·忌虛枵》）

─────────────────

〔註204〕王文濡評蘇軾〈日喻贈吳彥律〉云：「文以道與學並重，而譬喻入妙，如白香
　　　　山詩，能令老嫗都解。」見王文濡評注《古文辭類纂》卷三十二，頁 919，
　　　　台北：華正書局，1983 年 6 月。

下字貼實，言必精要，條理始明，最忌聰明太過，架空立說，不著實際，以致流於滿紙虛詞，全篇枵響之文。聰穎如東坡者，必善自救弊，然不善學者，無法可依，便易身蹈此失。至於避去虛枵之法，琴南以爲：

> 必讀書明理，準以儒先之道；不得實際，不敢爲坿會之詞，亦不至有浮誇之失。後人讀古文，於篇中索氣，於句外求響，舍道理而不之求。一至臨文，作止進退，長吟密詠，似皆有法律在焉；然無理以實其中，到喫緊處不得不模糊，到收束處不得不敷衍；此直是古文之套耳，非眞能古文者也。……根柢於經，參以前言往行，然後一一運以古文之法，雖不經意中亦復自成片段。（《畏廬論文・論文十六忌・忌虛枵》）

欲去虛枵之病，必先讀書明理，徵於聖，宗於經，吐屬爲文，如此，其中飽滿，自能言之有物。行文之法雖不一，若作者學養深醇，正理據其中，則文從字順，必屬佳構。此即韓退之所謂「根之茂者其實遂，膏之沃者其光曄」之理。〔註205〕唯茂根沃膏，方有精實之言，文之光彩亦隨之展現。反之，若無實學，入手爲文，便不著實際，無理於實中，徒爲浮誇之調，虛張之詞，文之虛枵，莫此爲甚。文家習文，當以此爲鑑。

五、忌險怪

險怪者，刻意弄怪逐險，故走僻徑之謂。蓋文章本有難易，若難而至於無法句讀，則入僻澀一途；文章亦有奇正，若奇而至於詭怪，則流於誣罔之弊。世人爲文，多自炫其才，有趨奇就難者。然學無所本，則流於僻澀險怪，此不可不知。琴南於〈忌險怪〉中又屢言「學」與「道」之重要，如云：

> 古文一道，非學不足以造其樊，非道不足以立其幹。
>
> 不由于學，則出之無本；不衷於道，則言之寡要。以無本寡要之文，胡能自立于世。（具見《畏廬論文・論文十六忌・忌險怪》）

學足造樊，道以立幹，始能成就文質兼備之文。治古文者，唯厚學博積，始語出有本；惟言衷於道，始言出精實。蓋才有高下，情有所偏，「于是懷才者往往歧出其途，趨入險怪，以爲可以炫惑時輩之心目。」〔註206〕此乃文人之

〔註205〕馬其昶《韓昌黎文集校注・答李翊書》，頁169，上海：上海古籍出版社，1987年6月。

〔註206〕林紓《畏廬論文・論文十六忌・忌險怪》，頁36上。

通病。琴南明確地指出文涉險怪之根由：

> 「反置臆屬」，即怪險之病根。以純正爲平衍，始求反其所爲；不根
> 于經史，自然流于臆屬。天下造臆之文，其不出于險怪，鮮矣。(《畏
> 廬論文・論文十六忌・忌險怪》)

蓋世習爲炫其博學，往往捨易就難，棄正逐奇，但求異於前人，因而馳趨險
仄，競入險怪，以此爲出奇制勝之招，文必可傳之法。如此捨純正之文不爲，
故作僻險，則經史之道，於文中不復可見，卻擅自臆造，裨雜諸說，遂入險
怪之失。而其病根，則源自「反置臆屬」〔註207〕之心。

古來文家，好險怪艱澀之文者多有，琴南特以唐・樊宗師〈緯守居園池
記〉爲例，強力批評云：

> 唐樊宗師撰〈緯守居園池記〉文，僻澀不可句讀；而好奇者多爲之
> 注，……字句既不師古，諸家即以意推測，究亦何益于後生？(《畏
> 廬論文・論文十六忌・忌險怪》

樊氏此文，險怪之語盡出，已至僻澀難讀之地，然俗學不明，卻以僻澀爲奇古，
強爲之注，險怪之病，莫此爲甚。劉壎即曾對樊氏此文大力撻伐，並以文中字
句好用怪語爲證，以爲「好怪者多喜其奇古，以予觀之，亦何奇古之有。礧戛
磊塊，類不可讀。……凡文章必有樞紐，有脈絡，開闔起伏，抑揚布置，自有
一定之法，今徒以詭異險怪澀讀爲工，其於六經簡嚴易直之旨，合乎否也？」
〔註208〕蓋文章之謀篇布局，自有其法，如何妥適運用文字，平穩順暢以達意，
進而彰顯主題，爲文家所極力追求者。若刻意求奇，鉤章棘句，炫人耳目，將
令人莫明所以。而歸諸其所以致此之因，即在於學無所本，語不表於道，心虛
理愧，乃借誇異險澀之技巧，以文飾其鄙陋，若將文中之奇字艱句捨去，則其
幽必顯，文之空洞無物，可以想見。是以琴南以爲文必以平易爲上，然「平易
不由艱辛而出，則求平必弱，求易必率。」〔註209〕蓋大家之文，必有實學，下
筆爲文，必見平日辛勤積累之功。若以爲「平易」之旨一蹴可幾，不沈潛體認
古人用心所在，則其文必流於貧弱、輕率之病。是以爲文講究平易順暢乃上著，

〔註207〕林紓《畏廬論文・論文十六忌・忌險怪》，頁36下。
〔註208〕劉壎《隱居通義・文章》卷十五，劉氏嘗舉此文險怪之例云：「如第一句曰：
　　　　『絳即東雍，爲守理所』，猶爲可曉。第二句曰：『槖參實沈兮』，第三句曰：
　　　　『氣蓄兩河潤』，便已作怪。……自此而下，皆層層怪語矣。」台北：廣文書
　　　　局，1971年。
〔註209〕林紓《畏廬論文・論文十六忌・忌險怪》，頁36上。

以謀怪逐險爲末流，宋張表臣即謂文涉險怪，似牛鬼蛇神，難登大雅之堂。〔註210〕可見，平易之文，爲歷來文家所極力追求者。

文之有奇正之變，若奇而能正，文章方能歷久常新，若一味趨奇就難，必入險怪一途。琴南曾舉韓愈〈南陽樊紹述墓志銘〉爲例，以明退之「奇而能正」之特色，其說云：

> 昌黎之奇，奇而能正，不似紹述轉轉自入拗晦。……大抵文體之奇，有唐實自昌黎開之，紹述則奇而近澀。（《韓柳文研究法‧韓文研究法》）
>
> 昌黎好奇而嗜古，故不以宗師爲怪。至云文從字順，想大家不以爲順從者，昌黎特見，因以爲如此也。（《選評古文辭類纂‧南陽樊紹述墓誌銘》評語）

琴南較論退之、紹述之文，以爲退之於逐奇之餘，復能歸返於雅正；紹述雖亦競奇，卻歧出其途，趨入拗晦僻澀。蓋退之學有根柢，復以才高，故爲奇體，仍合經旨。此正是退之所謂「文從字順各識職」〔註211〕之明證。以琴南爲〈忌險怪〉作結云：

> 大抵有本之言必不險，有用之言必不怪。險怪一道，即孟子所謂「揠苗助長」之功，雖可震炫一時，萬萬不足耐人尋味。……然作者能知文章之所發生，尋源竟委，語不期精而自精，文不期當而自當，何必以險怪見長？其趨險走怪，皆情有所偏，學有所不至之病，非謂天下固有此派，存之以備文章之一格者。（《畏廬論文‧論文十六忌‧忌險怪》）

琴南再三申明學有所本，語合於道之重要。發之於文，必言出有本，語出有益。雖謂才有高下，情有所偏，亦必求之於學，以美其身。斷不能捨學不由，棄道不從，骨髓不立，徒務皮相，競逐奇辭險句，炫人耳目，毫無餘味，如此必爲有識者所詬病，其離道亦已遠矣！

六、忌凡猥

凡猥之文，亦爲文之所忌諱。何謂凡猥？琴南釋之云：

〔註210〕宋‧張表臣《珊瑚鈎詩話》卷一云：「以平夷恬淡爲上，怪險蹶趨爲下，如李長吉錦囊句，非不奇也，而牛鬼蛇神太甚，所謂施諸廊廟則駭矣。」台北：藝文印書館，1966年。

〔註211〕馬其昶《韓昌黎文集校注‧南陽樊紹述墓誌銘》，頁542。

凡者，狃于習而旁新意；猥者，論於俗而多鄙言。……士大夫談吐，
一涉鄙俗，即不足以儕清流；矧文章爲嚴重之器，奈何出于凡猥？
（《畏廬論文・論文十六忌・忌凡猥》）

文之凡猥，必是拘於陳習，了無新意，落入鄙陋、庸俗之作。若談吐鄙俗，
則爲人所譏，難入清流。文章爲「經國之大業，不朽之盛事」，〔註212〕若入凡
猥，則何以救俗起弊？險怪近於僻澀，凡猥則近於鄙俗，兩者皆爲文之所避
忌者。又宋嚴羽《滄浪詩話》即謂初學詩者當先除俗體、俗意、俗句、俗字、
俗韻等「五俗」，〔註213〕認爲學詩但從辨體、煉意、煉句、煉字、用韻等五方
面，以去除鄙陋、庸俗之物。琴南則自人之本質上言去俗之法，其說云：

去俗本無他法，但有讀書、明理、宗道三者而已。讀書多，則聞見
博，無委巷小家子之言；析理精，則立言得體，尤無飾智驚愚之語；
至于以文明道，則位置逾高，可以俯瞰萬有，「凡猥」二字不特無幾
微之染，亦並不知有所謂凡猥者。（《畏廬論文・論文十六忌・忌凡
猥》）

凡猥之文，琴南亦歸諸學無根柢所致。若能博覽群書，則知識自博，見聞自
廣，而後據理發言，始能析理精確，不致流於鄙俗。形之於文，則能品鑑萬
類，語出有根，表合於道，則凡猥之文，又何能加諸己身。故善爲文者，於
入手時，必知擇言以遠鄙俗之語。琴南所謂「立言一節，不可不愼」，〔註214〕
觀琴南所論文忌凡猥者，尤指古文用語之限制。對古文語言之要求與限制，
爲桐城文家所極力重視者，方苞嘗言：

南宋元明以來，古文義法不講久矣，吳越間遺老尤放恣，或雜小説，
或沿翰林舊體，無一雅潔者。古文中不可入語錄中語、魏晉六朝人
藻麗俳語、漢賦中板重字法、詩歌中雋語，南北史佻巧語。（沈傳書
後引〈戴望溪先生年譜〉）

方苞極爲重視古文義法，主張「言有物」與「言有序」之文，力求古文之雅
潔，因而提出五種語言不能入古文，琴南之〈忌凡猥〉即是承自此說，並有
所啓發。主張去俗求雅，以力避鄙陋、庸俗之文。唯有序事一體，能備錄俗

〔註212〕曹丕《典論・論文》，見李善注《文選》第五十二卷，台北：漢京文化事業有
限公司，1983年9月。
〔註213〕宋・嚴羽《滄浪詩話・詩法》，見郭紹虞《滄浪詩話校釋》，頁108，台北：
里仁書局，1987年4月。
〔註214〕林紓《畏廬論文・論文十六忌・忌凡猥》，頁38上。

語，其說云：

> 序事者，本人有是煩屑庸俗之事，傳中有不能不具載者，斥棄轉不
> 見工，不如悉登之，愈以見其筆妙。（《畏廬論文・論文十六忌・忌
> 凡猥》

序所載之事，要求必與其人相稱，故瑣屑庸俗之事，靡不且載，若棄而不錄，則未必能工，然要在能「一一澤於古色，使不墜於塵俗」，「若立言，則萬萬當吐棄凡近，不能著以塵相」，〔註215〕意即當於字句運用上，摒棄極至凡俗用語，出之以古雅，則文之雅深，自可獲致。琴南曾以韓愈〈唐故江西觀察使韋公墓誌銘〉爲例，盛讚退之「轉俗爲雅」之功力：

> 政績多可紀，則序言不能不詳。此文每錄事，必有小收束，學史記也。序文體近列傳，本人事實過繁，乞文者不願遺落，則一一須還他好處。若無駕馭斬截之法，便近散漫平蕪。……若入庸手，便成一泥水匠之賬簿矣。故古於文者，往往因難見巧，轉俗爲雅。（《韓柳文研究法・韓文研究法》）

此文敘政績，必以詳爲貴，因而瑣屑凡俗之事，必具載之，以相稱於韋公之規模。然以退之之才學，必能「覈字省句，剖析毫釐」，〔註216〕筆法運用，靈動巧妙，於詳略、賓主之道，多所洞悉，故能駕繁就簡，一變凡俗而爲雅正。然無其才者，便覺紛雜散漫，茫無頭緒，即便成篇，亦覺滿紙庸俗，凡猥盡出，一一敘來，立見呆相。綜而言之，「文者，首尚嚴潔。嚴即屏拒凡猥之謂，潔即洗滌凡猥之謂。」〔註217〕唯於吐屬間屏棄凡猥之語，方有嚴潔雅正之文，《漢書》文字之雅潔，文人所熟知，亦皆有轉俗爲雅之功，琴南所謂「不讀《漢書》則語不雅」、「讀《漢書》當學其采色，學其造語之能潔」，〔註218〕可見琴南推崇備至，實皆著眼於去俗趨雅，免蹈凡猥之失。

七、忌膚博

文之膚博，正因庸手爲文，心態膚淺，雜陳事料，恃多炫博，不知取捨

〔註215〕同前註。
〔註216〕劉勰《文心雕龍・體性》，見范文瀾《文心雕龍注》，頁 505・台北：學海出版社，1980 年 9 月。
〔註217〕同註28。
〔註218〕林紓《文微・籀誦第三》，轉引自《林紓詩文選》書末之「附錄」，頁 391，北京：商務印書館，1993 年 10 月。

之故。蓋文章有其筋脈，必依脈導流，文勢方得以順暢，琴南對此強調云：

> 然當尋源竟委，觀其來脈，審其筋節，辨其骨幹，然後始賞其波瀾。
> 蓋無來脈、筋節、骨幹，但覺處處填塞，所摭典故若蔽天而來，此
> 不名爲「博」，但名爲「膚」，不足重也。（《畏廬論文·論文十六忌·
> 忌膚博》）

爲文當沿波討源，依脈而下，文之筋骨以立，血脈方得以貫注，若但爲炫才，雜取事料，無視文脈，則必處處阻塞，步步壅滯，又何益於文？夫文貴在立意，意必在筆先，爲重申「意」於創作之重要，琴南引杜牧之語云：

> 杜樊川〈答莊充書〉曰：「苟意不先立，止以文采詞句，繞前捧後，
> 是言愈多而理愈亂；如入闐闠，紛然莫知其誰，暮散而已。」（《畏
> 廬論文·論文十六忌·忌膚博》）

觀琴南之言，闡述杜氏「凡爲文以意爲主，以氣爲輔，以辭采章句爲之兵衛」〔註219〕之文旨。意在筆先，文氣自然暢順，辭采自然鮮明，章句自然嚴整。不先立意，徒於辭采章句上堆砌雕琢，反而多言理亂。以意取勝之文，辭句樸實高妙，無意之作，即令華麗無比，究屬鄙薄，蓋文有「主意」，始能全文貫串，否則漫無頭緒，雜取事料，堆砌辭藻，不成整體，遂流入膚博一途。如此則如琴南所謂之「無精意以立其幹」，致「實亡而虛具其表」，〔註220〕是以文貴有主意，然後筋節骨幹始立，幹若不立，雖采摭浩博，辭采華麗，究屬形枯神竭。對此，琴南再申說：

> 別人好處，采摭可也；必靠定人家言語，自己漫無主見；猶之集萬
> 錢于膝下，不能覓繩以貫，使盡氣力，萬不能提挈得起；但覺左支
> 右吾，間有說到處，一轉卻又不是，雖多亦奚以爲？（《畏廬論文·
> 論文十六忌·忌膚博》）

心必先有主意，然後采摭他人之言，方能知所去取，取其精華，棄其糟粕，自成一家之言。若心無主見，即便事料繁富，然無意以貫穿，便覺左支右絀，東搖西擺，散漫無歸，則文必雜亂無章，雖讀徧全文，尚不知文之意旨何在。如此之文，又何能登大雅之堂。「立意」於文之重要，實不可輕忽，東坡所謂「不得意不可以明事」〔註221〕者，亦皆以爲文以意爲主，爲作文之要旨。

〔註219〕杜牧〈答莊充書〉，見《樊川文集》卷十三，台北：九思出版社，1979年。
〔註220〕林紓《畏廬論文·論文十六忌·忌膚博》，頁38下。
〔註221〕蘇軾云：「天下之事散在經、子、史中，不可徒得，必有一物以攝之，然後爲

人之爲文，若但恃其才贍，無主意以行文，於事料之采摭，便不知取捨之準據，琴南對此評云：

> 夫才贍矣，而體仍言病，則所謂贍者，亦塗飾于外，廓而無當，妍而不據，皮膚雖極鮮澤，骨幹終竟迴弱。迴弱即是病，雖具贍才，皆屬剽竊，毫無心得，此行文者不可不知。……「博」非壞字，惟能約取，始不疑其爲博；若舍內飾外，則皆謂之膚博。(《畏廬論文・論文十六忌・忌膚博》)

贍才者以其才高，恣肆爲文，不依法度。心無主意，便不知擇言，材料在手，卻炫其宏博，乍視之雖光鮮艷麗，實則拙於能「化」。蓋取他人之言，須得其化，能化，方能融古以創新，收吐故納新之效。不能化，則別人言語，全盤接收，與剽竊何異？故琴南堅決反對「舍內飾外」之文，因內無主意，徒美飾於外，則流於華而不實。唯「博而能約」之文，先博涉諸家，然後定其去取，以精意出之，始有精言之得，文方不至於有膚博之失。

八、忌輕儇

文忌輕儇，即反對文字輕佻浮滑之作，此乃針對古文用語之限制而言。前〈忌凡猥〉貴在求文字之雅潔，此〈忌輕儇〉則重在求文字之莊重，此當先辨明。琴南認爲輕儇之文，爲古文所尤忌諱者，如言「古文非可隨意揮灑者也」、「若但言文字，則古文中決不宜墜落輕儇」，〔註222〕不入輕儇一途，則古文必講求文字之莊重，琴南以爲：

> 義理明于心，用文詞以潤澤之，令讀者有一種嚴重森肅之氣，深按之又彌有意味，抑之不盡，而繹之無窮，斯爲名作。(《畏廬論文・論文十六忌・忌輕儇》)

古文名家，下字造句，每見工巧。究其原因，實師自古人，具見其化，而能自鑄偉詞之故。是以師古者，非步步剽襲，必先熟讀古書，深明義理，而後形之於文，展現文從字順之功，令讀者體味文中沈穩莊重之語，並餘思不盡，耐人咀嚼，方得以藏之名山，傳之久遠。反若一字一句，必仿古人之聲吻，刻意取悅庸俗，卻不根柢於學，自無義理出之，則言不取捨，語不精當，反流於輕儇

己用。所謂一物者，意是也。不得錢不可以取物，不得意不可以明事。此作文之要也。」見《蘇東坡全集》，北京：中國書店出版社，1986年。

〔註222〕兩引具見林紓《畏廬論文・論文十六忌・忌輕儇》，頁41上及39下。

一途。至於何等語言謂之輕儇，琴南以公安派袁中郎之作爲例，評云：

> 集凡四記西湖，其第一記云：「大約如東阿王夢中初遇洛神時也。」
> 輕儇之語，脫口即是。其記孤山曰：「孤山處士妻梅子鶴，是世間第
> 一種便宜人。」「便宜人」三字亦可入文耶？（《畏廬論文・論文十
> 六忌・忌輕儇》）

公安派爲文主「獨抒性靈，不拘格套」，反對「文必秦漢，詩必盛唐」之明代擬古主流思想。〔註223〕所爲文多訴諸性靈，重在精神之釋放與逍遙之追求，此與唐宋古文之載道派訴諸於義理之探索、典範之尊崇，實大異其趣。於文論中極力強調明道之琴南，自不喜袁氏之文。以袁氏獨主性靈，不崇法度，故恣肆爲文，多不沈潛於字句之講究。如琴南評其集中「大約如東阿王夢中初遇洛神時也」、「孤山處士妻梅子鶴，是世間第一種便宜人」句，前者或謂浪漫語調，然卻有荒誕不經，稽古不實，不著實際之譏；後者出以「便宜人」三字，雖謂人人能曉，然出語不莊，流於浮滑。不僅如此，琴南再就其《袁中郎文集》中摘出如「徘徊色動」、「魂銷心死」、「時妝淡服，摩肩簇舄，汗透重紗如雨」等語句，謂之「直是院本中打諢」、「直可以香奩之體爲古文矣」、「文體之狎媟，至於無可復加」，〔註224〕對袁氏其將古文直入戲科、香艷之體，如此輕佻浮滑，琴南撻伐之不留餘地。蓋爲文雖須出之於性靈，然亦須以法度輔之，不可輕率揮灑以破壞律度。否則，庸手習之，便易入空疏，缺乏深厚，流弊亦隨之而生。至於語出莊重，琴南嘗以《左傳・成公十七年》「厲公誅三郤」之例：

> 綜之一篇之中，光怪陸離，似不能定其主客，實則主人翁明明一欒
> 書耳。文之妙處，復在詞令之工，卻至滿口忠愛，其行爲則躁妄無
> 倫。長魚矯滿腹精神，其收局則怕死而已。一爲淺人，一爲小人。
> 而出話堂堂，似有道德，似有幹略。左氏所以高人處，在莊而不佻，
> 若落公安之手，則不知其如何妝點耳。（《左傳擷華》卷上）

左氏之文，文之到手，即已全盤掌握。「厲公誅三郤」事，乍讀之似光怪陸離，不合經旨，又分出無數賓主，實則以欒書爲主，厲公、諸嬖與三郤、士丐、韓厥皆爲客，一詳一略，賓主已分。〔註225〕而左氏之工於詞令，將淺妄之人，

〔註223〕有關公安派之文學理論，成復旺《中國文學理論史》（三）之第五編「明代」，
　　　　有「袁宏道與公安派」一節，其中論述甚詳，可參。頁 233～265，北京：北
　　　　京出版社，1991 年 9 月。

〔註224〕林紓《畏廬論文・論文十六忌・忌輕儇》，頁 40 下。

〔註225〕王源《左傳評》卷五云：「欒書中行偃同一執君，士丐韓厥同一見召，俱一略

出語堂皇，滿口仁義，其行為則急躁妄為之事，寫來莊重而不輕佻，正是左氏之功力所在。然此事若入公安之手，則必胡亂妝點，輕率揮灑，而墜入輕佻一途。從此又可見琴南對公安派為主「獨抒性靈，不拘格套」，遂致文字輕佻，流弊百出之不滿。

琴南為文力崇韓、柳，主文必合道，故再度提出：

> 古人言「文以載道」，聞者以為陳言，愚謂不為文則已，若立志為文，非積理積學，循習於法度，精純於語言，不可輕著一筆。（《畏廬論文·論文十六忌·忌輕佻》）

唯積學方得以明理，語衷於道，為文力崇法度，琢磨語言，斷不能恣肆為文，輕率為之。琴南對韓愈之語出莊重，頗有盛讚之語，如「敘事典雅莊麗，真所謂獨含日光，靜與天語者也」及「以昌黎之文筆，自宜有此莊嚴語」，〔註226〕此正為公安派所不及者。琴南之深意，從中可見一斑。

九、忌偏執

文忌偏執，即反對只執一端而不容他說之文。而「偏執」之義及導致偏執之由，琴南云：

> 偏，非特見也；蔽于近而無睹，故敢為自信之言。執，非的解也；守一隅而弗遷，轉據為堅確之說。此皆學問不純，私見過深，又用自矜炫，流弊往往至此。（《畏廬論文·論文十六忌·忌偏執》）

琴南以為偏者並非卓見，蓋因常人蔽於近習，無視全局，故易有一偏之見；執者亦非確切之見，蓋因常人囿於成見，固守一隅，致易有拘執，不知變通之弊。歸諸其因，皆由於積學不深，而將一己偏私入於文中，以此炫博，妄自高論，致是非不清，利弊不明。蓋人性本有偏執，大家亦然。若能深於學，明於理，根柢於經，則文亦中和，未敢悖於古訓。然庸手為之，不根於經史，但自矜炫，率意議論，以為奇特，偏執之弊遂生。須知「文為天下公器，謂能以一己私見，遂壅天下之目，杜天下之口」，琴南曾舉注伯玉好作大言，言蘇軾為「一字不通，當以劣等處之」，〔註227〕以東坡之才華橫溢，幾為世所定論，汪氏卻大發議論，囿於成見，以誣衊東坡，但貽笑大方而已。更有甚者，

一詳，亦就其中分賓主也。」頁22。

〔註226〕林紓《韓柳文研究法·韓文研究法》，頁49，台北：廣文書局，1976年4月。

〔註227〕以上兩引具見林紓《畏廬論文·論文十六忌·忌偏執》，頁41上下。

以偏執之見，凌詆古人，入古人於冤獄，如琴南舉王船山為例云：

> 如論光武之詔任延，尤為可笑。延于光武朝拜武威太守。帝親見，
> 戒曰：「善事長官，勿失名譽。」延對曰：「忠臣不私，私臣不忠。」
> 此言見之本傳，見之《通鑑》，無可議也。船山忽用高峻小史作「忠
> 臣不和，和臣不忠。」「和」字原可為「私」字之訛筆。忠臣不私，
> 本無可駁；若言忠臣不和，則留下無數蠓隙，生人議論矣。（《畏廬
> 論文‧論文十六忌‧忌偏執》）

王氏為史評大家，世所公認。然評論史實，亦當就正史以議論，斷不能拘於
一己之私見，但為暢快淋漓，多方搜求謬言，以定古人罪狀，令古人百口莫
辯，沈冤莫雪，凡此皆是只執一端，未審所以，即發高論，有以致之。因此
琴南即以魏禧《日祿論文》之言，以為於大發議論之前，當思「三不必，二
不可」，其說云：

> 魏叔子曰：「作論有三不必，二不可。前人所已言，諸人所易知，摘
> 拾小事無關係處：此三不必作也。巧文刻深，以攻前人之短，而不
> 中要害；取奇出新，以翻昔人之案，而不切情實：此二不可作也。」
> （《畏廬論文‧論文十六忌‧忌偏執》）

琴南引魏禧之言，意在告知他人若已發議論者，如無更深刻、更新穎之觀點，
即不必再論；對淺顯易見者，當不必故弄玄虛；對瑣屑而無關宏旨者，亦不
必硬作發揮，此「三不必」也。而專務應時取巧之文，文辭苛刻嚴峻，抨擊
前賢之短而不中要害者；或專務新奇，譁眾取寵，力翻古人之案，又不合乎
實情者，此「二不可」也。要而言之，為文立論，當於「前人所未言」處，
開拓議論，以抒發精深之見解；又當於「前人所已言」處，多所闡發，提出
新見。若否，則可避而不寫。一旦入手，便切中要害，合乎情實，不作苛刻
之文，譁眾之論，如此，則可免於偏執，文章自有雍和平易之氣。

　　文忌偏執，過與不及，皆非文之所尚，唯求恰到好處，以合中正，臻於
「方圓互成，正奇相濟」〔註228〕之美，若有所偏執，則離中正遠矣，若能深
之於學，則必理正文腴，不至於有偏執之失。

十、忌狂謬

　　狂謬者，狂放謬妄之謂也，文之狂謬者，往往自炫其才，放言高論，以

〔註228〕明‧項穆《書法雅言》，北京：中華書局，1985 年。

致於妄情悖理。前〈忌偏執〉重在文家因所學不深，識見不足，遂拘於己見，致入偏執之弊。此〈忌狂謬〉主言文士狂妄，謬論間出，特意為之，以迎俗尚。琴南對於文士輕狂而謬妄，有其見解云：

> 才士多狂，狂則近謬。弊在苦古人範圍之密，義法之嚴，知不能逾越而出，始縱情為放言高論，以自矜衒。（《畏廬論文・論文十六忌・忌狂謬》）

才士由於狂妄自為，無有根柢，自無法踰越古人之上。然為炫其才博，以投俗人好奇之目，遂縱其才情，狂放發論，因而謬妄百出。無識者不察，往往為其所動，並竊效而為之，謬妄之極，莫此為甚。歸究其因，正是俗人好奇所致。王充所謂「俗人好奇，不奇，言不用也」，〔註229〕正因一味逐奇，而易於失正，琴南對此提出看法云：

> 凡能奇者，有一種顛撲不破之道理，以曲筆描畫而出，見以為奇，實則至正；若反常道而敢出以兇逆之語，直是狂謬，不是能奇。（《畏廬論文・論文十六忌・忌狂謬》）

以曲筆行文，重在有迴環往復之情致，避免文章之板滯，此謂之善得「奇」字之法，然道理仍歸之於正，此即奇不失正，正能含奇之道。若為不落入古人窠臼，卻空無實學，則情理悖妄，事失其實之例，時有所見，〔註230〕可見「奇」與「狂謬」有別，乃琴南所力辯者。琴南又謂「有論文之狂謬，有行文之狂謬，弊皆在于析理不精，故行文、論文皆詭于正也。」〔註231〕析理不精，則易流於粗心武斷，甚或詆毀古人；析理不精，則易流於行文不慎，出人意料，而貽笑大方。琴南以譚友夏〈求母氏五十文說〉為例，以明行文之謬：

> 其〈求母氏五十文說〉曰：「吾父四十七逝矣；使得半百之年而壽之，春猶得為子。母今未亡人，何敢不喜懼并？」譚氏負重名，文字不檢點至此，斥之為謬，甯謂過當？……「未亡人」三字，述母之言，尚可恕也；徑曰「母今未亡人」，用一「今」字，直友夏代母作謙詞，其謬令人欲笑。此無他，恃有文字之虛名，以為隨意發揮，均中窾則，由太快意；始成此謬。（《畏廬論文・論文十六忌・忌狂謬》）

〔註229〕王充《論衡・藝增》，頁87，台北：宏業書局，1983年4月。
〔註230〕林紓《畏廬論文・論文十六忌・忌狂謬》云：「以呂不韋、李園為『智謀』；以李斯為『才力』；以馮道為『史隱』；以卓文君為『善擇嘉耦』；以秦始皇為『千古一帝』，以孔子之是非為『不足據』。」頁42下。
〔註231〕林紓《畏廬論文・論文十六忌・忌狂謬》，頁42下。

謬妄之文，往往於不經意爲之，以譚氏之盛名，竟因一字之不妥，而累及英名。蓋古文非可率意爲之，尤其酣暢淋漓處，更須於字句鍛鍊上，多所著意，否則，易流於荒謬之譏，即便大家之文，縱然取徑正，信古篤，用心精，仍有其百密一疏之處。故琴南以爲「古文非精心研練，積理積氣于平日，加以檢點于臨文之時，庶幾無此失也。」〔註232〕唯沈潛用心於平日與臨文之時，則當能力避此病。

十一、忌陳腐

　　文忌陳腐，即主張盡掃八股文陳腐之氣。琴南對因沈酣於八股，致文入陳腐之流，評云：

> 文人因科名之故，以盛年無限之精力，沈酣於八股中。及宦成名立，
> 始銳意爲古文，摭拾古人講學言道之餘藩，大張其旗鼓曰：「文以載
> 道。吾文直布帛菽粟，無取於淫麗之言，繁誣之說。」固恢恢而壯
> 闊也。一取其文讀之，其述政事，則不離官文書氣；辨道學，則不
> 離語錄氣；著經說，則不離高頭講章氣。(《畏廬論文・論文十六忌・
> 忌陳腐》)

蓋文人因被科名所累，以其充盛之精力，投注於八股文中，因受八股之流毒極深，盡取古人道學之義，大張文以載道之言，因而經說語錄，時入文中，久而久之，陳腐之氣遂現。而八股文本源於宋元之經義，所謂「初試本經。次兼經大義，而經義遂爲定制」，並要求「主意要純一而貫攝」，〔註233〕純一者，即經書之語，聖人之言，亦即必代聖人立言，始合其旨。此舉行之日久，文士之思想頗受壓抑，莫能暢論己見，因而遭致後人抨擊。其僵化不變之文章創作格式，尤令人詬病。如此束縛文人之心智，終也不敵時代之轉變，而消失於歷史舞台中。琴南作〈忌陳腐〉則深斥八股遺毒，甚或琴南之時代，其遺毒仍存。而琴南論文主積理明道，其對「道理」則自有見解，試舉下列二條以明之：

> 愚按「道理」二字，實純備于爲文之先，斷不關係于臨文之下。若
> 秉筆爲文，即思某者合理，某者中道。拘攣桎梏，不期趨入于陳腐
> 矣。……平心而論，古文無不由道理而出，當先辨此道理是否陳腐。
> 有道理本非陳非腐，一出冬烘手筆，即成陳腐者。(《畏廬論文・論

〔註232〕同前註，頁43下。
〔註233〕劉熙載《藝概・經義概》，頁182，台北：華正書局，1985年6月。

文十六忌，忌陳腐》)

知爲文之艱辛者，亦皆深知文以明道，實非易事。要在平日積學日久，儲備於胸中，文之入手，其道遂現。其爲八股文者，拘於格式，亦必苦思於合經合道，如此桎梏，又何能化。蓋聖人之道，非只爲求得功名之憑藉，要在能通徹古今，融古人之道，變而爲己之語言，切莫陳陳相因，食古不化，有如多烘者。故琴南再度申明：

> 唯醇故不陳，唯精故不腐。雖然，「精醇」二字，能於故紙中尋索之否？吾人平日熟讀經史及儒先之書，須鎔化爲液，儲之胸中。臨文，以簡語制斷之，務協于事理，此便是道；然斷非剽襲僞託，始臻此詣。(《畏廬論文・論文十六忌・忌陳腐》)

唯文求精醇，方不陳腐。精醇之道，在於平日熟讀經史及先儒之典籍，沈潛日久，體味日深，以鎔爲己有。於入手時，復能自鑄偉辭，出以新意，又不背事理，道自能於文中顯豁。非步步剽襲，滿紙陳詞濫調者然。

十二、忌塗飾

文忌塗飾，即反對堆砌麗辭，如金銀塗飾，而內容空泛之作。琴南對散文之塗飾，類如騈文而有所批評：

> 夫才士之文，既不能出之平淡，尚有騈文一道，儘可驅駕。然而，才多者恒視散文若不足爲，一握筆伸紙，非徵引古昔，即竄獵艷詞，既無精意爲之根幹，卻成一不騈不散之體，幾乎追迹漢京，實則非也。(《畏廬論文・論文十六忌・忌塗飾》)

蓋各類文體，自有其特質，散文貴於清新自然，淡雅有味，非如辭賦、騈文之競逐艷麗者也。然自恃才高者，爲矜炫其才，於散文一道，亦如騈文般之「竄獵艷詞」者，實有違散文之體。蓋文章一道，必是文質相兼，方稱美文。所謂「言之無文，行而不遠」〔註234〕彥和亦謂「聖賢書辭，總稱文章，非采而何？」，〔註235〕是以文家內在實情，得藉外在辭采予以傳達。內有精意以立骨幹，外則有辭采以彰顯文章之主意，方爲至善。然俗手不解散文創作之道，不明散文一體之特質，偏以作騈文之法入於散文，則無情以實其中，但爲「苟

〔註234〕《左傳・襄公二十五年》，十三經注疏本，頁623，台北：藝文印書館，1982年8月。

〔註235〕劉勰《文心雕龍・情采》，見范文瀾《文心雕龍注》，頁537。

馳夸飾，鬻聲釣世」之文，則將流於「淫麗而煩濫」，如此徒具淫麗之華詞艷
采，卻本無實情，內無精意，自爲彥和所不取，亦爲琴南所尤避忌者。琴南
進而申說古文斷非只「竄獵艷辭」而已：

> 天下名爲古文，何嘗無斑駁之古色？猶之精氣內壯，自爾顏貌鮮澤。
> 若枯槁之形，卻施以朱鉛，斷不成其爲眞色。……語不發諸心本，
> 務以獵略爲長，外膏而中枯，貌豐而神朽；初見或振其華縟，迴環
> 誦讀兩三過後，便索然無味。(《畏廬論文‧論文十六忌‧忌塗飾》)

人有是情，始有是言，形之於文，則內有精意，文之根幹遂立，而後飾之以華
采，文之枝葉亦必繁茂。反之，心無所本，專以獵取艷詞入於文中，並自炫其
才，則辭采雖膏腴，內容則空洞無物，讀來便毫無餘味可言。此正如王充所謂
「飾貌以強類者失形」，一味塗飾，不知節之，便不求實際，故強爲貌類，卻失
其眞形。彥和嘗以「夸而有節，飾而不誣」〔註236〕爲夸飾之文提供準則，力主
文本須飾，然必知節制，方能歸於至當，不致陷入誣罔之言。此亦正爲琴南論
文忌塗飾太過之本意。琴南更進而提出爲文力避塗飾之法，其說云：

> 綜之，古文之爲體；意內言外，且多言不如少言，少言不如精言。……
> 果能學有本源，語有根柢，即稍列金銀，亦不是塗飾，偶陳甓瓦，
> 亦不類清寒也。(《畏廬論文‧論文十六忌‧忌塗飾》)

散文一體，形式自由活潑，然內容必有精意於其中，此乃其形散而神不散之
特質。唯意不散，方能意脈貫串；形散，方不拘執死法，將文意適切傳達。
爲求麗辭合於節度，不求多言塗飾，要在言必精要。精要之法，必深於學，
多閱歷，始克有得。一味堆砌麗辭，大肆渲染，麗則麗矣，然細按之，則內
容空泛，無情實其中，遂令讀者讀不終篇，即行舍置，更遑論餘味。是以塗
飾之文，爲琴南極欲除之者。

十三、忌繁碎

　　文忌繁碎，實指文章因貪多務得，自矜宏富，遂致冗繁失檢，瑣碎失當
之病，此亦爲文家所忌者。是以下筆爲文，須知鎔裁，方爲可用。琴南云：

> 爲文者，本宜多讀書，亦萬不能恃有多書，即可縱筆爲文，匠氏儲
> 梧檟而不備斤削，則梧檟縱美，亦斷不能成器，采伐漁獵，又奚爲
> 者。(《畏廬論文‧述旨》)

〔註236〕劉勰《文心雕龍‧夸飾》，見范文瀾《文心雕龍注》，頁609。

文欲求善，本應博學，以此儲於胸中，然為文之際，必知主意，慎選切題之事料，並非將所知盡出，一路舖排，自炫才學，失之鎔裁，而流入繁碎之文。猶木不經斧鑿，便不能成器，事料亦必經裁剪，而後可用。琴南又云：

> 執筆者不加審擇，因其繁詞碎義，一一掇拾簡端，是吾文隨之而繁，隨之而碎矣。（《畏廬論文・論文十六忌・忌繁碎》）

文之繁詞碎義，正因文家不知審擇，去取莫定，恃其以多為博，以繁為貴，因而身蹈繁碎之失。彥和以為為文當「芟繁剪穢，馳於負擔」，「裁則蕪穢不生，鎔則綱領昭暢」，〔註237〕唯刪除繁累，剪截蕪穢，作品方能減輕累贅，而清新顯豁。琴南提出文忌繁碎，務求篇章之統整，因而主張「文貴完」，以力避繁碎，其說云：

> 完者，首尾有起訖，筍接有法度，敘述有去取，言詞有分寸，成為整片文字，斯亦可以謂完矣。若貪多務得，即為文體之累。（《畏廬論文・論文十六忌・忌繁碎》）

文欲求完整，正須於為文立意、謀篇安章、字句鍛鍊上講究，唯其如此，吐屬之間，必去取有度，取捨有法，於虛實詳略之道，便能掌握。若為文貪多務得，求其繁博，盡用詳復之法，遂蹈繁碎之失。文固可詳復，亦須視文體及文章主題而定，否則便累及文體，損及全篇。琴南論及詳復之技法，必有其準則，其說云：

> 要言不遺漏者謂之詳，行文用繞筆者謂之復；詳而求明，方不傷煩，復而取神，亦不病碎。（《畏廬論文・論文十六忌・忌繁碎》）

文若欲詳，則以精要之言，入於文中，令人讀來明晰曉暢，便有要言不煩之益；文若欲復，應出以旋繞之筆，以產生迴環往復之情致，則文之風神畢現，便不覺其繁碎，詳復之道，必拿捏合度，以免過之而傷及文體，琴南曾盛讚歐陽修〈徂徠先生墓志銘〉一文，無詳而繁碎之弊：

> 徂徠在宋儒中為表表人物，雖與程、朱異派，終不失為君子。且其言論慷慨，為之志銘者，不能不述。述之過詳，則文體累重，故于言下在在為之收束。能收束，便斬截；不能收束，即見繁重。（《選評古文辭類纂》卷八）

銘墓之文，必以敘本人事蹟為主，然事蹟過繁，恐易流於過詳之弊。是以行文必知駕馭之法，志既屬公，本以公言為主，而文卻處處述他言論，處處以

〔註237〕兩引具見劉勰《文心雕龍・鎔裁》，范文瀾《文心雕龍注》頁 544 及 543。

他說制斷，爲之收煞。全篇凝斂而不渙散，正以歐公有駕馭靈活之筆，知烹煉安頓之妙，因而本人事蹟雖繁，仍見其詳明，未有累重之弊。方苞亦謂歐公此文「筆陣酣恣，辭繁而不懈」，此若無靈心慧腕，斷無法恣其所言。然「俗手不知駕馭之法，專敍本人事蹟，有同鈔胥」，〔註238〕故大家之文，或能免於斯累。吳汝綸嘗謂「歐洲紀述名人，失之過詳，此宜以遷固史法裁之。文無剪裁，專以求盡爲務，此非行遠矣。」〔註239〕此亦在明述之過詳，不知裁剪，一味求盡之弊。而所謂「遷固史法」，方苞曾言「古之晰于文律者，所載之事，必與其人之規模相稱。」並舉《史記》諸例，「明示後世綴文之士，以虛實詳略之權度也。」〔註240〕是以琴南亦謂「以《史記》敍事之工，雖五蠹萬怪，皆能攝以清光，不特不見其煩碎，而且不覺其媟褻。」〔註241〕蓋大家之文，一篇到手，便知先立主意，而後輕重有分，詳略有定，語言精煉，表達準確，乃不致於行文渙溢，漫無結束，入繁碎之途。

綜上所論，知琴南主文忌繁碎，因冗繁瑣碎，繁詞碎義，將累及全篇。故主張與宏旨無關之繁瑣細節，應力避述之過詳，以免損及整體之完美。爲文當「寧守範圍，勿矜才思」，〔註242〕唯其如此，文章方能首尾圓合，渾然天成，並具堅不可摧之完整性。

十四、忌糅雜

文忌糅雜，指文章雜取諸家之言，亂無方寸，累及美篇，此亦文家所忌者。琴南爲文一本經術，「凡文字不由籍溯源而出，未有不流於雜家者」，〔註243〕若偏離經術，將流入雜家，無以服人，因而琴南主張：

> 蓋文體之嚴淨，不特佛氏之書不宜入，即最古如《老子》、《莊子》，
> 亦間能偶一及之，用爲大道之證；若專恃老、莊之理，又豈足以成

〔註238〕林紓《選評古文辭類纂・徂徠先生墓志銘》，頁359。

〔註239〕吳汝綸〈答嚴幾道〉，見《桐城吳先生全書》，台北：藝文印書館，1964年。

〔註240〕方苞〈與孫以寧書〉舉例云：「太史公傳陸賈，其分奴婢裝資，瑣瑣者皆載焉。若蕭、曹世家而條舉其治績，則文字雖增十倍；不可得而備矣。故嘗見義於〈留侯世家〉曰：『留侯所從容與上言天下事甚眾，非天下所以存亡，故不著。』」見《望溪先生文集》，台北：台灣商務印書館，1984年8月。

〔註241〕林紓《畏廬論文・論文十六忌・忌繁碎》，頁46下。

〔註242〕同前書，頁47上。

〔註243〕朱羲冑《林琴南學行譜記四種・春覺齋著述記卷二》，頁14，台北：世界書局，1965年4月。

文？（《畏廬論文・論文十六忌・忌糅雜》）

琴南論文主嚴潔，唯其嚴謹純淨，方有雅正之語。由於根柢於儒學，熟讀儒家之經籍，故對佛氏之言、老莊思想，自然不喜入於文中，以爲僅可爲大道之佐證，不能專恃其理，此舉與退之之「觝排異端，攘斥佛老」，實有前後相承，異曲同工之妙。無怪乎琴南論文極度推崇退之之文，並作《韓柳文研究法》以研究韓文。

琴南文宗桐城，本之於經，力主嚴淨。所謂嚴淨之文，琴南以爲：

> 取義于經，取材于史，多讀儒先之書，留心天下之事，文字所出，
> 自有不可磨滅之光氣。何必深求桑門之學，用自矜炫其博？至于近
> 年，自東瀛流播之新名詞，一涉文中，不特糅雜，直成妖異，凡治
> 古文，切不可犯。（《畏廬論文・論文十六忌・忌糅雜》）

若能熟讀先儒之典籍，入之於經史，取之於經史，形之於文，必語有根柢，衷合於道。文之嚴淨，自可不期而得，若自矜淹博，旁涉雜家，不由純淨，則散漫無歸，所發之語，無所顧忌，又如何輔之成道，益於後生。琴南對於近來所謂「新名詞」入於文中，頗置不滿，以爲其實爲糅雜之至。至於「新名詞」者何？琴南曾提出解說：

> 所苦英傑之士，爲報館文字所誤，而時時復攪入東人新名詞。新名
> 詞何嘗無出處，如請願二字出《漢書》，頑固二字出《南史》，進步
> 二字出《陸象山文集》，其餘有出處者尚多，惟刺目之字，一見之字
> 裡行間，便覺不韻。（《選評古文辭類纂》序）

名詞雖新，或自古出，既然如此，熟讀經史，稽古有得，則知新由舊出。然俗手不察，學無所本，以致東拼西湊，糅雜諸說，語出不純，卻自命爲新，此與妖異何異？由此可見琴南論文不主糅雜，正因糅雜之文，損及嚴潔，傷其雅馴。

十五、忌牽拘

牽拘者，囿於成法，不知變化者也。琴南對「牽拘」有所申說：

> 何謂牽拘？牽於成見，拘於成法也。文之入手，不能無法；必終身
> 束縛於成法之中，不自變化，縱使能成篇幅，然神木而形索，直是
> 枯木朽株而已，不謂文也。（《畏廬論文・論文十六忌・忌牽拘》）

文章寫作必有其法，然不必爲成見所囿、爲成法所拘，貴能自知變化。文章

一道，有所謂「死法」者，如宋俞成云：

> 若膠古人之陳迹，而不能點化其句語，此乃謂之死法。(《螢雪叢說》)

此謂爲文步步剽襲，墨守成規，食古不化，僵而不活之法。對前人語句，一步一趨，力求形似，卻不能將前人語句生吞活剝，點化成金，出以新意，即爲死法。法亦有所謂「活法」者，如宋呂本中云：

> 所謂活法者，規矩備具，而能出于規矩之外；變化不測，而亦不背于規矩也。(《夏均父集序》)

言法不應死守成規，須靈活自由，富有變化且自然得體。琴南嘗以汪堯峰所言「能入能出」之說，進而申說己見：

> 入者，師法也；出者，變化也。守一先生之言，宗一先生之教，固是信服之篤；然有師而無我，有古而無今，仍不能挟出文中之妙。(《畏廬論文・論文十六忌・忌牽拘》)

師法古人，是以古人之法爲師，然並非拳拳服膺，字因句襲，久而久之，或致剽襲而迷失自己。是以當從古人之法度中，跳脫而出，不受束縛，始能得古人之美處，一變而爲己之新意，此即清徐增所謂「先從法入，後從法出」〔註244〕之理。然能入或易，能出實難，貴在知變化之道。何能變化，琴南以爲：

> 不爲法度所縛，非軼法敗度之謂，能從法度中上下四旁轉移變化耳。處處變化，即處處有變化中之法度。……吾輩須知，「變化」二字，不是專主放溢而言，蓋能以法度爲變化，不是一變化時即爲法度。
> (《畏廬論文・論文十六忌・忌牽拘》)

琴南論文崇尙法度，文須有法可依，始能文從而字順。學古人之法，若能變其風貌，盡出新意，自成一家，方可謂善得變化之道。亦即入古人之法，會古人之神，而後從古人之處化出，離古人之跡。然欲求變化者，必先入於法，以法入法出爲變化之極致。琴南所謂「守法度，有高出法度外之眼光；循法度，有超出法度外之道力。」〔註245〕唯有如此，方不致於落入牽拘之病。

由上可知，文章始終是法度中之文字，而非牽拘法度之文字，欲除牽拘，琴南以爲：

> 今欲除牽拘之見，只在多讀大家之文，虛其心求古文之關鍵，沈其

〔註244〕清・徐增《而庵詩話》，台北：新文豐出版公司，1989年。
〔註245〕林紓《畏廬論文・論文十六忌・忌牽拘》，頁49上。

心思古人之用意。(《畏廬論文・論文十六忌・忌牽拘》)

唯深於學，多閱歷，於名家名篇，沈潛體味古人用心所在，則必能入亦能出，必可免牽拘之失。若舍此不由，剽襲綴輯古人之文，至死不悟，實爲牽拘之病入膏肓矣！是故縱筆爲文，必盡抒己意，「心不必有古人，如此始不爲依傍」，〔註246〕方能出新意於法度之中。

十六、忌熟爛

忌熟爛者，謂言詞陳腐、競趨時尙之病。蓋圓熟之文，並非文病，若一味諧俗媚世，用心可議，便入熟爛一途。琴南對此有所申說云：

> 鄙意當於古人法律中求圓，不當于俗人眼孔中求圓。于古人法律中求圓，則雖熟不爛；于俗人眼孔中求圓，便成熟爛。句句雖似渾成，究竟是「熟爛」之熟，不是「圓熟」之熟。(《畏廬論文・論文十六忌・忌熟爛》)

此言當學古人之圓熟，正因古人法度，多有可學，若學而能化，則雖熟不爛，若但爲迎合俗人之眼光，便入手輕率，言談無由，專爲媚俗，必身蹈熟爛之失。此即熟爛之文，好摭拾陳腐之言，俗不可耐，令人生厭。熟之反而爲生，生與熟之關係，誠如琴南論云：

> 質言之，反乎熟即爲生，行文生而不熟，字鉤句棘，亦難協律，似乎「熟」字初非行文之病。

> 熟非緣古人之軌跡，一一步躝而從，在能循古人之軌跡，一一變化而出。譬如古人本如此說，吾則抽換之，挪移之，宜前者後，宜後者前，宜長者短，宜短者長，可以從心，成爲規矩，試問此等境界，非熟何能遽臻？(《畏廬論文・論文十六忌・忌熟爛》)

爲文之道，應力求生新與圓熟相結合，即沈德潛所謂「于生中亦熟，熟處帶生，方不落尋常蹊徑」〔註247〕之「生熟相濟」之道。熟之太過，則流於滑，滑則熟爛難生，亦無「相濟」可言。葉燮則提出「陳熟、生新，不可一偏，必二者相濟，于陳中見新，生中得熟，方全其美」〔註248〕之觀點，是知文學創作皆由圓熟中求生新，斷非步步隨人後，而落入熟爛一途。劉熙載亦謂「詩要避俗，更

〔註246〕林紓《文微・通則第一》，頁389。
〔註247〕沈德潛《說詩晬語》，台北：台灣中華書局，1970年。
〔註248〕葉燮《原詩》卷三〈外篇〉上，北京：人民文學出版社，1979年。

要避熟。剝去數層方下筆，庶不墮『熟』字界裡。」〔註249〕詩作如此，散文亦然，皆當避俗而求雅，避熟爛而求生新，欲達於此，則必善於挖掘，先熟入古人筆法，於抽換挪移之法，伸縮吐茹之道，多下功夫，則必能不落蹊徑，變化無端，生出無限新意。此即「變化之態，皆從熟處生」〔註250〕之理。

　　作文忌熟爛，師法古人之作，應避熟求生，另闢蹊徑，否則，過熟則爛，文之生命力，則付之闕如。至於熟爛之病源，琴南歸其因云：

> 推其病源，終屬理路不清，用功不得根據，又寡閱歷，凡其所得，
> 皆屬古人糟粕；雖鎔經鑄史，出許多偉麗之詞，然神朽骨濁，終不
> 饜明人之眼，此正所謂熟爛也。(《畏廬論文‧論文十六忌‧忌熟爛》)

熟爛之病，正因庸手爲文，胸無點墨，但恃其陳詞濫調，言之無物，只能剿自舊說，拾人牙慧，熟爛之病，莫此爲甚。退之以爲作文之道，力主「陳言之務去」，唯去陳言，遣詞不致於散漫無歸，用意不致流於膚淺無當。於生中求熟，熟中求生，互相轉化，則熟爛之病，必可避免。

　　綜上所論，琴南論述〈應知八則〉，由正面角度提出八則以概括文章寫作之要求。〈論文十六忌〉則由反面論說，分列十六種爲文避忌，其中之意或有交叉，實皆由「法」之角度著眼，爲文章創作者提供臻於〈應知八則〉之階梯，實具正本清源、革弊去俗之借鑒意義，可見「八則」與「十六忌」，相輔相成，奇正互濟，自成理論系統，堪爲文章寫作之準繩。

〔註249〕劉熙載《藝概‧詩概》，頁83。

〔註250〕吳訥《文章辨體序說‧諸儒總論作文法》所引歐陽脩之語，頁13，北京：人民文學出版社，1998年5月。

第六章 結 論

　　本論文側重探討林琴南之古文理論，以《畏廬論文》之文本爲核心，再觸類聯繫其他選評著作及琴南文集，以闡明其理論之一貫性。其所表現之成就及其時代意義，可得下列諸大端：

一、立足傳統，融合中西

　　琴南古文理論之形成，得力於四，其一爲「依經附聖之傳統思想」，琴南論文爲求「獲理適道」，皆「節節依經而附聖」，以爲聖人能「原道心以敷章，研神理而設教」，故主張語衷於聖人之言，而後始能代聖賢立言，以將儒家「仁義」之道落實於論著之中。然而聖人之智慧具存經、史，故必鎔鑄經史典籍，方能得其沾溉。琴南對於《左傳》、《史記》、《漢書》、韓愈、柳宗元、歐陽脩、曾鞏之文，寢饋日久，尤其傾心，以爲上列諸家最有「明道」、「立教」，進而「輔世成俗」之積極功能。其二爲「師法並擷取古人創作精華」，琴南以爲古人之文，所以能歷代傳誦，日久常新者，必有可資取法之處，然師法、借鑒古人爲文之法，非步步剽襲，陳陳相因，必知會古人之神而變其貌，入古人之法，而出以己意，是以善於師古者，必期於創新，所謂「有所法而後成，有所變而後大」。而古人之創作精華，亦必擷精取宏，以爲文用。蓋名家名篇，多有可資取法者，琴南以爲千變萬化之文法既已包孕於古人文章中，學者若能用心揣摩，沈潛體味日久，則爲文之奧秘，便不難獲得。故以韓愈爲承前啓後之關鍵人物，以此上溯《左》、《史》，下開歐、曾、歸有光及桐城諸家之古文門徑。

　　其三爲「對桐城派之承繼與修正」，琴南論文承桐城遺緒，講究義法經緯之文，對於桐城派之古文理論，有出於傳統之承繼，亦不乏獨標新解者，可

歸結爲如下數端：

　　瑋琴南與桐城派之文人交往頗深，曾深得吳汝綸稱許。又與馬其昶、姚永概等切磋古文，深受桐城派之影響，推重方望溪、服膺姚姬傳之文。論文竭力維護桐城正宗地位，與「五四」新文化運動相對抗，極力爲保存桐城古文命運之一線而掙扎，因此，與桐城派站在同一營壘，具體主張與桐城契合之處頗多，學者遂將之歸於桐城派，得殿軍之名。

　　癭琴南於文集和文論、詩論中再三重申：「生平未嘗言派」、「吾非桐城弟子爲師門捍衛者」，堅決反立派別，並屢言桐城無派。表明欲與當時飽受批評之桐城保持距離，予人一超然文派之外的印象，保留修正桐城末流創作弊端之權利。足見，若將琴南歸之於桐城派，顯有不妥。

　　瓅琴南對桐城派有頗多繼承處，如於古文，推本《六經》，取徑秦、漢、唐、宋、馬、班、韓、歐之文，思想內容強調儒家「義理」、「獲理適道」。由「法」的角度，論述古文所忌之病，以期臻於「雅潔」之境。於學古文之法上，當「會其神而離其跡」，師古而能變化；明「聲調」感人之深，藉文章音節字句去領會作者之神情氣韻，期心與古合。

　　瘂琴南對桐城派文論並非全盤接受，對桐城派仍有諸多批評與修正，其格調與桐城頗多殊異，諸如特重以「義理」論文，厭惡「考據」之學，究其原因，誠時勢使然。在「聲調」主張上，雖有前承，亦有新意。又重作者之平時積累，性情、道理，以爲書味深厚，形諸於文，讀之自然神清氣盛。於文章風格上，主「斂氣蓄勢」，力避「氣息柔弱」，文之情韻、神味方可得之。再者，琴南與桐城派古文家於師法上，仍見異調，如對《漢書》、柳宗元與歸有光文之傾心，琴南則有過之而無不及，琴南之文得力於此尤多。

　　其四爲「清末民初文學思潮之激盪」，彥和所謂：「文變染乎世情，興廢繫乎時序」之眞知灼見，衡之歷代文學，歷歷不爽。清末民初之際，外有西學引入，內有梁啓超等之新文體衝擊，琴南對此沛然莫之能禦之二股洪流，作中流砥柱，至爲明顯。於古文日趨式微之際，琴南承繼傳統，與桐城爲伍，力挽頹勢，雖終不敵新文學之洪流，然其「力延古文一線之脈」，亦能於桐城之外，造成餘響，顯見其特色，因得「古文殿軍」之目。不僅如此，琴南更譯介西土小說，持自己專擅之古文義法爲辭章之規矩準繩，以之繩愆規範西土小說，此舉已開啓比較文學之先聲。琴南能「以己度人」，將古文義法之應用範圍拓展，推向桐城文家所鄙視之小說，將西洋小說「漢化」、「義法化」，一新國人耳目，開

拓國人新視野，其立足傳統，又欲融匯中西之用心，不難考見。

二、探源究委，洞見利病

琴南之古文理論，具體言明者，大體有古文文體論與古文創作論二端。至於散見於其他評選著作、序跋中者，或具體評點，或零星片語，亦多有佐證之功。若能聯繫諸書論點，發微闡幽，其古文理論始見全面，不至於有掛一漏萬之失。

琴南論文宗桐城，崇尚《左》、《史》、韓、柳、歐、曾之文，講意境，守義法，於秦漢晉宋以來論文之言，探源究委，縷析闡說，補正甚夥。蓋琴南身當清末，為中國傳統文學之論定與總結時期，因此於前人為文之法及創作精華，能廣泛借鑑與擷取，將其終生嗜書如命，刻苦勤學之所得，予以歸納、分析，從而領略先秦兩漢典籍與唐宋文家之創作技巧，並加以融化、吸收，以形成籠圈條貫，自成體系之古文理論。

以「古文文體論」言，琴南論古文體別，理論基礎實建構於源遠流長之文體發展史中，尤其紹承劉勰《文心雕龍》之跡，至為明顯。《文心雕龍》敘文體以「原始以表末，釋名以章義，選文以定篇，敷理以舉統」為四大綱領，琴南於敘文體時亦多徵引《文心雕龍》之言，以輔證己論者。唯唐宋文家輩出，佳篇迭湧，以彥和有限之年，有不及見之遺憾。琴南身當文體論定之晚清，自能有見前人所未見，發前人所未發之卓見。其中敘文體之代表作家與作品，唐宋文家更為其關注之焦點，可謂繼彥和之後，另一部極具系統之文體專著。

琴南之「古文文體論」，論其大者有五：其一，考究文體之淵源與流變，其中辨體之源，多溯自經典，與其「依經附聖」之思想契合。至於文體之流變，則歷敘文體有變，實基於題材擴大之需求，故變體、破體之文，所在多有，蓋以名家之文，不拘執於常體，以為較易揮灑，不受束縛，然「大體」不差。琴南雖認為有「失體」之文，以為過於放蕩無歸，然卻肯定有變體之佳作。其二，「訓釋文體之名稱與意義」，其訓釋方式，多徵引《文心》之言以立論，唯「贈序」、「雜記」、「序跋」三體較晚出，琴南據姚鼐《古文辭類纂》所分，多徵引姚氏及章學誠之言，其中仍有參以己見之處。其三，「標舉名家名篇並評定優劣」，其中或對彥和有所修正，或大量開示唐宋代表作家與作品，並評價作品之高下，其中不免以自家之論文旨歸，規範繩愆之者。其

四，「論各體文章之修辭準則」，蓋各體文章，均有其根本要求與作法，琴南一一敘明，以示習文者矩範。其五，「論各體文章之風格與特色」，各體文章通行既久，獨具之風格與特色，便展露無遺，琴南皆總論歸結之，頗具條理。

琴南「古文文體論」雖有紹承前人之處，仍不失開拓之功。觀其論述各文章體類，或補足前說，或提修正之論，均有論有據，其中不乏獨到與精闢之見解。由此奠定古文創作論之礎石，尤其《文微》更有「明體」一則，批評作家作品，更是緣文體論而發。而選評古文，則是文體論之具體實踐。琴南除專列〈流別論〉一章，集中探討文體之外，更依姚鼐《古文辭類纂》分類選文，精選名篇，詳加評析，以提供初學者習文之進階，觀其選文，幾為各體文章之精華，其中選文除《左傳擷華》外，作家以韓愈之文最多，歐陽脩、柳宗元次之，更與其文論取向，若合符節。尤其精選佳篇，詳加評批，其冀望初學古文者，就此入門，以登古文堂奧之用心，不難想見。此書之編纂，又何嘗不是琴南為力延古文一線之脈，所投注之心力。

再以「古文創作論」言之，此為琴南用力甚多者，觀《畏廬論文》中之〈應知八則〉、〈論文十六忌〉、〈用筆八則〉、〈用字四法〉，無一不涉及創作。其弟子朱羲胄先生於《林琴南學行譜記四種‧春覺齋著述記卷二》一書中云：「皆先生自揭其生平辛苦所創獲，而盡宣之於世，將使世之誦法古人者，咸審乎立言取徑之道。」洵為知言。考其〈應知八則〉，示創作要則，桐城文人如劉大櫆之「神氣」說，姚鼐「神、理、氣、味、格、律、聲、色」說，均對琴南有所啟發。而〈論文十六忌〉，明創作避忌，亦秉持方苞「義法」說而來，其中雖有祖述，但非全盤接收，不乏自標新解之處，如〈聲調〉中對劉大櫆之「因聲求氣」說；〈忌直率〉中對姚鼐、曾國藩偏重「陽剛」、「雄直」之論，皆不盲從依傍，頗有主見。其他如〈用筆八則〉之謀篇安章之方，詳述各種筆法之運用；〈用字四法〉之字句鍛鍊之法，以少總多，明示練字之法。古文創作論為琴南古文理論之精華所在，琴南用浩富之篇幅，一一加以探究，總前人創作理論，並融以己見，面面俱到，立論精詳，故本論文之研究，於此著墨甚多。

琴南論古文文體與古文創作，於論述中雖強調文體與創作，然無不涉及對作家之評論，以及對作品之鑑賞，舉凡其他評選古文之作亦然。是以雖論文體與創作，實則已包孕作家論、鑑賞論及其他理論於其中。多可見琴南精析源流，洞見利病之學養與識度。

三、講究義法，裨益爲文

　　琴南論文承桐城義法，講究「言之有物」與「言之有序」之文。蓋爲文「有物」，則內容思想充實完備；「有序」則形式技巧精煉美妙，如此義經法緯，乃爲華實相備之文。試觀琴南之「古文創作論」，其中〈應知八則〉提示八種爲文之要，以「意境」爲文章創作之前提，以「識度」爲文章創作之靈魂，再輔以「氣勢」、「聲調」、「筋脈」、「風趣」、「情韻」，則文章自有耐人咀嚼之「神味」。因此琴南以爲「意境者，文之母也」；「神味者，行文之止境也」。主於意境，止於神味，有主有次，有綱有目，熔爲一爐，以明文章所應具備之八種要素。此八則較側重於古文之內容而言，提示古文欲臻於完美藝術境地，所應具備之內容要求，偏於以「義」立說。

　　然琴南又恐俗妄之不學，初學古文者力或不逮，便提示諸種謀篇安章之方、字句鍛鍊之法，以明劉勰所謂「篇之彪炳，章無疵也；章之明靡，句無玷也；句之清英，字不妄也」（《文心雕龍・章句》）之重要。再從反面立說，以〈論文十六忌〉揭示爲文應避免之十六種弊病。此十六忌則偏於以「法」立說，其中不免重複申說、強調之處，然皆期爲文者沿此階梯攀沿而上，以臻於「應知八則」之藝術境地。

　　琴南倡「義法經緯」之文，作爲文章之極致。此雖爲桐城一派相沿不墜之主張，然琴南所提示諸法，專章論述，頗爲具體，足爲初學古文者所師法。較之桐城先輩，琴南更著重於「意境」美之追求，更強調本之「性情」，自肺腑流出之文，其對古文美學之重視，實於桐城之外，自顯其特色，尤其於桐城趨於「陽剛」、「雄直」之文上，特著力於古文之陰柔美。陳衍於《石遺室詩話》即言：「曾滌生（國藩）所分陽剛陰柔之美，雖不過言其大概，未必眞劃鴻溝。然畏廬於陰柔一道，下過苦功。」此已道出琴南「爲文當肖自己，不當求肖古人」之性格風貌。

　　重意境，講義法，一直爲琴南古文理論之核心。觀其評選古文，亦以此爲準據。其《選評古文辭類纂》中對古文之評批，亦以合於此爲初學習文之典範。並以「意境義法概置弗講」，批評當時之魏晉文派。可見其著力於講究義法，裨益爲文之居心，處處可見。

四、捍衛舊學，催生新學

　　琴南面對清末民初文學思潮亟於求新求變下，卻以中流砥柱之姿態因

應。對梁啓超等所倡新文體之衝擊，即已意識古文之危機，爲捍衛古文，延續其命脈，幾窮畢生之精力研治古文，其成就斐然可觀。諸如浩富之創作作品、古文理論撰述、對歷代古文之選編與評析，對於今日研究古文者，不無裨益。以其古文理論言，文體論詳述歷代各文章體類，儼然爲一部「分體文學史」，然筆者以爲其雖肯定變體之文，然或因辨體仍嚴，因此，諸多大家之名作，竟不入選，於今視之，頗不合文體演變之規律，此或受韓、柳「因文見道」文學觀之影響所致。再以古文創作論言之，提供明確之創作法則，言之鑿鑿，具體而微，對於文家之吐辭屬篇，頗有裨益。然也不無可議之處，例如琴南爲文講法度，本爲文家創作之準繩，然若嚴標技法，法條林立，則便失之板滯，缺乏轉圜之空間；再者，爲文講究「嚴淨」、「雅潔」，本是語言爲免失之纖佻所該堅守之原則，此亦桐城文家之用語準則，然若一味求雅潔，爲文便處處受限迫窄。如此語戒森嚴，動輒犯忌，又何能盡情揮灑，酣暢爲文。實則古文用語，以雅潔爲正，然若善用俗字、俗句，反能收轉俗爲雅之妙。琴南反對鄙俗、凡賤、委巷小家子之言以及近代出現之「新名詞」，實有窄化創作道路之弊。今人研治其文論者，如張俊才〈林紓古文理論述評〉一文，對其技法之板滯與語言之限制，明確指摘其缺失。然細究琴南如此之主張，莫不是於古文日趨式微之際，而對新文體所主「平易」之反動。整體而言，琴南古文理論，縱有小疵，仍瑕不掩瑜，無害其體備論詳。

其次，面對西學思潮之沛然東來，琴南非但不排拒，反而主張引進西學，以改良社會。其所作之努力，斐然可觀者，爲大量譯介西土小說，並以當時倍受衝擊之古文行之，其企圖延續古文命脈之決心，顯而易見。尤其譯書一出，蔚爲一股風潮，文人學士，爭相閱讀，造成洛陽紙貴之盛況。其將中西文學接觸之窗口掀開，使國人能拓展視野，進而促使新文學之急速壯大，如此既捍衛舊文學，又催生新文學之功，又豈能以「桐城謬種」、「桐城餘孽」譏之？又怎能視其爲冥頑不靈、食古不化之保守分子？

當內外兩股文學變革之呼聲日益高漲時，琴南不得不固守古文堡壘，結合桐城勢力，爲桐城張目，與之對抗。隨著「五四」新文學運動之興起，古文所受到之衝擊，前所未有，錢基博《現代中國文學史》云：「是時胡適之學既盛，而信紓者寡矣！於是紓之學，一絀於章炳麟，再蹶於胡適。」雖是如此，琴南仍倡言古文之不宜廢，試圖力挽狂瀾，嘗作〈古文之不當廢〉一文，文中云：「知臘丁不可廢，則馬班韓柳亦有其不宜廢者。」（收於林薇《百年

沉浮—林紓研究綜述》一書中）雖說拉丁文已不再普遍使用，然西洋人並未將拉丁文盡棄。既然如此，傳統優秀古文自有不宜廢之理。而新文學對古文之抨擊，琴南深知此勢已沛然莫能禦之，其後又作〈論古文白話之相消長〉，主張「古文者，白話之根柢，無古文安有白話？」（收於林薇選注《林紓選集・文詩詞卷》一書中）其後一連串之新舊文學論爭，琴南皆首當其衝，成為眾矢之的。因此琴南奮髯抵抗，亟欲破門而出。然文學思潮之勢已至不可抵擋，雖欲延續古文最後生息，然力挽狂瀾之雄心壯志，終在「五四」中幾至澆熄，儘管臨終前仍以為「古文萬無漫滅之理」，然新文學之勢已成，白話文學終成現代之主流。

「五四」狂飆時代已過，當年鼙鼓猶酣之鏖戰已成歷史之沉沙積澱，後人開始沈思琴南之功過，諸如其拜謁光緒陵寢，七旬老翁於風雪漫天之中，匍匐陵下，「九頓首後，伏地失聲而哭。」（《畏盧續集・謁陵圖記》）竟是如此之一片愚忠，不敢正視民國更元，而成為封建之遺老。然其一生清介自守，不忮不求，卻是值得肯定。再觀其一生，勤學不輟，著作等身，即便古文理論中仍有不完美之處，然其成就可觀，粲然大備。諸多理論對現今欲從事白話文創作者而言，仍深具師法、借鑒之作用。尤其以古文義法譯介西土小說，於諸多序跋中，寓含著中西文學之比較，借鑒西土之長，以形成更為豐富之古文理論，迄今仍為後學公推為比較文學之鼻祖，此又何嘗不是文學「通變」之表現。郭沫若於〈我的童年〉一文中，即有較為公允之評論，其說云：「前幾年我們在戰取白話文的地位的時候，林琴南是我們當前的敵人，那時的人對於他的批評或許不免有一概抹殺的傾向，但他在文學史上的地位是不能夠抹殺的。他在文學上的功勞，就如梁任公在文化批評上的一樣，他們都是資本主義革命潮流的人物，而且是相當有些建樹的人物。」（《郭沫若選集》）試觀琴南窮畢生之力，於捍衛古文一道，繼承珍貴之文學遺產，又引進與數千年舊傳統迥然不同之新文學模式、文學觀念。其《林譯小說》與序跋正是近代西方文學與中國文學融匯之結晶。以今視之，儘管仍帶著古綠斑駁之印記，然其畢竟衝破文化封閉之森嚴壁壘，讓國人得以接受歐美文化之洗禮，並促使中國文學獲得蛻變之歷史契機，呈現豁然開朗之境界。此不啻為琴南古文理論之成就與貢獻所在。

引用書目

　　本論文引用書目編列之次序，其一為「林紓著作」類，先列自家創作，後列選評古文著作。其二為「研究林紓之專著」類，依出版時間先後為次。其三為「引用專書」類，凡分八小類，依序為『經書』、『史學』、『諸子』、『詩文集』、『詩話、詞話』、『文論』、『文體學』、『修辭學（附文法）』。其中『史學』一小類，先列正史，次列史論，後列文學史、文學批評史、美學史。總此大類之編排次序，屬於古書者，除經書、正史按時代先後為次外，其餘皆依作者時代先後為序；屬於今人著作者，則依出版時間先後為序。至於同一書之相關研究著作，則依出版時間先後，併列於本書之後。其四為「期刊論文」類，依發表時間先後次序排列。

一、林紓著作

1. 《畏廬論文》，林紓，台北：文津出版社，1978 年 7 月。
2. 《畏廬文集》，林紓，台北：文津出版社，1978 年 7 月。
3. 《畏廬續集》，林紓，台北：文津出版社，1978 年 7 月。
4. 《畏廬三集》，林紓，台北：文海出版社有限公司，1974 年 7 月。
5. 《畏廬詩存》，林紓，台北：文海出版社有限公司，1974 年 7 月。
6. 《晚清文學叢鈔》‧小說戲曲研究卷，林紓等著、錢杏邨輯，台北：新文豐出版公司，1989 年 4 月。
7. 《林琴南書話》，林紓著、錢谷融主編，杭州：浙江人民出版社，1999 年 3 月。
8. 《韓柳文研究法》，林紓，台北：廣文書局，1976 年 4 月。
9. 《左傳擷華》，林紓，高雄：復文圖書出版社，1981 年 10 月。

10. 《選評古文辭類纂》，林紓，杭州：浙江古籍出版社，1986 年 3 月。

二、研究林紓之專著

1. 《林琴南學行譜記四種》，朱羲胄，台北：世界書局，1965 年 4 月。
2. 《林紓的翻譯》，錢鍾書等，北京：商務印書館，1981 年 11 月。
3. 《林紓研究資料》，薛綏之、張俊才編，福州：福建人民出版社，1983 年 6 月。
4. 《林紓選集・小說卷》，林薇，成都：四川人民出版社，1985 年 12 月。
5. 《林紓選集・文詩詞卷》，林薇，成都：四川人民出版社，1988 年 7 月。
6. 《百年沉浮——林紓研究綜述》，林薇，河北：天津教育出版社，1990 年 10 月。
7. 《林紓評傳》，張俊才，天津南開大學出版社，1992 年 3 月。
8. 《林紓詩文選》，李家驥等編，北京：商務印書館，1993 年 10 月。
9. 《林琴南古文研究》，王瓊馨，國立中興大學中文研究所碩士論文，1996 年 7 月。
10. 《林琴南先生的文章學》，林淑雲，國立台灣師範大學國文研究所碩士論文，1998 年 6 月。

三、引用專書

（一）經　書

1. 《周易正義》，魏・王弼、韓康伯注、唐・孔穎達等正義，台北：藝文印書館，阮元刻十三經注疏本。
2. 《尚書正義》，漢・孔安國傳、唐・孔穎達等正義，台北：藝文印書館，阮元刻十三經注疏本。
3. 《毛詩正義》，漢・毛亨傳、鄭玄箋、唐・孔穎達等正義，台北：藝文印書館，阮元刻十三經注疏本。
4. 《禮記正義》，漢・鄭玄注、唐・孔穎達等正義，台北：藝文印書館，阮元刻十三經注疏本。
5. 《春秋左傳正義》，晉・杜預注、唐・孔穎達等正義，台北：藝文印書館，阮元刻十三經注疏本。
6. 《論語注疏》，魏・何晏等注、宋・邢昺疏，台北：藝文印書館，阮元刻十三經注疏本。
7. 《孟子注疏》，漢・趙岐注、宋・孫奭疏，台北：藝文印書館，阮元刻十三經注疏本

（二）史 學

1. 《史記會注考證》，漢・司馬遷著、瀧川龜太郎考證，台北：洪氏出版社，1983 年 10 月。

2. 《漢書》，漢・班固，台北：藝文印書館，1982 年。

3. 《後漢書》，劉宋・范曄，台北：藝文印書館，1982 年。

4. 《晉書》，唐・房玄齡，台北：藝文印書館，1982 年。

5. 《宋書》，梁・沈約，台北：藝文印書館，1982 年。

6. 《南齊書》，梁・蕭子顯，台北：藝文印書館，1982 年。

7. 《舊唐書》，宋・劉昫，台北：藝文印書館，1982 年。

8. 《新唐書》，宋・歐陽脩、宋祁，台北：藝文印書館，1982 年。

9. 《清史稿》，趙爾巽等，台北：新文豐出版公司，1981 年。

10. 《史通釋評》，唐・劉知幾、清・浦起龍釋、呂思勉評，台北：華世出版社，1981 年 11 月。

11. 《文史通義》，清・章學誠，台北：華世出版社，1980 年 9 月。

12. 《中國通史》，傅樂成，台北：大中國圖書公司，1971 年 7 月。

13. 《中國政治思想史》，蕭公權，台北：聯經出版事業公司，1982 年。

14. 《晚清變法思想論叢》，汪榮祖，台北：聯經出版社，1983 年 3 月。

15. 《清代學術概論》，梁啟超，台北：華正書局，1984 年 2 月。

16. 《福建通志》，謝道承等編纂，南投：台灣文獻委員會，1993 年。

17. 《最近三十年中國文學史》，陳炳堃，上海：太平洋出版社，1931 年。

18. 《中國文學通論》，兒島獻吉郎，台北：台灣商務印書館，1965 年。

19. 《宋元戲曲史》，王國維，台北：台灣商務印書館，1968 年 8 月。

20. 《近百年來的中國文藝思潮》，吳文祺，台北：台灣崇文出版社，1974 年 7 月。

21. 《現代中國文學史》，錢基博，台南：唯一書業中心，1975 年 9 月。

22. 《中國文學發展史》，劉大杰，台北：華正書局，1984 年 8 月。

23. 《五十年來中國之文學》，胡適，台北：遠流出版事業股份有限公司，1986 年 4 月。

24. 《中國散文史》，陳柱，台北：臺灣商務印書館，1987 年 6 月。

25. 《晚清小說史》，錢杏邨，台北：天宇出版社，1988 年 9 月。

26. 《中國修辭學通史》，宗廷虎等，吉林：吉林教育出版社，1998 年 9 月。

27. 《中國散文史》，郭預衡，上海：上海古籍出版社，2000 年 3 月。

28. 《中國文學批評史》，郭紹虞，台北：文史哲出版社，1980 年 9 月。

29. 《中國文學批評史》，郭紹虞，台北：藍燈事業股份有限公司，1988 年 10 月。

30. 《中國文學理論史》，成復旺等，北京：北京出版社，1991 年 9 月。

31. 《近代文學批評史》，黃霖，上海：上海古籍出版社，1993 年 2 月。

32. 《中國文學批評通史（清代卷）》，鄔國平、王鎮遠，上海：上海古籍出版社，1996 年 12 月。

33. 《中國美學史大綱》，葉朗，台北：滄浪書局，1986 年 9 月。

（三）諸　子

1. 《荀子集解》，戰國・荀子著、清・王先謙集解，台北：藝文印書館，1977 年 2 月。

2. 《法言》，漢・揚雄，北京：中華書局，1985 年。

3. 《論衡》，漢・王充，台北：宏業書局，1983 年 4 月。

4. 《顏氏家訓集解》，北齊・顏之推著、王利器集解，台北：漢京文化事業有限公司，1983 年 9 月。

5. 《朱子語類》，宋・黎靖德編，台北：華世出版社，1987 年 1 月。

6. 《螢雪叢說》，宋・俞成，台北：藝文印書館，1970 年。

7. 《容齋隨筆》，宋・洪邁，台北：大立出版社，1981 年 7 月。

8. 《三國演義》，明・羅貫中著、明・毛宗崗評點，台北：三民書局，1991 年。

9. 《原抄本顧亭林日知錄》，明・顧炎武，台北：文史哲出版社，1979 年 4 月。

10. 《惜抱軒尺牘》，清・姚鼐，北京：中國書店出版社，1992 年。

11. 《曾國藩家書・家訓・日記》，清・曾國藩，北京：古籍出版社，1995 年。

（四）詩文集

1. 《文選》，梁・蕭統編、唐・李善注，台北：漢京文化事業有限公司，1983 年 9 月。

2. 《昭明文選研究》，林聰明，台北：文史哲出版社，1986 年 11 月。

3. 《韓昌黎文集校注》，唐・韓愈著、馬其昶校注，上海：上海古籍出版社，1987 年 6 月。

4. 《樊川文集》，唐・杜牧，台北：九思出版社，1979 年。

5. 《范文正公文集》，宋・范仲淹，北京：中華書局，1985 年。

6. 《歐陽脩全集》，宋・歐陽脩，台北：世界書局，1963 年 4 月。

7. 《嘉祐集》，宋・蘇洵，台北：台灣商務印書館，1977 年 6 月。

8. 《蘇東坡全集》，宋・蘇軾，北京：中國書店出版社，1986 年。

9. 《山谷詩內外集》，宋・黃庭堅，台北：學海出版社，1979 年 10 月。

10. 《滹南遺老集》，金・王若虛，台北：新文豐出版公司，1984 年 6 月。

11. 《唐宋八大家文鈔》，明・茅坤，北京：中華書局，1985 年。

12. 《金聖歎全集》，清・金聖歎，台北：長安出版社，1986 年 9 月。

13. 《魏叔子文集》，清・魏禧，台北：台灣商務印書館，1973 年。

14. 《望溪先生文集》，清・方苞，台北：台灣商務印書館，1984 年 8 月。

15. 《評註古文辭類纂》，清・姚鼐著、王文濡評註，台北：華正書局，1983 年 6 月。

16. 《古文辭類纂評註》，清・姚鼐著、吳孟復、莊立甫編，合肥安徽教育出版社，1995 年 10 月。

17. 《惜抱軒文集》，清・姚鼐，台北：文海出版社有限公司，1984 年 7 月。

18. 《方植之全集》，清・方東樹，台北：明文出版社，1983 年。

19. 《定盦全集》，清・龔自珍，台北：台灣中華書局，1966 年。

20. 《魏源集》，清・魏源，台北：漢京文化事業有限公司，1984 年 7 月。

21. 《經史百家雜鈔》，清・曾國藩，台北：台灣中華書局，1966 年 3 月。

22. 《曾文正公全集》，清・曾國藩，台北：世界書局，1985 年 5 月。

23. 《張濂卿先生詩文手稿》，清・張裕釗，台北：文海出版社有限公司，1974 年。

24. 《湘綺樓文集》，清・王闓運，台北：文海出版社有限公司，1970 年。

25. 《桐城吳先生全書》，清・吳汝綸，台北：藝文印書館，1964 年。

26. 《人境廬詩草箋注》，清・黃遵憲著、錢仲聯箋注，台北：河洛出版社，1975 年 5 月。

27. 《嚴復集》，清・嚴復，北京：中華書局，1986 年 5 月。

28. 《近代詩鈔》，清・陳衍編，台北：台灣商務印書館，1961 年。

29. 《譚嗣同全集》，清・譚嗣同，台北：華世出版社，1977 年 6 月。

30. 《唐宋文舉要》，高步瀛選注，台北：漢京文化事業有限公司，1984 年 5 月。

31. 《郭沫若選集》，郭沫若，成都：四川人民出版社，1979 年 6 月。

32. 《晚清文選》，鄭振鐸編，上海：上海書店出版社，1987 年 6 月。

33. 《陳平原自選集》，陳平原，桂林：廣西師範大學出版社，1997 年 9 月。

（五）詩話、詞話

1. 《詩人玉屑》，宋・魏慶之，台北：台灣商務印書館，1972 年 9 月。

2. 《環溪詩話》，宋・吳沆，台北：廣文書局，1971 年 9 月。

3. 《滄浪詩話校釋》，宋・嚴羽著、郭紹虞校釋，台北：里仁書局，1987 年 4 月。

4. 《對床夜語》，宋・范晞文，北京：中華書局，1985 年。

5. 《珊瑚鈎詩話》，宋・張表臣編，台北：藝文印書館，1966 年。

6. 《升庵詩話》，明・楊慎，台北：台灣商務印書館，1966 年。

7. 《四溟詩話》，明・謝榛，北京：中華書局，1985 年。

8. 《圍爐詩話》，清・吳喬，台北：廣文書局，1973 年。

9. 《而庵詩話》，清・徐增，台北：新文豐出版公司，1989 年。

10. 《原詩》，清・葉燮，北京：人民文學出版社，1979 年。

11. 《說詩晬語》，清・沈德潛，台北：台灣中華書局，1970 年。

12. 《一瓢詩話》，清・薛雪，台北：新文豐出版公司，1989 年。

13. 《隨園詩話》，清・袁枚，台北：廣文書局，1971 年 9 月。

14. 《昭昧詹言》，清・方東樹，台北：廣文書局，1962 年 8 月。

15. 《筱園詩話》，清・朱庭珍，台北：新文豐出版公司，1989 年。

16. 《石遺室詩話》，清・陳衍，台北：台灣商務印書館，1929 年 5 月。

17. 《歷代詩話》，清・何文煥輯，台北：木鐸出版社，1982 年。

18. 《清詩話》，清・丁福保輯，台北：藝文印書館，1971 年 10 月。

19. 《歷代詩話續編》，清・丁福保輯，台北：木鐸出版社，1983 年 7 月。

20. 《宋詩話輯佚》，郭紹虞編，台北：華正書局，1981 年 12 月。

21. 《清詩話續編》，郭紹虞編，台北：木鐸出版社，1983 年。

22. 《詞源》，南宋・張炎，台北：台灣商務印書館，1968 年 9 月。

23. 《七頌唐詞繹》，清・劉體仁，台北：新文豐出版公司，1985 年。

24. 《白雨齋詞話》，清・陳廷焯，台北：台灣開明書店，1954 年 3 月。

25. 《蕙風詞話》，清・況周頤，台北：河洛圖書公司，1980 年。

26. 《人間詞話》，王國維，台北：天龍出版社，1981 年 12 月。

27. 《詞話叢編》，唐圭璋，台北：新文豐出版公司，1988 年 2 月。

（六）文　論

1. 《古畫品錄》，南齊・謝赫，北京：中華書局，1985 年。

2. 《文心雕龍注》，梁・劉勰著、范文瀾注，台北：學海出版社，1980 年 9 月。

3. 《文心雕龍札記》，黃侃，台北：文史哲出版社，1973 年 6 月。

4. 《文心雕龍研究》，王師更生，台北：文史哲出版社，1979 年 5 月。

5. 《文心雕龍之文學理論與批評》，沈謙，台北：華正書局，1981 年 5 月。

6. 《文心雕龍的風格學》，詹鍈，台北：木鐸出版社，1984 年 11 月。

7. 《文心雕龍讀本》，王師更生，台北：文史哲出版社，1985 年 3 月。

8. 《文心雕龍新論》，王師更生，台北：文史哲出版社，1991 年 5 月。

9. 《中國古代文學理論的祕寶—文心雕龍》，王師更生，台北：黎明文化事業公司，1995 年 5 月。

10. 《劉勰文心雕龍文體論研究》，劉渼，國立台灣師範大學國文研究所博士論文，1998 年 5 月。

11. 《文則》，宋‧陳騤，台北：莊嚴出版社，1979 年 3 月。

12. 《陳騤文則新論》，蔡宗陽，台北：文史哲出版社，1993 年。

13. 《隱居通義》，元‧劉壎，台北：廣文書局，1971 年。

14. 《文章指南》，明‧歸有光，台北：廣文書局，1962 年 8 月。

15. 《文章一貫》，明‧高琦編，台北：翰珍出版社，1997 年。

16. 《書法雅言》，明‧項穆，北京：中華書局，1985 年。

17. 《閒情偶寄》，清‧李漁，台北：廣文書局，1977 年。

18. 《左傳義法舉要》，清‧方苞口授、王兆符傳述，台北：廣文書局，1977 年 1 月。

19. 《左傳評》，清‧王源，台北：新文豐出版公司，1979 年 8 月。

20. 《左傳文章義法撢微》，張師高評，台北：文史哲出版社，1982 年 10 月。

21. 《史記論文》，清‧吳見思，台北：台灣中華書局，1967 年。

22. 《論文偶記》，清‧劉大櫆著、舒蕪校點，北京：人民文學出版社，1970 年 11 月。

23. 《藝概》，清‧劉熙載，台北：華正書局，1985 年 6 月。

24. 《涵芬樓文談》，清‧吳曾祺，台北：台灣商務印書館，1966 年 11 月。

25. 《六朝麗指》，清‧孫德謙，台北：新興書局，1963 年。

26. 《文學研究法》，清‧姚永樸，台北：廣文書局，1971 年 8 月。

27. 《讀書作文譜》，清‧唐彪，台北：偉文出版社，1976 年。

28. 《中國新文學運動資料》，張若英編，上海：光明書局，1934 年 5 月。

29. 《詩學指南》，謝无量，台北：台灣中華書局，1958 年。

30. 《古文通論》，馮書耕、金仞千，台北：雲天出版社，1971 年 5 月。

31. 《柳文探微》，章士釗，台北：華正書局，1981 年 3 月。

32. 《司馬遷之人格與風格》，李長之，台北：漢京文化事業有限公司，1983

年 3 月。

33. 《柳宗元散文研讀》，王師更生，台北：文史哲出版社，1984 年 7 月。

34. 《文學理論》，韋勒克·沃倫，香港：三聯書店，1984 年 7 月。

35. 《中國文學論集》，徐復觀，台北：學生書局，1985 年 1 月。

36. 《古人談文章寫作》，徐立、陳新，廣州：廣東人民出版社，1985 年 5 月。

37. 《美學》，黑格爾著、朱光潛譯，台北：里仁書局，1986 年 5 月。

38. 《談藝錄》，錢鍾書，台北：藍燈文化事業股份有限公司，1987 年 11 月。

39. 《中國文學之本源》，王師更生，台北：台灣學生書局，1988 年 11 月。

40. 《管錐篇》，錢鍾書，台北：書林出版社，1990 年 8 月。

41. 《晚清文學思想論》，李瑞騰，台北：漢光文化事業股份有限公司，1992
年 6 月。

42. 《中國古代寫作學》，王凱符、張會恩，北京：中國人民大學出版社，1992
年 9 月。

43. 《中國散文學通論》，朱世英、方遒、劉國華，合肥：安徽教育出版社，
1995 年 12 月。

44. 《意境論》，藍華增，昆明：雲南人民出版社，1996 年 3 月。

45. 《石語》，錢鍾書，北京：中國社會科學出版社，1996 年 5 月。

46. 《散文鑑賞藝術探微》，馮永敏，台北：文史哲出版社，1998 年 2 月。

47. 《古文觀止鑑賞》，張師高評主編，台南：南一書局，1999 年 2 月。

48. 《桐城派研究》，周中明，瀋陽：遼寧大學出版社，1999 年 7 月。

49. 《東方神韻——意境論》，薛富興，北京：人民文學出版社，2000 年 6 月。

50. 《中國古代文論教程》，李鐸，北京：北京大學出版社，2000 年 11 月。

51. 《文章例話》，周振甫，台北：蒲公英出版社，未著出版年月。

（七）文體學

1. 《文章辨體序說》，明·吳訥，北京：人民文學出版社，1998 年 5 月。

2. 《文體明辨序說》，明·徐師曾，北京：人民文學出版社，1998 年 5 月。

3. 《文體論》，薛鳳昌，台北：台灣商務印書館，1968 年 3 月。

4. 《古代散文文體概論》，陳必祥，台北：文史哲出版社，1987 年 10 月。

5. 《中國古代文體學》，褚斌杰，台北：台灣學生書局，1991 年 4 月。

6. 《文體演變及其文化意味》，陶東風，昆明：雲南人民出版社，1995 年 7
月。

（八）修辭學（附文法）

1. 《修辭學》，黃慶萱，台北：三民書局，1975 年 1 月。

2. 《文章破題技巧及其修辭方法之研究》，徐芹庭，台北：成文出版社，1976 年 7 月。

3. 《評註文法津梁》，宋文蔚，高雄：復文圖書出版社，1984 年 12 月。

4. 《字句鍛鍊法》，黃永武，台北：洪範書店有限公司，1986 年 1 月。

5. 《助字辨略》，劉淇，台北：台灣開明書店，1958 年 4 月。

6. 《馬氏文通》，馬建忠，台北：新興書局，1959 年。

7. 《常用虛字用法淺釋》，許世瑛，台北：復興書局，1986 年 10 月。

四、期刊論文

1. 〈林紓著譯作品補遺〉，張俊才，《聊城師範學院學報》，1982 年第 2 期。

2. 〈林紓論意境──《畏廬論文》札記〉，趙伯英，《鹽城師專學報》社科版，1984 年第 2 期。

3. 〈林紓古文理論述評〉，張俊才，《江淮論壇》，1984 年第 3 期。

4. 〈「史傳」、「詩騷」傳統與小說敘事模式的轉變〉，陳平原，《文學評論》，1988 年第 1 期。

5. 〈論方東樹在桐城派文學理論建設中的作用〉，許結，《古代文學理論研究》第十三輯，1988、1989。

6. 〈林琴南古文的陰柔美〉，張俊才，《河北師範大學學報》社科版，1988 年第 3 期。

7. 〈林紓、王國維比較論〉，李彬，《徐州師範學院學報》哲社版，1990 年第 3 期。

8. 〈林紓的古文與文論〉，夏曉虹，《文史知識》，1991、1993 年。

9. 〈林紓論文的「取法乎上」──畏廬文論摭議〉，曾憲輝，《福建師範大學學報》哲社版，1992 年第 2 期。

10. 〈方苞義法與春秋書法〉，張師高評，《清代經學國際研討會論文集》，1994、1996 年。

11. 〈林紓與桐城派、改良派及新文學的關係〉，蔣英豪，《文史哲》，1997 年 1 月。